在一起，就好

[法] 安娜·戈华达 ／著
杨亦雨 ／译

Ensemble, c'est tout

Anna Gavalda

CNS 湖南文艺出版社 HUNAN LITERATURE AND ART PUBLISHING HOUSE 博集天卷 CS-BOOKY

图书在版编目（CIP）数据

在一起，就好 /（法）戈华达（Gavalda, A.）著；杨亦雨译.
—长沙：湖南文艺出版社，2016.6
ISBN 978-7-5404-7582-6

Ⅰ.①在… Ⅱ.①戈… ②杨… Ⅲ.①长篇小说—法国—现代 Ⅳ.①I565.45

中国版本图书馆CIP数据核字（2016）第082031号

著作权合同登记号：图字18-2016-076

上架建议：畅销外国文学

ZAI YIQI, JIU HAO
在一起，就好

著　　者：［法］安娜·戈华达（Anna Gavalda）
译　　者：杨亦雨
出 版 人：刘清华
责任编辑：薛　健　刘诗哲
监　　制：蔡明菲　潘　良
策划编辑：马冬冬
特约编辑：田　宇
版权支持：辛　艳
营销支持：李　群　杨清方
版式设计：张丽娜
封面设计：棱角视觉
出版发行：湖南文艺出版社
（长沙市雨花区东二环一段 508 号　邮编：410014）
网　　址：www.hnwy.net
印　　刷：北京嘉业印刷厂
经　　销：新华书店
开　　本：880mm × 1270mm　1/32
字　　数：450 千字
印　　张：13.5
版　　次：2016 年 6 月第 1 版
印　　次：2016 年 6 月第 1 次印刷
书　　号：ISBN 978-7-5404-7582-6
定　　价：39.80 元

质量监督电话：010-59096394
团购电话：010-59320018

目录
contents

第一部

1. 

波莱特·拉斯德菲尔并没有像人们所说的那样神志不清。她当然对每一天都有意识，因为很久以来，波莱特每天除了计算、等待、遗忘逝去的时光以外，无事可做。她很清楚今天是星期三，还为此做好了准备：已经穿好大衣，收集了所有的打折券，挎上篮子，一切准备就绪。波莱特甚至还听到伊冯娜·卡尔米诺的汽车在远处所发出的声响……然而此刻，她的猫饿了，窝在门口想让波莱特喂食。正是蹲下来给猫放碗的时候，波莱特不慎跌倒，头撞上了楼梯的第一级台阶。

事实上，波莱特老是跌倒，可这是她的一个秘密。她从未对任何人说起这事。

“这事对谁都不能说，你听到没有？”她对着“寂静”威胁道，“不能告诉伊冯娜和医生，更不能向我的孩子透露半点风声。”

通常，波莱特摔倒后总是慢慢爬起来，等到视力逐渐恢复正常后，便用塞德尔牌药膏按摩脚背，随后小心翼翼地把那些该死的瘀青都藏起来。

其实，波莱特的瘀青从来都不是“青色”的：它们时常呈黄色、绿色或紫色，并且总在她的身体上停留很长的时间，有时甚至长达数月。想要把这些瘀青都藏起来也绝非易事。因为总有些好心人会问她为什么总是把自己包裹得严严实实的，就像在过冬一样；为什么她从来不脱去自己的长袜和开衫。

尤其是那个孩子，总是不断地问她：

“外婆，您这是在做什么？快把这些乱七八糟的衣服都脱了，这样下去您会把自己给热死的！”

不，波莱特·拉斯德菲尔完全没有丧失理智。她知道，这些总也消散不去的巨大瘀青终有一天会给自己惹上许多麻烦……

她也知道，那些像她一样的无用老媪是在怎样的状态下离开人世的：她们让自己的花园杂草丛生，每天颤颤巍巍地扶着家具以免跌倒；她们再也无法将一根线穿入针眼，甚至不记得如何调高电视的音量——她们总是胡乱将遥控器上的按钮都试了一遍之后拔掉电源，愤怒地开始哭泣。

这是低沉而苦涩的泪水。

在一台冰冷的电视机前掩面哭泣。

怎么了？什么都没有了吗？屋子里就再也不会有任何声响了吗？没有响声？再也没有？难道我们忘记了按钮的颜色，也可作为借口？那个孩子不是已经为你贴上标签了吗？是的，那个孩子已经替你贴好了标签！一张用来帮助你选择频道，一张帮助你调节音量，最后一张帮助你关上电视！好了，波莱特！擦干眼泪，看看那些标签吧！

你们这群人请停止在我头顶上方大声叫嚷。标签很早以前就已经消失不见，因为它们根本就粘不牢……几个月以来，我都在寻找按钮；几个月以来，我除了几句轻声的私语之外，什么都听不见，只能欣赏电视上无声的画面……

所以请你们不要这样叫嚷，你们这样会让我聋得更厉害的……

2.

“波莱特？波莱特，您在吗？”

伊冯娜开始低声咒骂起来。她感到很冷，不由得把身上的披肩裹得更紧了一些，随后又开始抱怨起来。因为一想到要推迟去超市购物的计划，她就无法忍受。

这么做，万万不可。

她叹了口气，不得不折回车里，让发动机熄火，拿上帽子，回到屋子里。

波莱特一定是在花园深处。因为她总是喜欢待在那里，坐在棚屋旁的一张长椅上，棚屋里空无一物。波莱特可以数小时地待在那里，从白天到黑夜保持着同一种状态：身体挺得笔直，双手放在膝盖上，整个人静止不动，显得很有耐心，眼神中透出若有所思的神情。

波莱特常常一个人自言自语，一会儿呼唤死去的人，一会儿又开始请求活着的人。

她就这样对着花朵、脚下的草木、山雀和自己的影子低声私语。我们的波莱特渐渐头昏脑涨，记不得今天是星期几。今天是星期三，星期三是出门购物的日子。十余年来，伊冯娜每周都会来接她去购物。每当伊冯娜敲门进屋的时候，都会轻轻叹息道："这难道不是很不幸吗……"

慢慢老去难道不是很不幸吗？如此孤单地生活难道不是很不幸吗？推迟去安戴尔超市的机会难道不是很不幸吗？在收银台时找不到自己的推车难道不是很不幸吗……

可是，花园里空无一人。

这位脾气焦躁的老妇人开始感到担忧。她来到房子背后，把眼睛贴在窗户上，向"寂静"打探波莱特的下落。

"我的老天！"当伊冯娜看到自己的朋友横躺在厨房的方砖上时，不由得大声惊呼起来。

在惊慌失措的状态中，伊冯娜胡乱地在胸前画着十字，甚至在祷告时混淆了圣子和圣灵的前后顺序。随后，她一边低声咒骂，一边到堆放杂物的小屋里找来了一些工具。最终，伊冯娜用一把锄头砸碎了窗玻璃，并靠着惊人的力量爬到了窗户的边缘。

她踉踉跄跄地穿过房间，蹲下身去，托起了波莱特的脸。此刻，波莱特的脸已经浸润在一种由牛奶和血迹混合而成的粉红色液体中。

"噢！波莱特！您死了吗？您是不是已经死了？"

身旁的猫一边舔着地板，一边发出满足的声响。它就像一个冷静的旁观者，面带嘲讽地看着这场悲剧，看着这些人类的礼节以及周围四散一地的玻璃碎片。

3.

救护车来了之后，伊冯娜本没打算陪同波莱特前往医院，可是救护人员要求她登上救护车完成一些急救前的手续。

"您认识这位老妇人吗？"

这个问题让伊冯娜感觉受到了侵犯。

“我想我是认识她的！我们生活在一个城镇！”

“好吧，那就请您上车吧。”

“可我的车怎么办？”

“您的车不会自己飞走的！我们一会儿把车给您送回去。”

“那好吧……”伊冯娜妥协道，“我等一下再去购物。”

救护车里空间狭小，让人感到很不舒服。救护人员指了指担架旁的一张矮凳，让伊冯娜坐下。这张矮凳不大不小，正好能够容下她的身躯。一路上，伊冯娜都紧紧拽着自己的皮包，生怕它在救护车拐弯时掉落。

一个年轻人与伊冯娜一起待在车上。由于在波莱特的手臂上找不到静脉，这位年轻人一路都在高声咒骂。伊冯娜很看不惯这种态度。

“别这样大声叫喊。”她喃喃低语道，“别这样大声叫喊，您首先要对她施行怎样的治疗？”

“先为她输液。”

“为她什么？”

从年轻人的眼神中，伊冯娜立刻明白自己还是保持安静为妙。然而，她又不由自主地继续自言自语道：“看看他是怎样拧波莱特胳膊的，不，快看看他在做什么……真可怕，我情愿什么都没有看见……请求上天保佑她……唉！您这样会把她弄痛的！”

那位年轻人就站在那里，手中提着输液的袋子。伊冯娜坐在一旁，心中默数着输液袋里的水滴，嘴中则在胡乱地祈祷着什么。救护车的警报声让她无法集中精力。

伊冯娜把她老友的手放在自己的膝盖上，像抚平短裙的下摆一样地用手在波莱特的手上轻轻摩挲，神情恍惚。悲伤和惊恐让她无法表现得更加温存……

伊冯娜轻轻叹了口气，看着波莱特的皱纹、老茧、暗沉的斑点以及细长的指甲。然而，她的指甲虽然细长，却已经开裂，并且很硬也很脏。看到这里，伊冯娜不由得把自己的手伸到一旁，想做一个比较。两只手的差别很大，造成这一差别的原因有很多：伊冯娜比波莱特更年轻，体态也更加丰满。可是，更加重要的缘由是波莱特的双手比伊冯娜的双手经历了更多的劳苦。比起波莱特，伊冯娜远没有经历如此辛苦的劳作，却享有更多爱的拥抱。比如，她已经很久没有在花园里播种除草了。伊冯娜的丈夫仍会在花园里种植一些土豆，至于其他的蔬菜瓜果，上安戴尔超市购买会让他们省力得多，那里的蔬果也更加干净，伊冯娜再也不用剥开受到鼻涕虫侵袭的生菜菜心了……另外，她还拥有自己的世界：她的吉尔伯特、娜塔莉和其他可以随时亲吻的孙辈……但是波莱特，她还拥有什么呢？什么都没有。什么美好的事物都没有：一个死去的丈夫以及一群从来都不来探望她的孩子。留给波莱特的只有无尽的烦恼和回忆，就像一条串满微小苦难的念珠……

伊冯娜就这样一路上若有所思，不断向自己发问：难道这就是人的一生吗？难道它真的如此轻盈、如此忘恩负义？波莱特曾经是一个多么美丽的女人！如此富有魅力，像明珠一样闪耀。然而这又如何？这所有的一切都去往何方了呢？

此时，波莱特的嘴唇开始微微颤动，伊冯娜见状，立刻抛去脑中所有富有哲理的杂念，惊呼道：

“波莱特，我是伊冯娜。我的波莱特，一切都很好。我来是为了给您办一些手续，还有……”

“我死了吗？好了，我终于死了吗？”波莱特低声说道。

“当然没有，我的波莱特！当然没有！看，您根本没有死！”

“啊。”另一个听到以后，轻叹了一口气，闭上了眼睛。

这声“啊”叫得让人心碎。短短一个音节，透出的却是一份失望、挫败和妥协。

啊，我还没有死……啊，这是真的吗？啊，真可惜……啊，对不起……

然而，伊冯娜并不认同波莱特的观点：

“加油，我的波莱特，您应该活下去！不管怎样，应该活下去！”

这位老妇人将头左右摆动，这一动作是如此细微，以至于让人无法察觉。事实上，她是想通过这一动作来表示自己轻微的悔恨、忧愁和倔强，甚至还有反抗。

也许是她人生中的第一次反抗……

随后，是一片寂静。伊冯娜不知道还能向她的朋友说些什么。她擤了擤鼻涕，更加温存地抚摸着波莱特的手。

“他们是不是要把我送进养老院？”

伊冯娜惊跳了一下，回复道：

“不，他们不是想把您送进养老院！这怎么可能！您为什么会这么说呢？他们带您去治疗，仅此而已！几天以后，您就可以回到自己的家中！”

“不，我知道这是不可能的……”

“完全不是您想的那样！”

“又怎么了，年轻人？”

救护人员做了一个手势，让她说话声音轻一些。

“那我的猫怎么办？”

“别担心，我会照看好您的猫的。”

“我的弗兰克呢？”

“我们会很快打电话给他，马上就打，我来做这件事情。”

“可我找不到他的号码了，我把它弄丢了……”

“我会找到的！”

“还是不要打扰他的好，您知道，他工作很辛苦……”

“是的，波莱特，我很清楚这点，我会给他留言的。您知道，如今所有的孩子都有手机了……我们不会打扰他们的。”

“您和他说……说……就说……”

片刻工夫，这位年老的妇人便突然哽咽起来，再也说不下去。

当救护车开进医院时，波莱特边哭边喃喃自语道：“我的花园……我的房子……请你们带我回家吧……”

然而，此时伊冯娜和担架员都已经站起身来。

4.

“您上一次例假是何时来的？”

此时，她正在屏风后用双腿和自己的牛仔裤做着抗争。她叹了口气，她知道医生会问她这个问题，她知道，所以也为此做好了准备。她用一个银质发夹盘好头发，随后捏紧拳头，蜷缩身体，站上了该死的体重秤。她甚至还在秤上轻跳了几下，想以此使指针往前移动几格……但是，这种方法显然无法奏效，她必须因为体重过轻而接受“思想教育”……

在刚才进行腹部检查的时候，她瞥见了医生皱着眉头的脸庞。她过于瘦削的肋部和胯部、她可笑的胸部和嶙峋的大腿都让医生深感担忧。

做完检查后，她平静地穿上裤子，系好腰带。这一次，她无所畏惧。我们现在是在企业医疗中心，而非中学校园。现在，她只要对医生美言几句，便可离开。

“怎么说？”

她就这样坐在医生对面，向他微笑着。

当谈话者让她感到尴尬，或者一时找不到转移话题的方法时，微笑就是她的武器、秘诀、窍门。然而，今天坐在对面这家伙好像和自己是同一个老师教出来的一样……只见他双手交叉放在胸前，脸上挂着能让人卸下一切防备的微笑。在这种情况下，她不得不回答他的问题。她其实料想到会有这样的结果，因为这位医生很有魅力，当他的手放到她的腹部时，她不由得闭上了双眼……

“好了，您可不能骗我。要不然的话，我情愿您不回答我。”

“很长时间了……”

“这是显而易见的。”医生做了一个鬼脸，重复道，“这是显而易见的……一百七十三厘米，四十八公斤，照这样下去，您马上就可以从胶水和纸张的缝隙中穿过。”

“什么纸张？”她天真地问道。

“嗯……其实就是病历卡……”

“啊！病历卡！不好意思，我不知道它还有这样的表达方式……”

医生本想对此做出回应，最终还是选择保持沉默。他叹了口气，低头写下医嘱，随后再次抬头，凝望着她，问道：

“您平常不进食吗？”

“不，我当然每天进食！”

突然，一阵强烈的厌倦感向她袭来。她受够了这些关于她体重的无谓讨论，她真的受够了。她马上就二十七岁了，可人们还总拿她的体重说事，这让她备感烦恼。人们就不能和她讨论些别的事情吗？她就在那里，充满朝气，和其他人一样精力充沛，与所有女孩一样快乐、悲伤、勇敢、敏感、充满挫败感。她的身体，就是一个鲜活的生命……

老天爷，请发发慈悲，难道今天大家就不能和她谈点别的吗？

“四十八公斤，确实不够标准，您同意吧？”

“嗯。”她顺从地点了点头，“嗯……我同意……我的体重很久都没有这么轻了……我……”

“您？”

“没什么。”

“告诉我。”

“我……我还有过比这更糟糕的经历……”

医生没有再说什么。

“您可以为我填写一下健康证明吗？”

“好的，当然，我这就为您填写。”他一边回答，一边抖动了一下身体，“这家公司的名称是什么？”

“哪家？”

“我们现在身处的这家公司，就是您在里面工作的这家公司。”

“都科林。”

“抱歉，我没听清。”

“都科林。”

“T-o-u-c-l-i-n-e，其中T大写？”医生试着拼写道。

“不，是c-l-e-a-n。”她纠正道，“我知道，这个名字显得有些缺乏逻辑。也许叫‘都普尔’[1]，大家会更容易理解一些。但是我觉得他们也许更喜欢‘都科林’所呈现出的‘美国味’，它让人感觉更加职业，更加……高端……您懂吗？”

他不懂。

“它到底是什么？”

“抱歉？”

“这家公司到底是做什么的？”

她挺直身体，伸展四肢，然后用一种严肃认真，犹如空姐播音一般的语调开始向医生介绍起公司的职能：

“女士们，先生们，都科林公司可以满足您一切关于清洁的苛刻要求。无论是为私人客户还是职业公司，无论是办公室、工会、事务所、通讯社、医院、

---

① 在公司名“Touclean（都科林）”中，“Tou（t）”为法文，意为“所有”。“clean”为英文，意为“干净”。而法语中的“干净”一词为“propre”，所以这里主人公提到的名字“Toupropre”音译为“都普尔”。——译注

住所、大楼还是工作室，都科林都将为您提供满意的服务。都科林整理、都科林洗涤、都科林清扫、都科林吸尘、都科林打蜡、都科林擦拭、都科林消毒、都科林磨光、都科林修饰、都科林除臭。我们将根据您的安排，调整工作时间。灵活，低调，优质的服务与合理的价格。职业的都科林将竭诚为您服务！”

她一口气说完了这段令人惊叹的介绍，完全镇住了坐在对面的医生。

“这是一个玩笑吗？”

“当然不是。您一会儿就能见到这支都科林的‘梦之队’，她们就在这扇门后……”

“你们到底是做什么的？”

“我刚向您解释过。”

“不，我说的是‘您’……‘您’！”

“我？嗯……我负责整理、清洗、清扫、吸尘、打蜡和所有其他的杂事。”

“您是清洁工……”

“我更偏爱‘空间美容师’的叫法。”

然而，医生却无法辨别猪膘和猪肉。

“您为什么要干这行？”

她睁大了眼睛。

“不，我的意思是为什么是‘这行’，而不是其他职业？”

“为什么不呢？”

“您为什么不从事一个更……”

“更能抬高身价的工作？”

“是的。”

“不。”

听到这里，医生拿着笔，半张着嘴，愣了好一会儿，才看了看表上的日期，然后就开始低头向她发问：

“姓？”

“福克。”

“名？”

“卡米耶。”

“生日？”

“1977年2月17日。”

“这是健康证明，福克小姐。您具备工作所必需的身体素质……”

“太好了。我需要向您支付多少钱？”

“不必了，所有费用将由都科林来支付。”

“啊，都科林！”她一边低声重复，一边站起身来。随后，卡米耶以一种夸张的戏剧化方式说道：“我有资格清洗厕所了，真是太美妙了……”

医生一直把卡米耶送到门口。

此时，他不再微笑，而是重新戴上了严肃认真的面具。

当他用一只手握住门把时，另一只手则向卡米耶伸去：

“还是再长几斤吧？让我高兴高兴……”

她点了点头。然而，她很明白：无论是威胁，还是好话，对她都不起作用，因为她真的已经受够了这一切。

“让我们一起拭目以待，看看还能做些什么吧。”她说道，“再看看吧……”

等卡米耶出来以后，塞米亚随即进门检查。

她走出检查室，摸索着上衣口袋，想找一根烟来抽。肥胖的玛玛多和另一个同事卡琳坐在一张长椅上评论着路人，并不时地抱怨，恨不能尽早回家。

“怎么样？”玛玛多半开玩笑地问道，“你在里面都干了些什么？我的地铁已经开跑了！唉，他对你施了巫术还是什么？”

卡米耶席地而坐，对着玛玛多微笑。这一微笑和她之前对着医生的微笑完全不同。这一次的微笑单纯通透。因为她亲爱的玛玛多从来不会对她耍弄心机，她真的太厉害了……

“他人还和善吧？”卡琳一边问一边拨弄着自己的指甲。

“相当好。”

“啊，我就知道！”希维尔欣喜地大叫起来。“我就料到会是这样！”玛玛多朝着卡琳继续说道，“我对你和希维尔早就说过，卡米耶在里面肯定一丝不挂！”

“医生会让你站上体重秤的……”

“让谁？让我？”玛玛多叫喊起来，“让我？他竟然认为我会站上体重秤！”

玛玛多的体重少说也有一百公斤，她拍了一下自己的大腿，继续说道：

“我一辈子也不会站上去的！如果我站上去，一定会把秤和医生都压碎的！检查时还要做些什么吗?”

“他给你打针了吗？”卡琳问道。

“打什么针？”

“不打针的。”卡米耶安慰她们道，“他只是听听心跳和肺部的声音……”

“哦，那还好。”

“他还会触摸你的腹部……”

“看吧。”玛玛多脸一沉，继续说道，“看吧，这就是他打招呼的方式。如果他敢碰我的肚子，我就把他活吞了……这种白种小医生一定很美味……”

说到这里，玛玛多故意突出自己的口音，并下意识地摸了一下自己的长袍[①]。

“是的，他们真的很美味……我们的祖先曾经说，如果把白人和木薯与鸡冠混在一起，那一定很好吃……”

“还有那个拉布达尔，不知道医生会对她做些什么。”

乔丝是拉布达尔的名，在卡米耶和同事看来，她是一个让人讨厌的邪恶女人，总是惹是生非，也因此成为她们的嘲笑对象。顺便说一句，拉布达尔是她们的领导。在她的胸牌上清清楚楚地标明了“部门主管”的字样。这个拉布达尔总是利用自己有限的职权来毁坏别人的生活。其实，她总是这样做，自己也会感到很疲惫……

“对她嘛，医生肯定什么都不做。他一旦闻到这个女人身上的气味，一定马上让她重新穿上衣服。”

卡琳说得没错。除了以上列举的种种恶劣品行之外，乔丝·拉布达尔还特别容易出汗。

随后，轮到卡琳进去检查。玛玛多则在此时从包里拿出一大沓文件，放在了卡米耶的膝盖上。因为后者曾经答应帮助她看一眼文件，然后试着理清这些乱七八糟的事务。

“这是什么？”

“这是住房补助表！”

“不，这所有的名字是怎么回事？”

“这是我所有的家庭成员！”

“哪个家庭？”

---

① 玛玛多祖籍非洲，平时习惯穿非洲传统长袍。——译注

“什么哪个家庭？我的家庭呀！卡米耶，你能不能用点脑子！”

“所有这些名字，都是你的家庭成员吗？”

“所有都是。”玛玛多骄傲地回答道。

“你到底有几个孩子？”

“我有五个，我的兄弟，他有四个……”

“但为什么他们都在这里？”

“你说的‘这里’是哪里？”

“唉……这张纸上呀。”

“这样写更加方便。我的兄弟和嫂子现在住在我家，因为我们共享一个信箱，所以……”

“但是这样做不可以……他们会说这不可以……会说你不可能生了九个孩子……”

“我为什么不可能生九个？”玛玛多生气地说道，“我的母亲生了十二个呢，她！”

“等等，玛玛多你别激动，我只是说政府的人看到这里会有异议。他们会让你解释清楚，并把户口簿拿给他们看。”

“这是为什么呢？”

“我想是因为你们这样填写，其实并不合法……我并不认为你和你的兄弟有权将你们两家的孩子登记在一张申请表上……”

“我知道，但是我的兄弟，他一无所有！”

“他工作吗？”

“他当然工作！他是开大巴的！”

“那你的嫂子呢？”

玛玛多皱了一下鼻子。

“她无所事事！我告诉你，她什么都不干！甚至动都不愿多动一下。这个臭婆娘，从不肯挪动一下她的大屁股！”

听到这里，卡米耶在心底暗笑，她很难想象玛玛多心目中的“大屁股”是什么样的……

“他们两个都有合法证件吧？”

“当然！”

“这样的话，他们完全可以单独申报……”

“但是我的嫂子不愿意去房屋补助中心，至于我的兄弟，他总是夜晚上班，白天睡觉，你懂了吧……”

“我懂了。现在的话，你能收到几个孩子的房屋补助？”

“四个。”

“四个？”

“是啊，这就是我从一开始就想向你解释的问题。但是你像所有的白人一样，总觉得自己有理，从来不听别人说话！”

卡米耶倒吸了一口气，略感不快。

“我想和你说的问题是，他们忘记补助我的茜茜……”

“马茜茜①是你第几个孩子？”

“傻瓜，这不是一个数字！”这个肥胖的女人高声叫道，“这是我最小的孩子，我的小茜茜……”

“啊！原来是茜茜！”

“是的。”

“那为什么他们没有算上她的一份呢？”

“天哪，卡米耶，你是故意的吗？这是从我们谈话到现在，我一直试图向你抛出的问题！”

她已经不知道该说些什么了……

“我认为最好的解决方式是带着所有这些文件和你的兄弟或嫂子去一趟房屋补助中心，去向那个女士解释这一切……”

“你为什么说‘那个女士’？到底是哪一个？”

“随便哪一个！”卡米耶激动地说道。

“好吧，其实你完全不必如此动怒。我之所以问你这个问题是因为我以为你认识她……”

“玛玛多，在房屋补助中心，我谁也不认识。我这一辈子都没有去过那里，你懂吗？”

说着，她把手中这些杂乱的文件一股脑地还给了玛玛多，里面什么都有，

---

① 法语中“Ma”意为“我的”，音译为“马”。这里卡米耶错误地把“我的茜茜”听成了“马茜茜”。——译注

甚至还有广告、汽车的照片和电话账单。

她听到玛玛多低声抱怨道："她说'那个女士'，所以我很自然地问她是哪一个。我认为这个问题很正常啊，因为补助中心还有许多'先生'。既然她从来没有去过那里，她又怎么知道那里只有女士呢？那里还有很多男士……她是'我什么都知道'小姐，还是什么？"

"嘿！你生气啦？"

"不，我没有生气。只不过你说好要帮我的，最后却没有帮忙。好了！就是这样！"

"我和你们一起去。"

"去房屋补助中心？"

"是的。"

"你会去和那个女士说明一切？"

"对。"

"如果我们碰到的不是'她'呢？"

卡米耶本想保持冷静，塞米亚在此时重新出现了。

"轮到你了，玛玛多……"她说着转身朝向卡米耶，"给，这是那个医生的电话号码。"

"我要这有什么用？"

"有什么用？有什么用？我怎么知道！老天，就当是和那个医生玩玩呗！是他要我把这个号码给你的……"

他把自己的手机号码写在一张处方纸上，并附上了一句话："我给您的处方是规定您和我共进晚餐，请给我回电。"

卡米耶把字条揉成一团，扔到了路边的阴沟里。

"你知道……"玛玛多一边费力地站起身，一边用食指指了指卡米耶，继续说道，"如果你帮我搞定了茜茜的事情，我就让我的兄弟为你找一个男朋友……"

"我怎么记得你的兄弟是开大巴的？"

"是啊，可是大巴也可以让人迷醉，或让人们的美梦幻灭。"

听到这里，卡米耶不由得抬头望了一眼天空。

"那我呢？"塞米亚打断道，"他是不是也能给我找一个如意郎君？"

玛玛多走到她的身边，指着卡琳的脸说道：

“你这个该死的女人，你先把水桶还给我，我们再谈！”

“你别老拿这件事情来烦我！我上次拿的水桶不是你的，是我自己的！你的水桶是红色的！”

“快走吧，不想和你废话了，你这讨厌的女人！”玛玛多说着，发出嘘声表示反对，随后渐渐走远。

只见她还未登上流动检查车几步，车身就开始轻微地摇晃起来。卡米耶见状，微笑着在心里默念道：“加油啊。”然后拿起包，准备离开。“加油……”她继续念叨着。

“你要走啦？”

“我和你们一起走。”

“你要怎么走？和我们一起坐地铁吗？”

“不了，我准备步行回家。”

“对哦，你是住在高档街区的人……”

“你瞎说些什么呀……”

“好吧，那明天见……”

“姑娘们，再见。”

皮埃尔和玛蒂尔德本来今天邀请卡米耶去他们家进晚餐。卡米耶去电准备取消这次赴约承诺，当她发现无人应答、自己直接进入他们的留言信箱时，感到如释重负。

随后，我们如此轻盈的卡米耶·福克继续向家里走去。她是如此轻盈，以至于除了背包和堆积在她体内结石的重量以外，卡米耶脚下的碎石路几乎感受不到她的存在。她本应该在刚才把这一身体情况告诉医生。如果她当时有欲望……或力量？也许是时间？对，一定是时间，她自我安慰道，虽然连她自己也对这个设想没有把握。在卡米耶看来，时间已经成为一个让她无法理解的概念。多少个星期、多少个月就这样在她毫不知情的情况下悄然流逝。然而就在刚才，就在那段荒唐的独白中，她还试图说服自己与其他人一样英勇无畏，这完全是一个纯粹的谎言。

对了，她之前用过一个什么词来着？“充满朝气”，是这个词吗？这简直就是胡闹，卡米耶·福克一点都不“充满朝气”。

卡米耶·福克是一个晚上工作的孤魂，体内碎石累积。她行动迟缓、沉默寡言，却以一种优雅的姿态，隐匿在角落中。

卡米耶·福克是一个总以背部示人的女孩，弱不禁风而又难以捉摸。

她不应为之前看似轻盈、流畅、惬意的场景感到自豪，因为卡米耶·福克在说谎。她总是强迫自己不断伪装，在点名时应一声“到”，好让自己不那么惹人注目。

她又想到了刚才那个医生……在对他的手机号码感到不屑一顾的同时，又想着自己是不是错失了某种机会……无论如何，他看上去很有耐心，相比其他人，也显得更加细心……也许她本应该……有一刻，她甚至想……然而，她在检查时非常疲倦。要不然的话，她也会用两肘支着桌子，向医生道出实情，告诉他自己已经不再进食，或者吃得极少，因为她的体内被碎石占据了太多的空间；告诉他自己每天醒来都有咀嚼砂石的感觉，自己在还没有睁开眼睛的时候就已经感到呼吸困难；告诉他周边这个世界对她来说已经毫无意义，因为对她来说，每一天都经历着无法承受的生命之重。想到这里，卡米耶不由得低声哭泣起来。她哭泣，不是因为感到悲伤，而是怨恨自己为何要容忍这一切的发生。好在眼泪这种液体可以帮助她化解腹中的结石，让她得以重新呼吸欢畅。

然而，他会聆听她的诉说吗？他能理解她的感受吗？不得而知。这就是她之前保持沉默的原因。

她不想到头来像自己的母亲一样生活，不想重蹈覆辙。她知道，一旦她开始这种生活，就无法控制生命的方向。因为命运将把她带去一个过于遥远、过于沉重、过于昏暗的地方。到时，她将没有转身的勇气。

是的，她宁愿欺骗自己，也不想回头。

她走进自家楼下的弗朗佩超市，极不情愿地买了一些吃的东西。她这么做，完全是为了答谢那位年轻医生对自己的善意提醒，并回应玛玛多对自己身形的嘲笑。然而，正是这个肥胖女人高分贝的笑声、这份在都科林的愚蠢工作、拉布达尔和卡琳那些荒诞离奇的故事、她们之间的争吵、互相交换的香烟、身体的疲乏、她们疯狂的傻笑和有时不怀好意的奚落在帮助卡米耶更好地生活。是的，帮助她更好地生活。

她在货架前徘徊了好几圈，才最终确定要购买的食物：几根香蕉、几盒酸奶以及两大瓶水。

她远远瞥见了他们楼里的那家伙：他是一个奇怪的年轻人，总是戴着一副用胶布粘贴起来的眼镜，穿着松垮的裤子，行为举止怪异得就像来自火星一样。只见他刚刚拿起一件商品，马上又把它放回货架，走出几步以后，又改变主意，折回去，重新拿起刚才那件商品，点了点头，最后却在轮到他付款时，匆匆离开队伍，再一次把商品放回原处。有一次，卡米耶甚至看到他在离开超市后，又重新折回商店，买下了他在前一秒放下的蛋黄酱。这位可笑却又可悲的小丑引得众人哄堂大笑，而他只能吞吞吐吐地在收银员面前解释。这一情景让卡米耶看得揪心。

有时，卡米耶会在路上或是大楼门口与他相遇，场面总是充满恐慌和尴尬。这一次也不例外，此时他正不知所措地面对着密码按钮。

“有什么问题吗？”她问道。

“啊！噢！唉！对不起！（他揉搓着双手）。小姐，晚上好，请原谅我……给您带来了不便，我……我确实给您带来了不便，不是吗？”

现在这番场景可真可怕。因为她不知道自己是该嘲笑他，还是对他抱有同情。他病态的羞涩，过分雕琢的说话方式、用词以及动作都让她感到很不自在。

“不，不，没关系的！您忘记密码了吗？”

“我想不是。就我知道的来看……我之前并没有这么思考问题……我的上帝，我……”

“也许他们更新了密码？”

“您当真如此认为？”他问道，脸上的表情就好像卡米耶刚刚通知他地球即将毁灭一样。

“我们来看看，是不是这么回事……342B7……”

只听到“嘀”的一声，门应声而开。

“噢，我是多么羞愧难当……我是多么羞愧难当……我……我其实之前也是这么做的……真弄不懂……”

“没关系的。”她边说着，边为他推开了门。

他忽然做了一个动作，想把手臂伸到卡米耶身体上方，为她扶住门，岂料他非但没有完成目标，还重重地击打了一下卡米耶的头部。

“我的老天！我没有弄疼您吧？我是如此笨拙，真的，我请求您原谅我……我……”

“没关系的。”卡米耶已经第三次重复这句话了。

他没有动。

“哎哟……”她最终请求道，“您是否可以抬一下您的脚，因为它正好踩着我的脚踝，这让我感到很疼痛……”

说罢，她笑了一下，神情尴尬。

当他们走进大厅时，他又马上冲向那座玻璃门，好让卡米耶在行走时畅通无阻。

“唉，可是我不朝这里走。”她遗憾地说道。随后向他指了指后面的院子。

“您住在院子里？”

“唉……也不是……其实我住在屋顶下……”

“啊！真好……”他说着拉了拉被卡在黄铜门把处的包，然后继续说道，“那……那住在那里一定很舒适吧……”

“唉……这个嘛……”她做了一个鬼脸，一边加紧步子离开，一边说，“这也是一种看待事物的方式……”

“小姐，祝您度过一个愉快的夜晚。”他向卡米耶喊叫道，随即又加上一句，“替我向您的父母问好！”

她的父母……这个男的一定是个白痴……她想起有一天深夜（对，总是在深夜，因为她通常在深夜才收工回家），她在楼下大厅里碰巧遇上了这个怪异的人，他当时披着睡衣，穿着一双打猎长靴，手里拿着给猫喂食的碗。他显得失魂落魄，问卡米耶是否看到一只猫。她回答没有，随后跟着他来到院子一起寻找。“它长什么样？”卡米耶问道。“唉，可惜我也不知道……”“您不知道自己的猫长什么样？”听到这里，他呆住了，回答道：“我怎么会知道？我从来都没有养过猫！”卡米耶听到以后惊讶万分，摇了摇头，丢下他一人，起身离开。这个人真令人毛骨悚然。

“高档街区……”当卡米耶登上一百七十二级楼梯的第一级台阶时，再次想到卡琳刚才说的话，每天，她都要在登上一百七十二级台阶后，才能到达她的蜗居。高档街区，你说得一点没错……她住在一幢面朝香榭丽舍大街的豪华住宅的第七层，从这一点来看，是的，她确实住在一个优雅的地方，因为她只要站在一张矮凳上，然后颤颤巍巍地把身体伸向右边，就可以瞥见埃菲尔铁塔的顶部。然而亲爱的，剩下的一切就并非如你所设想的那样了……

她倚靠着栏杆，一边喘着粗气，一边费力地托着刚买的几瓶水上楼。她尝试着不休息，永远不，在任何一层楼都不休息。有一个夜晚，她休息了一会儿，却再也没有站起来过：她只是在四楼台阶上坐下，想休憩片刻，却头靠着膝盖睡着了。醒来的过程是痛苦的，她已经完全冻僵，并且过了好一会儿才想起自己是在哪儿。

由于担心暴雨将至，卡米耶在出门前关上了气窗。一想到此时屋顶被太阳灼烤得像一个火炉，她不由得叹了一口气。下雨时，她常常浑身湿透；盛夏时节，若是天气如今天般晴好，她会感到很闷热；如果在严冬，她又总是冻得瑟瑟发抖。卡米耶熟知这处住所所有的天气变化，因为她在这里已经住了一年多。她从不抱怨，因为这处蜗居对她来说是一个意外的惊喜。她永远记得皮埃尔·凯斯莱尔那天推开房门、把钥匙递给她时的尴尬表情。

这是一间狭小、肮脏、局促，却来得如此凑巧的屋子。

一周前，当皮埃尔在门前发现饥饿、惊恐、沉默的卡米耶·福克时，后者已经在大街上度过了好几个夜晚。

起先，当他在自己的楼道上瞥见一个黑影时，吓了一跳。

“皮埃尔？”

“谁在那里？”

“皮埃尔……”那个声音呻吟道。

“您是谁？”

当他打开楼道上的灯时，却变得更加惊慌。

“卡米耶？是你吗？”

“皮埃尔。”她一边抽泣，一边把一个小箱子推到他的面前，继续说道，“你一定要帮我保存这个……这是我所有的家当，你懂吗，别人会偷走我的箱子的……别人会偷走我的箱子的……所有，所有的一切……我不能让他们偷走我的工具，要不我会死的……你懂吗？我会死的……”

他觉得她是在胡言乱语：

“卡米耶！你在说什么呢？你从哪儿来的？快进来！”

此时，玛蒂尔德在皮埃尔的身后出现。卡米耶还没有进门，就昏倒在了门前的垫子上。

他们为她脱去衣服，随后把她安顿在最里面的那个房间。皮埃尔·凯斯莱尔坐在一把床边的椅子上，看着她，一脸困惑。

“她睡着了吗？”

“我觉得是……”

“到底发生了什么？”

“我一点也不知道。”

“看看她都变成什么样了！”

“嘘……”

她在第二天的午夜时分苏醒，为了不吵醒那对好心的夫妇，卡米耶缓慢地在浴缸中放满了水。然而，皮埃尔和玛蒂尔德此时并未入睡，他们决定不去打搅她，让她清净一会儿。这对夫妇就这样收留了她几天，为了方便她的生活，他们还特意为她准备了一把备用钥匙。这个男人和这个女人简直就是上帝派来的天使。

皮埃尔的父母不久前刚刚去世。当他建议卡米耶住到他父母楼房里备用的那间保姆房时，从床底下拖出一只苏格兰小箱子。正是这只箱子把卡米耶带到了他们这里。

“给。”他向她说道。

卡米耶摇了摇头，说道：

“我想把它留在这里……”

“这不可能。”他生硬地打断了她，说道，“你把它带走吧。它留在我们家一点意义也没有！”

玛蒂尔德陪着卡米耶来到一家大型商场，选购一盏台灯、一个床垫、一些家用织物、几个平底锅、一个电磁炉和一个小型冰箱。

“你有钱吗？”在卡米耶走之前，她问道。

“有。”

“你觉得可以吗？我的大姑娘。”

“可以。”卡米耶强忍着泪水，回答道。

“你想留一把我们家的钥匙吗？”

“不，不，没问题的。我……我都不知道该说些什么……说什么……”

她终于忍不住，开始哭泣起来。

“什么都别说。”

“谢谢可以说吗？”

"可以。"玛蒂尔德说着把她拥在怀里，说道，"说谢谢就好，已经很好了。"

他们几天后前去探望卡米耶。

一百七十二级台阶让他们筋疲力尽，以至于他们一到达卡米耶的房间，就瘫倒在床垫上。

皮埃尔笑着说今天登楼的经历让他回想起自己的青春，接着轻轻哼起旧时的歌曲。随后，他们在塑料纸杯里斟满香槟，畅饮起来。玛蒂尔德像变戏法一样从一个大包里拿出许多美味的食物。在香槟和好心情的驱使下，他们鼓起勇气，问了卡米耶几个问题。她回答了一部分，两人也不再坚持追问其余问题。

当他们起身离去，玛蒂尔德甚至已经迈下了几级楼梯时，皮埃尔·凯斯莱尔转过身，抓住了卡米耶的手腕，说道：

"卡米耶，你该找份工作了……你现在应该工作……"

她低垂眼睑，回答道：

"我感觉最近我做了很多事……很多，很多……"

听到这里，皮埃尔把她抓得更紧了，简直快把她弄疼了。

"你很明白，那些都不是工作！"

她抬起头，迎着他的目光，问道：

"这就是你们帮助我的原因吗？就是为了和我说这个？"

"不是的。"

卡米耶浑身颤抖起来。

"不是的。"他一边重复着，一边放开了她，"不是的，别说傻话了。你很清楚，一直以来我们都把你当作自己的女儿……"

"那么我是聪明乖巧，还是调皮败家？"

他朝她微笑了一下，补充道：

"工作吧。其实你已经别无选择……"

她关上房门，收拾了一下晚餐的残局，无意间在包的深处发现一大本申内利尔[①]产品图册。一张便笺上写了这么一句话："你的会员账号仍旧开通……"然而，她却没有翻阅这本图册的勇气，而是拿起一旁的酒瓶，一饮而尽。

后来，她听从了皮埃尔的建议，开始工作。

于是今天，她开始清洗别人排出的粪便，并且认为这份差事无比适合自己。

---

① 申内利尔（Sennelier）始于1887年，是法国著名的百年美术用品工厂。——译注

可是事实上，她们每天工作时都热得要命……对此，“超级乔丝”这样对她的手下说道：“姑娘们，你们不要抱怨，我们现在享受的是最后几天晴好的日子，之后等待我们的是漫长的冬日。到那时候，有你们受的！所以，现在你们都别抱怨，好不好！”

这是她唯一说得有理的一次。时下正值九月末，人们眼看着白天的时间一天天减短。卡米耶想着今年她要换一种方式生活：提早入睡，然后在下午时分起床，这样就可以每天都见到阳光。这一想法让她自己都感到惊讶，随后，她在一种漫不经心的状态下开启了电话的留言信箱。

“是妈妈。”留言人清了清嗓子，继续说道，“好吧……其实我也不清楚你是否还知道这个称谓的含义……妈妈，你知道吗？我的理解是，这是那些懂事的孩子在面对他们的生养者时通常会说的一个词。卡米耶，你还记得你有一个母亲吗？对不起，我又勾起了你一些不好的回忆，可是，这已经是我自周二以来第三次给你留言了……我想问一下我们一起午餐的计划是否照旧……”

卡米耶关掉了电话留言，从冰箱里重新拿出刚才动了几口的酸奶。她盘腿而坐，取了一些烟草，想要卷出一根香烟，但是，她的双手背叛了她。她重复了数次同样的动作，试图把烟草卷起来时不弄破包烟草的薄纸。卡米耶全身心地卷着她的香烟，就好像这是世界上最重要的任务一般，她紧咬双唇，直到嘴唇流血。这太不合理了。她刚刚度过了几乎正常的一天，却被一张薄纸片搅得心烦意乱，这实在是太不合理了。今天，她交谈、聆听、大笑，甚至还尝试开始社交。她对那个年轻医生发嗲撒娇，还对玛玛多许下了承诺。虽然这看起来没什么大不了的，可是……她已经很久没有许下过任何承诺，从来没有，没有向任何人。然而现在，就因为一台留言机器里传来的几句话，她瞬间变得支离破碎，瞬间退回到了起点；她不得不粉身碎骨地平躺在地上，承受瓦砾的千斤重量……

5.

“拉斯德菲尔先生！”

“是，厨师长！”

“您的电话……”

“我不能接，厨师长！”

“什么，为什么不？”

“我正忙着，厨师长！让他们过会儿再打电话给我……”

主厨听到以后，摇了摇头，转身回到存放橱柜的房间，或者说是他的“办公室”。

“拉斯德菲尔！”

“是，厨师长！”

“是您的外祖母……”

弗兰克在厨房里傻笑了一下。

“告诉她我等会儿给她回电。”小伙子边说着，边给一块肉剔去了骨头。

“你们这些拉斯德菲尔家族的人可真够烦人的！快过来接这通该死的电话！我又不是接线员小姐，我！”

那个年轻小伙子只得用挂在围裙上的抹布擦了擦手，用衣袖抹了抹额头，然后摆出一副凶恶的模样对在一旁工作的伙计说道：

“你，什么都别碰，不然的话……哼……”

“好嘞。”另一个回答道，“外婆等着呢，快去告诉她自己要什么圣诞礼物……”

“傻子，快给我滚……”

他走进“办公室”，叹了一口气，拿起了听筒。

“外婆？”

“你好，弗兰克……我不是你外婆，我是卡尔米诺太太……”

“卡尔米诺太太？”

“唉！你不知道为了找到你，我费了多少周折……我先是打电话给‘大柜台’饭店，他们告诉我你已经不在那里工作了，所以我又……”

“到底发生了什么？”他生硬地打断了她。

“我的上帝，是波莱特她……”

“请等一下，您别挂。”

他起身关上门，重新拿起听筒，随后坐定，摇了摇头，脸色惨白，在桌上找着可以书写的东西，说了几句话后，挂断了电话。然后，他脱去厨师帽，把头掩埋在双手中，闭上眼睛，就这样坐了几分钟。主厨透过窗玻璃，观察着他的状态。只见弗兰克最终把刚才写上字的纸片放进口袋，随即走出了办公室。

“还好吧，小伙子？”

“还好，厨师长……”

“没有发生什么严重的事情吧？”

“股骨颈骨折……”

“啊！”主厨回复道，“这种情况在老年人中十分普遍……我的母亲在十年前碰到过一次，您再看看她今天的样子，简直灵活得像一只野兔！”

“主厨……”

“我猜你今天想向我请假……”

“不是的，我会完成中午的工作，然后在午休的时候提前准备好今晚的食材，随后我想请假离开……”

“那晚上谁来掌勺呢？”

“纪尧姆。他可以胜任……”

“他真的可以？”

“是的，厨师长。”

“谁跟我说他可以？”

“我，厨师长。”

主厨做了一个鬼脸，叫住一个经过他们身边的小伙子，命令他换掉身上的衬衫。随后，重新转向他的区域主管，补充道：

“你走吧，拉斯德菲尔，但我可把丑话说在前头，如果今天晚上出了任何的差错，如果有一个顾客不满意，一个顾客，你听清楚了吗？我将唯你是问，同意吗？”

“完全同意，厨师长。”

说罢，他重新回到自己的位置，拿起了刀子。

“拉斯德菲尔！你能先洗一下手吗？！这里可不是外省！”

“烦死了。”他一边闭上双眼，一边低声抱怨道，“你们所有人都想烦死我，是吗？……”

他静静地重新开始工作。片刻之后，他的下手斗胆向他提问：

“还好吗？”

“不好。”

“我前面听到你和胖子的对话了……股骨颈骨折，是这样吗？”

“是啊。”

“严重吗？”

“应该不严重，我觉得。但问题是我就一个人……”

“什么一个人？”

“一个人承担所有的一切。”

纪尧姆虽然并不理解他说这话的深意，但还是决定让弗兰克一个人消化这些恼人的事务。

“如果你前面听到了我和那个老家伙的谈话，也就意味着你知道今天晚上……”

“是的。”

“你可以让我放心吗？”

“当然可以……”

说罢，两人继续在沉寂中埋头工作，一个对付兔肉，一个则处理一块羊肉。

“我的摩托车……”

“什么？”

“我周日借给你……”

“那辆新的？”

“是啊。”

“看来，他确实很爱自己的外祖母啊……”另一个吹了声口哨，回答道，“好的，没问题。”

弗兰克苦笑了一下。

“谢谢。”

“呃？”

“什么？”

“你外婆在哪座城市？”

“图尔。”

“啊？如果你周日要去看她，难道不需要你的索勒克斯[①]？”

“我可以想其他办法……”

主厨的声音打断了他们的对话。

① 索勒克斯（Solex）是一个轻便摩托车的品牌。——译注

“安静，先生们！请你们保持安静！“

纪尧姆一边磨刀，一边趁着主厨吼叫的噪音，低声说道：

“好了，算啦……等她痊愈了，你再把它借给我吧……”

“谢谢你的理解。”

“别谢得太早。小心我抢了你的饭碗……”

弗兰克·拉斯德菲尔摇了摇头，微笑了一下。

他不再说什么，觉得今天的工作比平时显得更为漫长。他很难集中精力，每当主厨递给他新的订单时都会高声抱怨；在做菜时，总会一不留神烫到自己，他甚至差点搞砸一块牛肉，这让他不断低声咒骂自己。他想着未来几周自己将乱成一团的生活，想着在她身体状况良好的时候去探望她已经是件头疼的事，更别说现在……真是太混乱了……他已经够烦的了，就差她没生病了……他刚给自己买了一辆昂贵的摩托车，贷款的时间简直和他的手臂一样长。这样一来，他不得不经常加班来平衡开支。在这样的情况下，他到底应该把她放在什么位置呢？事实上……连他自己都不敢承认：他甚至对这场意外的到来感到高兴……大胖子迪迪刚为他测试了摩托车的引擎，一会儿弗兰克就可以在高速公路上“自由驰骋”了……

如果一切顺利，他将在飞速行驶一个多小时后到达目的地……

当其他伙计在洗碗时，弗兰克一个人留在厨房里做一些杂事：清点食材、计算肉的数量，并给纪尧姆留了一张长长的字条。他没有时间再回家一趟，只得在衣帽间的浴室里洗了一个热水澡。在擦洗完自己的头盔以后，弗兰克便怀着复杂的心情离开了饭店。

他感觉自己既幸福又担忧。

6.

当他把摩托车放在停车场时，时间还不到六点。

前台的女士告诉他探望时间已经过了，明天的探望时间是从早上八点开始。可他坚持要进去，那位女士绷着脸，不为所动。

他把头盔和手套放在柜台上，说道：

“等等，等等……我想我们没有很好地理解彼此的意思……”他试图口齿清晰、语气平静地向她解释，“我刚从巴黎赶过来，一会儿就走，所以，请您让我……”

一个护士突然出现在他们面前。

“怎么回事？”

前台的护士看到她似乎有些敬畏。

“您好，呃……不好意思打扰您，我想探望我的外婆，她昨天刚被救护车送到你们的医院，我……”

“您的姓？”

“拉斯德菲尔。”

“啊！是的！”她给同事做了一个手势，然后说道，“请跟我来吧……”

她向他简要诉说了一下病人的情况，谈到手术的过程，提起未来的康复治疗，并向他问起一些病人平日生活方式的细节。他艰难地回答着护士的问题，因为他突然被周遭的气味和耳边萦绕的噪声困扰。

“您的外孙来啦！”护士一边开门，一边欢快地说道，“您看到没有？我和您说他会来的吧！好了，我不打扰你们了，一会儿到办公室来找我吧，不然的话，他们不会放您出去的……”她补充道。

然而，现在他却没有心情向她道谢，因为眼前所看到的一切，都让他心碎。

他下意识地转过身去，试图恢复平静。随后，他顺势脱下自己的外套、毛衣，并用眼睛寻找着可以悬挂它们的地方。

“这里挺热的，不是吗？”

他的声音有些奇怪。

“你好吗？”

老太太本想勇敢地朝他微笑，岂料却闭上眼睛，流下了泪水。

别人拿走了她的假牙，这让她的双颊看上去无比消瘦，她的上唇甚至已经陷进了她的嘴巴。

“怎么样？看来你又做了傻事，是这样吗？”

她不知道，为了用这种轻松的语调说话，他付出了常人难以想象的努力。

“你知道吗，我前面和护士交谈过了。她告诉我手术很成功。看，你现在身上不是多了一块漂亮的铁块嘛……”

“他们会把我送到收容所的……”

“怎么可能！你都在胡说些什么？你只要在这里待几天，然后就可以转入一所康复中心。那不是收容所，而是一种类似医院的机构，只是要比医院小很多。那里的医护人员会很好地呵护你，帮助你重新开始行走，然后，你一下就可以回到属于波莱特的花园啦！”

“整个过程要持续几天？”

“几个星期吧……其实时间的长度完全取决于你自己……你应当全身心地投入治疗……”

“你会来看我吗？”

“我当然会来看你！你知道吗，我现在有一辆漂亮的摩托车……”

“你没有骑得太快吧？”

“像乌龟爬……”

“又骗我……”

她终于在泪水中绽放出了微笑。

“外婆，你别这样，弄得我也想哭了……”

“不，你不会的。你从来都不哭，你……即使在你还是个孩子的时候，即使当你扭伤了胳膊，我也从来没有看到你流过一滴泪水……”

“还是别说了。”

由于那些插着的管子，他都不敢握住她的手。

“弗兰克？”

“我在这儿呢，外婆……”

“我好痛。”

“这很正常，疼痛很快就会过去的。现在你应该睡一会儿。”

“我真的很痛。”

“我走之前会将这一情况告诉护士的，我会让她安慰你的……”

“你现在就走吗？”

“当然不！”

“那就和我说会儿话吧。和我谈谈你的近况……”

“等一下，我先把灯关了……这盏灯真的好难看……”

弗兰克拉起百叶窗，这个向西的房间顿时沐浴在一抹柔和的光晕中。随后，他把一把扶手椅搬到波莱特没有受伤的那只手旁边，把它轻轻地握在自己手里。

他从来都是个不善言辞的人，所以，一开始，他几乎找不到话说。他首先和她聊了一些生活琐事，比如，巴黎的天气、污染、他摩托车的颜色、饭店菜单以及其他一些愚蠢的小事。

后来，随着夕阳西下，再加上波莱特脸上几乎安详的神态，弗兰克想起了一些更为精确的回忆，也慢慢开始敞开心扉。他向她讲述了自己为何和女友分手，又告诉她自己最近所追求对象的名字；他在厨艺方面的进展；以及他的劳累……随后，他还模仿了自己合租人的说话方式，只见他的外祖母微微一笑，说道：

“你言过其实了……”

“我发誓我没有！等你下次来我们这里的时候，就会明白了……”

“唉，但我不想去巴黎……”

“那我们过来看你，到时可要为我们准备一顿大餐噢！”

“你当真这么想？”

“当然。你给他做一个土豆馅饼吧……”

“啊，这可不行……这道菜太土了……”

他随后向她讲起饭店的环境、主厨的谩骂，还说起有一位部长曾经来到厨房，为他们精湛的厨艺向他们表示祝贺；他还顺便说起那个机灵的塔库米和现在松露的价格；另外，弗兰克向外祖母透露了莫莫和孟德尔夫人的近况。他就这么滔滔不绝地讲着，直到听到外祖母均匀的呼吸声，才知道她已经安然入睡。于是他站起身，没有发出任何声响。

当他快走到门口的时候，她一下叫住了他：

“弗兰克？”

“嗯？”

“你知道吗，我没有把这事告诉你的母亲……”

“你做得对。”

“我……”

“嘘，你现在应该睡觉了。睡得越多，才会好得越快。”

“我真的做得对吗？”

他点了点头，随后伸出一根手指放在嘴唇上。

“是的。好了，现在好好睡一觉吧……”

他的眼睛很不适应门外闪烁的霓虹灯，过了很久才找到该走的道路。刚才陪同他进来的护士在半路上叫住了他。

她指了指椅子，示意他坐下，随后翻开与他相关的病例文件。她首先问了他几个行政上的问题，然而，这位年轻人却没有任何反应。

“您还好吗？”

“很累……”

“您还什么都没吃吧？”

“没有，我……”

“等一下。我们这里有些吃的……”

她说着，从抽屉里拿出一盒沙丁鱼罐头和一小包饼干。

“这些够了吗？”

“您自己吃什么？”

“我没有问题！看！我这儿还有很多蛋糕呢！要配点红酒吗？”

“不用了，谢谢。我等会儿去饮料出售机上买瓶可乐……”

“去吧，为了陪您用餐，就让我来杯红酒吧，但是……您可要替我保守秘密哦！”

他一边吃着食物，一边回答了她所有的问题，渐渐感觉自己恢复了元气。

“她说她很痛……”

“明天就会好起来的。我们在她的输液里加入了抗炎症的成分，明天醒来的时候，她将精神抖擞……”

“谢谢。”

“这是我的工作。”

“我说的是沙丁鱼罐头……”

他把摩托车开得飞快，一回家便瘫倒在床上，把头埋在枕头里，直到自己喘不过气来。不是现在，他已经坚持了这么久……他还可以继续抗争一段时间……

7.

“咖啡？”

“不，请给我来杯可乐吧。”

卡米耶小口喝着她的可乐。此时，她正在一家咖啡店里，对面就是她即将和母亲共进午餐的饭馆。她把双手放在杯子的两边，然后紧闭双眼，缓慢地呼吸着。虽然她们一起吃午餐的频率很低，但也足以让她的肠胃翻江倒海。每次走出饭店的时候她都像被折成了两段，颤颤巍巍地行走在路上，就像被活剥一般。她一直认为母亲一定是经过精心策划，才能使她如此难受。当然，母亲也可能是无心为之，反正结果都一样。卡米耶感觉每一次她的母亲都在撩拨她的伤口，无数次地让她的一个个伤疤被再次掀开。这时，卡米耶透过可乐瓶看到她的母亲走进了“玉天堂”饭店。她点了一支烟，走向洗手间。随后，她付了钱，穿过马路。她双手插在口袋里，口袋正好处于她肚子的位置。

她看到母亲弯曲的身影，深吸了一口气，在母亲的对面坐下。

“妈妈，你好！”

“你不亲吻我吗？”另一个声音问道。

“妈妈，你好。”卡米耶又把这句话更加清晰地重复了一遍。

“你好吗？”

“你为什么问我这个？”

卡米耶抓紧桌子的边缘，好让自己不马上站起身来。

“我这样问你，是因为一般人们在见面时总会说到这句话……”

“可我不是‘人们’，我……”

“那你是什么？”

“啊，我求求你，不要一上来就这么说话！”

卡米耶转头，看了一眼这里丑陋的装潢：到处都是一些仿造的大理石和亚洲雕刻。那些鳞状和朱色的镶嵌品都是由塑料制成的，桌上则漆着难看的黄色涂料。

“这里挺漂亮的……”

“不，是丑陋至极。但你搞搞清楚，我可没钱请你去‘银塔’饭店①。再说，即使我有钱，我也不会带你去……以你的饭量，我这不是让钱打水漂嘛……”

气氛真好。

她开始苦涩地冷笑起来。

“哦，对了。你可以瞒着我自己去，因为你有的是钱，你！一个人的痛苦是另一个人的……”

---

①“银塔”饭店（La Tourd'Argent）是一座享有盛名的米其林一星餐厅，位于巴黎第五区，距离巴黎圣母院等旅游名胜很近。——译注

“快闭嘴。”卡米耶威胁道，“你要是不闭嘴的话，我就马上离开。如果你需要钱，你告诉我，我可以借给你。”

“对哦，这位小姐已经开始工作了……一份很好的工作……还特别有趣……清洁工……一个如此邋遢的人却做着这样一份工作，这难道不是很奇妙吗？你总是有让我瞠目结舌的本事，你知道吗？”

“停，妈妈，停。我们不能再这么下去了。我们不能，你懂吗？至少我不能。找些其他话题吧，求你了，换个话题吧……”

“你曾经有一份很好的工作，而你却把一切都搞砸了……”

“一份好工作……无稽之谈……我从未后悔，因为我在那里不幸福……”

“你又不会在那里度过一生……再说，什么是‘幸福’？这真是时下流行的新词……‘幸福’！‘幸福’！如果你以为我们来到这个世上是为了嬉戏和采摘丽春花，那你可就太天真了，我的女儿……”

“不，不，放心，我不信那些东西。曾经在一所好学校里，人们已经告诉我，人活在这世上就是来自找麻烦的。而且你也已经不止一次地通过言传身教，向我重复了这一点……”

“你们选好了吗？”一个服务生向她们问道。

卡米耶此时真想拥抱她。

她的母亲把一些药丸摊在桌上，用手指清点着。

“你一直吃这些垃圾，难道不厌烦吗？”

“不要谈论那些你不了解的事情。如果我不吞下这些药丸，我可能已经离世很久了……”

“你自己又怎么知道这些的？还有，为什么你总不取下这副可怕的眼镜？这里又没有太阳……”

“戴着它我感觉更加舒服。这样我就可以看到人们真正的面目……”

卡米耶决定朝她微笑，并轻轻拍了拍她的手。卡米耶很清楚，如果自己不这么做，很有可能就会跳起来去掐她的脖子。

她的母亲终于露出笑脸，开始向卡米耶诉苦。她谈起自己的孤独、背部的病痛、同事们干的蠢事以及生活的窘境。她胃口很好，当看到自己女儿要了第二杯啤酒时不由得皱了一下眉头，说道：

“你喝得太多了。”

“千真万确！来吧，快来和我干一杯！庆祝你唯一一次没有说傻话……”

“你从来都不来看我。”

“现在呢？我现在又是在干什么？”

“你总是嘴上不饶人，不是吗？和你的父亲一个德行……”

卡米耶顿时僵住了。

“啊！你不喜欢我说到他，是吗？”她带着胜利者的口吻，说道。

“妈妈，我求你了……不要走向这个方向……”

“我想往哪儿走就往哪儿走。你不把盘子里的菜吃完吗？”

“不了。”

她的母亲摇了摇头，表示不满。

“看看你自己……简直就像一具骷髅……你觉得就你这样会有男孩喜欢你吗？”

“妈妈……”

“什么‘妈妈’？我为你感到担忧很正常，人们把孩子生下来不是为了看着他们一天天凋谢的……”

“那你把我生下来是为了什么，你？”

话一出口，卡米耶就感觉自己好像说得有点过分，她必将为此付出代价：“欣赏”第八频道的年度大戏。这是一出毫无惊喜、已经被重复了无数次的戏，不难想象，“演员”的表演已经出神入化：充满情感的敲诈、鳄鱼的眼泪、自杀的威胁。每一个场景都被精心地安排好了出场的位置。

她的母亲一边哭泣，一边控诉卡米耶将她抛弃，就像她的父亲在十五年前所做的那样。她还说卡米耶没有良心，并自问世间还有什么可以让她留恋的事物。

“给我一个继续活下去的理由，一个就够了。”

卡米耶开始卷一支香烟。

“你听见我说话了吗？”

“听见了。”

“那你的回答是？”

“……”

“谢谢，亲爱的，谢谢。你已经说得很明白了。”

说罢，她吸了吸鼻子，在桌上放了两张餐券，随后起身离开。

你千万不要被此刻的场景感动，因为这种匆忙的离去只是这场演出中最后一个精彩的节目，从某种程度上来说，就像第八频道年度大戏的幕布正在徐徐落下。

通常，我们的演员会等服务生上完甜品后再离开。然而今天，她们是在一所中国饭馆用餐，而我们的演员又非常不喜欢他们做的炸饼、荔枝和甜得发腻的牛轧糖……

是的，不要动用感情。

这是一项艰难的练习，卡米耶却在长时间的实践中逐渐摸索出了一套生存法则……这一次，她也像往常一样试图集中精力，然后在内心不断重复一些过往的回忆，一些简洁却充满深意的句子。这一切都是支持她继续与自己母亲会面的力量源泉。在卡米耶看来，如果不是因为这些强制性的会面，以及这些荒唐、充满毁灭性的谈话能让她的母亲从中获取快感，她才不会继续做这件没有意义的事情。然而，是的，凯瑟琳·福克确实从中获取极大的快感。践踏女儿的自尊总能让她获得很大的心理安慰。虽然，表面上她经常像遭受了委屈一样，一怒之下中断她们的会面，然而内心深处却总是感到心满意足。是的，心满意足。每次，她就这样带着卑鄙的好意、可悲的胜利和复杂的心情离去，直到她们下一次的会面。

卡米耶是花了一些时间才慢慢开始理解这些事情的。事实上，她并非凭借一己之力才渐渐明白事理，而是通过他人的帮助。从前，当她年龄太小，还没有能力去评判母亲行为方式的时候，身边的一些人已经向她指点出理解凯瑟琳·福克态度的关键所在。是的，可那是在从前，现在，那些曾经关心她的人都已经不在了……

今天，她就这样鞭打着自己的女儿。

以一种奇怪的方式。

8.

人们已经收拾完她的餐桌，饭馆里的人也越来越少。而卡米耶仍然没有离去。她吸着烟，为了不被撵出门外，不得不点了好几次咖啡。

在饭店深处，坐着一个年老的亚洲人，他的牙齿已经全部脱落，只见他正在自言自语，还不时地一个人开怀大笑。

吧台后站着一个为他们服务的年轻姑娘。她一边擦拭着杯子，一边不时地和那个老人搭上几句话。有时，姑娘也会严厉地警告老人几句。每当这个时候，后者就会沉下脸，沉默片刻，然后继续开始他愚蠢的独白。

“你们要打烊了吗？”卡米耶问道。

“还没呢。”年轻姑娘一边回答一边把一只碗放在老人面前，继续说道，“我们不再供应午餐，但我们不关门。您还想再要杯咖啡吗？”

“不，不，谢谢。我还可以再待一会儿吗？”

“当然可以，留下来吧！只要您在这儿，他就有事做了！”

“您的意思是，是我让他笑成这样的？”

“您或其他任何人……”

卡米耶凝神看着那个老人，并朝他微笑了一下。

此时，母亲带给卡米耶的焦虑感开始逐渐消散。她听着从厨房传来的水流声和锅碗瓢盆撞击的声音；听着收音机里的节目，当收音机里传出高亢、令人费解的歌曲时，那个年轻的姑娘就会摇摆身体，轻轻哼唱；看着老人用筷子夹起碗里的粉丝，却把汤溅得满脸都是。这一刻，卡米耶有一种身处家庭饭厅里的真实感受……

现在，除了一杯咖啡和一包烟，她的面前什么也没有。她把这两样东西放到邻桌上，开始用手抚平桌布。

慢慢地，非常缓慢地，她用手一遍遍抚平这张质量低劣、粗糙不平、布满污渍的布。

卡米耶这个动作一做，就是好几分钟。

她逐渐平静下来，心跳却开始慢慢加速。

她感到害怕。

她应该尝试。你必须尝试，是的，但是，我已经那么久……

“嘘。”她轻声低语道，“嘘，我在这儿呢。一切都会很顺利的，我的大姑娘。看，现在是千载难逢的好机会……加油……不要害怕……”

她把手举到距离桌子几厘米的地方，等待着它停止颤抖。“这样不错，你看……”卡米耶一下抓起自己的包，在里面翻找了一会儿，找到了它。

她拿出了一个木制盒子，把它放在桌上。她打开盒子，取出一块矩形砚台，随后把它放到了自己的脸颊上，感觉它柔和又温暖。然后，卡米耶解开一条蓝色绸带，从里面拿出墨条，空气中顿时飘散出一股檀木的香气。最后，她铺开一条竹简，里面放着两支画笔。

大的那支画笔是由山羊毛制作而成的，另一支更细巧一些，由猪鬃制成。

她站起身，从吧台上拿了一瓶水、两本年刊，随后向那个疯癫的老人行了一个礼。

她把两本年刊垫在座位上，这样她就可以伸直手臂，而不用担心手臂会触碰到桌子。然后在砚台上撒了几滴水，开始磨墨。此刻，老师的声音在她的耳边回响："慢慢地移动墨条，我的小卡米耶……哦！还要再慢一点！时间还要更长一些！也许需要磨两百次，因为你看，在磨墨的时候，你的手腕得到放松，你的心灵也为一些伟大的事物做着准备……现在，你不要再想任何事情，也不要再看着我，你这个小东西！把所有的精力都集中在你的手腕上，它将指引你完成第一笔，而事实上，第一笔才是最重要的，因为它将为你的作品赋予生命与灵气……"

当墨水准备完毕，她不再听从老师的教导，开始在桌布的一角练习起来，试着重塑一些遥远的回忆。为了回想起墨水的颜色，她首先画了五个圆点，由浅入深。随后，卡米耶又尝试画了几笔，却发现自己已经几乎忘记了所有的笔法，只依稀记得其中的几种：松散的线条、细如发丝的直线、雨点、缠绕的线条以及"牛的皮毛"。接着，她开始练习点的画法。卡米耶记得老师曾经教了她二十余种画法，然而如今，她只找回了其中的四种：圆形、岩石状、米粒状，以及在战栗状态下画出的点。

好了。你现在已经准备就绪了……她用拇指和中指握住那支细巧的画笔，把手伸向桌布上方，停留了片刻。

那个老人默默观察着这一切，他远远地鼓励着她，随后闭上了双眼。

卡米耶·福克和一只麻雀一起从一个长长的梦境中醒来，接着出现第二只、第三只，最后出现了一群带着嘲讽眼神的鸟。

她已经有一年多没有作画了。

* * *

她在童年的时候话很少，甚至比现在还少。她的母亲曾经逼迫她学习钢琴，然而她却十分抵触。有一次，她的钢琴老师来晚了，卡米耶就拿了一支记号笔，在每一个琴键上画上一个手指。她的母亲暴跳如雷，差点没把卡米耶的头给拧下来。她的父亲为了安抚所有人，在某个周末找来一个画家的联系方式，据说他每周可以授课一次。

可是不久以后，她的父亲就去世了。卡米耶从此变得愈加沉默寡言。就算是在她如此爱戴的杜格顿先生课上，她也总是一言不发。

这位年老的英国老师倒也不生气，而是继续在缄默中向她传授技巧或是指定绘画主题。通常，杜格顿做示范，卡米耶效仿，后者总是通过点头或摇头来表示是或否。在这样的环境中，他们这种无声的交流方式显得畅通无阻。从某种程度上来说，卡米耶的沉默推进了两人的交流。杜格顿先生不用寻找相应的法语词汇，卡米耶也显得比其他学生更为专注。

然而有一天，当所有学生都已经离开，只剩下卡米耶一人在把玩水彩颜料时，杜格顿先生却有意破坏了他们之间心照不宣的约定，对她说道：

“卡米耶，你知道你让我想起谁吗？”

她摇了摇头。

“事实上，你让我想起一个名叫朱耷[①]的中国画家……你想听他的故事吗？”

卡米耶点头表示愿意。杜格顿先生却在这时转身熄灭了煤气，因为刚才他正在烧开水。

“我听不见你说话，卡米耶……你不想让我讲述他的故事吗？”

此刻，他定睛凝望着卡米耶。

“回答我，小姑娘。”

她向他白了一眼。

“什么？我没听清。”

“我想听。”她终于清楚地说道。

杜格顿先生闭上眼睛表示满意，随后为自己倒了一碗茶，坐到了她的身边。

“当朱耷还是个孩子的时候，他过得十分幸福……”

说着，他喝了一口茶。

“他曾经是明朝的一位王子……他的家族十分富有且非常有权势。他的父亲

---

① 朱耷（1626—1705），明末清初画家，一代宗师。他擅长书法，能诗文。存世作品有《水木清华图》《荷花水鸟图》等。——译注

和祖父都是当时有名的画家和书法家，我们的小朱耷也继承了他们的才华。你知道吗，在他还未满八岁的那年，有一天，他画了一朵花，一朵长在池塘中的普通睡莲……他的作品是如此美丽，如此美丽，以至于他的母亲决定把它挂在自己家的客厅里。她说多亏了朱耷，才让人们在这个硕大的房间里感受到了一阵清新的微风，甚至在经过这幅画作时能够闻到一阵花的芳香。你可以想象吗？花的芳香！再说，朱耷的母亲可不是普通之辈……她的丈夫和父亲就是大名鼎鼎的画家，她不是没有见过杰作的人……”

说到这里，他又把头伸向了他的碗。

“朱耷就在这样无忧无虑、愉快舒适的环境中慢慢长大，并且深信自己总有一天也会成为一个伟大的画家……然而，在他十八岁那年，满族人夺取了政权。他们下令，让所有的画家和作者都停止工作。你一定也可以猜到，禁止工作对于他们来说是最可怕的酷刑。从此以后，朱耷的家里再无宁日。很快，他的父亲就在绝望中死去。朱耷原本是一个顽童，他爱笑爱唱，喜欢开玩笑，爱好吟诵长诗，可就在他父亲去世的第二天，他却做了一件令人难以置信的事……哟！看，是谁来了呀？”杜格顿先生问道，他一边说，一边看着蜷缩在窗沿上的小猫，随后故意与它嬉戏了很久。

“他做了什么呢？”卡米耶终于忍不住低声说道。

杜格顿先生藏起隐蔽在他浓密胡子里的微笑，假装什么也没发生，继续讲述道：

“他做了一件令人难以置信的事情，一件你永远也猜不到的事……他决定永远保持沉默。永远，你听到了吗？再也不从嘴里吐出一个字！因为他对周围人的态度感到深深的厌恶，他们为了取悦满族人，不惜否定自己的传统和信仰。朱耷再也不想和他们说话。他希望这些人都下地狱！所有人！这些奴隶！这些懦弱的人！后来，他在自己家的大门上写了‘默’这个字。当有人试图与他交谈时，朱耷就会打开一把同样也写着‘默’字的扇子，从各个方向向对方挥舞，直到把他们吓跑……”

小女孩如饥似渴地听着他的讲述。

“然而问题是，没有人可以活在这个世上而不说一句话。没有一个人……这是不可能完成的事……朱耷也是一个普通人，就像你我一样有许多想法需要表达，所以他就想出了一个绝妙的主意。他出发来到山间，远离所有背叛的人，开始作画……自此，绘画就成为他与外界沟通的一种方式：通过他的作品与他人沟通……你想看看他的画作吗？”

他从书架上取下一本黑白相间的大开本著作，放到了她的面前。

“看看，这些作品是多么美丽……多么简洁……只有一笔，就……一朵花、一条鱼、一只蚱蜢……看看这只鸭子，它看上去是多么有生气，还有这座隐没在薄雾中的高山……看看他是如何刻画薄雾的……多么空灵，好像什么也没有……还有这些小鸡，它们看上去是那么柔嫩，简直让人有抚摸它们的冲动。看，他的画笔就像一团绒毛……他的画笔是如此柔和……”

卡米耶微笑了一下。

“你想让我教会你如何像朱耷一样作画吗？”

她点了点头。

“你想让我教你吗？”

“想。”

当所有的一切都准备就绪，当杜格顿先生教会她如何握笔，向她解释了第一笔的重要性后，卡米耶却显得有些困惑。她并未完全理解，也不十分相信人们不用抬手、一笔就能完成一幅作品。她认为这是不可能完成的任务。

为了获得绘画主题的灵感，卡米耶思考了很久，她环顾四周，抬起了手臂。

她先画了一条长长的波浪、一个凸起的圆、一个点，然后又是一个点，接着提着画笔，歪歪斜斜地一路朝下，最后又回到了一开始画的那条波浪线。她趁老师不注意，决定“做一些手脚”。于是，她提起画笔，又在纸上添上了一个很大的黑点和六条短小的直线。在卡米耶看来，她宁愿违背老师的指令，也不愿意画一只没有胡须的猫。

马勒克姆，她的模特，此时仍然慵懒地睡在窗台上。为了尽量还原真实，卡米耶最后在猫的周围加上了一个细巧的矩形方框。

随后，她起身来到窗前去抚摸它。当她转身时，发现杜格顿先生正以一种奇怪的方式凝望着她，接着，几乎略带严厉地问道：

“这是你画的吗？”

他一定是看到了那幅自己提起了好几次画笔才完成的作品……不由得做了一个鬼脸。

“这是你画的吗，卡米耶？”

“是的……”

“过来，请到这里来。”

她脸上带着羞愧的表情，慢慢地走近杜格顿先生，随后在他的身旁坐下。

岂料，杜格顿先生突然哭泣起来，说道：

“你知道吗，你的作品美妙极了……美妙极了……人们简直都可以听到猫低声打呼的声音……噢，卡米耶……”

他说着，拿出一块布满颜料污渍的手绢，开始大声地擤鼻涕。

“听着，小姑娘，我只是一个年迈的老汉，一个糟糕的画家，但是，请你听清楚 ……我知道生活对于你来说并不轻松，我猜想你在家里的日子也不好过，而且我也听说了你父亲的事情，但是……不，你不要哭……给，拿着我的手绢……有一件事情我一定要对你说：那些停止说话的人，到最后一定都会变成疯子。比如朱耷，我刚才没有和你说，他最后疯了，过得很不幸……是非常非常疯癫，非常非常不幸。直到步入了晚年，朱耷才重新找回内心的宁静。你不会也想一直等到自己变成老太太的时候吧，不是吧？告诉我不是。你很有天赋，你知道吗？你是我教过的所有学生中最有天赋的一个，但这并不能成为你不说话的理由，卡米耶……这不是理由……今天的世界和朱耷生活的那个年代已经不可同日而语，你应该重新开口说话。必须这么做，你懂吗？不然的话，他们会把你和其他真正的疯子关在一起，这样一来，再也没有人会来欣赏你美丽的画作……”

卡米耶母亲的到来中断了两人的谈话。卡米耶站起身，用沙哑、急促的声音对自己的母亲说道：

“你等我一下……我还没有收拾好我的东西……”

不久前的一天，卡米耶收到一个包扎得很糟糕的包裹，包裹上还附了一封短信：

您好：

我叫艾琳·威尔逊。您可能并不认识我，但是事实上，我是塞西尔·杜格顿——您曾经的图画老师的朋友。我很难过地告诉您，塞西尔已经在两个月前永远地离开了我们。我知道，我把这件事情告诉您，您一定会很感激我（请原谅我糟糕的法语）。我们把他安葬在了达特姆尔地区，这是塞西尔生前十分钟爱的地方，墓碑周围的环境非常秀美。我把他的画笔与作品和他埋葬在了一起。

在去世之前，他叫我把这个寄给您。我想，如果他知道您在使用这些工具时能够想到他，一定会十分欣喜。

艾琳·威尔逊

当卡米耶打开包裹，发现老师赠送给她一套用来完成中国绘画作品的工具时，不禁潸然泪下。事实上，这套工具她一直沿用至今……

* * *

惊讶的服务员走上前来，收走了桌上的空杯子，顺便瞥了一眼桌布。卡米耶刚在上面画了很多竹子。在她看来，竹子的茎和叶是最难把握的两个要素。一片叶子，一片在风中飘扬的简单叶子，需要画家付出数年的努力，有时甚至是毕生的心血……在反差上做文章。虽然只有一种颜色供你调配，但你可以利用它描绘一切……你还要再专注一些。如果你想有一天在作品上盖上自己的图章，那你得画出比这更加轻盈的叶子才行……

由于桌布质量低劣，到处凹凸不平，使得它吸收墨水的速度过快。

“不好意思，可以打扰一下吗？”那个年轻的女孩问道。

她说着，递给卡米耶一包新的桌布。后者退后了几步，把刚才完成的作品放到了地上。老人见状,发出呻吟般的声音，年轻女孩马上转身说了他几句。

“他在说什么？”

“他在抱怨，因为他看不到您画的作品 ……”

她补充道：

“这是我的叔叔……他瘫痪了 ……”

“告诉他，下一幅作品将为他而画 ……”

年轻女孩回到吧台，对老人说了几句话。后者一听，马上平静下来，随后神情严肃地看着卡米耶。

她长时间地凝望着他，然后便开始作画。她在整张桌布上画了一个在稻田上奔跑的矮小男人。只见他神情愉悦，和坐在远处的那个老人长得十分相像。卡米耶从来没有去过亚洲，却即兴发挥，在这幅作品里添上了远景：一座环绕在薄雾中的高山，山中有松树、碎石，甚至还有类似朱耷居住的小屋。她为画中的男子加上了耐克牌鸭舌帽和运动上衣，却让他光着双腿，只为他画了一条蓝色传统裹腰布。最后，她在他的脚下添了几束喷射而出的水柱和一群跟着他一起奔跑的孩子。

她退后了几步，开始审视自己的作品。

诚然，画中的很多细节让她感到不满。然而无论如何，画中的男子显得很幸福——这是一种真正幸福的神情。随后，她在桌布下放了一个盘子作为支架，打开红色的盒子，在作品中部靠右的地方盖上刻有自己名字的印章。做完这一切以后，卡米耶起身，来到老人的桌前，清空了他桌上所有的物品，然后拿着自己的画作，重新回到了他的面前。

可是，他毫无反应。

“啊呀。”她内心思忖，“我一定干了件蠢事……”

当他的小侄女从厨房里出来时，老人长时间发出痛苦的叹息，像是在向她抱怨着什么。

“真的很抱歉。”卡米耶说道，“我以为……”

年轻女孩做了一个手势，打断了她。自己来到吧台后面，取出一副硕大无比的眼镜，架到了老人的脸上。后者马上俯下身，仔细地打量起卡米耶的作品，没过多久便开始大笑起来。这是一种孩子般纯真的笑容：清澈、愉悦。老人一会儿又开始哭泣起来，不过随即又摇晃着身体，把手臂交叉放在胸前，再次绽放出笑容。

“他想和您一起喝日本清酒。”

“太好了……”

年轻女孩拿来了一瓶酒，老人高声喊叫表示抗议，姑娘叹了口气，重新走向厨房。

没过多久，她拿着另一瓶酒回到他们桌边，身后跟着所有其他家庭成员：一个成熟的妇人，两个四十来岁的中年男子，以及一个少年。他们大声欢笑，高声喧哗，个个活蹦乱跳，尽情释放着自己的感情。见到卡米耶后，男人们都拍了拍她的肩膀，那个孩子则像个运动员似的同她击掌。

不久，他们回到各自的房间，年轻女孩则拿来了两个杯子，放在卡米耶和老人面前。老人向她致意，然后把杯中的酒一饮而尽，接着马上把空酒杯灌满。

“我提醒您，他马上要和您讲述他的一生了……”

“没问题。”卡米耶回答道，“噢……这酒好烈啊，不是吗？”

年轻女孩笑着，逐渐走远。

现在，只剩下他们两人。老人开始滔滔不绝地讲述他的过往，卡米耶神色凝重地听着，只有在老人每次拿起酒瓶时，才点点头，表示同意。

最后，对卡米耶来说，就连站起身和收拾自己的衣物都变得十分困难。为了与老人告别，她数次弯腰，后来终于跌跌撞撞地走到了饭店门口。卡米耶一人在门口傻傻地笑了很久，试图把门推开。年轻女孩见状，连忙上去帮助她把门拉开，并说道：

“请您把这儿就当自己家，好吗？只要您愿意，您随时都可以来这里就餐。您不来的话，他会生气……和悲伤的……”

当卡米耶来到工作单位时，她已经完全醉了。

塞米亚激动地问道：

“啊，你、你是不是找到男人了？”

“是呀。”卡米耶羞愧地承认道。

“真的吗？”

“真的。”

“不……这不是真的……他怎么样？帅吗？”

“非常帅。”

“啊，这太好了……他几岁？”

“九十二岁。”

“白痴，快别说傻话了，他几岁？”

“好了，姑娘们……你们这是要聊到什么时候，啊？！”

乔丝指了指自己的手表，说道。

卡米耶一边傻笑，一边离开。随即，把脚踩在吸尘器上，开始工作。

9.

三个多星期就这样悄然流逝。弗兰克每周日都在香街上的另一家餐馆里打零工，每周一则会准时来到外祖母的床榻前。

现在，她在一家康复中心疗养。这家康复机构位于城市的北部。每到周一，她从清晨就开始期盼外孙的到来。

然而他却恰恰相反。每周一，他不得不调好闹钟，随后像一具僵尸一样一路走到街角的咖啡店，一口气喝下两到三杯咖啡，接着跨上摩托车，前往图尔。在到达康复中心以后，他又会倚着外祖母，在一把黑色、劣质的人造革扶手椅上重新睡去。

当人们过来给波莱特送餐盘的时候，她会把食指放在嘴上，然后用头示意自己身上正躺着一个陪伴她的“大宝宝”。她温存地看着他，并不时地看一下他的外衣是否仍旧很好地盖在他胸前。

她很幸福。他就在那里，就在那里，完全属于她……

她不敢呼唤护士让她重新摇高自己的床。此刻，她就这样拿着叉子，在寂静中吃午餐。她还会在自己的床头柜里藏一些食物，几块面包、奶酪、几个水果，为的是等弗兰克醒来的时候留给他吃。随后，她通常轻轻地放下自己的餐盘，一边双手交叉放在肚子上，一边满足地微笑着。

她闭上双眼，伴随着弗兰克均匀的呼吸声，昏昏欲睡，脑海中却充满对往事的回忆。她曾经多少次将他丢失……多少次……她甚至感觉自己一生都在寻找着他：在花园深处、在大树上、在邻居家。弗兰克总是躲在马棚或蜷缩在邻居家的电视机前。后来，他会时常躲进咖啡馆。而现在，他只会经常潦草地写下一串怎么也打不通的电话号码……

她尽了最大的努力，做了该做的一切：抚养、拥抱、宠爱、安慰、责骂、惩罚他，然而，这所有的一切似乎没有任何意义……他在学会走路的同时，也学会了逃跑；当他下巴上长了三根胡须时，一切都结束了，他就此离家，开始了独立闯荡的生活。

有时，她会在胡思乱想时，做出一些奇怪的表情。她的双唇也会随着思绪的蔓延而颤抖。毕竟，这些回忆里有太多的哀伤、蹉跎和悔恨……她曾经经历过如此艰难的时刻……如此艰难……啊，不，她不应该再去想这些。再说，他已经醒来了，头发蓬乱，脸上留着扶手椅刻在他脸颊上的印痕。

“现在几点了？”

“马上五点了……”

“啊，已经五点了？妈的。”

“弗兰克，你为什么总要说‘妈的’？”

“现在就要开始类似的谈话吗？”

“你饿吗？”

“还好，我有点口渴……我出去转一圈……”

老妇人心里开始打鼓，问道：

“你要走了吗？”

“不，我当然不是要走，我的老天！”

“如果你碰到一个红棕色头发、穿着白大褂的先生，能不能问他一下我何时可以离开这里？”

“好的，好的。”他一边回答，一边穿过大门。

“一个高个子，戴着眼镜和……”

此时，他已经走向走廊。

“怎么样？”

“我没有碰到他……”

“啊？”

“好了，外婆……”他和善地说道，“你不会因为这个原因而开始哭泣吧？”

“不会，但是我……我想我的猫和鸟了……还有，已经连续下了一周的雨了，我很担心那些工具……我走的时候没来得及把它们收拾好，它们现在一定都生锈了……”

“等会儿走的时候我会顺便去你的房子看看，放心，我会把那些工具都放进室内的……”

“弗兰克！”

“怎么了？”

“带我一起走吧……”

“天哪……不要每次都重复一遍这套把戏……我受够了……”

她又轻声说道：

“那些工具……”

“什么？”

“应该把它们浸润在牛角油里……”

她说着，鼓起双颊。

“如果有时间，我一定照办，可以吧？好了，现在时间还早，我们还要去上体操康复课……你的步行器在哪里？”

“我不知道。”

“外婆……”

“在门背后。”

"好了，站起来吧老太太，我会带着你去看飞翔的鸟群！"

"噗，可是这里没有鸟，只有秃鹫和兀鹫……"

弗兰克微笑了一下。他喜欢外婆开的这种"不怀好意"的玩笑。

"感觉还好吗？"

"不好。"

"又怎么了？"

"我痛。"

"你哪里痛？"

"到处都痛。"

"到处都痛是不可能的。确切地告诉我到底哪里痛。"

"我头痛。"

"这很正常，我们每个人几乎都有类似的症状……好了，还是把你在这里新结交的朋友指给我看看吧……"

"不，转身。我不想看到这帮人，她们让人感到无法忍受。"

"那边那个穿着便装的老人怎么样，他看上去不错，不是吗？"

"傻瓜，那不是他的便装，而是他的睡衣。再说，他聋得厉害……可他还为此自鸣得意……"

她把一只脚伸到另一只脚的前头，喋喋不休地说着别人的坏话，康复训练就这样顺利地进行着。

"好，我该走了……"

"现在？"

"是啊，现在。你还想让我处理你那些工具的话……你知道吗，我明天得起个大早，而且也没有人会把早餐端到我的床前……"

"你会给我打电话吗？"

他点了点头。

"你总是这么说，到头来却从不这么做……"

"我没有时间。"

"你只要说声'你好'，然后就挂断呗。"

"好的。对了，我不知道下周是否还能来看你……老板要带我们去个地方……"

“去哪儿？”

“去红磨坊[1]。”

“真的吗？”

“不，当然不是真的！我们将到利穆赞去拜见几个卖肉给我们的伙计……”

“多么奇怪的想法……”

“这是我们头想出来的，他说这么做很重要……”

“所以你下周不来了，是吗？”

“我现在还不清楚。”

“弗兰克？”

“嗯？”

“那个医生……”

“我知道，那个红发医生，下次我一定努力找到他……你可要好好做康复练习，知道吗？因为据我所知，康复医生好像对你的表现不太满意……”

当弗兰克看到外祖母听到这句话以后脸上惊诧的表情时，连忙诙谐地补充道：

“要知道，我有时候也会打电话来询问你的情况……”

他收拾好工具，吃完了菜园里最后一些草莓，随后在花园里小憩。此时，波莱特的猫一边低声发出嘶哑的声音，一边走过来，蜷缩在他的脚边。

“别担心，肥猫，别担心。她会回来的……”

突然，他的手机铃声让他从昏昏沉沉的状态中一下惊醒过来。是一个女孩，他向她大献殷勤，女孩则在电话另一头痴痴傻笑。

她建议两人一会儿一同去看电影。

挂断电话后，弗兰克踏上回程的路。他以超过一百六十码的速度全速前进。一路上都在想着如何可以跳过看电影的环节，直接骗她上床。他不喜欢看电影，他总是电影还未结束就已经开始酣睡。

10.

时间悄然步入了十一月中旬，寒冷已经开始“大刀阔斧”地展现它的威力。

① 红磨坊（Moulin Rouge）位于巴黎的红灯区，是一家著名的歌舞表演厅，亦是法国享誉世界的一个景点。——译注

卡米耶终于决定前去一家出售各种工具和居家用品的商店，来改善自己的生活状况。她在里面消磨了整整一个周六的时光：在不同的柜台前徘徊；抽碰一下那些木质的护板；欣赏着各种工具、钉子、螺栓、门把手、窗帘支架、涂漆、线脚、淋浴房，以及镀铬的龙头。随后，她又走到了园艺柜台，心里默默记下所有让她充满幻想的工具：手套、橡胶靴子、二头锄、炭烤炉、铲斗和各类盛放种子的袋子。事实上，卡米耶用在观察顾客上的时间与花费在查看商品上的时间比例基本持平。比如，那个在墙纸柜台前驻足停留的孕妇；那对为了枝形壁灯的款式而争得不可开交的年轻夫妇；那个穿着TBS牌鞋子、步履矫健的退休工人，她看到他一手拿着螺旋形的本子，另一只手则握着木工专用的卷尺。

生活的多变教会她不再轻易相信那些所谓的“未来计划”。但卡米耶始终深信一点：在很多年以后，当她变得很老，比现在还老的时候，当她白发苍苍，满脸褶皱，双手布满咖啡色斑点的时候，她将拥有一处属于自己的房子。那将是一所真正的房子，有一个用来制作果酱和油酥饼的铜质大盆。等到制作完毕以后，她会把这些食物藏在碗橱深处的一个由白色铁皮制成的盒子里。除此之外，房子里还将有一张厚实的长桌子以及印花窗帘。想到这里，卡米耶微笑了一下。事实上，她对什么是印花窗帘一无所知，也不清楚自己是否会喜欢类似风格，但她就是喜欢这个词：印花窗帘……对了，也许她的房子里还会有几间客房，谁知道呢？或许还有一个精致的花园，花园里有一些总能下出漂亮鸡蛋的母鸡，一群追着田鼠跑的猫和一群追着猫跑的狗。还有一块种植芳香植物的方地、一个壁炉、几把破旧的扶手椅、四散一地的书籍、白色的桌布、在旧货市场淘来的圆形杂色餐巾、一台可以用来播放她爸爸曾经听过的歌剧片段的音箱，以及一台可以让她整天炖煮牛肉烧胡萝卜的烧煤炉灶……

牛肉烧胡萝卜……她都在胡思乱想些什么……

这幢房子与孩子画笔下的屋子十分相似：都有一扇门、两扇窗；外观老旧、低调、肃穆，被一片葡萄园或一座玫瑰园围绕；另外，大门的台阶上还有几个侍卫和一群黑色或红色的动物，它们总是两两组队，黏在一起。在吸取了一天的热量后，台阶很温暖，卡米耶幻想着自己每天晚上坐在台阶上，等待着苍鹭的归来……

另外，房子里还要有一个大暖房，作为她的工作室……好吧，关于这点，她并不十分确定……至少从现在来看，她的双手还是不听使唤，也许从今以后，她都无法再信任它们……

也许，这样的想象不是一种让心灵恢复平静的方式?

那应该以何种方式呢?何种方式?她突然感到一阵惶恐。

以何种方式?

她定了定神，在乱了手脚之前叫住了一个售货员。那所在密林深处的小屋确实很美，可是现在，她暂时仍在一条潮湿阴冷的走廊里冻得瑟瑟发抖，而远处这个身着亮黄色网球衫的年轻男子一定可以帮助她摆脱困境。

“您是说您家的窗子总是漏风?”

“是的。”

“那是一扇由威卢克斯公司生产的屋顶窗吗?”

“不，那是一扇气窗。”

“现在难道还有这种窗子?”

“唉，是的……”

“给，这些产品或许可以帮到您……”

说着，他递给卡米耶一卷用来堵塞窗户缝隙的特殊“胶带”，这种胶带含有聚氯乙烯，呈泡沫状，效果持久，便于清洗，密不透风，是一款十分便捷好用的商品。

“您家里有打包钳吗?”

“没有。”

“有榔头或钉子吗?”

“没有。”

她像一条小狗似的跟着他穿梭于整个商场之中，在他的帮助下，卡米耶的购物篮里渐渐放满了所需的工具。

“有没有可以让我感到暖和的商品?”

“您现在有什么?”

“一台电动暖气，但是每到半夜它都会自动跳闸，还有，它总是散发出难闻的气味!”

听到这里，售货员变得严肃认真起来，并趁机向她大献殷勤，展示自己在这方面的渊博知识。

他开始滔滔不绝地吹嘘，评价、比较风式、光照、红外线、陶瓷、油浸式、环流取暖器的优劣。这一番冗长的讲述让卡米耶感到头昏脑涨。

“那我到底应该买哪一种？”

“嗯……这个嘛，还是应该由您自己决定……”

“可是……我因为不知道才来问您的。”

“我建议您买一台油浸式取暖器，一来价格不是很贵，二来它的制热性能也不错……卡洛尔公司出的‘欧莱尔’系列就不错……”

“它有小滚轮吗？”

“呃……”他犹豫了一下，随后看了一眼产品介绍，上面这样写道：恒温调节、能量调节、含有空气增湿功能，束线带……配有滚轮！看到这里，他惊喜地叫道：“有的，小姐，有滚轮！”

“太好了。这样一来，我可以把它摆到我的床边……”

“嗯……请允许我说一句……您知道吗，有个男生也不错……在床上的话，他也能让您取暖……”

“是啊，可是他没有束线带……”

“唉，可惜他没有……”

说罢，他微笑了一下。

在去柜台领取保修单时，卡米耶瞥见一个人工的壁炉，壁炉里的一切都是人造的：火炭、木柴、火焰以及柴架。

“啊！这个是什么？”

“一个电动壁炉，但我不建议您买这个，这玩意完全就是骗钱的……”

“不，我可不这么认为！请拿给我看看！”

这是舍尔邦公司的产品，英国货。事实上，也只有英国人能造出如此丑陋、如此俗气的商品。这台壁炉的说明书上还写着：随着功率的改变（一千或两千瓦），火苗会呈现出不同的形态。卡米耶兴奋极了，说道：

“这简直太棒了，和真的壁炉别无二致！”

“您看过价格了吗？”

“还没有。”

“五百三十二欧元，简直就是在胡闹……这么愚蠢的玩意，您不会想要买吧……”

“反正我对欧元也没什么概念……”

“其实，算起来也并没有那么困难。您想，您与其花三千五百法郎去买这样一件破玩意，还不如去买一台不到六百法郎的卡洛尔牌取暖器……”

“我想买下这个壁炉。”

这位年轻售货员的劝说完全出于好意，可卡米耶还是眼睛一闭，掏出了银行卡。既然已经走了这一步，她干脆决定享受送货上门的服务。当她告诉店员自己住在八楼并且楼道里没有电梯时，那位女士斜眼看了她一下，说如果是这样，那需要额外增加十欧元的服务费……

“没有问题。”卡米耶回答道，可是心里却一怔。

那位售货员说得对，这的确是在胡闹。

是的，这确实是在胡闹，可是她住的地方却“只配受到这样的待遇”。房间一共只有十五平方米，然而，真正能够让她站立的只有六平方米，其余地方都被各类物品占据：一个就地摆放的床垫、一个安置在角落的水龙头（这里既是她的洗涤槽，也充当着她的洗漱室）、一根悬挂衣服的支架、两个叠起来的箱子作为她的置物架、一个放在野营桌上的电磁炉、一个迷你冰箱（它既是工作台，又是饭桌，同时还可以当作茶几来使用）、两条凳子、一盏灯、一面小镜子、另一个充当橱柜的箱子。除此之外，还有什么呢？一个苏格兰箱子，里面摆放了她为数不多的生活用品、三个绘画用的盒子……再也没有其他的了，这就是她的所有家当。

一个蹲式的马桶位于走廊尽头的右侧，淋浴用的龙头就在马桶的上方。她只需按一下墙壁上那个发霉的按钮，就可以开始冲洗……

卡米耶没有邻居，或者说有一个鬼魂陪伴着她，因为她总是听到从十二号门背后传出低沉的私语。在她的门上挂着一把扣锁，门框上用漂亮的紫色字体刻着曾经的房客的名字：露易丝·勒杜克。

这是20世纪一个女仆的名字……

不，卡米耶并不后悔买了这个壁炉，虽然为了买下它，几乎花去了她半个月的薪水……啊！管他呢……她的工资她自己做主……她就这样在公车上胡思乱想着，考虑着邀请谁来和自己一起庆祝新壁炉的到来……

几天以后，她发现了目标：

“您知道吗，我买了一个壁炉！”

“对不起！啊？哦！是您……小姐，您好。天气很糟糕，不是吗？”

“您说得对！那您为何还要脱去帽子？”

“呃……那个……我……我是在向您致意，不是吗？”

“唉，您还是快把它戴起来吧！再这样下去，您会生病的！我正好在找您。我想在某个晚上邀请您在壁炉边用餐……”

“我？”他的声音哽咽道。

“是的！就您！”

“哦，不，但是我……呃……为什么？真的，这实在是……”

“怎么说？”她突然厌倦地问道。此刻，他们正在两人最喜欢光顾的杂货店前冻得直哆嗦。

“这……呃……”

“您不想来？”

“不……这……这实在是太荣幸了！”

“啊！”听到他的回答，她不由得感到好笑，说道，‘这实在是太荣幸了’，其实并不是您所想象的那样，其实就是一顿便饭。所以，您答应赏光了？”

“呃……是的……我……我将很高兴和您一起分享您餐桌上的美餐……”

“呃……您要知道，其实那都算不上是真正的餐桌……”

“真的吗？”

“其实，更加类似野餐的形式……一顿休闲的简餐……”

“太好了，我可喜欢野餐了！我甚至还可以把我的毯子和篮子带来，如果您需要……”

“您的什么篮子？”

“我用来野餐的篮子！”

“是不是那种带有餐具的篮子？”

“其实里面有盘子、餐具、桌布、四块餐巾和一个开瓶器……”

“啊，好的，真是一个好主意！这些东西，我正好都没有！但是，您什么时候过来用餐呢？今天晚上？”

“呃……今天晚上……其实……我……”

“您怎么了？”

“我的意思是，今天晚上我还来不及通知我的室友。”

“我懂了。可是，他可以和您一起来啊，这不是问题。”

“他？”他惊讶地说道，“不……他不可能来。首先，我不知道他是否……其实，他不是一个很好相处的人……我……我不是说他人品不好，就算他……唉，其实……我有时并不同意他的观点，但我想说的是……哦，再说，他今天晚上不在家。事实上，他晚上从来都不在家……”

“总的来说……”卡米耶生气地说道，“您不能来，因为您没有通知您的室友，而您的室友其实从来都不在家，是这个意思吗？”

他皱了一下鼻子，拨弄着自己大衣的扣子。

“嘿，我不会强迫您来的，知道吗？您不是一定要接受我的邀请的……”

“只是……”

“只是什么？”

“不，没什么。我会来的。”

“今天晚上或者明天。因为之后的话，我又要开始工作，直到周末……”

“好的。”他低声说道，“好的，那就明天吧……您……您会在家吗？”

她摇了摇头。

“您想得可真够复杂的，您！既然我邀请了您，我当然一定会在家里！”

他朝她笨拙地笑了一下。

“那明天见？”

“明天见，小姐。”

“八点左右，怎么样？”

“八点整，我记下来了。”

说罢，他欠了欠身子，转身离去。

“嘿！”

“怎么了？”

“您需要走那边的楼梯到我家。我住在八楼，十六号门，向左转第三间……”

他用帽子示意了一下，表示自己听到了她所说的一切。

11.

“请进，请进！您看上去真是帅气极了！”

“啊。”他红着脸说道，“这只不过是一顶草帽，它以前是我舅公的帽子，我想既然是来野餐，所以……”

卡米耶简直不敢相信自己的眼睛。狭边草帽还不是最奇特的物品。只见客人手里拄着一根银质杖柄的手杖，身着一件浅色西装，戴着一个红色的领结，提着一个巨大的柳条编织篮。

“这就是您的篮子？”

“是的，但请等一下，我还带了其他东西……”

说罢，他来到走廊的尽头，带回了一束玫瑰。

“您真是太客气了……”

“您知道吗，它们不是真花……”

“什么？”

“不，它们来自乌拉圭……我本来想送给您花园里真正的玫瑰，可是时下正值隆冬，这……这……”

“这是不可能的。”

“对！这是不可能的！”

“好了，请进，请把这里当成自己家吧。”

他是如此高大，以至于他进屋后不得不马上坐下。他试图找话说，这是他生平第一次不是因为口吃，而是由于惊讶而说话不连贯。

“这里……这里……”

“这里真小。”

“不，我是想说……这里很精巧。是的，确实很精巧，而且也……很别致，不是吗？”

“确实很别致。”卡米耶笑着回答道。

他沉默了片刻。

“这是真的吗？你住在这里？”

“呃，是的……”

“完全？”

“完全。”

“整年都住这里？”

“整年都住这里。”

“这里很小，不是吗？”

“我叫卡米耶·福克。”

“当然，很高兴认识您。我叫费里贝尔・马克尔・德・拉・杜尔贝里艾尔。”他说着，站起身来，头却一下撞到了天花板。

“这么长？”

“嗯，是的……”

“您有别名吗？“

“据我所知，还没有……”

“您看到我的壁炉了吗？”

“不好意思，什么？”

“那边……我的壁炉……”

“啊，看到了！很不错……”他说着，把腿靠近火焰，体验了一下，继续说道，“非常、非常不错……简直让人有种在英国乡下农舍的感觉，不是吗？”

卡米耶很高兴。她没有看错人，眼前的小伙子的确是一个怪异的家伙，但心地善良……

“它很漂亮，不是吗？”

“美丽至极！它通风不错吧？”

“非常好！”

“木柴烧得怎么样？”

“哦，您知道，由于今天狂风暴雨……所以要减少一点柴火……”

“唉，这点我是再明白不过了……您没看到我父母家的柴火……一场真正的灾难……但这里用的是什么木头？是橡木吗？”

“您真厉害！”

他们相视一笑。

“来杯红酒怎么样？”

“好极了。”

卡米耶对篮子里摆放的物品赞叹不已，里面应有尽有：陶瓷做的盘子、镀金的餐具和水晶的杯子。篮子里甚至还有盐盅、胡椒盅、作料瓶架、咖啡杯、茶杯、绣花的麻质餐巾、蔬菜盆、调味瓶、高脚盘、放牙签的小瓶、糖罐、专门吃鱼的餐具以及巧克力盒。所有的这些器具上都刻有费里贝尔的家族纹章。

“我从来没有看到过这么漂亮的东西……”

“您理解昨天我为什么不能来了吧……要是您知道，为了擦亮这些物品，我花去多少时间的话……”

“您应该告诉我的！”

“如果我推辞说‘今天晚上不行，因为我要擦餐具’，您难道不会认为我是个疯子吗？”

对此，她把问题的答案留给了自己，缄口不语。

他们把一块餐布铺在地上，随后那个叫费里贝尔什么的为两人摆放好了餐具。

他们盘腿而坐，兴奋、愉悦，就像两个孩子过家家一般，小心翼翼，使尽浑身解数，努力不碰碎任何东西。为了这次晚餐，不懂厨艺的卡米耶提前前往古贝兹科尔熟食店，买了一个鱼子酱、三文鱼、腌制海鱼和洋葱酱的拼盘。两人耐心地将所有这些食物装在了费里贝尔舅公的盘子里。他们还想出一种加热布利尼饼的特殊方法：把饼用铝箔包好，然后盖上锅盖，放到电磁炉上烤，原理与烤面包机如出一辙。伏特加被放在了檐槽上，他们只需打开气窗，便可享用。然而，频繁的开窗让屋子变得更加阴冷，好在壁炉里的火苗噼啪作响，为两人送来了“上帝之火”。

和往常一样，卡米耶喝下的酒要比吃下的食物更多。

“我吸烟的话，不会影响您吧？”

“没事的，请便……事实上，我很想伸直双腿，因为我感到四肢僵硬……”

“您坐到我的床上去好了……”

“不……这可不行，我……我不能这么做……”

他只要一激动，就会说不出话来，举止也会变得笨拙起来。

“没关系的，坐吧！其实，这是一张沙发床……”

“如果是这样……”

“我们是不是可以尝试着用‘你’来称呼对方，你说呢，费里贝尔？”

他一下面色惨白。

“啊，不，我……就我而言，我可能做不到，但您……您……”

“别说了！当我什么也没说过！我们什么也没说过！其实，我觉得用‘您’相称挺好的，这种方式充满魅力，很……”

“别致？”

“是的！”

费里贝尔吃得也不多，但他吃得十分缓慢、谨慎。我们可爱的清洁女工不由得暗自庆幸，还好自己买的全都是冷菜。另外，她还买了液体奶酪作为甜品。事实上，每当她站在糕点商店的橱窗前，就会感到惊慌失措，全身瘫软。卡米耶无论如何不能说服自己去买任何一块蛋糕。饭后，她拿出意大利咖啡机，在一只极其精巧的杯子里倒了一点果汁。这只杯子是如此精致小巧，以至于卡米耶确信，如果自己在杯沿上咬一口，杯子一定会碎。

两人的交谈不算热烈。他们已经丧失了与他人共同分享晚餐的习惯，所以也并不十分在意一些礼节。相反，突然摆脱孤独的状态，让两人都稍感不适。好在，他们都具有很好的教养，都努力保持得体的举止。卡米耶和费里贝尔就这样愉快地交谈、碰杯，议论着街区的各种趣事：弗朗佩超市的收银员（费里贝尔喜欢金发的，而卡米耶则偏爱深色头发的收银员）、游客、埃菲尔铁塔在不同光照下呈现的各色形态、路上的狗屎。让卡米耶大吃一惊的是，她的客人竟然是一个完美的对谈者：他总在不停地寻找话题，开启一段又一段漫不经心却又令人愉快的谈话。他对法国历史充满热情，并告诉卡米耶自己将大部分时间都花在路易十一的监狱里、弗朗斯瓦一世的会客厅里、中世纪旺代省农民的饭桌上，以及关押玛丽·安东内特的巴黎古监狱里。费里贝尔承认，自己对这个女人怀有一种真正的激情。只要卡米耶随口提起一个主题或是一个时代，他就会向她讲述大量扣人心弦的细节：当时的服饰搭配、宫廷的阴谋、间接税的总额、卡佩家族的族谱。

一切都十分有趣。

她甚至有种浏览阿兰·德科[①]网站的感觉。

只需轻轻一点，就能读到一段详尽的历史。

“您是老师，或做着类似的工作吗？”

“不，我……我的意思是，我……我在博物馆工作……”

“您是博物馆馆长？”

“好夸张的用词！没有，我只是负责商业部门的事务……”

“啊……”她点了点头，继续说道，“这份工作一定很有意思吧……是在哪个博物馆？”

---

① 阿兰·德科（Alain Decaux ,1925—），法国当代著名的作家和历史学家，法兰西学院的院士。——译注

“这要看情况，我时常在好几家博物馆之间游走……您呢，您从事什么工作？”

“啊，我的话……没有这么有趣，哎，我在公司上班……”

察觉到她脸上失落的表情，费里贝尔很识趣地不再继续这个话题。

“我买了一些配上杏子果酱的液体奶酪，您想尝一点吗？”

“非常乐意！您自己不吃吗？”

“谢谢您。但我的胃已经被之前的那些俄罗斯小食填满了……”

“您一点都不胖……”

他生怕自己说了什么伤人的话，马上补充道：

“但是，您很……呃……您很优雅……您的脸总能让我想起迪安娜·德·波迪耶……”

“她很漂亮吗？”

“哦！‘漂亮’这个词已经无法用来形容她的容貌！”说罢，他的脸泛出红晕，随即继续说道，“我……您……您去过阿内城堡吗？”

“没有。”

“您应该去一次……那是一座美轮美奂的城堡，是迪安娜·德·波迪耶的情人亨利二世送给她的礼物……”

“真的吗？”

“是的，这座美丽的城堡是一曲颂扬爱情的赞歌，人们可以看到这两位爱人名字的首字母缠绕在一起，被镌刻在了每一个角落里：碎石上、大理石上、铁器上、树丛中和他们的墓碑上。如果我的记忆没有出错，这个爱情故事中最感人的地方在于她的香料盒和她的梳子还完好地摆放在她的梳妆间里。哪天我带您去看看……”

“何时？”

“春天的时候怎么样？”

“去野餐吗？”

“毫无疑问……”

他们沉默了片刻。卡米耶试图忽略他鞋子上的破洞，费里贝尔也尽量不去注意墙上的污迹。两人就这样小口啜饮着杯中的伏特加。

“卡米耶？”

“嗯。”

“您真的每天都住在这里吗？”

“是的。”

“但是，呃……要是……呃……好吧……卫生间在哪里？”

“在楼道上。”

“啊？”

“您想去卫生间？”

“不，不，我就是问问。”

“您是在为我担忧吗？”

“不，呃……是吧……我只是认为……这里的条件实在有些艰苦……”

“您真善良……其实还好。真的还好，别担心，再说，我现在还有了一个漂亮的壁炉！”

然而，他却无法表现出同样的热情。

“您几岁了？如果这个问题不是太唐突……”

“二十六岁。我明年二月就二十七岁了……”

“和我的妹妹一样……”

“您有一个妹妹？”

“不是一个，是六个！”

“六个妹妹！”

“是的，还有一个弟弟……”

“您一个人住在巴黎吗？”

“是的，当然，我有一个室友……”

“你们相处得好吗？”

看他没有回答，卡米耶又追问道：

“不太好吗？”

“不，不……还不错！其实，我们平时都不怎么见面……”

“啊？”

“还是这么说吧，我家可不是阿内城堡！”

她微笑了一下。

“他工作吗？”

“他的生活中只有工作。他不是工作，就是睡觉，然后醒来再工作，再睡觉。当他不睡觉的时候，就会带女孩回家……这是一个奇怪的人，他除了大声吼叫，不知道如何表达自己。我很难理解那些女孩都看上他什么了。其实，我对这个问题有自己的看法，但那又如何……”

“他是干什么的？”

“厨师。”

“是吗？他一直会给您做好吃的吧？”

“从来没有。我从来没有看见他在厨房出现过。除了早上折磨我可怜的咖啡机的时候……”

“他是您的朋友？”

“天哪，当然不是！我是在一则小广告上发现他的。当时，他在我家对面的面包房里留下一则广告，内容如下：一个在‘绿色风雅’饭店工作的年轻厨师寻租一个小房间，可以让我在休息的时候睡个午觉。开始的时候，他每天就过来几个小时，后来，他就干脆住下来了……”

“您对此感到气恼吗？”

“完全没有！其实是我建议他这么做的。因为，您也知道，那间公寓对我一个人来说太大了……再说，他什么事情都会做。因为我就连一个灯泡都不会换，他能帮我不少忙……可是，他虽然什么都会做，却是一个十足的‘败家子’……自从他住过来以后，我家的电费账单就像阳光下融化的积雪一般……”

“他在电表上做了手脚？”

“我感觉，他对所有可以接触到的物品都动过手脚……我不知道他厨师当得怎么样，但作为一个修理工，他的水平就摆在那里：我家所有的一切都已经被毁坏……不……但尽管如此，我还是挺喜欢他的……我还没有机会和他聊过这事，但我感觉他……好吧，其实我也不知道……有时候，我感觉自己和一个基因突变的生物生活在同一屋檐下……”

“就像《异形》①里的人物吗？”

“什么？”

“没什么，当我什么也没说过。”

因为西格妮·韦弗②从来也没有和一个国王打过交道，卡米耶还是决定放弃

①《异形》（Alien）是好莱坞非常成功的系列恐怖科幻电影，1979年第一部问世，在全世界范围内引起了轰动。——译注

② 西格妮·韦弗（Sigourney Weaver，1949年10月8日—），著名美国演员，《异形》系列的女主角。——译注

这个话题……

交谈完毕后，两人开始一同收拾餐具。当瞥见角落里那个迷你洗漱池时，费里贝尔请求卡米耶让他把餐具带回家清洗。因为博物馆一般周一闭馆，所以第二天他有的是时间去完成这件差事……

随后，两人郑重其事地相互道别。

“下次可是您到我家来噢……”

“十分荣幸。”

“但我家没有壁炉，真是可惜……”

“嘿！不是每个人都能够在巴黎拥有一间乡间农舍的……”

“卡米耶？”

“怎么了？”

“您可要当心身体，好吗？”

“我尽力。您也是，费里贝尔……”

“我……我……”

“又怎么了？”

“我必须要和您……讲明实情。事实上，您知道吗，我并不真正在一家博物馆工作……其实，我在博物馆外部工作……其实，是在一些小的店铺里……我……我是卖明信片的……”

“我的话，我也并非在公司上班，您知道吗……我其实也在公司外围工作……我负责打扫卫生……”

他们默契地互相微笑了一下，在羞愧中匆匆道别。

虽然羞愧，却释然。

这是一顿相当成功的俄式晚餐。

12.

“那是什么声音？”

“别担心，是那个笨头笨脑的傻瓜……”

“他在干什么？感觉像是已经把厨房淹没了……”

“别管那么多，我们才不在乎呢……你到我这边来……”

“不，放开我。”

“来吧，快过来……过来……你为什么不把T恤衫脱了？”

“我冷。”

“你快给我过来。”

“他很奇怪，不是吗？”

“完全就是个疯子……你没有看到他刚才出去的时候，手里拄着一根手杖，头上还戴着一顶小丑帽……我还以为他是要去参加一场化装舞会……”

“他去哪儿了？”

“我猜……是去见一个女孩。”

“一个女孩！”

“是啊，我猜，其实我什么都不知道……我才管不了那么多呢……来吧，快转过身去……”

“放开我。”

“奥莱利，你现在这个样子真烦人……”

“奥莱利娅，不是奥莱利。”

“不论是奥莱利娅还是奥莱利，对我来说都一样。好吧……还有你的袜子，你也打算一晚上都穿着它们吗？”

13.

虽然这是说明书上明令禁止的行为，可卡米耶还是把她的衣服搁在了壁炉的支架上。自己则尽可能长时间地留在床上，一边裹着被子穿着衣服，一边揉搓着牛仔裤上的扣子，想让衣服在被穿上以前，变得暖和一些。

那种含有聚氯乙烯的呈泡沫状的胶带看来用处不大。卡米耶不得不时常更换床垫的位置来避开吹拂在她额头上的冷风。现在，她的床垫正好放在门边，这为她的出行造成了不小的麻烦。无奈之下，她只得不停地将床垫从这边移到那边，好腾出地儿来，让她迈出几步，走到门边。“太悲惨了。”她暗自思忖道，“真是太悲惨了……”好吧，她终于没能忍住，倚着墙在洗漱池里“方便”。整个过程她都小心翼翼，生怕会把危墙推倒。至于走道里那个蹲式马桶旁的浴室，还是少提为妙……

她感觉自己全身都很脏。其实，“脏”可能还不至于，但至少没有往常“干净”。在这样的情况下，她每周都会去凯斯莱尔家里一到两次，当然是在确保不会遇上他们的前提之下。卡米耶熟知他们家保姆的工作时间，后者每次都一边叹气，一边递给她一块硕大的浴巾。没有人是傻瓜。她每次离开时都会带上一些食物或是一条多余的被子……然而有一天，玛蒂尔德在卡米耶吹干头发的时候，将她“逮个正着”。

“难道你不想再回来住些日子吗？你可以重新住回你的房间。”

“不，谢谢您。感谢你们两人对我的帮助。但是真的不用，我过得不错……”

“你在工作吗？”

卡米耶闭上了双眼。

“是，是的……”

“工作得怎么样？你需要钱吗？把你的账号告诉我们，你知道，皮埃尔可以为你垫款……”

“不用了。我现在暂时什么也不需要……”

“那些在你母亲家的画，你打算如何处理？”

“我不知道……应该对它们做些筛选……但我现在没心情做这事……”

“那你的那些自画像呢？”

“它们又不是用来卖的。”

“那你现在到底在做些什么？”

“做些零活……”

“你去过伏尔泰码头了吗？”

“还没有。”

“卡米耶！”

“嗯？”

“你不能关了这该死的吹风机吗？我完全听不清你说的话！”

“我赶时间。”

“你到底在做些什么？”

“啊？”

“你的生活是什么样的……它现在到底像什么？”

为了从此以后再也不用回答类似问题，卡米耶飞速下楼，三步并作两步地冲出他们的住所。在看到一家理发店时，她推门而入。

14.

“请帮我把头发都剃了。”她朝着镜子里那个站在她身后的年轻男子说道。

“什么？”

“我希望您剃光我的头发，谢谢了。”

“剃成光头？”

“是的。”

“不，我不能这么做……”

“不，不，您可以的。拿起您的工具，开始吧。”

“不行，这里可不是军营。我可以为您把头发剪得很短，但剃成光头我做不到。这不是我们店的风格……不是吗，卡尔洛？”

卡尔洛正在收银台后读着《博彩杂志》。

“你说什么？”

“这位小姐想让我们为她剃光头……”

卡尔洛做了一个手势，仿佛在说：关我什么事，我刚在第七轮的时候输了十欧元，所以你们现在最好别来烦我……

“五毫米……”

“啊？”

“我说，我把您的头发修到五毫米的长度，要不然的话，您根本就不敢走出这扇门……”

“我有我的帽子。”

“我有我的原则。”

卡米耶朝他微笑了一下，点了点头表示同意。随后就听到剃刀在自己的颈部发出的声响。随着头发四散在地上，镜子里渐渐出现了一个奇怪的人。卡米耶凝望着她，却认不出来她是谁，也想不起镜中人前一秒的形象。然而，她对这一切都漠然处之。她只知道，从此以后如果她去走廊浴室里淋浴的话，会方便很多。而对于她来说，这才是最重要的。

她无声地询问着自己在镜中的影子：怎么？这就是你的计划？为了让自己耳根清净，不惜摧残容貌；为了不再亏欠任何人，不惜杳无音信？

不，我是说认真的，真是这样吗？

她用手摸了摸自己坑坑洼洼的头颅，突然有一种想哭的冲动。

“您喜欢吗？”

“不。”

“我事先提醒过您。”

“我知道。”

“头发长起来很快的……”

“真的吗？”

“我确定。”

“这又是您的原则之一吧……我可以借用一支笔吗？”

“卡尔洛！”

“嗯？”

“拿支笔给这位小姐……”

“我们只有在消费十五欧元以上才接受支票支付……”

“不，不是的，我拿笔有其他用处……”

卡米耶拿出她的活页记事本，把镜中人的形象画了下来。

一个带有冷峻眼神的秃头姑娘手里握着一支铅笔，这支铅笔属于一个乖戾的博彩爱好者。在姑娘身旁，一个年轻小伙倚着他的扫帚，愉快地看着这一切。卡米耶在标注完男孩的年龄后，便起身付钱。

“这是我吗？”

“是的。”

“天哪，您画得可真好！”

“我尽力为之……”

15.

这不是上次那个救护人员，要不然伊冯娜肯定一眼就能将其认出。此时，她正懒散地搅动着碗里的小勺。

“很烫吗？”

“什么？”

“你碗里的咖啡，很烫吗？”

“不，还好，谢谢。好了，这没什么大不了的，我还有报告要写呢，我……”

此时，波莱特蜷缩在桌子的另一头。一切照旧。

16.

“你身上有虱子吗？”玛玛多向她问道。

卡米耶正在穿她的工作服。她现在没心情讲话。她身上积压了太多的石子、寒气和脆弱。

“你不开心？”

她摇了摇头，推着自己收拾垃圾的小车，走向了电梯。

“你去六楼？”

“嗯，嗯……”

“为什么总是派你打扫六楼？这不正常！你不能总是这样逆来顺受！你要我和主管说吗？你知道，我从来都不害怕吵架！啊，是的！我才不在乎呢！”

“不，谢谢了。不论是六楼还是其他楼层，对我来说都一样……”

姑娘们都不喜欢这层楼，因为这里是主管办公的地方，同时还充斥着一些封闭的办公室。其他地方，比如被拉布达尔称为“开放空间”的区域，相对来说清扫起来更为方便和快捷。姑娘们只需清理垃圾桶，将扶手椅靠墙摆放整齐、再用吸尘器打扫一遍即可。人们甚至时常会心情愉悦地前去打扫，不开心的时候就踢两下桌子，因为大家知道，放在办公室里的都是些便宜的蹩脚货，没有人会真正在意它们的存在。

然而在六楼，每个房间的清扫都需要经历一个乏味却“隆重”的过程：清空垃圾桶、清扫碎纸机旁的碎片、整理到处都贴着“请勿触碰任何物品”字条的办公桌，害得卡米耶连一根回形针也不敢移动。除此之外，她还需要清扫主管办公室旁的会客室以及秘书办公室。这些讨厌的女人会在办公室里贴满写给清洁女工的便条，而事实上，她们甚至都没钱在家里雇用一个保姆……她们经常会留下这样的只字片言：您帮我做这或做那；上次您动过我的台灯，敲坏了什么东西，等等。这些毫无意义的话语时常会惹得卡琳或塞米亚愤怒至极，卡米耶却对此泰然处之。如果有些话写得实在过分，她通常会在下面加上一句：我不懂法语。随后，把这张便条贴在电脑屏幕的正中。

在低一点的楼层，那些普通白领一般都会把自己工作的区域整理得相对整洁，而在第六层，杂乱的风格似乎是那里的流行做法。那些主管好像是想通过这种方式来向人们展示自己多么忙碌，多么不情愿下班回家，甚至还有随时回来工作的可能，仿佛自己身处领导世界的中心。好吧，为什么不能这样呢，这是他们的工作方式……想到这里，卡米耶不由得叹了一口气。我们要学会接受每个人都怀有空想……然而，靠左边走廊的一个人却让卡米耶忍无可忍。无论他是否身居要位，这个人是一个十足的邋遢鬼。需要指出的是，此人不但不爱干净，甚至还能让他的办公桌随时散发出一种鄙夷的态度。

卡米耶数十次，也许是数百次清空或是扔掉他桌上的纸杯，这些纸杯中常漂浮着许多烟蒂；她还曾经下意识地为他收好吃剩下的三明治。可是今天晚上不行，今天晚上，她再也没有欲望去做这些事。她默默地把这人所有的垃圾都收集在了一起：粘满汗毛的膏药贴、粘在烟灰缸边沿上的口香糖、火柴、小纸团等。然后把它们堆放在由瘤牛皮制成的漂亮桌垫上，并给他留了一张字条，上面写着：先生，您是一头邋遢的猪。我请求您从今以后尽可能让这块地方保持干净。另外：请看一眼您的脚下，那个十分实用的物品，人们通常把它叫作垃圾桶……随后，她还为自己的这段话添上了一幅淘气的图画，上面画了一只穿着三件套西装的猪，正俯身查看自己的桌子下到底藏了什么宝贝。完成这一切后，卡米耶重新回到了同事身边，帮助她们完成大厅的清扫工作。

“你为什么这么开心？”卡琳惊讶地问道。

“不为什么。”

“你真的很奇怪，你……”

“我们随后去清扫哪里？”

“楼道B……”

“又去？可是我们刚刚才打扫过那里！”

卡琳耸了耸肩。

“走吗？”

“不。我们还要等‘超级乔丝’给我们做报告……”

“什么报告？”

“我不清楚。好像是因为我们之前用掉了太多的清洁产品……”

“到时看了再说……有一天，他们给我们的产品根本就不够用……我想到马路上去抽根烟，你来吗？”

“外面太冷了……”

于是卡米耶独自一人走出大楼，倚在一杆路灯上。

“……03-12-02……00：34……-4° C”，只见一家眼镜商的店铺上方闪烁着这样的字样。

她突然知道自己应当如何回答玛蒂尔德·凯斯莱尔带着生气的语调向她抛出的问题：你的生活是什么样的……它现在到底像什么？

“……03-12-02……00：34……-4° C”。

对了。

就像这个。

17.

“我知道！我就知道！但为什么您总是喜欢夸大事实？这简直就是在胡闹！”

“我的小弗兰克，你给我听清楚了，首先，请你换一种语气和我说话。其次，好像还没有轮到你来教导我该怎么做。我处理这件事情已经将近十二年，我几乎每周都会去看望她，带她进城，或照顾她。十二年，你听见没有？我不得不说，你好像自始至终都没怎么参与这件事……而且，我从来都没有听到一声道谢，看到一次感激的表示，从来没有。就算是上一次我陪她上医院，开始我每天都会去看她，但即使这样，我也从来没有接到一个你的电话，收到一枝表示谢意的花朵，不是吗？还好，我做这一切不是为了你，而是为了她。因为你的外婆是一个好人……一个好人，你懂吗？现在，我并不想指责你，我的孩子。你还年轻，住得又远，而且你也有自己的生活。但是，有时候这所有的一切把我压得喘不过气来，把我压得喘不过气来……我自己也有家庭、烦恼和一些身体上的问题。所以现在我想很清楚地告诉你：现在是该你承担起责任的时候了……”

“只是因为她忘记在火上炖烤的食物，您就想让我毁了她的生活，把她关到那里去，是这样吗？”

“看看！你说起她的时候，就像在说一条狗！”

“不是这样的，我并不是在说她！您很清楚我在说什么！您知道，如果我把她送到那个等死的地方，她肯定受不了那个刺激！您也看到了，上一次她是如何和我们闹翻天的！”

“你讲话的时候不是非要这么粗俗的，你知道吗？”

“对不起，卡尔米诺太太，对不起……我都不知道自己在说些什么……我……我不能这样对她，您懂吗？对我来说，这就像亲手将她杀死一样……”

“她一直这样独处下去的话，她也会选择自杀的……”

“那又如何？难道这不是更好的选择吗？”

“这是你看待事情的方式，我不同意。我可不想再踏进这所房子了。要不是那天邮递员恰巧过来，整幢房子都有可能被烧成灰烬。问题在于，邮递员不会总在那里……我也不会……弗兰克……我也不会……这一切都太过沉重……背负着太多的责任……每次来你们家，我都在想进去以后会看见什么，每次不去的时候，我又无法入眠。当我给她打电话，却无人接听的时候，总让我担心得发疯。通常到最后，我还是会来你们家，看看她都在做一些什么傻事。那次意外彻底击垮了她的身体，她不再是曾经的那个女人。现在，她整天穿着睡衣到处游荡，不吃东西，不说话，也不再阅读任何信件……就在昨天，我还看见她穿着连体裤在花园里游走……当时，这个可怜的老妇人被冻得瑟瑟发抖……不，我不想再看到这一切了，因为我总能幻想出更为可怕的场景……我们不能再让她这样生活下去……我们不能。你应该有所行动……”

“……”

“弗兰克？喂？弗兰克，你还在吗？”

“在……”

“我的孩子，你应当理智一些，为自己寻找一个理由……”

“不。我可以把她送进收容所，因为我没有其他选择。但如果您想让我为此寻找一个理由，这我办不到。”

“等死的地方、收容所……你为什么不把那里简单地称为‘养老院’呢？”

“因为我很清楚，人们住进去以后的下场是怎么样的……”

“别这么说，有些养老机构还是很不错的。比如说我丈夫的母亲，她就……”

“那您呢，伊冯娜？为什么您就不能一帮到底呢？我可以付钱给您……我可以给您一切您想拥有的东西……”

“不，谢谢你的好意，但是这行不通。我年事已高，无法承担这所有的一切。我已经有我的吉尔伯特需要照料……再说，她还需要跟踪治疗……”

“我还以为您是她的朋友呢。”

“我是她的朋友！”

“虽然她是您的朋友，但这并不妨碍您将她推向坟墓……”

“弗兰克，马上收回你刚才所说的话！”

“你们其实都一样……您，我的母亲，还有其他所有人！你们总说自己是爱别人的，可是一到需要你们出力的时候，却都不见了踪影……”

“我请你不要把我和你的母亲归为同类！啊，这可不行！我的孩子，看看你是多么的忘恩负义……凶狠又薄情！”

说罢，她挂断了电话。

现在只有下午三点，但他知道，自己再也无法入睡。

他已经精疲力竭。

他愤怒地捶着桌子和墙壁，敲打着一切自己可以碰到的物品。

他穿好衣服，出门一路狂奔，瘫倒在第一张看到的长椅上。

开始，他只是发出轻微的呜咽声，好像被谁拧了一下，后来，这种痛苦的感觉蔓延到了全身。他从头到脚都开始颤抖，胸口仿佛被劈成了两半。弗兰克随即放声大哭。他不想这样的，他不想这样的，但此刻，他无法控制自己的感情。他哭得就像一个孩子，一个大蠢蛋，一个即将放弃世界上唯一爱过自己的人的坏人。是的，唯一爱过自己的人。

他蜷曲身体，处于深深的悲伤之中，满脸都是眼泪和鼻涕。

当弗兰克发现自己无论如何都无法停止哭泣时，干脆把毛衣套在头上，双手交叉，放在胸前。

他很痛、很冷、很羞愧。

他就这样淋浴着，双眼紧闭，抬着头，直到再也没有热水流下。他在剃须的时候不小心割伤了自己的脸颊，因为他没有勇气直面镜子里的自己。他不想再去想这件事。至少，现在不想。他心中的堤坝不堪一击，他开始任其决堤，任由无数幅画面侵扰自己的思绪。他的外婆，他从来没有在这座房子以外的地方见到过她。通常，她清晨的时候在花园，其余的时间泡在厨房里，晚上则坐在他的床边……

童年的时候，弗兰克饱受失眠之苦。他经常做噩梦，感觉自己的双脚深陷在一个洞中，只有抓住床沿才能避免陷得更深。每到这个时候，他就会高声呼喊，叫外婆过来陪他，他抱着她，直到她关门离去。所有教过他的老师都建议他去咨询心理医生，邻居们看到他则会无奈地摇一摇头，建议大人把他送到江湖郎中那里去“重新排列一下神经的次序”。至于波莱特的丈夫，则经常阻止波莱特上楼，并且总说：“都是你把他惯坏了！是你把这个孩子变成今天这种病态的样子！老天，你只需少爱他一点就好！你只需让他一个人在那里哭一会儿，少搭理他，你会发现，他保准一会儿就能入睡……”

然而，她尽管和善地对每个人都点头称是，事实上却没有听取任何人的建议。她还是照旧为他冲好一杯甜甜的热牛奶，在里面加上一些橘子花泡出的水，然后送到他的面前，并在他喝的时候托住他的头。最后，她会静静地坐在旁边的一把椅子上。就是那里，你看，就是旁边这把椅子。那时，她经常双手交叉，放在胸前，轻轻地叹一口气，和他一起慢慢入睡。通常，都是波莱特比弗兰克先睡着。其实，本来就没什么大不了的，只要她在，一切都很顺利。他可以放心地伸长双腿……

“我和你说一声，里面没有热水了……”弗兰克说道。

“啊，真麻烦……我很抱歉，你……”

“你别总是向我道歉，好吗！是我洗得太久，导致没有热水，好吧？是我。所以，别再道歉了！”

“不好意思，我以为……”

“啊，你可真够烦人的。如果你想做一个卑躬屈膝的小丑，那是你的问题……”

说罢，他离开房间，去熨自己的衣服。他必须去买新衣服了，因为他已经无法熨平这件旧衣服。可是，他没有时间。他总是没有时间，没有时间去做任何事。

他每周只有一天可以用来自由支配的时间。而这一天，他还要在“老人堆”里度过，还要看着自己整天哭哭啼啼的外婆！

此时，另一个人已经端坐在他的扶手椅上，研究着羊皮纸和那些乱七八糟的纹章。

“费里贝尔……”

“怎么了？”

“听着……呃……我对我刚才的行为感到抱歉，我……我现在有些烦心事，所以最近脾气暴躁，你知道吗……而且，我已经筋疲力尽了……”

“这没什么大不了的……”

“不，这很重要。”

“你知道吗，真正重要的是说‘请原谅我’而不是‘我感到抱歉’。你无法一个人‘感到抱歉’，这种说法从语言学的角度来说是不正确的……”

弗兰克先是凝望了他一会儿，随后摇了摇头，说道：

“你真是一个奇怪的家伙，你……”

在开门之前，弗兰克又补充道：

“嘿，你等下去看一眼冰箱，我给你带了一些吃的。我忘了是什么了……好像是鸭肉，我觉得……”

当费里贝尔向他道谢的时候，已经是对着一阵风在说话。

我们的赶路人已经来到走道上，开始低声咒骂，因为他突然找不到自己的钥匙。

那天晚上在工作的时候，弗兰克始终保持一言不发。无论是主厨将他的锅子一把夺过、把他的“作品”占为己有的那一刻，还是别人递给他尚未煮熟的胸脯肉的时候——更何况那个家伙肉未煮熟却开始埋头擦拭、清洗锅子，好像想收集锅子上的铁锈似的——弗兰克都咬紧牙关，没有抱怨。

厨房里的人渐渐散去，弗兰克在角落里等着他的朋友凯尔玛德克完成工作。此时，后者正在清点餐巾的数量，并将桌布归类。弗兰克则坐在角落，翻阅《摩托车报》。凯尔玛德克完成工作后，便向弗兰克问道：

“我们的厨子，接下去有什么打算？”

拉斯德菲尔将头向后一仰，把拇指放在自己的嘴唇上，说道：

“马上就好。再看三则组装摩托车的案例，我就来……”

他们本想一晚上光顾数家酒吧，可是弗兰克在走出第二家酒吧的时候已经喝得烂醉。

那天晚上，他再次掉入一个洞里，却不是他童年落入的那个洞，是另一个。

18.

“呃……我是来向您道歉的……其实，请求您……”

“请求我什么，我的孩子？”

“接受我的歉意……”

“我已经原谅你了，好了……我知道你说的那些话不是出自你的本意，但以后说话还是要注意些……你要知道，要对那些待你不薄的人好一点……如果你现在还不太相信这条做人准则的话，等你老了就知道了……”

“您知道吗，我仔细思考了昨天您和我说的话，虽然这么说我很痛苦，但我不得不告诉您，我认为您是对的……”

“我当然是对的……我熟知老年人的生活，我每天都能从这里窥探一二……”

“那么，呃……”

“怎么说？”

“问题是，我没有时间去处理这些问题，我的意思是去找一家好的机构……”

“你是想让我来找？”

“您知道，我可以按小时来付您工钱……”

“小家伙，你别再开始和我说这些无理的话。我很愿意帮助你，但必须由你来向她宣布这个决定，由你来向她解释目前的状况……”

“您和我一起来吗？”

“如果你觉得这样做对你有帮助，我十分愿意。但她很清楚我的想法，因为我鼓动她这么做也不是一天两天的事了……”

“请尽量为她寻找一些高档的机构，好吗？比如有一个漂亮的房间、一个大花园……”

“这可贵了，你知道吗……”

“贵到什么程度？”

“每个月将超过一百万元……”

“呃……等一下，伊冯娜，您说的是什么币种？我们现在可是都用欧元了……”

“哦，欧元……我和你说的是我习惯使用的币种①。如果你想让她入住一家好的养老机构，差不多每个月需要支付一百万法郎……”

“……”

① 从2002年1月1日起，欧元正式开始流通。从2002年7月起，欧元成为欧元区唯一的合法货币。之前法国的通行货币是法郎。——译注

“弗兰克？”

“这……这是我一个月的收入……”

“你应该去住房补助中心寻求补助，看看你外公的退休工龄是不是可以帮上什么忙。另外，你还要向省议会提交APA材料……”

“什么是APA材料？”

“这是为生活无法自理的人和残障人士所设立的补助。”

“但……她的身体并没有残疾，不是吗？”

“没有。但是可以让她在专家过来查证的时候装得像一点。她千万不能表现得很健壮，否则，你们获得的补助将寥寥无几……”

“妈的，在搞什么鬼……啊，不好意思。”

“我真想把我的耳朵封住。”

“可是，我无论如何也抽不出时间去填写这些表格……您可以在这方面帮我一把吗？”

“别担心。我这周五就到我们协会去发出呼吁，我相信，一定反响热烈！”

“真的感谢您，卡尔米诺夫人。”

“你真是这么想的吗……好了，去吧……”

“好吧，那我去工作了，我……”

“好像现在你的厨艺已经堪比真正的主厨？”

“谁和您这么说的？”

“孟德尔夫人……”

“啊……”

“哦，天哪，如果你知道……她还是这么喋喋不休！那天晚上，你好像给他们做了酒焖葱蒜兔肉……”

“我不记得了。”

“她记得清清楚楚，这我可以向你保证！——告诉我，弗兰克。”

“什么？”

“我知道这不关我的事，但是……你的母亲？”

“什么我的母亲？”

“我不知道，我在想也许你可以试着联系她一下……她可能可以帮助你支付相应的费用……”

“现在可是您开始变得粗俗了啊，伊冯娜。再说，您也对她很了解……”

“你要知道，人有时候是会变的……”

“她不会。”

“……”

“不，她不会……好了，我要走了，我已经迟到了……”

“再见，我的孩子。”

“呃？”

“又怎么了？”

“请您还是试着找一些不那么昂贵的机构……”

“我知道了，到时我会告诉你的……”

“谢谢。”

那天是如此寒冷，以至于当弗兰克回到温暖的厨房，开始他苦役一般的工作时，心里却很快乐。主厨那天也心情愉悦。饭店门口排队的人络绎不绝，这让他不得不拒绝了一些顾客的到来。而且，他刚刚得知省城的一家杂志将为他的饭店撰写一篇很好的评论。

“孩子们，在这样的天气里，我们今晚可以尽情享用鹅肝和好酒！啊，终于可以不用再吃沙拉、奶油生菜冲汤和那些劳什子食物了！这一切终于结束了！从今以后，我要的是精致、味美的食物！我要让顾客从这里走出去的时候，热情高涨！来吧！快去起炉灶，我的孩子们！”

19.

卡米耶步履艰难地走下楼梯。她感到浑身酸痛，并伴有一阵可怕的头痛，就好像有谁在她的右耳里插了一把尖刀，然后一直缓慢地搅动着这把利器。当她走到大厅的时候，不得不扶着墙面，重获平衡。她在瑟瑟发抖的同时又感到喘不过气来。回家躺下的念头在她的脑中一闪而过，但是，只要一想到还要重新爬上七楼，卡米耶认为去上班的想法更能为她所接受。至少，她在地铁里可以坐着……

当她穿过门廊的时候，撞上了一只“熊”。这是她那裹着长皮袄的邻居。

“哦，对不起，先生。”只听那只“熊”道歉道。

他抬起双眼。

"卡米耶，是您吗？"

由于卡米耶没有力气进行任何交谈，她从费里贝尔的胳膊下钻了过去。

"卡米耶！卡米耶！"

她把脸埋在围巾里，加快了步伐。可这一动作让她不得不马上扶住一台自动计时器，以免跌倒。

"卡米耶，您好吗？我的上帝，但……您的头发怎么了？还有您的脸色，您……多么可怕的脸色！还有您的头发？您如此美丽的秀发……"

"我得走了，我已经迟到了……"

"可是外面是如此寒冷，我的朋友！不要光着头走路，这样您会死掉的……来，戴上我的皮帽……"

卡米耶努力微笑了一下。

"它也是您舅公的吗？"

"啊，不！它属于我的曾祖父，这顶帽子陪着这个将军参加了数场俄国战役……"

说着，他为她戴上帽子，并一直把帽子压到她的眉宇处。

"您的意思是，这顶帽子参加过奥斯特利茨战役？"她强迫自己带着玩笑的口吻问道。

"完全正确！还有别列津纳河战役。天哪……您的面色是如此苍白……您确定自己的身体一切正常吗？"

"我有点累……"

"告诉我，卡米耶，您在楼上没有感到太冷吗？"

"我不知道……好了，我……我真的要走了……谢谢您的帽子。"

地铁的车厢里很热，卡米耶被搅得昏昏沉沉，很快便安然入睡，直到地铁到达终点站才醒来。她只得坐上相反方向的列车，一路上用那顶狗熊一般的帽子压着眼睛，因为精疲力竭而悄悄地哭泣。噢，天哪，这个老古董还发出阵阵呛人的气味……

当她终于从正确的站台下车时，却被外面刺骨的寒冷击倒，不得不走向公交车站站台的等候座位，横躺下来后，请求旁边的人为她叫一辆出租车。

她颤颤巍巍地回到自己家中，整个人一下瘫倒在床垫上。她连脱衣服的力气也没有，想着自己是不是会马上就这样死去。谁会知道呢？谁会为她担忧呢？谁又会为她的死哭泣呢？她由于发烧打着寒战，她的冷汗浸湿了冰冷的被子。

20.

费里贝尔在深夜两点左右起来喝了一杯水。厨房里的瓷砖冰寒彻骨，室外的寒风“凶狠地”敲打着窗玻璃。他凝望着窗外空无一人的大街，口中默默念叨着儿时的童谣：冬天来了，杀死了那些可怜的人……温度计上显示室外的气温只有零下六摄氏度，这让他无法控制自己不去想楼上那个女孩。她在睡觉吗？这个可怜的女孩对自己的头发做了什么？

他一定要做些什么，他不能就这样丢下她不管。是的，他所受过的教育，他那些良好的举止，还有他谨慎的性格，让费里贝尔陷入了漫无止境的思想斗争……

在深夜时分，这样去打搅一个年轻女孩真的合适吗？她会怎么看他？而且，可能此时她并非孤身一人？如果她全身赤裸？噢，不……他还是不要去想这个问题比较好……此时的场景如同《丁丁历险记》一般：费里贝尔的身旁分别站着一个魔鬼和天使，在他的耳畔争吵。

好吧……可能现在的情况和书中有稍许不同……

一个冻僵的天使说道：“看看吧，这个女孩现在一定冻得快死了……”而另一个，收紧翅膀反驳道：“我的朋友，您说的我也知道，但是这种做法是不可取的。您还是明天早晨去探听她的情况吧。现在，请您快点睡觉。”

费里贝尔就这样冷眼旁观着他们的争吵，却并未参与其中。他来来回回走了十次、二十次，请求他们停止争辩。最终，他选择用枕头蒙住耳朵，不再偷听他们的谈话。

在3：45时，他起身在黑暗中寻找自己的袜子。

从门缝里透出的光亮赋予他更多的勇气。

“卡米耶小姐？”

随后，他又轻轻叫了一声：

“卡米耶？卡米耶？我是费里贝尔……”

没有回答。他尝试了最后一次，仍然没有任何回答，只得转身返回。就在他已经走到过道尽头的时候，听到了一声低沉的声响。

“卡米耶，您在吗？我有点担心您，我……我……”

“……门……开着……”她呻吟着说道。

阁楼里冻彻心骨。由于床垫堵在门口，他进门费了点工夫，还被一大堆杂物绊倒。他蹲下来，掀开了一条被子，接着又是一条，最后还有一条，才看到了卡米耶的脸庞和她被冷汗“浸泡”的身体。

他把手放到她的额头上摸了一下。

“您烧得不轻啊！您不能再这么待下去了……不能在这里……不能再孤单一人……您的壁炉呢？”

“……我没有力气移动它……”

“您同意我把您带走吗？”

“带到哪儿？”

“我家。”

“我不想动……”

“我会把您抱在怀里的。”

“就像一个白马王子？”

他对她微笑了一下，说道：

“好了，您真的烧得不轻，都开始说胡话了……”

他把床垫拉到房间中央，为她脱去厚袜子，随后尽可能轻地将她扶起。

“可惜，我没有真正的白马王子那么强壮……呃……您可以试着用双手搂住我的脖子，好吗？”

她任由自己的头靠在费里贝尔的肩头上，后者立刻闻到了从脖颈中散发出的酸臭味，感到一阵尴尬。

把卡米耶送往楼下的过程简直就是一场灾难。费里贝尔总是在转角处撞到“他的美人”，甚至每走一步都有跌倒的危险。好在他记得随身带上了边门的钥匙，所以只剩下三层楼的距离，便可抵达家中。他穿过书房、厨房，在过道中差点把卡米耶绊倒十次。最终，费里贝尔总算把她扶到了艾德梅舅妈的床上。

“听着，我现在要为您脱去一些衣服，我想……我……好吧，您……这真的很尴尬……”

她早已闭上了双眼。

好吧。

此时，费里贝尔·马克尔·德·拉·杜尔贝里艾尔正处于一个关键的时刻。

他想起了自己先祖的一些丰功伟绩，突然觉得1793年的国民公会、绍莱叛乱、卡特利诺的勇气以及拉罗什雅克兰侯爵的骁勇也不过尔尔……

之前那个愤怒的天使此时正栖息在他的肩头，手中拿着一本斯黛夫男爵夫人的作品作为行动的指南。只见他欢快地嚷嚷着：“好啦，我的朋友，您对自己很满意，不是吗？啊！看，她就在这里，我们英勇的骑士！我真诚地祝贺您……那现在呢？我们现在做什么？”不知所措的费里贝尔听到卡米耶低声说了一句：

“……我渴……”

听到这句话，我们的“救助天使”马上冲向厨房。然而，另一个天使却早已在洗涤槽边恭候他多时，就等着将他的热情浇灭：“好样的！继续呀……龙在哪里？您怎么没去挑战那条巨龙？”“哦！够了，你给我闭嘴！”费里贝尔回答道。能说出“闭嘴”这样的话连他自己都始料未及。然后，当他再次回到病人床头的时候，却感到更加释然。其实，这一切并非如此复杂。弗兰克说得对：有时候一句到位的咒骂比一段冗长的独白要奏效得多。想到这里，费里贝尔恢复了活力，在喂卡米耶喝完水后，他鼓起勇气，开始完成一项“伟大的任务”——为她脱衣。

这一任务完成起来并不容易，因为卡米耶把自己包裹得比洋葱还要严实。他首先为她脱去大衣，随后是她的牛仔外套，接着是一件毛衣、两件毛衣和一件套头衫，最后是一件长袖衬衫。此时，她几乎已经一丝不挂……好吧，对不起了，我将要看到她的……其实……是她的胸罩……天哪！我的上帝！她竟然没有穿！他极为迅速地把床单遮挡在卡米耶的胸前。好吧……现在需要脱去下半身的衣物……此时，他显得更为自在，因为他可以在被窝中摸索着完成他的使命。他用尽全力为她脱去裤子。我的天哪，裤子里好像也没有短裤……

“卡米耶？您有力气去洗个澡吗？”

没有回答。

他无奈地摇了摇头，走进浴室，在浴缸中灌满热水，在水中滴上几滴古龙水，随后戴上了一副手套。

加油，我的战士！

他拿开裹在卡米耶身上的床单，首先戴着手套为她从头到脚清洗了一遍，接着又更加“英勇”地重复了一遍刚才的动作。

他揉搓着她的头颈、脸颊、背部、腋窝、乳房（她的胸部也能被称为乳房吗）、肚子和双腿。至于其他部位，上帝啊……他拧干手套，把它们放在卡米耶的额头上。

现在，他急需阿司匹林……由于动作过于迅猛，他把厨房抽屉里的所有物品都倒翻在了地上。见鬼，阿司匹林，阿司匹林……

弗兰克站在门边，撩起自己的T恤衫，搔着自己的肚皮。

“呃……”他一边打着哈欠一边问道，“发生什么了？这些乱七八糟的东西都是什么？”

“我在找阿司匹林……”

“在橱柜里。”

“谢谢。”

“你头疼？”

“不是的，我找阿司匹林是为了给一个朋友……”

“你那个八楼的朋友？”

“是的。”

弗兰克冷笑了一下，说道：

“等一下，你之前和她在一起？你在楼上？”

“是的，请让一下……”

“天哪，我真是不敢相信……你已经不是处男了，对吧！”

弗兰克的嘲讽声一直跟随费里贝尔来到走廊上。

“哎！她第一天晚上就装头疼，是这样吗？我的兄弟，你这头开得可不好……”

费里贝尔狠狠地关上房门，转过身去，低声自语道：“你也给我闭嘴……”

他等着药丸在水中完全溶解后，最后一次打搅了卡米耶。他甚至听到卡米耶叫了他一声“爸爸”。当然她也有可能是在说“不要……不要……”[①]，因为她已经不再口渴。好吧，其实他也不知道。

---

① 在法语中“爸爸“（papa）和“不要”（pas）发音相似。——译注

他再一次浸湿手套，拉开床单，就这样在原地站了一会儿。

他呆若木鸡、惊慌失措，却又感到自豪。

是的，他为自己感到自豪。

21.

卡米耶被U2乐队的歌曲吵醒。她起先以为自己身处凯斯莱尔夫妇家中，于是又马上昏睡过去。可是不一会儿，她突然惊醒过来，心想：不，不，这不可能。无论是皮埃尔、玛蒂尔德还是他们家的保姆都不会以这种方式把博诺[①]的歌曲放得震天响。总有些什么事情让她感到不对劲……卡米耶慢慢睁开双眼，却又因为头疼而低声呻吟。她试图在这间半明半暗的卧室中寻找一些熟悉的物品。

她这是在哪里？这是怎么回事……

她转了一下头,谁知整个身体都随之起了反应，开始抗争：她的肌肉、关节和少得可怜的脂肪都在拒绝任何微小的动作。卡米耶咬紧牙关，从床上爬起。然而没过多久，她便浑身颤抖，大汗淋漓。

此时，她全身的血液仿佛都涌向了太阳穴。她只得闭上双眼，静止不动，等待着疼痛消散。

当她再次小心翼翼地睁开眼睛时，发现自己正躺在一张怪异的床上。从百叶窗缝隙中透进来的阳光很少。窗户两旁的吊钩上挂着厚重的天鹅绒布帘，显得死气沉沉。卡米耶对面有一个大理石壁炉，壁炉上方悬挂着一面斑驳的镜子。整个房间被贴上了花朵图案的墙纸，在昏暗中，她无法辨认出墙纸的具体颜色。另外，卧室里到处挂满了肖像画，画中描绘的常是一些身着黑色衣服的男人和女人，当他们“看到”卡米耶时，显得和她一样惊慌失措。随后，卡米耶转向一旁的床头柜，看到上面摆放了一只雕刻精美的玻璃瓶和一只印有卡通图案的杯子。玻璃瓶里盛满了水，她虽然口渴难忍，却不敢喝瓶里的水，因为她不知道人们是在哪一个世纪将瓶子灌满的。

天哪，她到底身处何方？又是谁把她领入了这间博物馆？

卡米耶突然发现，在烛台下压着一张折成两半的字条，上面写着：“今天早晨我没敢打扰您。我去上班了，大约晚上七点回家。您的衣服都放在圆圈椅上。冰箱里有鸭肉，床下放着一瓶矿泉水。费里贝尔。”

---

① 博诺原名保罗·大卫·休森（Paul David Hewson），是U2的主唱兼旋律吉他手。——译注

费里贝尔？她在这个男孩的床上做什么？

救命。

她集中精力，试图从零星的记忆碎片中找到整件事情的源头，可是她至多只能回想起在布尔尼大街上发生的一切……她当时弯着腰蜷缩在公交车站站台的等候座位上，请求一个穿着深色大衣的高大男子为她叫一辆出租车……那名男子是费里贝尔吗？不，不是他，要不然她一定对此留有记忆……

有人关掉了音乐。随后，她听到一阵脚步声和抱怨声，接着是一扇门被狠狠关上的声响，然后是第二扇。后来就再无任何声音，房间里一片寂静。

卡米耶急切地想出去看一看，但她还是等了一会儿，直到不再听到任何声响。一想到自己将要挪动身体，她就感到筋疲力尽。

她推开盖在身上的被单和鸭绒被，后者对她来说重得仿佛一只死去的驴子。

当她的双脚触碰到地板的时候，大脚趾不由得蜷缩了一下：两只用山羊皮制成的拖鞋被摆放在地毯的边缘处。她站起身，看见自己穿着一件男款睡衣。惊讶之余，卡米耶穿好鞋子，把自己的牛仔外套披在肩头。

她轻轻地打开房门，发现自己身处在一条巨大的走廊中。这条走廊十分阴暗，少说也有十五米长。

她需要找到卫生间的方位……

不，不是这里，这里是壁橱；这里又是一间孩子住的卧室，里面有一张婴儿双层床和布满虫蛀的木马玩具……这间房间……她不是很清楚它的用途……也许是一间书房？窗前的桌子上摆满了书，甚至阻挡了正常的光照。墙壁的黄铜吊环上挂着一把军刀、一条白色围巾和一根马尾。是的，一匹真马上的真尾巴。这实在是一件特别的圣物……

那边！那边是卫生间！

卫生间的门把和抽水马桶上的拉环都是木质的。从马桶的年代来看，它一定见识过无数祖辈的臀部……起先，卡米耶还有些犹豫，但事实上，整个过程都进行得十分顺畅。她甚至被马桶冲水的声音搅得心神不宁，就好像尼亚加拉大瀑布的水刚刚浇在了她的头上……

卡米耶为了找到一盒阿司匹林，不顾头昏眼花，继续在房子中摸索前行。她走进一间乱得无法形容的卧室，只见房间的主人把衣物随意地丢放在一堆杂志中间，卧室里到处可见空的易拉罐和四散一地的纸片：账单、厨房专用的技术表格、摩托车保养手册以及各种财政部门的催款单据。房间主人还在路易十六漂亮的床上放了一套丑陋的杂色被褥，在床头柜上精致的工艺品里扔满了烟头。总的来说，人们可以感觉到这间卧房里住着一头放荡不羁的野兽……

厨房位于走廊的尽头。那是一间寒冷、灰暗、悲伤的屋子，里面镶嵌着布满黑色污点的惨白瓷砖。工作台由大理石制成，橱柜里几乎空无一物。要不是一台老旧的冰箱总是发出扰人的噪声，人们简直要怀疑这里是否有人居住……她终于找到阿司匹林，在水槽边拿了一只杯子，随后坐在一把塑料椅子上。她遥望天花板，感到一阵眩晕。但是白色的墙壁很快又吸引了她的注意力。曾经，这面白色墙壁一定是一幅用石墨完成的画作，随着时间的流逝，如今墙面上只留下一片柔滑的古老光泽。然而，墙面却保存得十分完好，没有破损，也无裂痕，就像是米饭布丁里的白色奶油，又像是食堂里一款淡而无味的甜品……卡米耶脑子里幻想着这些滋味的融合，并暗暗决定以后要重新回到这里，好把周围的一切看得更加清楚。她在这所硕大的公寓里迷失了方向，觉得自己永远也找不到刚刚离开的那间卧室。她一下瘫倒在床上，想着要给都科林公司的同事打个电话，却一下进入了梦乡。

22.

“您感觉怎么样？”

“是您吗，费里贝尔？”

“是的……”

“我这是睡在您的床上吗？”

“我的床？不……不是的，其实……我从来都不……”

“我在哪儿？”

“在我舅妈艾德梅的公寓里，在亲人之间，我们都叫她梅舅妈……亲爱的卡米耶，您感觉怎么样？”

“精疲力竭。我感觉自己像被压缩机压过一样……”

“我已经叫过医生了……”

“噢，不要，这没有必要！”

“没有必要？”

“呃……如果……您已经……无论如何，我确实需要一张病假证明……”

“我刚才为您热了汤……”

“我不饿……”

“就强迫自己喝一点吧。您必须恢复一些元气，不然的话，您的身体不足以强壮到去击退那些有恃无恐的病毒……您笑什么？”

“因为您把这一切说得就像英法百年战争一样……”

“我希望这场战斗要比百年战争短一些！啊，听到没有？应该是医生来了……”

“费里贝尔？”

“怎么了？”

“我现在身边一无所有……没有支票簿，没有现金，什么都没有……”

“别担心。这些事情我们以后再说……等到签订和平协议时再说……”

23.

“怎么样？”

“她睡着了。”

“这是您的亲戚吗？”

“是一个朋友……”

“什么朋友？”

“呃……一个邻居，其实，呃……一个邻居朋友。”费里贝尔开始口齿不清。

“您和她很熟悉吗？”

“不，并不熟悉。”

“她一个人住吗？”

“是的。”

听到这里，医生做了一个鬼脸。

“有什么让您感到不安的地方吗？”

“可以这么说……您有桌子吗？有没有一个可以让我坐着说话的地方？”

费里贝尔把他引向了厨房。医生从包里拿出他的处方簿。

“您知道她姓什么吗？”

“我觉得应该是福克……”

“您‘觉得’还是您‘确定’？”

“她的年龄？”

“二十六岁。”

“确定吗？”

“确定。”

“她工作吗？”

“是的，她在一家保洁公司工作。”

“什么？”

“她是打扫办公室的清洁工人……”

“我们说的是同一个人吗？是躺在走廊尽头那张波兰式样大床上的年轻女孩吗？”

“是的。”

“您知道她的作息安排吗？”

“她每天深夜工作。”

“深夜？”

“好吧……其实是晚上……当办公室里空无一人的时候……”

“您看上去好像很担忧的样子？”费里贝尔大着胆子问了一句。

“确实如此。您的朋友已经到达极限……她真的已经精疲力竭了……您懂吗？”

“不，我想说，是……其实我与她并不相熟，我……我昨天晚上上楼找她，是因为我知道她家没有暖气，而且……”

“听着，我将坦率地和您聊一聊她的情况：以她现在这种贫血的状态，以及体重和血压的情况，我可以马上把她送入医院。当我和她说起这种可能时，她的神色是如此慌张，让我不忍心……而且，您要知道，我也没有她的资料。我对她之前的身体状况一无所知，所以我也不想过早地做出任何的判断。但有一点可以肯定，当她身体好转后，应当立刻去做一系列的检查……”

费里贝尔搓着双手。

“在等待她完全康复以前，您必须帮助她恢复元气。您一定要逼迫她多吃多睡，要不然的话……好吧，我暂时先为她开一张十天的病假单，还有一些解热止痛的药片和维生素C。但我不得不向您重申的是：这些药片永远也抵不上一份带血牛排、一碗意大利面或新鲜的蔬菜水果的作用，您明白吗？”

“我明白。”

“她在巴黎有亲戚吗？”

“我不清楚。她的寒热是如何引起的？”

“一场重感冒。除了等它自己慢慢退去，也没有什么更好的办法……注意不要让她穿得太多，避免让她吹冷风，让她至少再卧床休息几天……”

“好的……”

“现在是您看上去一副忧心忡忡的样子！好吧，我可能把她的情况说得稍微夸张了一点，其实并没有那么严重……但还是要小心，知道吗？”

“嗯。”

“这是在你家吗？”

“呃……是的。”

“一共有多少平方米？”

“三百平方米多一点……”

“哟！”医生吹了一声口哨，继续说道，“冒昧地问一句，您是从事什么工作的？”

“挪亚方舟。”

“什么？”

“不，没什么。我需要向您支付多少报酬？”

24.

“卡米耶，您还在睡觉吗？”

“没有。”

“看，我为您准备了一个惊喜……”

他打开门，卡米耶的人造壁炉出现在她的眼前。

“我想您看到这个壁炉也许会感到高兴……”

“噢……您想得真周到。但您知道吗，我并不打算留在这里……我明天就回到自己家中……”

“不行。”

“什么不行？”

“等天气暖和一点您再回去吧，在此之前，医生说您还是在这里休养比较好。他为您开了十天的病假单……”

“那么多？”

“是的……”

“我需要把它寄出去……”

“把什么寄出？”

“我的病假单……”

“我去给您找个信封。”

“不……我不想在这里逗留这么久……我不想。”

“您情愿去医院，是吗？”

“请不要和我开这种玩笑……”

“我没有开玩笑，卡米耶。”

她开始哭泣起来。

“您会阻止他们这么做的，不是吗？”

“您还记得旺代战争的故事吗？”

“呃……不太记得了……”

“我会借书给您看的……还有，别忘了您现在是在马克尔·德·拉·杜尔贝里艾尔的家中，在这里的人们是不会惧怕那些蓝种人的！”

“蓝种人？”

“共和党人。他们想把您放入一家公共医院，不是吗？”

“确实……”

“您无须恐慌。因为我会在楼梯上方向担架员洒去滚烫的油！”

“您真是一个彻头彻尾的怪人……”

“我们每个人身上都有一些怪异的地方，对吗？您为何要剃去自己所有的头发？”

“因为我再也没有勇气去楼道里洗头发……”

“您还记得我和您说起过关于迪安娜·德·波迪耶的逸事吗？”

“记得。”

“我刚在我的书橱里找到了一些有趣的资料，请等一下……”

他拿着一本老旧的小开本书回到了房间，坐在卡米耶的床沿，清了清嗓子，开始念道：

“整个宫廷，当然，除了艾当普夫人——我一会儿告诉您为何是她——之外，都觉得她明艳动人。人们纷纷效仿她的步态、手势、发型。她甚至建立起了一套关于美丽的标准。在百年间，所有的女性都疯狂地向这套标准靠拢：

“三处白色的部位：皮肤、牙齿、双手。

“三处黑色的部位：眼睛、眉毛、眼睑。

“三处红色的部位：嘴唇、脸颊、指甲。

“三处修长的部位：身体、头发、双手。

“三处短小的部位：牙齿、耳朵、双脚。

“三处狭窄的部位：嘴巴、腰身、脚踝。

“三处丰腴的部位：手臂、臀部、大腿。

“三处玲珑的部位：乳房、鼻子、头颅。

“这些描绘都很精妙，不是吗？”

“您觉得我和她很像？”

“是的，尤其是在某些标准上……”

此时，他脸红得就像一颗西红柿。

“当……当然不是所有标准，但是您……您要知道，这是一个关乎仪态的问题，关乎优……优雅的……的问题……”

“是您为我脱去衣服的吗？”

听到这个问题，费里贝尔的眼镜掉在了自己的膝盖上，他的口吃从来没有像此刻这样严重。

“我……我……是的，其实我……我……非常贞……贞洁的……我向您保……保证，我先……把您裹……裹住，我……”

卡米耶将费里贝尔的夹鼻眼镜递还给他。

“嘿，其实您没有必要把自己搞得那么紧张！我只是想了解一下情况，没有其他意思……呃……另外那个人，他在吗？”

“谁……谁？”

“那个厨师……”

“不。当然不在……”

“这就好……噢……我的头好痛……”

“我这就去药房……您还需要其他什么东西吗？”

“不，谢谢。”

“好的。啊，对了，我忘了提醒您……我们这里没有电话……但是如果您想通知谁，弗兰克的房间里有一个手机……”

“没事的，谢谢。我自己也有一个手机……可我得去楼上拿一下充电器……”

“如果您愿意，我去帮您拿……”

“不用，不用，我不急……”

“好的。”

“费里贝尔？”

“怎么了？”

“谢谢。”

“不用这么客气……”

站在卡米耶面前的费里贝尔突然感觉自己的裤子太短，外套太紧，胳臂又太长。

“已经很久没有人像这样照顾过我了……”

“哪有这么夸张……”

“不，这是真的……我的意思是……不求回报……因为您……您没有在等待什么回报，是吗？”

他气急败坏地说道：

“当然没有，您……您……都在想些什么？”

然而此时，她已经闭上双眼，说道：

“我什么也没想，我只是想和您说：我没有任何东西可以给您。”

25.

她已经无法分辨今天是星期几了。星期六？星期日？她已经很多年没有像现在这样酣然入睡过了。

费里贝尔刚来到她的房间，问她是否要喝汤。

“我准备起床，然后到厨房来和您一起用餐……”

“您确定吗？”

“当然！我又不是由蜜糖制成的！”

“好吧。但是不要到厨房去，那里太冷了。您可以在那间蓝色客厅里等我……”

“嗯？”

“啊，对了，的确是……看看我是多么愚蠢！那间空空荡荡的客厅现在已经不再是蓝色的了……就是那间面朝入口的客厅，您知道吗？”

“就是有张沙发的客厅？”

“啊，叫它‘沙发’真是高估它了……这张‘沙发’是有天晚上弗兰克在路上发现的，随后他便和一个朋友把它搬到了我家……这玩意很丑，但我不得不承认，它很实用……”

“告诉我，费里贝尔，这到底是一处怎样的公寓？我们现在是住在谁家？为什么您像是在非法占据空屋？”

“啊？”

“我的意思是，像是在这里暂时性地安营扎寨？”

“哦，这是一个关于遗产纠纷的可怕故事……这种故事随处可见……要知道，就算是在那些最优秀的家族里也无法幸免……”

说到这里，他变得垂头丧气起来。

“我们现在是在我的外祖母家中，她去年刚刚去世。在遗产问题得到妥善处理之前，我的父亲让我先住进来，为了避免那些……您刚才怎么说来着？”

“擅自占据空房子的人？”

“对，擅自占据空房子的人！但并不是那些在鼻子上打环的吸毒青年，不是的，而是那些穿戴体面、行为卑鄙的人。事实上，他们是我的表兄……”

“您的表兄想侵占这处住所？”

“我觉得他们已经为此投下了大量钱财，这些钱财都是从穷人那里夺来的！于是我们便在公证人处召开了一次家庭会议，会议上大家指派我充当门房、看管者和守夜人。当然，开始的时候我频频遭受到威胁……就像您看到的一样，很多家具都已经不翼而飞，我不得不总是接待法庭的执达员，好在现在一切都已经恢复正常……现在是由公证人和律师去处理这一棘手问题的时候了……”

“您可以在这里住多久？”

“我不知道。”

“那您的父母同意您收容像厨师和我一样的陌生人吗？”

“就您的情况来讲，我想，他们没有必要知道……至于弗兰克，他们知道我留宿他后，反而感到很释然……因为他们知道我是有多笨拙……但是，他们肯定猜不到他的真实状态……还好猜不到！他们一直以为我是在教区教堂里和弗兰克相遇的！”

说到这里，他不由得笑出声来。

“您对他们撒了谎？”

“这么说吧，我只是含糊其词……”

这场病使得卡米耶又消瘦了不少。现在，她甚至不用解开牛仔裤的扣子就能把衬衣塞进去。

她看上去就像一个飘忽的游魂。她对着镜子做了一个鬼脸，试图证明事实并非如此。接着，她又在脖子上系上一根丝巾，穿上外套，继续在这所奥斯曼风格的迷宫里游荡。

她终于找到那张破旧不堪的沙发，随后在房间里绕了几圈，想看清远处香榭丽舍大街上挂着冰霜的树木。

当她手插在口袋里、思绪朦胧而又平静地转过身时，不由得惊跳了一下，同时发出一声愚蠢的尖叫。

一个全身包裹着黑色皮衣皮裤、穿着靴子、戴着头盔的高大男人出现在她的身后。

“呃，您好……”她终于迸出了一句话。

另一个人对她置之不理，转身离开了房间。

他在走廊里脱下头盔，一边挠抓着自己的头发，一边走进厨房。

“嘿，费里，那个站在客厅里的同性恋是谁？他也是你童子军朋友团中的一员吗？”

“什么？”

“那个站在我沙发后面的同性恋……”

此时，费里贝尔正对自己糟糕的厨艺感到恼火，听到弗兰克这么一说，竟然丢弃了自己一贯拥有的贵族式漫不经心，回答道：

“那个你说的同性恋，她叫卡米耶。”他一字一句地说道，“她是我的朋友，我请你像一个绅士一样地对待她，因为我想留她在这里住一些日子……”

“哦，好啦……你没必要发这么大脾气……你说那是个女孩？我们说的是一个人吗？那个瘦得不成人样的光头？”

“那其实是一个女孩……”

“你确定吗？”

费里贝尔闭上了双眼。

“他就是你的朋友？我是说‘她’？看看，你都为她准备了些什么？腌制香肠？”

“你看看清楚，这是一锅汤……”

“这？一锅汤？”

“是的。里面有大葱和李比希牌土豆……”

“这简直就是猪食。而且你还让它们就这么烧着，这汤一定难以下咽……你还在里面加了些什么？”弗兰克说着，惊恐地拿起锅盖。

“呃……还有乐芝牛奶酪和一些软面包……”

“你为什么要这么做？”弗兰克担忧地问道。

“是医生……让我帮助她恢复元气……”

“如果她能通过这些食物恢复元气，我真要向你脱帽致敬了！在我看来，你这是把她推向死亡，是的……”

说罢，他从冰箱里拿了一罐啤酒，然后走进自己的房间，再也没有出来过。

当费里贝尔来到他的“保护人”面前时，后者仍然处于惊慌失措的状态中。

“是他吗？”

“是的。”他一边低声说着，一边把托盘放到了桌上。

“他从不摘下头盔吗？”

“不，他会摘下。但是，每个星期一的晚上都总那么令人难以忍受……通常，这一天我总是避免与他碰面……”

“是因为他工作量太大的缘故吗？”

“不，他周一并不工作……我不知道这天他都在干什么……每次他都很早出门，晚上回来总是脾气暴躁……我猜，可能是一些家务事……来吧，趁热喝点汤吧……”

“呃……这是什么？”

“一锅汤。”

“啊？”卡米耶说着，用勺子搅动起这锅奇怪的热汤。

“这是我自创的一种汤……您也可以把它看作一种俄罗斯的甜菜浓汤……”

“啊……好吧……”卡米耶边笑边重复道。

这一次，一切还是让人如此焦躁不安。

第二部

1. 

“你现在有时间吗？我想和你谈谈……”

费里贝尔总是喜欢在早餐的时候吃点巧克力。他的乐趣之一是在牛奶快要溢出之时将煤气关掉。对于他来说，这是一种仪式、一个怪癖、一个他日常生活中的小小胜利、一段丰功伟绩、一次无形的凯旋。在他倒牛奶之时，一天才算真正开始：一切尽在他的掌握之中。

然而今天早晨，费里贝尔被他室友说话的音调搅得心神不宁，甚至感觉遭到了冒犯，这直接导致他按错了煤气上的按钮。牛奶飞速溢出，一股难闻的气味占据了整间厨房。

“你说什么？”

“我说，我们该谈一谈了。”

“谈吧。”费里贝尔一边平静地回答，一边擦拭着被牛奶浸泡的锅盖，说道，“我听着呢。”

“她要在这里待多久？”

“我没听清楚，请再说一遍好吗？”

“你别和我耍滑头，好吗？你在笑？她要在这里待多久？”

“她想待多久就多久……”

“你喜欢她，是吗？”

“不是。”

“你这个骗子。我早就看透你的小把戏了……你那高贵优雅的举止，那副领主的派头，和其他所有……”

“你妒忌了吗？”

“当然没有！亏你想得出来！我会为一堆骨头嫉妒？看清楚，我头上可没有写着‘皮埃尔神父’！”弗兰克说着，指了指自己的额头。

“不是妒忌我，是妒忌她。也许你本来在这里生活得很自在，所以不想把你刷牙的杯子稍微往右边移动几厘米，是这样吗？”

“看看，马上就是……这些高深的话语……每次你张开嘴，你的话就好像要铭刻在某处似的，它们总是听起来那么悦耳……”

“……”

“等一下，我很清楚这是在你家，这点我很明白……但这不是问题的核心。你可以按照自己的意愿邀请谁、留宿谁。只要你愿意，你甚至可以在这里开展‘爱心餐厅’[①]的活动。但是，我也不知道该怎么说……我们两人的二人团队运行得很不错，不是吗？”

“你当真这么认为？”

“是的。好吧，我承认我有我的臭脾气，你有你一些愚蠢的念想、怪癖。但总的来说，迄今为止，我们相处得还是很不错的……”

“那为什么她的到来会让现状发生改变？”

“噗……看得出来你真的不太懂女人，你……我这么说并不是想伤害你，懂吗？但是事实真的如此……你把一个姑娘置于某处，那里就会马上乱成一锅粥，我的老伙计……一切都会变得复杂、扰人，你要知道，就算是最好的朋友到时也会翻脸……你为什么要冷笑？”

“因为你说话的时候就像……就像一个牛仔……我不知道我竟然也算是你的……你的朋友。”

“好吧，不说了。我只是觉得你事先应该和我说一声，仅此而已。”

“我正要和你说呢。”

“什么时候？”

---

① 爱心餐厅（Resto du coeur）是由法国已故著名喜剧演员克鲁士（Coluche）于1985年创办的组织。该组织专为那些无家可归者或经济贫困者提供免费餐饮。——译注

“就现在，在我喝牛奶的时候。当然，你刚才给我时间安心煮牛奶的话……”

“我感到抱歉……啊，不对，我无法一个人‘感到抱歉’，是这样吗？”

“完全正确。”

“你现在要出门上班了？”

“是的。”

“我也是。来吧，我到楼下去给你买块巧克力……”

当他们来到院子里时，弗兰克亮出最后一招：

“再说，我们都不知道她是谁……这个姑娘从哪里来……”

“我去带你看看她到底从哪里来。跟我来。”

自他们认识以来，这是费里贝尔第一次要求弗兰克为他做一件事。后者一路上不停地抱怨，但还是跟着他走上了楼梯。

“这里冷得吓人！”

“这还不算什么……等你来到屋顶下，就知道什么才是真正的冷……”

费里贝尔开了门锁，推开了房门。

弗兰克沉默了几秒。

“这就是她住的地方？”

“是的。”

“你确定吗？”

“来，我带你去看一样东西……”

费里贝尔领着弗兰克来到走廊尽头，用脚踢开了另一扇残破的门，说道：

“这是她的卫生间……下面是蹲式马桶，上面是淋浴的地方……设计得还挺巧妙的……”

两人在沉默中走下了楼梯。

直到开始喝第三杯咖啡的时候，弗兰克才重新开始说话。

“好吧，我就说一件事……你替我向她解释一下午睡对我来说有多重要……”

“好的，我会和她说的。我们两人一起去和她说。但在我看来，这应该不会有什么问题，因为她也经常白天睡觉……”

“为什么？”

“她晚上工作。”

“她是做什么的？”

“打扫工作。”

“什么？”

“她是一名清洁女工……”

“你确定？”

“她为何要向我撒谎？”

“我不知道，我……有可能她是个应召女郎……”

“那她也应该更加……更加丰腴一点，不是吗？”

“对啊，你说得有道理。咳，你不傻啊，你！”弗兰克一边说着，一边在费里贝尔的背上给了他一拳。

“小……小心，你……你差点让我把羊角面包碰翻在地上，傻……傻瓜……看，它现在很像一段海蜇……”

然而弗兰克却对此并不在意。此时，他正读着放在柜台上的《巴黎人报》的标题。

两人一起抖动了一下身体。

“告诉我。”

“什么？”

“这个女孩，她没有家人吗？”

“你看看。”费里贝尔一边系上围巾，一边说道，“这是个我一直想问你却又问不出口的问题……”

弗兰克抬眼向他微笑了一下。

在到达工作地点后，弗兰克叫身边的伙计为自己留一些热汤。

“懂吗？”

“什么？”

“要好的，知道吗？”

2. 

卡米耶决定不再每天晚上服用医生为她开的半粒安眠药。一方面，她不愿意整天都处于一种半昏迷的状态，另一方面也不想对药物产生依赖。整个童年她都亲眼看见，母亲只要不服药睡觉便会陷入一种歇斯底里的状态，这些回忆让她幼小的心灵蒙上了一层阴影。

她已经数不清自己是第几次从睡梦中惊醒，虽然对此刻是何时浑然无知，但卡米耶还是决定穿好衣服起身活动一下，然后上楼回到家中看一下自己是否已经准备好重拾离开这间小屋前的生活。

在穿过厨房，前往女佣楼梯时，卡米耶瞥见在一瓶盛满黄色液体的瓶子下方压着一张字条，上面写道：

把液体倒入锅中烧煮片刻，但千万不要煮沸。在液体微微开始滚动的时候，加入面条，煮四分钟，并且在煮的时候轻微搅动面条。

这不是费里贝尔的笔迹……

她家的门锁已被撬开，她拥有的那些少得可怜的财产、那些近来被她珍视的物品、这片狭小的王国，全被洗劫一空。

出于本能，她冲向了地板上那只已被捅破的红色箱子。还好，他们什么都没有拿，她的那些绘画工具还静静地躺在里面……

卡米耶翕动着嘴唇，心脏剧烈地跳动着，试图重新摆放好箱子里的一切，看看是否遗失了什么物品。

她什么都没有丢失，因为事实上，她从来都不曾拥有任何东西。不，她丢了一台闹钟式收音机……是的……一场“声势浩大”的入室抢劫就为了这么个五十法郎钱从中国人那里买来的玩意……

她整理好衣服，把它们堆放在一个箱子里，随后俯身拿起箱子，头也不回地走出家门。她准备到了楼梯上再释放自己的情绪。

走到楼梯大门的时候，卡米耶一边抽泣着，一边放下所有的行李，坐在一级楼梯上为自己卷了一支香烟。这是很久以来的第一支香烟……此时，过道上的灯熄灭了，然而，这并未使她感到不便，正相反，这一插曲无伤大雅……

“正相反，”她低声私语道，“正相反……”

她突然想到了那条晦涩的理论：当人们不断下沉的时候，是无力做出任何抵抗的。只有当我们沉入底部时，才能通过蹬一下腿来重新回到表面，除此之外，别无他法……

好吧。

现在已经差不多到底了，不是吗?

她瞥了一眼箱子，用手摸了摸自己瘦削的脸庞，随后挪开双脚，让一只在裂缝中奔跑的可怕昆虫得以继续前进。

呃……放心吧……已经差不多了，对吗?

当她走进厨房时，这次轮到他惊跳了一下，说道：

“啊！您怎么在这里？我以为您还在睡觉呢……”

“您好。”

“弗兰克·拉斯德菲尔。”

“卡米耶。”

“您……您看到我写的话了吗？”

“是的，但是我……”

“您是在搬家吗？需要帮忙吗？”

“不，我……事实上，这是我的全部家当……我家遭窃了。”

“……”

“是的，就像您说的……我没有看到除此以外的其他字条……好了，我要重新回去睡觉了，我感觉头很晕……”

“清炖肉汁，您要我现在就为您准备吗？”

“什么？”

“清炖肉汁。”

“什么肉汁？”

“就是热汤呀！”听他说话的语气，似乎有些动怒。

“啊，不好意思……不。谢谢。我还是先去睡一会儿吧……”

“咳！”当卡米耶已经来到走廊时，弗兰克在厨房里叫了起来，“您说您头晕，正是因为您吃得太少！”

她叹了口气。老练，真是老练……鉴于这个男人看上去比较敏感，所以最好不要在第一次打交道时就让双方感到难堪。于是她重新回到厨房，坐在桌子的一头。

“您说得有道理。”

他那埋在胡须里的嘴巴不断自言自语：“您早就应该知道……我说得当然有道理了……我就快迟到了……”

说着，他转过身去，开始忙碌起来。

只见弗兰克把锅里的食物倒入一个凹陷的盘子里，然后从冰箱里拿出一盒食物，小心地将其打开。这是一种绿色的物体，弗兰克把它们切碎后放入了热气腾腾的汤里。

“这是什么？”

“柠檬。”

“还有这种面团，叫什么名字？”

“日本珍珠。”

“啊，真的吗？真是个好听的名字……”

他抓起外套，一边狠狠地关上前门，一边摇了摇头，自语道：

“啊，真的吗？真是个好听的名字……”

好一个傻姑娘。

3.

卡米耶叹了口气，机械地抓起盘子，脑中想着那个窃贼。到底是谁干的？是走廊里的游魂，还是一个迷失方向的游客？他是否通过屋顶翻进她的房间？他还会再来吗？她是否要把这件事告诉皮埃尔？

这碗热汤的味道，或者说是它的香气让卡米耶无法继续思考。嗯，味道实在美妙。她甚至想把餐巾放到头上，为的是能够尽情闻一闻肉汁的浓香。他到底在汤里都放了些什么？热汤泛出诱人的油光，呈现出一种类似金褐色的奇特色泽，就像是涂了一层镉……再加上那些半透明的团子和翠绿色的草叶，整碗汤就像一件艺术品，让人看得赏心悦目……她就这样带着恭敬的神情呆呆地凝望着这碗汤，勺子在半空中停留了好一会儿，才开始小心翼翼喝下了第一口滚烫的浓汤。

卡米耶感觉自己顿时回到了童年时光。正如马塞尔·普鲁斯特所描绘的那样，此时她正处于一种“聚精会神感受一件奇妙的事情在自己身上发生时的状态”。卡米耶每喝一口都会微闭一下双眼。她就在这种类似宗教朝圣的状态中，享用完了这道美味。

或许是因为她已经饥肠辘辘却并不自知，或许是因为她不得不表情尴尬地喝了三天费里贝尔为她准备的“浓汤”，又或许是她近来抽烟的次数减少，但无论如何，有一件事情是可以确定的：她这一辈子从来没有从吃中获得过如此大的愉悦。她甚至站起身，凑到锅子边，想看看里面是不是还有剩余的汤汁。然而，很可惜……为了不遗漏任何残余的食物，卡米耶再一次把盘子端到嘴边，搅动了几下舌头，把盘子舔得一干二净。随后，她抓起那包刚刚拆封的面条，在弗兰克的字迹旁画了几颗珍珠，又在一旁空白处写下“好吃”二字，然后便摸着自己圆鼓鼓的肚子，回到房间，安然入睡。

感谢上帝。

4.

卡米耶后期的康复时光过得很快。她再也没有见到过弗兰克，但只要他在家，卡米耶都能感受得到：大声摔门、吵闹的音响、嘈杂的电视机、电话里言辞激烈的谈话、放肆的笑声、尖刻的咒骂。卡米耶感觉这所有的一切都显得有些刻意。弗兰克总是躁动不安，让自己的生活乐章回响在公寓的每个角落，就像一只狗为了标明自己的领地会到处撒尿一样。为了重获自由，不再亏欠任何人，卡米耶好几次都想回到自己的家中，但又会很快打消这个念头：只要一想到自己为了走完八层楼的楼梯而不得不握住扶手，一想到又要重新睡在阴冷的地板上，卡米耶就不寒而栗。

一切都太过复杂。

她已经分不清自己在这里处于一个怎样的位置，不管怎么说，她还是挺喜欢费里贝尔的……然而，为什么她总要这样自我折磨，咬紧牙关抵抗挫折？是为了独立吗？这么一说，就像是在谈论一场战斗……几年来，她的唇齿间似乎就只留下了这一个词，到底想拿它来做什么？目的何在？是整个下午都窝在这间陋室里一支接一支地抽烟，反复思索人生？太可悲了。她刚刚度过了二十七岁生日，却至今没有做过一件像样的事情。她没有朋友，没有回忆，没有任何欣赏自己的理由。到底发生了什么？为何她总是无法合上手掌，在手心里成功地握住一两件珍贵的物品？为什么？

她若有所思，安详又平静。通常，费里贝尔这只“大猩猴”都会到卡米耶的房间为她朗读历史著作。当他走进房间，轻轻地关上房门时，总会听到另一间卧室里的“恶霸”放着震耳欲聋的音乐。每当这时，费里贝尔就会无奈地抬头望天，卡米耶则会朝他微笑，以便避免一场更大的风暴……

她又重新开始作画。

就这样。

不为任何其他。只是为了自己，为了快乐。

她重新拿出一本新的绘画练习簿，这也是她的最后一本。卡米耶从临摹周围的物品开始重拾画笔：壁炉、墙纸的图案、窗户的长插销、萨米和斯库比多的愚蠢笑容、门框、肖像画、女士的浮雕玉石以及男士肃穆的宽大礼服。除此之外，还有她摊在地上的衣服和皮带、天空中的云朵、飞机划过的痕迹、阳台栏杆旁的树木顶部和她躺在床上的自画像。

由于镜子上斑驳的瑕疵和她过短的头发，卡米耶在镜子里看上去就像一个长满水痘的孩子……

她重拾画笔就像重新开始呼吸那般自然。卡米耶机械地翻着本子，只有在为器皿倒墨水和为笔添墨时才会暂时停止作画。她已经数年没有感觉到自己如此平静、如此充满生命力、如此纯粹地生活着……

但卡米耶最喜欢的还是费里贝尔的态度。他是如此投入在故事中，以至于他的面部时时充满表情：一会儿热情似火，一会儿又神情沮丧。（啊，可怜的玛丽·安托瓦内特……卡米耶费了好大的劲才说服费里贝尔同意自己临摹这位历史人物）

当然，在朗读的时候他仍然有一些口吃，然而很快，他就忘记了卡米耶的画笔在纸上发出的沙沙响声。

有时候，故事是这样的：

“可是艾当普夫人也并不喜欢德·夏多布里昂夫人。宫廷琐事已经无法满足她的欲望。她现在的梦想是尽量让自己和家人捞到所有的好处。她有三十个兄弟姐妹……然而，她还是充满斗志地开始了自己的计划。

“她非常灵巧，知道很好地利用两次拥抱间歇的休息时间，向如痴如醉又气喘吁吁的国王提起自己觊觎的位置和晋升的机会。

“最后，所有姓皮瑟勒的人都被授予要职，尤其是在宗教领域。因为国王的情人‘笃信宗教’……

“安托瓦纳·瑟甘，艾当普夫人的舅舅步步高升，从卢瓦尔河畔弗勒里的修道院院长，到奥尔良的主教，再到红衣主教，最后成为图卢兹的总主教。夏尔·德·皮瑟勒，艾当普夫人的第二个兄弟，先后成了布尔戈伊的修道院院长和孔东的主教……"

读罢，他抬起头，说道：

"不得不说，'孔东'①这个名字真是滑稽……"

卡米耶则赶紧用画笔把他的这一微笑记录下来。这个被逗乐的男孩阅读历史书籍的状态和其他男孩阅读色情杂志时的状态别无二致。

有时，故事又是这样的：

"……那时监狱的数量日趋紧张。卡和尔是当时一个颇具影响力的独裁君主，他的身边簇拥着一群优秀的合作者，在他们的帮助下，卡和尔在港口处修建了新的监狱，征用了新的船只。很快，大量犯人在监狱艰苦的条件下患上了斑疹伤寒。在这样的情况下，断头台的极刑机制就显得不够有效率，君主下令对成千上万的囚犯实行枪决，甚至还要找人给他们陪葬。后来，由于城里囚犯的数量不断增加，卡和尔发明了水溺这一残酷的处决方式。

"特警队长威斯特曼曾经这样写道：旺代城和共和党的臣民都已经不复存在。这座城市连同里面的妇女和孩子都惨死在了我们自由的刺刀下。我刚把一切都埋葬在沼泽地和萨瓦内森林里。根据您的指示，我用呼啸的马蹄蹂躏孩子的躯体，用尖利的刺刀剥夺妇女的生命，好让她们不再生出一群群土匪。没有一个囚犯可以责备我。"

此时卡米耶可以用画笔记录下的只有一张抽紧的脸上流露出的一抹阴影。

"您在画画还是在听故事？"

"我一边听您讲述一边在画画……"

"这个威斯特曼……这个恶魔如此狂热地效忠于自己的国家，但是您知道吗，几个月以后他和丹东一起被捕，并在不久后被处决……"

"理由是什么？"

"他被指责太过怯弱……人们说他是一个温和的人……"

有时，费里贝尔也会坐在床边的圆圈椅上，和卡米耶一起安静地阅读。

"费里贝尔？"

"嗯……"

"明信片？"

"嗯……"

---

① 法国城市"孔东"（Condom），与英语中"避孕套"(Condom)的写法一致。——译注

“还会持续很久吗？”

“什么意思？”

“为什么您不把兴趣当成职业？为什么您不尝试着成为教授或历史学家？这样一来，您就可以在工作时间尽情徜徉在书海中，还会为此获得报酬！”

和往常一样，费里贝尔穿着一条破旧的天鹅绒长裤。听到卡米耶的这一席话，他把书放在自己瘦削的膝盖上，摘下眼镜，揉了揉眼睛，说道：

“我尝试过……我本科读的就是历史。我参加过三次国立文献学校的入学考试，但每次都以失败告终……”

“您的水平还不够？”

“啊，不！其实……”他红着脸继续说道，“我是这么认为的……我很谦卑地想过这个问题……然而我……我从来都没有顺利地完成一次考试……我太紧张了……每次考试前，很多东西都会离我而去：睡眠、视力、头发甚至是牙齿和我所有的知识储备。每当我看到考题时，明明心里有答案，但就是无法完整写下一行字。我就这样在试卷前始终处于一种呆若木鸡的状态……”

“但是，您成功通过了高考，而且还获得了本科学位。”

“是啊，可是您无法想象我是付出了何等的代价……没有一次是一次通过……再说，那些考试真的很简单……读本科的时候，我甚至都没怎么踏进过索邦大学，如果去也是为了去旁听那些大教授的大课，这些课往往和我的专业内容毫无关联……就算在这样的情况下，我还是轻松地获得了学位。”

“您几岁了？”

“三十六岁。”

“在那个年代，拥有本科学位意味着已经有资格在学校里教书了，不是吗？”

“您可以想象我在一间教室里面对着三十个孩子的情景吗？”

“可以。”

“不。只要一想到需要面对一群听众说话，哪怕人数再少，我都会吓出一身冷汗。我……我有……社交障碍，我觉得。”

“那在您童年时期，还在上学的时候，又是怎样一番情景呢？”

“我从六年级才开始去学校读书，而且还是寄宿制学校……那真是一段可怕的回忆。一生中最糟糕的一年……同学们把不会游泳的我扔进一个池子里……”

“然后呢？”

“没什么。只是我到现在还是不会游泳……”

“从字面来说，还是一种比喻用法？”

“两者兼而有之吧，我的长官。”

“从来没有人教您游泳吗？”

“没有。这有什么意义吗？”

“呃……为了学会游泳……”

“从文化意义上来讲，您知道吗，我们属于步兵和炮手的一代……”

“您都在和我说些什么，我又没有让您去指挥一场战斗！我只是建议您去海边走走！对了，您为什么不在更小的时候就去学校上学？”

“我们的母亲负责传授给我们知识……”

“就像圣路易的母亲一样吗？”

“完全正确。”

“他母亲叫什么名字来着？”

“布兰奇·德·卡斯蒂尔。”

“对。您的母亲为什么要在家里教您呢？是因为你们住得太远？”

“事实上，在毗邻的村庄里有一所市镇学校，但我在那里就待了几天 ……”

“为什么？”

“因为它只是一所市镇级别的学校……”

“啊！还是和那段‘蓝血人’的历史有关，是这样吗？”

“是的……”

“但那已经是两个世纪以前的事情了！之后时代开始变迁。”

“毫无疑问，一切确实发生了‘改变’。但如果要说到‘变迁’，我还不确定这个词是否恰当……”

“……”

“我的话惊到您了？”

“不，不，我尊重您的……您的……”

“我的价值观？”

“是的，如果您愿意这么理解，并且认为这个词合适的话。那您靠什么谋生呢？”

“我卖明信片呀！”

“这简直太疯狂了……太疯狂了……”

“您知道吗，和我的父母相比，我已经经历了‘变迁’的过程。至少我开始适当地与他们保持距离……”

“您的父母是什么样的？”

“呃……”

“一板一眼？迂腐沉闷？和百合花一起被泡在福尔马林的药水里？”

“事实确实与此十分相近……”费里贝尔打趣地说道。

“不要告诉我他们至今还乘坐着马夫驾驭的马车出行！”

“这倒还不至于。不过是由于他们找不到合适的马夫！”

“他们是做什么的？”

“嗯？”

“从事什么类型的工作？”

“领土业主。”

“仅此而已？”

“要知道，这个职业可不轻松，有许多事务需要打理……”

“但是，呃……你们一定很富有吧？”

“不，完全不。事实正相反……”

“这个故事真是令人难以置信……那您又是如何排解在寄宿学校的忧愁的？”

“多亏了加菲欧。”

“加菲欧是谁？”

“谁都不是。它是一本我放在书包里的拉丁文大字典，它是我的投石器。我经常抓住书包的背带，然后用力一弹……我就是通过这种方式来攻击敌人……”

“然后呢？”

“什么然后？”

“如今的情况如何？”

“亲爱的，如今的情况简单明朗：在您眼前的是一个‘现代怪人’的典型例子：一个无法融入社会、与现实脱节、怪异、完全过时的人！”

说罢，他无奈地笑了一下。

“那您准备怎么办呢？”

“我不知道。”

“您会在心理医生那里寻求帮助吗？”

“不会。最近，我在工作的地方遇到了一个女孩，一个疯疯癫癫、爱开玩笑、有点烦人的女孩。有天晚上，她甚至吵着要我陪她去上一节戏剧课。她讨厌所有类型的心理医生，并告诉我就我的情况来看，戏剧课比心理医生更有效……”

“真的吗？”

“她反正是这么和我说的……”

“如果不是为了去上戏剧课，您是否从不出门活动？您没有朋友吗？没有亲属吗？与……21世纪没有任何接触吗？”

“不，似乎没有……您呢？”

5.

生活又重新回到了原来的轨道。在夜幕降临时，卡米耶顶着寒风，出门工作。她在地铁站里与辛勤工作了一天的人们逆流而行，并观察着一张张疲惫的脸庞。

一些母亲正准备乘坐地铁去郊区接孩子，此时，她们的头紧贴着充满雾气的窗玻璃，半张着嘴，酣然入睡；一些戴着廉价首饰的老妇人每当面无表情地翻过一页《一周电视》，就会吮吸一口她们修长的中指；一些穿着轻便皮鞋和花哨袜子的中年男子一边用荧光笔画着合同，一边大声地叹着气；另一些年轻的白领在手机上玩着无聊的游戏……

其他所有人则本能地紧紧抓住扶手，为的是保持身体的平衡……他们的眼睛里没有任何对象，既没有物也没有人，没有圣诞节的广告、没有黄金假期、没有价廉物美的礼物、没有三文鱼和鹅肝酱；他们也看不见邻座报纸上的内容、伸长手臂的怪人，听不见旁人无数次从鼻腔里发出的抱怨，甚至看不到坐在对面的女孩闷闷不乐的眼神和她灰色外套上的褶皱……

在到达办公地点后，卡米耶匆匆和门房进行了一段无足轻重的对话，随后便换好衣服，推着自己的小车，套上一条奇形怪状的运动裤和一件印有“专业团队竭诚为您服务”字样的尼龙材质的青绿色外套。为了让身体保持温暖，卡米耶活动了一下，最后抽了根烟，并开始工作。

当看到卡米耶时，“超级乔丝”把手伸向口袋，耸了耸肩，几乎温柔地咧嘴一笑，说道：

“啊，天哪……好久不见……我还为此赌了十欧元呢。”她低声抱怨道。

“什么？”

“我和姑娘们打赌……我赌您不会再回来工作了……”

“为什么？”

“不知道，我就是有这种感觉……好啦，没事的，我会付钱的！虽然这还不是故事的全部，但我们现在必须开工了。今天天气这么糟糕，他们一定把地方弄得很脏。我有时候会想这些人到底会不会用擦鞋垫……都给我看看，你们看到大厅都成什么样了吗？”

玛玛多慢慢走近卡米耶，问道：

“嘿，上个礼拜你一定和婴儿睡得一样好，我没说错吧？”

“你怎么知道？”

“从你的头发看出来的。它们长得很快……”

“你呢，你好吗？你看上去精神不错。”

“还行，还行吧……”

“你有什么烦恼吗？”

“说到烦恼……我有一群生病的孩子、一个挥金如土的丈夫、一个总是在系统上钻空子的弟媳妇、一个在电梯里拉屎的邻居和一条被切断的电话线。除此之外，我过得还不错……”

“他为什么要这么做？”

“谁？”

“邻居。”

“原因我不清楚，但我已经警告过他了，如果他下次再犯，我就让他把自己的大便吃下去！在这点上你完全可以相信我！你觉得很好笑是吗，你……”

“你的孩子怎么了？”

“有一个咳嗽，还有一个胃疼……好了，干活吧……别再谈这些话题了，因为一想到这些问题我就感到很难过，我一旦感到难过，就会变得一无是处……”

“你的弟弟呢？他难道不能用护身符来治疗他们的疾病吗？”

“那你的头发呢？你怎么不说他还能让它们一夜变长？好了，不可能的，别再和我说这个无用的窝囊废了，走吧……”

六楼那个邋遢的人一定是看到了上次卡米耶给他留的字条，受到了震动，所以这次把办公室整理得“几乎”井井有条。为了表示感谢，卡米耶画了一个天使的背影，并为它增添了一双从西装里伸出的翅膀和一圈美丽的光晕。

至于在公寓里，三人渐渐开始都有了自己的位置。最初相处时的尴尬、局促不安、犹豫不决都慢慢地转变为一种低调谨慎的日常状态。

通常，卡米耶在临近中午时才起床，她总是设法在下午三点左右待在自己的房间，因为那是弗兰克回家的时间。后者在晚上六点半左右再次出门工作，有时候会在楼道里碰上下班回家的费里贝尔。每天，卡米耶都会与他一起品一杯茶或共进一顿简易的晚餐。随后，她便出门上班，直到子夜一点以后才归来。

弗兰克从不在这个点关灯睡觉，通常，他还在听音乐或看电视，卡米耶几乎可以闻到从他房间里散发出的野性气味。她不禁暗自思忖道：弗兰克的生活节奏是如此疯狂，他是如何挺下来的？然而，她很快便有了答案：其实他根本就挺不住。

毫无疑问，在这样的生活状态下，他时常会情绪失控。比如，他会在打开冰箱时大发雷霆，因为食物摆放混乱或被包裹得不够仔细。每当这时，弗兰克便会粗暴地把冰箱里所有的食物放在桌上，有时甚至还会碰翻茶壶，然后一样一样地开始数落：

“我要和你们说多少遍？黄油一定要放在黄油碟中，要不然整个冰箱都会有一股黄油味！奶酪也是一样的道理！那些食品电影又不是放给狗看的！还有这个，这是什么？生菜叶吗？你们为什么把它放在塑料袋里？塑料这种材质会把一切都毁掉的！费里贝尔，我以前可是和你说过这点的！上次我带给你们的那些盒子都到哪里去了？好吧，还有这个！柠檬……你们把它扔在放鸡蛋的盒子里是怎么回事？一个切开的柠檬，要么就把它包裹好，要么就把汁水洒在盘子里，懂了吗？”

发泄完后，他便拿了一听啤酒回到自己的房间，砰的一声把门关上。剩下另外两个“罪人”在厨房里面面相觑，不过他们很快重新开始交谈：

“她真的说了‘没有面包的话，那就吃蛋糕好了……’这样的话吗？[①]”

---

① 据说这句话是法国皇后玛丽·安托瓦内特所说。当时法国百姓民不聊生，生活困窘，没有食物吃。有人向皇后禀报这样的情况，她却做了如上的回答。——译注

“当然没有……她绝不可能说出这样愚蠢的话……要知道，她是一个充满智慧的女人……”

当然，他们也可以放下茶杯，反驳弗兰克，说他根本就没有资格发火，因为他从不在家里吃饭，也从不用冰箱，除非是为了放他一打一打的啤酒……但是他们并没有这么做，因为根本就没有必要。

既然他喜欢发火吵闹，那就让他吵吧。

让他吵吧……

事实上，他每天就等着做这件事。一找到机会就朝两人大喊大叫，尤其是向她。弗兰克暗中观察着她，每次当面遇见她时总是充满怨气。虽然她尽量长时间地待在自己的房间里，却也无法避免偶然在走廊里与他擦肩而过。每当遇上这样的情况，卡米耶都竭力放低姿态，根据对方的心情，有时显得极不自在，有时又会勉强挤出一丝笑容。

“嘿，怎么了？你为什么要笑？我是不是哪里让你不满意了？”

“不，不。没什么，没什么……”

接着，她便急忙跳过这个话题，和他聊一些其他事情。

每次在公共区域活动时，卡米耶都尽量做到小心翼翼：她把房间打扫得一尘不染，让每个进来的人都感到耳目一新；当弗兰克不在的时候，她甚至会把自己关在卫生间里收拾个人洗漱物品；厨房的桌子她往往一擦就是两遍；通常，她也会及时清理烟灰缸，把里面的垃圾倒入塑料袋中，扎紧后丢入垃圾桶。总的来说，她总是竭力保持低调、放低姿态、避免矛盾，心想着在这样的环境下，自己是否会提前离开……

虽然在楼上她可能会冻得瑟瑟发抖，然而那又如何，至少她不用再每天碰到这个大傻瓜。

费里贝尔为弗兰克的态度深感愧疚，他常说：

“卡……卡米耶……您那么聪明，犯……犯不着与这……这种人计较……您……您完全身处另……另一种境界，知道吗？”

“不，事实并非如此。我和他处在同一境界。其实，我看问题也很肤浅……”

“不，当然不是这样的！你们俩完全不是同一世界的人！您……您看到过……他的字迹吗？无论如何，您一定听到过他对于那些低能主持人所开的粗……粗俗玩笑所爆发出的笑声吧？还有，您看到过他阅读摩托车杂志以外的书籍吗？听……听着，这个男孩的心理年龄只有两岁！可……可怜的人，对此他自己也无能为力。我猜……猜想他一定很小的时候就进入厨房，之后就再也没有出来过……好了……所以请……请试着退一步……对他更加宽容一些……就像您说的，更……更加‘酷’一些……”

“……”

“当我终……终于鼓起勇气和我的母亲说起宿舍里的同学欺……欺负我的事情——当然，我只说了一小半——您知道她是怎么回答我的吗？”

“不知道。”

“‘我的儿子，你要知道蟾蜍的唾沫永远无法到达白鸽的嘴边。’这就是她的回答……”

“这个回答难道能让您感到安慰吗？”

“完全不！正相反！”

“呃……所以说……”

“是的。可是您的情况与之并不相……相同。因为您已经不再是十二岁的孩子了……再说，您又不用去喝一个小……小屁孩的尿液……”

“他们竟然逼迫您这么做？”

“唉……”

“好吧，现在我终于明白为什么要用‘白鸽’来举例……”

“正如您所言，白……白鸽，它从……从未远去。”说着，他指了指自己的喉结，打趣地说道，“我……我还能感受到它的存在。”

“是啊……走着瞧吧……”

“另外，事实其实显而易见，您一定和我一样清楚：他就是嫉……嫉妒。像一只老虎般嫉妒。您试着设身处地替他想想……从前，他一……一人独享整套公寓，可以随心所欲地穿着平角裤在房间里乱跑，或随意和一个发情的傻妞调情。他可以肆无忌惮地吵闹、咒骂、观察周围的一切。我和他的交流也局限在一些日……日常琐事上，比如龙头坏了，或卫生纸没了……

“我几乎从来都不离开自己的房间，有时为了集中精力，我不得不戴上耳塞。在这里，他就是皇帝……以至于他都觉……觉得这是他自己的公寓……但是有一天，您突然不期而至，击碎了他的美梦。从此以后，他不但要拉好自己的裤子，还要忍受我们之间的默契和欢笑。有时，他也会聆听我们的谈话，却听不太懂……这一定也让他很不好……好受，您觉得呢？”

“我没觉得他会如此在意我的存在……”

“不，那是因为您……您太低调了。但……但其实……我觉……觉得他对您怀有敬……敬畏之情……”

“天哪，好精妙的一句话！”卡米耶大叫起来，“我？让他感到敬畏？我希望您是在开玩笑！我从未感觉被人如此鄙视过……”

“呃……他肚子里的墨水不多，这是事实，但这并不代表他很愚……愚蠢。而且，我也不认为您和他的那些女朋友是……是一类人……自从您住进来以后，有没有遇到过他的女……女朋友？”

“没有。”

“好吧，您看看……这已经很难得了，真的……不管发生什么，我请求您不要蹚浑水。就算是为了我，好吗，卡米耶……”

“可是您要知道，我不会在这里逗留很久……”

“我也不会，他也不会。我的意思是，在我们三个还身处同一屋檐下的时候，请尽量与他和睦相处……这个世界已经如此可怕，不差我们这些争吵，您说呢？再说，每次您说傻……傻话的时候，都会让我的口……口吃变得更加严重……”

听到这些话，卡米耶起身关掉了正在烧的水壶。

“您、您看上去好像不是很认同我刚才说的话。”

“不，不，我会努力按照您说的去做。但是，其实我在处理人际关系上并没有很高的天赋……通常，我都会在寻找说辞之前就退出争吵。”

“为什么？”

“不为什么。”

“因为这更省力吗？”

“可能是吧。”

“相……相信我，这不是一种很好的策略。从长远来看，这会让您失去自我。”

“这已经让我失去自我了。”

“说到策略，下周我会去听一个振奋人心的讲座，讲座的主题是拿破仑·波拿巴的军事艺术。您要不要和我一起前往？”

“不了，您自己去吧。对了，说到拿破仑，您能和我说说他的故事吗？”

“啊！这是一个浩瀚的话题……您想要一片柠……柠檬吗？”

“啊，天哪，这片黄色的宝贝！我再也不碰柠檬了，我再也不碰其他任何东西了……”

费里贝尔睁大眼睛，对她说道：

“我刚刚和您说过，不……不要去蹚浑水。”

6. 

人们给这个大家一起等死的地方取名为“重获的时光”。真是个好名字啊，简直就是在胡闹……

弗兰克的心情很糟糕。自从他的外祖母住进来以后，就不再和他说一句话。在这样的情况下，他不得不在路上就开始挖空心思地寻找话题，与她聊天。弗兰克第一次去看她的时候，才思枯竭，两人面对着一尊狗的彩陶工艺品，无声地度过了一个下午……最后，弗兰克只得来到窗前，开始大声地评论起在楼下停车场上发生的一切：被人扶上扶下的老人、争吵的夫妻、在车辆间奔跑的孩子、一个刚被打了耳光正在低声哭泣的女孩、保时捷跑车、崭新的杜卡迪牌摩托车和川流不息的救护车。如此激动人心的一天，真的。

卡尔米诺夫人负责了搬家的全过程。当弗兰克到来时，就像花草这类植物一般，对将要看到的一切一无所知……

首先是养老院的环境。由于资金有限，他们不得不选择了一所公共养老院。该养老院坐落在城市的边缘地带，地处一座小城和一片工业废墟之间。总的来说，这座养老院就是一堆垃圾，一堆无处安放的垃圾。第一次去的时候，弗兰克迷失了方向，为了寻找一条并不存在的小路，他在一排排高大的库房里兜兜转转了一个多小时，每到一个路口便会停下脚步，试图分辨自己所处的位置。等到他最终找到目的地，脱去头盔的那一刻，又差点被一阵狂风“连根拔起”。弗兰克在心里暗暗骂道：“都在搞什么鬼？人们什么时候把老人都安置在风口之中？以前我一直听说风会耗尽他们的体力……告诉我，这一切都不是真的……她没有在这里落脚……求你了……请告诉我是我自己搞错了……”

养老院的内部热得让人窒息。随着距离外祖母的房间越来越近，弗兰克感到喉咙越来越紧，越来越紧，以至于他用了好几分钟才开口说了第一句话。

这里所有的老人都显得丑陋、悲伤、郁郁寡欢、爱发牢骚，并总是哀叹不止。他们破旧的拖鞋、假牙、吸引器、肥大的肚子和骨瘦如柴的臂膀也常常发出恼人的响声。另外，突发情况也总是接踵而至：一会儿这里有个老人把导管插进了鼻子；一会儿那里又出现了一个突然大声啼哭的老人；接着又是一个蜷缩在轮椅里的老妇人，仿佛她的手足搐搦症刚刚发作一般……人们甚至可以看到她的长袜和尿布……

“还有这可怕的热气，为什么他们从来都不开窗通风？难道是为了让这些老人死得更快吗？”

等到他再次来的时候，为了避免看到这番悲惨的景象，弗兰克在走到八十七号房间前，全程都戴着头盔。但一个护士看到了他，命令他马上脱去帽子，因为他这个样子会吓坏其他老人。

她的外婆不再和他说话，却死死地盯着他，用眼神挑战他，让他感到羞愧。因为她的眼睛仿佛在说：“怎么样？我的孩子，把我关在这里，你为自己感到自豪吗？回答我，你为自己感到自豪吗？”这就是当弗兰克脱去头盔，用余光寻找着自己的摩托车时，波莱特不断向他重复的问题。

弗兰克由于神经过于紧张而无法安然入睡。和往常一样，他把扶手椅拖到外祖母的床边，开始搜肠刮肚，寻找着适当的词语、句子、逸事和愚蠢的玩笑。但是很快地，他便感到一阵厌倦，于是打开了电视机。然而，弗兰克并没有收看节目，而是凝望着墙上的挂钟，计算着还需逗留在此的时间：两小时后，我就离开；一小时后，我就离开；二十分钟后……

这一次，弗兰克破例在周日前去养老院探望外祖母。因为他的老板波特兰本周不需要他的帮助。他风一般地穿过大厅，当他看到室内夸张的布置和一群戴着尖帽的可怜老人时，不由得耸了耸肩。

“发生了什么，今天这里举办狂欢节吗？”弗兰克向一个同他一起乘坐电梯、穿着工作衫的女士问道。

“他们是在为圣诞节排练一个节目……您是拉斯德菲尔的外孙，不是吗？”

“是的。”

“她老人家好像不太乐意与别人合作……”

“啊？”

“简直可以说……她倔强得就像一头骡子……”

“我还以为她就这样对我呢。我以为她在和你们接触时，会显得更加……更加好相处一些……”

“啊，和我们在一起的时候，她是如此亲切迷人，就像一颗珍珠。她确实是一个和善的老太太。但是，只要面对其他老人，事情就发生了转变……她不愿意见到他们，情愿不吃饭也不下楼去公共空间活动……”

“什么意思？她现在开始不吃饭了？”

“呃，我们最后还是选择了妥协……让她一人独自留守在房间里……”

一直以来，波莱特总是等着周一见到弗兰克。这一次在周日就见到他，不由得感到一阵惊慌。她甚至都来不及披上“一件怨气十足的老妇人的外衣”。今天，她没有像往常一样坐在床上，神情幽怨，挺直身体，活像一根木桩，而是坐在窗前，织着毛衣。

“外婆！”

“啊，该死。”她本该显得闷闷不乐的样子，然而却无法自制地朝他微笑了一下。

“你在看风景吗？”

她几乎想鼓起勇气向他说出真相：“你在讥笑我吗？什么风景？不，我其实是在看你，我的孩子。我整日整日地观察着你……就算我知道你不会来，我还是一样守候着你。我一直在这里……你知道吗，现在我在很远的地方都可以分辨出你摩托车的声音，我等着看到你脱去头盔，把它放到我床上，然后一边做着鬼脸，一边向我介绍新汤的那一刻……”然而，她却并未一吐为快，而是选择嘟嘟囔囔地低声发着牢骚。

弗兰克则靠着取暖器，席地而坐。

“你感觉怎么样？”

“哼……”

“你在做什么？”

“……”

“你又不高兴了？”

“……”

他们就这样僵持了十五分钟。但是很快地，弗兰克开始挠头，然后紧闭双眼，叹了口气，挪动了一下身体，为的是和波莱特处于面对面的位置。最后，他用一种近乎平直的语调开始说话：

“听着，波莱特·拉斯德菲尔，请听好。你曾经住在一幢你很热爱、我也很热爱的房子里。早晨，你通常在拂晓时分就起床，然后为自己准备早餐，接着便一边吃早餐，一边凝望天上的云彩，来推测当日的天气情况。随后，你便开始喂养那些动物，不是吗：你的猫、你邻居的猫、画眉鸟、山雀和那些小麻雀。接着，你便开始修剪枝叶，在自己洗漱之前，先为花草浇水。做完这一切以后，你穿好衣服，望着邮递员和肉店伙计的必经之路。那个肥头大耳的米歇尔是一个十足的坏蛋，每当你要求购买一百克牛肉的时候，他总是为你切下三百克的肉，其实他很清楚你没有牙齿……啊！但是你从来都一言不发。因为你害怕他在下个周二的时候忘记按喇叭……剩下的时间，你都用在煮熟这块肉上，试图让汤变得更有味道。临近十一点时，你会提着购物袋前往格里沃咖啡店去买些面包和当天的报纸。事实上，你已经很久都没有吃过面包了，但你每天还是会买一些……出于一种习惯……当然，也是为了你的那些鸟……你经常会在路上碰到一个老朋友，通常，她会在你之前读过报纸上的讣告栏，然后叹着气和你谈论那些死去的人。聊完这个悲伤的话题后，你便会和她谈论起我的近况。即便有时连你自己也不是很清楚……对于这些人来说，我几乎已经与保罗·博古斯齐名，没错吧？虽然你独自生活已经将近二十年，但你每天还是会铺一块干净的餐布，在桌上摆放精致的餐具和一只高脚杯，并且会在花瓶里插满娇嫩的鲜花。我记得没错的话，春天的时候，你插的是银莲花，夏天的时候是翠菊，到了冬天的时候，你常会去市场上买一束鲜花插在花瓶里。每当吃饭的时候，你又会不断重复这些花是多么的丑，又是多么的贵……午后时分，你习惯在沙发上打一个盹，这时，你的那只宝贝猫会蹿到你的膝头，休息片刻。起来后，你又会回到花园或菜园里去完成早晨没有做完的工作。噢，那个可爱的菜园……虽然你做得不多，但这个菜园毕竟为你提供了一些新鲜的蔬果。当你得知伊冯娜不得不上超市才能买到胡萝卜时，心里乐开了花。对于你来说，上超市去买蔬菜简直是奇耻大辱……

“晚上的时光通常显得更为漫长，不是吗？你总是期待我打电话给你，可是我没有。于是你不得不打开电视，那些白痴的节目让你昏昏欲睡，直到一条广告的播出让你突然惊醒。醒来后，你便裹着一条披肩在家中游荡。然后，你会关上百叶窗。百叶窗发出的声响，那种在昏暗中吱嘎作响的响声直到今天还回荡在你的耳畔。我之所以知道这些，因为我自己也有相同的感受。如今，我住在一座令人如此疲惫的城市，以至于有时人们什么也听不到。然而，只要我一竖起耳朵，就能听到我刚才提到的那种响声，那种公寓里木质百叶窗和门的声响……

“我承认，我确实不太打电话给你，但你知道吗，其实我一直想着你……渐渐地，每当我回来看你时，天使般的伊冯娜总会把我拉到一边，轻轻地拍着我的胳膊，告诉我情况不妙……其实事实一目了然，都不需要她和我说。我把一切都埋藏在心底，什么都不敢和你说：我早已发现花园远没有以前整洁，菜园里的蔬果也没有从前长得那么‘精神’……我也发现你没有之前那么注意仪表：你的头发呈现出一种古怪的颜色，你有时甚至会把短裙穿反。我还注意到你的煤气灶布满斑驳的污点，你给我织的那些丑陋毛衣到处是洞眼，你的两条胳膊不再协调，有时你甚至会到处乱撞……是的，外婆，别这样看着我……我早就看到那些你试图用毛衣遮挡住的巨大瘀青……

“我本可以很早就为这些事情和你板起面孔……逼迫你去看医生，要求你别再碰那些你现在根本就拿不起来的铲子。我还可以让伊冯娜监督你、监视你，有任何情况都及时向我汇报……但是我并没有这么做。我想还是给你自由，让你平静地以自己的方式继续生活。直到有一天再也撑不下去了，但至少你不会心怀遗憾，我也不会……至少你曾经好好地生活过，幸福、自在地生活过，直到终点。

“现在，这一天终于来临，终于来临……我的外婆，你必须学会下定决心去面对。与其天天对我发脾气，不如想想自己能够在一座如此美丽的房子里生活八十几年是多么幸运的事……”

听到这里，波莱特低声哭泣起来。

“……还有，你现在对我的态度是没有道理的。难道我住得远、单身一人是我的错吗？难道你是寡妇是我的错吗？难道除了我那傻瓜母亲，你没有其他孩子是我的错吗？难道我没有兄弟姐妹和我一起轮流来看你也是我的错吗？

“不，这些都不是我的错。我唯一的错误在于选择了这份倒霉的工作。我除了每天像个白痴一样地工作，别无他法。更糟糕的是，就算我想换一份工作，也是白想：因为我没有任何其他技能……我不知道你对此有没有概念，除了周一，我每天都在工作，而周一又是我来探望你的日子。好了，别装作一副很惊讶的样子……我以前和你说过，为了买下我的摩托车，我不得不周日加班。所以你看看，我没有一天可以睡懒觉，我……每天早晨，我八点半就开始工作，一直到午夜以后才能收工回家……在这样的情况下，为了坚持下去，我只得每天下午在家里打一个盹。

“好了，看看吧，这就是我的生活：什么都不是。我什么都没做。我什么都不知道，最可怕的是，我什么都不懂……在我混沌不堪的生活中，只有一样东西是充满正能量的，就是那个我常常和你提到的人，那个和我住在一起的怪胎。你知道吗，他可是一个贵族啊！但就是这唯一的正能量，现在也被搞得一团糟……他最近带回来一个女孩，现在这个女孩和我们居住在一起，你无法想象这让我有多么恼火……而且这姑娘竟然还不是他的女朋友！我不知道这个男的是否有一天会掉入她温柔的陷阱……呃……对不起……我的意思是他是否会迈出那一步……唉，本来她就是一个躲在他翅膀下的可怜女孩。可是现在，家里的气氛已经变得让人无法忍受，我想，我可能马上需要另找住处……好吧，其实这也没什么大不了的，我搬家的次数是如此之多，以至于我都无法给出一个固定的住址……好在每次我都能顺利解决问题……然而，对于你的问题，我无法解决，你明白吗？很久以来，我第一次和一个好的主厨一起工作。虽然我常和你说起他总是大发雷霆，但这些都不能掩盖他作为一个好人的本质。我不但不太和他争吵，还发现他是一个好……这么说吧，我感觉和他一起工作的经历，让我进步得很快，你懂吗？所以我不能就这样离他而去，至少不能在七月底以前。你知道吗，因为我和他说起过你……我和他说过为了离你更近，我想回到这里工作，我相信他会帮我的。可是，就我现在的水平而言，我不再会随意接受一份工作。如果我回到这里工作，要么去当一个高档餐厅的第二主厨，要么就去普通餐厅当主厨。我不想再和现在一样当一条走狗，我已经为此付出得够多的了……所以，请你耐心等待，也不要再用这种眼神看着我。要不然的话，我可以很坦率地和你说：今后我不会再来探望你了。

“我再和你重复一遍，每周我只有一天的假期，如果这一天我还要被搅得心情郁闷，那么一切都将结束……如果这一天我心情愉悦，那么这将就是一个节日，平时，我也可以更加卖力地工作。所以请你无论如何一定要帮助我……

“等等，还有最后一件事情……刚才有位女士告诉我，你不愿意看到别的老人。我理解你，因为他们看上去确实不那么有趣，但你至少可以找到一两个不错的人……也许，在这所养老院中还有另一个波莱特也躲在自己的房间里，和你一样不知所措……也许她也喜欢谈论自己的花园和她那出色的外孙。但是如果你躲在房间里像一个孩子一样生着闷气，又如何让她找到你呢？”

波莱特看着他，目瞪口呆。

“好了。我把所有的心里话都全盘托出。现在我都没法再站起来，因为我的屁股好……好疼。怎么样？你现在在织什么？”

“弗兰克，这是你吗？这真的是你吗？我这辈子从来没有听到你说过这么多话……你没有生病吧？”

“没有。我没有生病，我只是很累。我背上承受了太多重担，你明白吗？”

她长时间地凝望着他，随即摇了摇头，好像刚刚从一场睡梦中惊醒过来。她拿起自己的作品，说道：

“啊，没什么……这是给娜德奇的礼物，她是一个好心的姑娘，每天早晨都会来这里服侍我。我正在为她修补一件旧毛衣……对了，你可以帮我穿线吗？我找不到眼镜了。”

“你想躺到床上去，然后让我搬一把椅子坐在你的旁边吗？”

弗兰克还来不及伸一个懒腰，就已经沉沉睡去。

他确实需要好好睡一觉。

托盘的响声将他弄醒。

“这是什么？”

“晚饭。”

“你为什么不下楼？”

“晚上人们一般在自己的房间里用餐……”

“现在几点了？”

“五点半。”

“这都在胡闹些什么？他们五点半就让你们吃晚饭？”

“是的，这是周日的传统。这样一来，他们就可以早点回去……”

“呃……他们都给你们准备了些什么？你不觉得很难闻吗？”

“我不知道这是什么，我还是不知道为妙……”

“这又是什么？鱼吗？”

“不。我认为更像烤土豆，你不觉得吗？”

“瞎说，我明明闻到一股鱼的味道……这个栗色的玩意，又是什么？”

“果泥。”

“不是吧？”

“是的，我感觉……”

“你确定吗？”

“好吧，其实我也不知道……”

两人正起劲地猜着碗里的食物，刚才送饭进来的女孩突然再次出现在他们面前：

“怎么样？好吃吗？您吃完了吗？”

“等一下。”弗兰克打断了她，说道，“您两分钟前刚刚把菜拿来……难道就不能让她安安静静地吃会儿饭吗？”

听到这番话，姑娘狠狠地再次把门关上。

“其实每天情况都差不多，只不过周日的时候会更糟糕一些……她们总是急着离开……这也不能怪她们，不是吗？”

老妇人说着，吸了吸鼻子。

“啊，我可怜的外婆……这都什么乱七八糟的……什么乱七八糟的……”

她折叠着自己的餐巾。

“弗兰克？”

“嗯？”

“请你原谅我……”

“不，是我向你道歉才对。事情完全没有按照我想象的样子进行。但没关系，这么多年来，我已经开始慢慢习惯了……”

“我现在可以来收托盘了吗？”

“可以，可以，请吧……”

“小姐，您一定要好好表扬一下你们的主厨。”弗兰克补充道，“简直太美味了……”

“好了……我也准备走了……”

“你可以等到我换好睡衣之后再离开吗？”

“可以。”

“过来帮我脱一下外套……”

他听见卫生间里传来阵阵水声。很快，波莱特就从里面出来。当她钻进被子的时候，弗兰克不好意思地转过身去。

“好了，关灯睡觉吧……”

她顺从地关掉了床头灯。

“过来，在我身边再坐两分钟……”

“只坐两分钟哦？我家可不在隔壁房间……”

“好的，就两分钟。”

她把自己的手放在弗兰克的膝盖上，问了他最后一个问题。而弗兰克呢，似乎也对此早已做好了准备。

“告诉我，刚才你和我说起的那个女孩……那个现在和你们住在一起的女孩……她怎么样？”

“她是个傻瓜：不可一世、瘦骨嶙峋、和另外一个室友一样愚蠢……”

“天哪……”

“她……”

“她什么？”

“有点像知识分子……不，不是‘像’，她就是一个书呆子。她总是和费里贝尔一起埋头书海，和所有知识分子一样，他们可以连续讨论一些这个世界完全不在意的话题数小时。还有一个奇怪的地方在于：她竟然是一个清洁女工……”

“真的吗？”

“夜晚……”

“夜晚？”

“是的……我就觉得她很奇怪……你没有看到她那瘦得皮包骨头的样子……简直叫人恶心……”

“她不进食吗？”

“我不知道。关我什么事。”

“她叫什么名字？”

“卡米耶。”

“她怎么样？”

“我已经和你说过了。”

“我是说长相。”

“呃，你为什么要问我这些？”

“为了让你留得更久一些……不，是因为这个话题让我有兴趣。”

“她头发很短，几乎就是个秃子，头发的颜色是棕色的……她的眼睛是蓝色的，我觉得……其实我也不是很确定，反正是淡色的。她……我和你说了，我对她毫无兴趣！”

“她的鼻子长什么样？”

“正常。”

“……”

“我感觉她脸上有很多雀斑……她……你笑什么？”

“没什么，我在认真听你说话……”

“好了，我真的要走了，你这样让我感到好烦……”

7.

“我讨厌十二月。所有这些节日都让我感到抑郁……”

“我知道，妈妈。这已经是你今天第四次向我重复这句话了……”

“难道这不让你感到抑郁吗？”

“要不然呢？你去过电影院了吗？”

“我去电影院干吗？”

“你会去里昂过圣诞吗？”

“不得不去……你也知道你舅舅的德行……虽然他对我的现状毫不在乎，但如果我错过了他的烤鸡，又另当别论……今年你陪我一起去吗？”

“不行。”

“为什么？”

“我要工作。”

“你是要清扫圣诞树的叶子吗？”她嘲讽地问道。

“完全正确。”

“你在讥笑我吗？”

“没有。”

“你给我记住了，我对你很了解……和那群傻子一起围绕在树干蛋糕[1]旁，你不觉得这很可悲吗？”

“你言过其实了。不管怎么说，他们都很善良……”

“呵呵……善良也是一种让我抑郁的品质……”

“这次我请你吧。”卡米耶说着抢过了账单，补充道，“我有事要先走了……”

“看看，你剪头发了吗？”卡米耶的母亲在地铁口问道。

“我刚才还在想，你是否看得出来……”

“真的太恐怖了。你为什么要这么做？”

卡米耶全速冲下自动扶梯。

如风一般快。

8.

在还看到她以前，卡米耶就知道她在——通过气味。

一种让她感到恶心的甜腻香水味。她快速冲向自己的房间，在经过客厅时看到了他们。只见弗兰克正瘫倒在地上，冲着一个扭动腰肢的姑娘傻傻地笑着。他把音乐开得震天响。

“晚上好。”她在经过时冲着两人喊道。

在关上房门时，她听到弗兰克低声说道：

“你跳你的，别去管她……来吧，尽情扭动起来……”

房间里回荡的根本不是音乐而是噪声，这种噪声已经达到了一种癫狂的状态：墙壁、画框、地板都随之颤抖。卡米耶在忍耐了几分钟后，终于起身，走到两人面前，试图阻止弗兰克放肆的行为：

“你必须降低音量……要不然的话，邻居会来找我们麻烦的……”

那个姑娘愣了一下，随即开始咯咯大笑起来。

“嘿，弗兰克，是她吗？是她吗？呃？你就是那个不男不女的人吗？”

卡米耶长时间地凝望着她。费里贝尔说得对：弗兰克的女友确实让人感到瞠目结舌。

---

① 树干蛋糕（La bûche）是法国人在圣诞节时准备的一种传统甜点。——译注

这个女孩身上有一种融合了愚蠢和粗俗的气质。她穿着厚底高跟鞋、廉价的牛仔裤、黑色的胸罩和满是破洞的毛衣，脸上挂着艳俗的妆容，嘴唇涂得就像橡胶般厚重。总的来说，她和招贴画上的那些俗气的女孩别无二致。

“是的，是我。”说罢，她转向弗兰克，低声说道，“请调低音量，谢谢了……”

“啊！你真的好烦……好吧……快回你的小床睡觉吧……”

“费里贝尔不在家吗？”

“不在，他和他的拿破仑在一起呢。好了，快去睡觉，我跟你说。”

那个姑娘的笑声则越发刺耳。

“卫生间在哪儿？问你呢，卫生间在哪里？”

“你不调低音量的话，我就要叫警察了。”

“去呀，别再来烦我们了，快去叫警察吧。快去！你快给我滚！”

今天太不巧了，卡米耶刚和她的母亲共同度过了几小时。

但是这段不愉快的经历，弗兰克又怎会知道……

所以，真不巧。

卡米耶转身离开，走进弗兰克的房间，踢开他堆在地上的杂物，打开窗，切断音响的电源，随后把它从五楼扔下。

做完这一切后，她重新回到客厅，平静地说道：

“好了，没事了。我现在不需要再叫警察了……”

在转身离开时，她又加上一句：

“呃……快闭上嘴，你这个婊子，你嘴要是再这么一直张着，小心一会儿苍蝇飞进去，径直下肚……”

卡米耶反锁房门。弗兰克狠命地敲打着她的门，高声咆哮，大声叫嚷，用最可怕的言辞威胁说要报复卡米耶。在此期间，卡米耶则微笑地看着镜子里的自己，并作了一幅有趣的自画像。可惜的是，此时她无法随心所欲地作画，因为手心太过潮湿……

等到她听到公寓大门砰的一声关上以后，她才离开自己的房间，走进厨房，吃了些东西以后便倒头睡去。

他在半夜时分对她实行了报复。

临近四点的时候，卡米耶被隔壁房间传来的吵闹声所惊醒：他号叫，她呻吟；他呻吟，她号叫。

卡米耶起身在黑暗中思考了片刻，想着是不是自己现在最好收拾好衣物，马上回到她的小阁楼里。

“不。”她低声自语道，“不行，这样一来不正中他的下怀……”真的好吵，我的上帝，但是真的好吵……这种声响简直令人难以置信，他们一定是故意为之的……弗兰克一定是让他的女伴故意加大音量……等一下，这个女人听上去好像已经精疲力竭，他们到底在搞什么鬼?

他赢了。

她已经下定决心。

她再也无法入睡。

第二天清晨，她很早起床，悄无声息地独自忙碌着。她把被子摊开，折好被单，找了一个大袋子把它装好，准备一会儿送去洗衣房清洗。随后，她整理好自己的衣物，把它们堆放在初来时带的箱子里。她很难过。让她感到难过的并非重新搬回楼上简陋的住处，而是离开这间卧房……离开所有的这一切：灰尘的味道、房间里的光亮、丝绸窗帘发出的沉闷声响、偶尔的爆裂声、古朴的灯罩、柔和的镜子，还有这种身处于时空之外的独特感受……远离尘嚣……费里贝尔的那些先祖似乎也已经慢慢接受了卡米耶，后者则饶有兴致地试着以另一种方式、在另一种情境中为他们作画。尤其是那位年迈的侯爵，比之前显得更加幽默风趣，更加愉悦……更加年轻……没过多久，卡米耶切断了壁炉的电源，后悔当时没有多带一根捆扎杂物的粗绳。她不敢把壁炉推到走廊，只是把它放在了自己的房门口。

然后，她拿起绘画簿，为自己沏了杯茶，接着走进浴室。她曾暗暗下定决心要带着浴室的“轮廓”离开，因为在她看来，这是这所公寓里最漂亮的地方。

她拿开了所有弗兰克的洗漱用品：男式的除味香水、脏兮兮的旧牙刷、比克牌的剃须刀、敏感肌肤使用的凝胶（真没想到，他竟然是敏感皮肤），还有那些臭不可闻的衣服。卡米耶把这一切都一股脑地丢在了浴缸里。

还记得当她第一次踏进这所公寓时，情不自禁地发出一声“啊”的赞叹。费里贝尔告诉她，这里展现的是一种名为“波彻”的装潢风格，其源头可以追溯到1894年。之所以采用这样的装潢方式，完全得益于费里贝尔曾祖母的突发奇想。她是当时巴黎“美好时代”最为风姿绰约的女人，甚至有些美貌过度。据说，费里贝尔的祖父只要一谈到自己母亲的那些风流韵事，就会不由自主地皱起眉头……其实，所有的传说都在这眉头一皱间得到了证实……

当他的曾祖母搬进这所公寓时，所有的邻居都聚集在一起低声抱怨，担心美人每次经过都会引起骚乱。然而，他们还是会不由自主地前去欣赏她的芳容，并为之倾倒。她是整幢楼里，或许也是整条街上最美的女人……

她是如此圣洁，虽然偶有瑕疵，却依然如此圣洁。

卡米耶坐在放着脏衣服的篮子旁，画着浴室里方砖的形状、条状装饰框、蔓条纹饰、庞大的陶瓷浴缸和它四只雄狮形状的脚、那只自从第一次世界大战以后就没有再喷过水的花洒、残破不堪的肥皂盒以及已经松动了一半的毛巾架。还有各种空的小瓶：夏帕瑞丽“震惊”系列香水瓶、霍比格恩特“透明”系列香水瓶、慕尼丽丝“雅致”系列香水瓶和“白皙通透”系列粉盒。除此之外，卡米耶还用画笔记录下了浴盆上镶的那圈蓝色鸢尾花和那些华丽非凡、雕刻了花朵和鸟类的梳妆台。这些梳妆台是如此精致，以至于每当她把自己那个丑陋的化妆包放到那张泛黄的台子上时，都显得小心翼翼。另外，浴室里的马桶已经不知所踪，而水箱却仍被固定在墙上。在画完浴室里所有的设施以后，卡米耶又为自己的画作添上了两只已经飞翔了一个多世纪的燕子。

她的绘画簿几乎已经用完。只剩下最后两三页……

她没有勇气去翻看前面的作品，因为她把这本簿子视为一种信号：本子用完了，假期也相应结束。

她冲洗完盛放墨水的小碗后，便轻轻关上房门，离开了这所公寓。趁她的床单还在洗衣房的机器里翻滚的时候，卡米耶来到玛德莲地区的达尔蒂电器商场，为弗兰克买了一台新的音响。她不想对他有任何的亏欠。卡米耶还未来得及看清音响的牌子，就被店员带到了付款处。

事实上，她很喜欢这种被人引导的感觉……

当她回到公寓时，里面空无一人，悄无声息。卡米耶无暇顾及此时公寓如此安静的原因，径直来到走廊，把音响放在她邻居的门口，随后把洗好的床单放回那张古旧的大床上，和画中的先祖们打了个招呼，拉上百叶窗，接着一直把壁炉推到边门处。然而，她却怎么也找不到公寓的钥匙，于是只好把放满衣物的箱子和烧水壶放在壁炉上，自己出门上班去了。

随着夜幕降临，天气越发寒冷，卡米耶感到嘴唇干涩，肚子里一阵翻滚：毫无疑问，那些结石又卷土重来了。她用了极大的努力忍住了眼泪，试图说服自己现在之所以如此多愁善感是由于受到了母亲的影响：被节日搅得心慌意乱。

她就这样独自一人在沉默中工作着。

她已经无心继续旅程，不得不向现实低头：对于现实世界，她无能为力。

她马上就要回到阁楼，回到露易丝·勒杜克的那间陋室，然后放下手中的行李。

终于。

郎西格尔先生桌上的一张字条把她从阴郁的内心世界重新拉回到现实空间。

“您是谁？”一行黑色、略为紧凑的字这样问道。

卡米耶放下清扫工具和抹布，坐在那把皮质的扶手椅上，随后在桌上找了两张白纸。

她在第一张纸上画了一个类似迪士尼动画中小偷皮特猫的形象：蓬头垢面、牙齿脱落，手中拿了一把扫帚，邪恶地微笑着。它身着工作服，上衣口袋里露出一抹红色，上面印有都科林公司、专业服务团队等字样。画完后，卡米耶在空白处添上这样一句话：“呃，这就是我……”

接着，她又在第二张纸上画了一个20世纪50年代的美艳女郎：她的手性感地插在腰间，嘟着嘴唇，撩起短裙，穿着一条突出胸部曲线的花边围裙，手拿一把鸡毛掸子，俏皮地反驳道：“才不是前面那个样子呢……这才是我……”

末了，卡米耶还用一支荧光笔为她的两颊添上了一抹粉色……

为了完成这两幅用于恶作剧的作品，卡米耶错过了最后一班地铁，只得步行回家。其实，这样也挺好的……这似乎代表着另一个信号……看似她已接近终点，但又没有完全到达，不是这样吗？

再坚持一会儿。

在寒冷中再坚持几个小时就可以到家了。

当她推开底楼大门的那一刻，突然想起自己还未归还公寓的钥匙，自己还把衣物存放在了边门电梯处。

也许她应该给主人留一张字条？

当她瞥见厨房的光亮时，不由得感到一种惊慌。一定是那位马克尔·德·拉·杜尔贝里艾尔先生。这位满脸愁容的骑士此时一定正嚼着他的热土豆，准备着满腹挽留的话语，在厨房里等待着她。有那么一瞬间，卡米耶想掉转身，离开这里。因为她没有勇气去聆听费里贝尔的絮叨。但转念一想：只要今天晚上自己不马上死去，她还是需要用这所公寓里的暖气取暖的……

9.

他坐在桌子的另一头，拨弄着易拉罐的扳手。

卡米耶紧握着拳头，都可以意识到自己的指甲刺进皮肤的痛感。

"我在等你。"他对她说道。

"啊？"

"真的……"

"……"

"你不想坐下来吗？"

"不了。"

他们就这样在沉默中僵持了很久。

"你没有看到边门的钥匙吗？"最后还是卡米耶打破僵局，向弗兰克问道。

"在我的口袋里……"

"还给我。"

"不。"

"为什么？"

"因为我不想让你走。要走也是我走……如果你就这样搬走了，费里贝尔会一直怨恨我到死的……他今天看到你的箱子时，就对我大发雷霆，随后把自己关在房间里再也没有出来过……所以，要走的人是我。我这么做不是为了你，而是为了他。我不能这么对他。他将变回从前的样子，我不想看到这样的变化。他不应该被这样对待。当我的生活一团糟的时候他向我伸出了援助之手，所以我不想伤害他，不想看到他悲伤难过，不想看到每当别人向他提问时，他像一条幼虫般蠕动，不想这一切重演……在你来之前，他已经有所好转。等你来了之后，他简直开始变得与常人无异。我也知道，他最近服用药物的剂量也少了……所以……你不能离开……至于我的话，我正好有个朋友可以在节后收留我几天……”

沉默。

“我可以喝一口你的啤酒吗？”

“喝吧。”

卡米耶为自己倒了一杯啤酒，坐到了弗兰克的对面。

“我可以点一根烟吗？”

“点吧。没事，你就当我不存在好了……”

“不，这点我可做不到，这不可能做到……当你身处一方时，空气中就会迸发出无数电流和火花，总是瞬间被一种挑衅的氛围笼罩，这一切都让我感到很不自在，还有……”

“还有什么？”

“还有，你知道吗，其实我和你一样，也很累。也许原因不尽相同，我猜……可能我工作的强度没你那么大，但是劳累的状态是一样的，是另外一种劳累，但实质是一样的。我的心很累，你懂吗？我是真的想要离开，因为我已经清楚地意识到自己没有能力继续和他人共同生活，再说我……”

“你怎么了？”

“不，没什么。我和你说过了，我很累。至于你，你无法用正常的语气和他人交谈。你总是大喊大叫，总是对别人恶语相向……我猜也许是你的工作让你充满怨气，也许是厨房里的氛围影响了你……好吧，其实我也不知道……说实话，我对此并不在乎……但有一件事情可以肯定：我将把你们的二人世界还给你们。”

“不，是我应该离开你们。我已经和你说，事实上，我别无选择……现在你对于费里来说更加重要，比我更加重要……”

“这就是生活。”弗兰克笑了一下，补充道。

说罢，两人相视一笑。这是他们第一次四目相对。

“相对于你来说，我可以把他养得更好一些，这是肯定的！但我对玛丽·安托瓦内特白马一类的史实毫无兴趣……真的，毫无兴趣……这也许就是让我失分的地方……啊，对了！谢谢你的音箱……”

卡米耶站起身来，问道：

“这几乎和原来那个没什么差别吧，不是吗？”

“肯定没有……”

“太好了。”她用一种沉闷的语调回答道，“好了，这下可以给我钥匙了吧？”

“什么钥匙？”

“好了，别装了……”

“你的物品已经再次回到了你的房间，我也已经为你重新铺好了床。”

“是用对折的那种方式吗？”①

“你真的好烦人，你！”

在卡米耶正要离开厨房时，弗兰克用下巴朝她的绘画簿点了点，问道：

“这些都是你画的吗？”

“你在哪里找到的？”

“呃……别激动……我在桌上看到的……我只是在等你的时候随手翻看了一下……”

她正要从他手中拿回本子，只听到后者说道：

“如果我和你说一句友好的话，你不会咬我吧？”

“试试看吧……”

弗兰克拿着本子，翻了几页，随后把它放下，又等了一会儿，直到卡米耶完全转过身来，才开始悠悠地说道：

“你知道吗，真是太棒了……无与伦比地美丽……画得出神入化……真的……天哪，我竟然和你说出了这样的话……我好像没有在里面看到自己的影子，完全没有。我在这个厨房里已经等了你将近两小时，冻得手脚发麻，然而我却丝毫没有意识到时间的流逝，丝毫没有感觉到无聊。我……我欣赏了你所有画过的脸庞……我的费里和其他所有人……你把他们脸上的细节捕捉得如此精准，你让他们变得如此美丽……还有我们的公寓……我在这里已经住了一年有余，我一直认为这所公寓空无一物，其实是我什么都没有看见……而你，你……总的来说，真是太棒了……

“……”

“你怎么哭了？”

---

① 在西方，老兵有时候为了捉弄新兵，会故意将他们的床单对折，使得他们睡下后伸不直腿。——译注

“是神经过敏，我猜……”

“可不能随便这么说……你还要加些啤酒吗？”

“不。谢谢。我准备去睡觉了……”

当她走进浴室时，听见弗兰克大声敲击着费里贝尔的房门，吼叫道：

“好了，伙计！问题解决了。她不走了！现在，你可以出来小便了吧！”

卡米耶感觉自己在关灯的那一刻，侯爵从颊髯里向她露出一丝微笑。很快，她便沉沉地睡去。

10.

天气逐渐转暖。空气中弥漫着一种愉悦和轻盈的物质。人们为了买到合适的礼物而四处奔走。乔丝·拉布达尔甚至还为头发染了新的颜色：那是一种可以突出她镜架的棕红色，老实说，还挺漂亮。玛玛多也为自己买了一顶耀眼的假发。这天，当她们四人在两层楼之间一边喝着用乔丝上次打赌输的钱买的气泡酒，一边碰杯闲聊时，玛玛多为其他三人就发型这个话题上了生动的一课。

“像你这样把前面的头发全部刨去，需要在理发店里待上多久？”

“呃……不用很久……可能两三个小时吧……要知道，有些发型需要花去比这更多的时间……比如说我的茜茜，上次她就在理发店里待了四个多小时……”

“四个多小时！那她这四个多小时都做了些什么？她乖吗？”

“当然不乖，她一点都不乖！至于做什么的话……我们做什么她就做什么：她不停地在笑，也不停地在吃，她还听我们讲故事……我们的故事可多了……比你们多多了……”

“那你呢，卡琳？圣诞节有什么安排？”

“我准备增重两公斤。你呢，卡米耶，你圣诞节做什么？”

“我准备瘦去两公斤……不，我是开玩笑的……”

“你会和家人一起度过吗？”

“是的。”她向她们撒了谎。

“好了好了，差不多了吧，活儿还没干完呢！”“超级乔丝”一边说着，一边指了指她的手表。

“您叫什么名字？”卡米耶在书桌上读到了这样的字条。

也许只是巧合，但他妻子和孩子的照片却突然在今天不翼而飞了。呵呵，这真是一个简单直接的男人……想到这里，卡米耶扔掉了字条，开始用吸尘器清扫地面。

在公寓里，气氛也不再像以前那么沉重。弗兰克不再在这里过夜，但每天下午仍然会回到他的房间午睡。然而他来去匆匆，就像一支离弦之箭。他甚至都没有时间打开新音箱的包装盒。

卡米耶和弗兰克争吵的那个晚上，费里贝尔碰巧有事去了荣军院。他从未和卡米耶谈及那天晚上在他背后所发生的一切。这是一个不能忍受任何微小改变的人：他的内心平衡从来只靠着一根丝线支撑着。卡米耶逐渐意识到那天晚上费里贝尔到阁楼上来找自己是一件对他来说多么伟大的事……他一定经过了一次激烈的思想斗争……同时，她也想到弗兰克和她说起关于费里贝尔服药的事情……

他告诉她自己将去度假，直到一月中旬才能返回。

“您要回到您的城堡里去了？”

“是的。”

“您为此感到高兴吗？”

“当然，我很高兴能再次见到我的妹妹们……”

“她们叫什么名字？”

“安娜、玛丽、卡特琳娜、伊莎贝尔、艾丽尔诺和布兰奇。”

“都是些皇后的名字……”

“没错……”

“那您的名字呢？”

“啊，我的话……我只是一只丑陋的鸭子……”

“别这么说，费里贝尔……您知道吗，我对您家族的那些贵族史实所知甚少，也对所谓的贵族姓氏不甚敏感。说实话，我有时甚至觉得这些传统有些荒唐，有些……过时。但有一点是可以肯定的：您，您是一个王子。一个真正的王子。”

“啊。”费里贝尔红着脸说道，“至多只能称得上一个普通绅士，一个来自外省的乡绅……”

“一个绅士？是的，完全正确……对了，您不觉得从明年开始我们可以以‘你’互称？”

“啊！您总是喜欢提出新的点子，总在寻求变革……对我来说，如果让我对您以‘你’相称，是一件十分困难的事……”

“可对我来说不是。我很想对您说：费里贝尔，我很感谢你对我所做的一切，也许你并不知道，从某种程度上来说，你救了我的命……”

他没有回答，而是再一次垂下眼睑。

11.

她很早起床送他去火车站。费里贝尔是如此紧张，以至于卡米耶不得不接过他的火车票，为他打票。随后，两人在一旁的咖啡店里点了一杯热巧克力，可费里贝尔一口未喝。随着火车出发时间的临近，卡米耶注意到他脸上的肌肉由于紧张而绷得越来越紧。他甚至开始轻微地抽搐。此时出现在卡米耶眼前的仿佛又是当年她在超市里碰见的那个可怜虫。为了避免在扶眼镜的时候不慎打到自己的脸，这个笨拙的男孩不得不把两只手都塞进了口袋。

她把手放到他的手臂上，问道：

“您还好吗？”

“是……是的，很……很好，您……看……看着时间，不……不是吗？”

“嘘。”卡米耶安慰他道，“一切都很好……一切都很好……”

他试图表示同意她的话。

“回家探望家人，会给您这么大的压力吗？”

“不……不是的。”他一边摇头，一边回答道。

“想想您那些可爱的妹妹吧……”

他朝她微笑了一下。

“您最喜欢哪一个？”

“最……最小的那个……”

“布兰奇？”

“是的。”

“她很漂亮吗？”

“她……她不只是漂亮……她……她对我也很温柔……”

由于费里贝尔过度紧张，两人在道别时都无法进行传统的贴面礼。可就在要登上火车的那一刻，他突然在月台上抓住卡米耶的肩膀，说道：

“您……您会好好照顾自己的，是吗？”

“嗯。”

“您会去探望家……家人吗？”

“不……”

“啊？”他脸一抽，问道。

“我可没有妹妹让我暂时忘记其他烦人的亲戚，我……”

“啊……”

隔着窗子，他还在苦口婆心地劝告着卡米耶：

“尤……尤其不要去招惹我……我们那个脾气暴躁的厨子，听到了吗？”

“知道了，放心吧 。”卡米耶宽慰他道。

他又隔着玻璃窗补充了几句，但由于广播响起的缘故，卡米耶一句也没有听清。在疑惑中，她连连点头表示赞同。没过多久，火车就开动了。

她决定步行回家，却在不经意间走错了方向。她本应该向左转，穿过蒙巴纳斯大街，向军事学校方向前行，然而，她却径直前行，来到了雷恩大街。她是被那些精品小店、圣诞花环和熙熙攘攘的人群吸引而来的……

她就像一只昆虫，被光亮和热血沸腾的人吸引。

她希望自己融入其中，和其他人一样，行色匆匆、生机勃勃、忙碌充实。她希望走进商店，买一些不足为奇的小玩意送给她爱的人。想到这里，卡米耶放慢了脚步，反躬自问道：我到底爱着哪些人？又来了，又来了。她一边想着，一边竖起了外衣的领子：别这样好不好，其实有很多人呢，玛蒂尔德、皮埃尔、费里贝尔、一起工作的那些姑娘……比如，在这家出售首饰的商店里，你一定可以为玛玛多找到一件合适的饰品，她是那么地爱漂亮……很久以来，这是她第一次和大家一起做着相同的事：徜徉在大街上计算着自己第十三个月的工资……很久以来，这也是她第一次不为明天担忧。这里的“明天”不是一个花哨的短语，它表明的是这个词语最本源的意义：以今天为起点的第二天。

很久以来，她第一次感到第二天似乎……可以预见。是的，就是这个感受：可以预见。她有一处让她快乐生活的住所。一处有些怪异却独一无二的栖息地，就像其他所有人的住所一样。她紧紧握住口袋里的钥匙，回想着刚刚逝去的时光。她认识了一个来自外星球的怪人：一个慷慨、特别、身处千米云端之上却一如既往谦卑的人。当然，还有另一个脾气暴躁、古怪的室友。好吧，至于他，情况也许会更加复杂一些……除了他爱骑摩托车、掌勺和酷爱争吵之外，她暂时分辨不出他的其他特点，但至少他被绘画簿里的作品感动，是的……甚至可以说是……为之动容。事实上，弗兰克的情况看似复杂，有时却又显得极其简单明了：他的生活作息是如此单调而又规律……

是的，她确实走过了一段不平凡的旅途。卡米耶一边想着，一边从路人身边穿行而过。

去年的这个时候，她的生活状态是如此困窘，以至于当救助中心的人将她扶起时，她都无力说出自己的名字。前年的同一时期，她的工作是如此繁忙，以至于都没有意识到圣诞节的到来。当时她“好心”的雇主故意没有提醒她这一节日的来临，他害怕卡米耶一旦知晓，就会破坏先前的工作节奏……所以，她可以把这些话说出口了，不是吗？她终于可以说出在不久之前还羞于说出的话：她过得不错，她感觉很好，生活很美好。啊，终于说出口了。嘿，傻瓜，你脸红什么。别转身。放心吧，没有人听到你说的这些疯言疯语。

她肚子有些饿，于是走进附近的一家面包房，买了几个奶油泡芙——这是填饱肚子的理想食物：充满甜味又便于携带。在走进商店为大家挑选礼物之前，卡米耶情不自禁地长时间吮吸自己的手指，对泡芙的美味意犹未尽。至于礼物，她想为玛蒂尔德挑选一瓶香水，为姑娘们挑选一些饰品，为费里贝尔挑选一副手套，为皮埃尔挑选一盒雪茄。我们可以不要如此传统吗？不能。虽然这些都是世界上最愚蠢的圣诞礼物，但同时也是最完美的。

她在圣叙尔皮斯广场附近结束购物之后，走进了一家书店。这也是她很久以来第一次重新走进一家书店……一直以来，她都不敢踏进类似的场所。原因过于复杂，连她自己都很难解释得清楚，她只知道走进类似场所对她来说是一种折磨，这是一种……不，她不能这么说……这是一种痛苦和怯懦交织在一起的感受，是一次她无力承担后果的冒险……在她看来，走进一家书店、前往影院观影、观看展览或瞥一眼艺术画廊的橱窗是提醒她平庸的现状、刺痛她脆弱心灵的方式。不知为何，这些经历总让她回忆起自己曾经充满希望，而如今，梦想却早已丢失……

换句话说，卡米耶认为踏入上述任何一处敏感地带，都意味着不断提醒她自己的生活是如此毫无意义……

相比之下，她更偏爱弗朗佩超市的货架。

谁又能够理解这所有的一切呢？没有一个人。

这是一场私密的战争，最隐蔽也最扰人。还要在清扫地面、忍受孤单、清洗厕所中度过多少个夜晚，才能最终结束这场战斗。

她首先瞥了一眼摆放着美术著作的书架。她曾经在试图报考美院的时期，频繁地光顾书店，对类似的书籍了如指掌。后来再来书店的时候，通常是出于不那么冠冕堂皇的目的……今天她本来没打算逛书店。她觉得现在逛书店还为时过早，或者为时已晚。事实上，此时她正处于一个“掉转脚跟”的时刻，一个不能再依靠那些绘画大师帮助的时刻。

自从她的手可以握笔以来，人们就不断向她重复她很有天赋、非常有天赋、过于有天赋，总的来说，相当有前途。很多人认为她很机灵，集万千宠爱于一身。通常来讲，这些人都很真诚，偶尔也会显得有些模棱两可。然而，这些夸奖并未带她前往任何地方。如今，她只能像一只蚂蟥那般狂热地在她的素描簿上作画。她总认为自己用过人的天赋换取了少许的天真，或一块神奇的石板，然后倏地一下，上面什么都没有了。没了技巧、参照、工艺，空无一物。她必须从零开始。

说到笔，你知道吗……人们通常用食指和拇指将它夹住……然而事实上，握笔的方式是任意的。随后的步骤也毫不困难，你只需放空大脑，不再思考任何事情。你的双手也不复存在。我们其实是在用其他东西作画。不，这样不对，但你的作品很美。我们可没要求你画一幅美丽的作品，知道吗……我们不在乎画作是否美丽。如果你一定要欣赏漂亮的作品，只需去看看孩子们的画作和杂志上那些冰冷的图画。所以，我的小天才，我中空的小贝壳，戴上你的连指手套。是的，我和你说，戴上它。也许你将会看到，你将画出一个扭曲却完美的圆圈……

她就这样游走在书架之间，在茫茫书海中感到不知所措。她已经很久没有关注过美术界的动态了，所以当她看到“披挂着”红色腰封的著作时，不由得感到一种眩晕。她欣赏着书的封面，阅读着内容简介，计算着作者的年纪。每当她发现作者比她还年轻时，她的脸颊都会下意识地抽动一下。毫无疑问，这可不是选择书籍的最好方法……于是，她走向摆放口袋书的货架。这里的书纸张劣质，字体过小，却不让卡米耶感到那么的惶恐不安。她取下一本书，封面上印了一个戴着一副丑陋太阳眼镜的小男孩。然而，她却被小说的开头深深吸引：

如果一定要把我的生命总结成一件事，我会诉说下面这起事故：我七岁那年，一辆邮递员开的车滚过了我的头颅，没有一件事对我产生了如此大的影响。那个夏天的早晨，邮政局吉普车左后方的轮子在圣卡洛斯阿帕切族部落滚烫的石子路上碾碎了我幼小的头颅。从那一刻起，我跌宕起伏、充满苦痛的人生以这样或那样的方式徐徐拉开了序幕，伴随着我病恹恹的大脑、对上帝的信仰，以及无尽的争吵、快乐和痛苦。

是的，这本书看上去真不错……而且这本小说方方正正，很厚，排版也很紧凑。书中还充满了对话、书信往来的片段和一些引人入胜的副标题。卡米耶继续翻阅着这本小说，在全书的三分之一处，她读到了这样的文字：

“格洛丽亚。”巴里用他那一贯教训人的口气说道，“这是你的儿子埃德加。他想见你，并且已经等待多时了。”

我的母亲环顾了一下四周，就是没有朝我在的方向看去。“还有吗？”她小声地问道。这一问，不由得让我的肠胃一紧。

巴里叹了一口气，从冰箱里拿出另一罐啤酒，正色道：“这是最后一罐了，过会儿我们再去买新的。”说罢，他把这罐啤酒放在我母亲前方的一张桌子上，随后轻微地摇了摇椅子的扶手，说道：“格洛丽亚，这是你的儿子，他过来很久了。”

摇动椅子的扶手……也许这就是所谓的技巧？

当她在临近结尾处读到这段话时，满意地合上了书本：

老实说，我没有任何优点。我带着我的本子出门，人们总是对我畅所欲言。我按响他们的门铃，他们就开始向我讲述自己的生活、胜利、怒火和藏匿起来的悔恨。至于我的记事本，我本来就是拿它来充当一下门面，所以通常情况下，我把它放在口袋里。我总是耐心地聆听他们的讲述，直到他们一吐为快，再也无话可说。之后，是最简单

的部分：我回到家中，坐在打字机前，完成一件我做了将近二十年的事情：敲击键盘，记录下一切有趣的细节。

一颗童年被碾碎的头颅、一个神志不清的母亲、一本藏在口袋深处的记事本……

多么丰富的想象力……

在不远处，卡米耶瞥见了桑贝的最新画册。她脱下围巾，把它和大衣一起夹在双腿间，为的是更舒适地享受这部杰作。她缓慢地翻着书页，脸上泛出粉色的光晕，这是每次她翻看桑贝作品时的特殊反应。画家在书中呈现出的梦想家世界，他对人物神态和表情的精准把握，以及他所描绘的郊区别墅女主人的姿态、老妇人雨伞上的细节、永远充满诗意的情境都让卡米耶赞叹不已。他是如何做到的？他都在哪里找到这些闪光点？比如这幅作品中出现了用于宗教仪式的蜡烛、香炉和她最喜欢的巴洛克风格祭坛。一个姑娘坐在教堂尽头，手里拿着手机，转过身来，把手指放在嘴唇上，示意来人不要出声。桑贝为她配上了这样的台词："喂，是马尔特吗？我是苏珊娜。我正在圣欧拉丽赎罪教堂。你要我为你祷告些什么吗？"

多么有趣的对白。

卡米耶又向后翻了几页，这一次桑贝画的是一位听到有人在笑而转过身来的老先生。这阵笑声并不是空穴来风，而是来自一位向一个正在工作的点心师打招呼的肥胖老太太。那位点心师头戴一顶满是褶皱的无边高帽，挺着个将军肚，一脸看破红尘的样子。那个老妇人说道："时光飞逝，我开始了全新的生活。但你知道吗罗伯尔特，我从没有忘记过你……"她戴着一顶奶油果冻蛋糕形状的帽子，与这个蛋糕和点心师刚完成的果冻蛋糕如出一辙……

桑贝的画风极为简洁，只用寥寥数笔就勾勒出了一个生动的人物形象：只见老妇人的睫毛像蝴蝶的翅膀一般上下闪动，她的神情中透露出一丝倦怠的惆怅和一种近乎残酷的漫不经心，仿佛知道自己仍然对男人充满诱惑……就像哥伦布森林里的艾娃·加德纳，或在雷杰加尔那些被大雨淋湿的极致美女一样。

桑贝只用了六笔就描绘出了这所有的一切……他是如何做到的？

卡米耶把这本精妙的画册放回原处，暗自思忖道，这个世界上的人可以分两类：一类是理解桑贝作品深意的人，一类是不解其意的人。虽然这个理论看似幼稚且过于绝对，但在她看来却十分恰当。举例来说，她就认识一个人，每当这人翻开《巴黎竞赛画报》，看到桑贝的素描作品时，总是忍不住叫嚷道："我实在看不出这些画有什么好笑的地方……改天我要找人告诉我人们应该在看到哪个场景的时候微笑……"不巧的是，这个人就是她的母亲。不……真的太不巧了……

在走向收银台付账时，她的眼神与维亚尔[①]的眼神交汇。卡米耶看不透画家脸上的表情，她只知道：画家就这样温存地看着她。

这幅作品名为《拄着拐杖，戴着草帽的自画像》。卡米耶听说过这幅画作，但从没有看到过如此庞大的复制品。这是一本巨型宣传册的封面，所以说，最近有展览。但是，在哪儿呢？

"在大皇宫。"店员仿佛猜透了她的心思，说道。

"啊？"

也许是出于巧合，却显得不可思议……近几周来，她总是不断想到这位画家……他房间的墙壁上颜色过于繁复的墙纸、放在桌上的披肩、绣花的靠垫、交错相叠的地毯、台灯散发出的柔和光亮……她不止一次地感觉自己身处维亚尔的画中，置身于温暖的腹部和蚕茧中，形成一种超越时空、让人安心却也使人窒息、压抑的感受。

她翻阅着他的作品，不由得发出一声赞赏的惊呼。太美了……真的太美了……那个背部朝向读者的女人正在开门。她穿着一件粉色的轻薄上衣，套了一件修身的黑色长外套，扭动着腰肢，显得身姿曼妙……维亚尔是如何再现这个动作的，一个背对着我们的优雅女人轻盈摆动腰肢的动作？

难道只是通过对颜色的运用，再无其他技巧吗？

作品中的元素越纯净，画作就越纯净。在绘画中，通常有两种表达方式：形态和颜色。作品中的颜色越纯净，画作就越美丽……

这是一段来自他日记里的评论。

这本著作描绘了他沉睡的姐姐、米西亚·塞尔特的脖颈、在广场中喂奶的少妇、姑娘裙子上的花朵图案、马拉美阴郁的神情、他对伊冯娜·普兰顿的研究、孩子们红扑扑的小脸蛋、画家书写潦草的记事本，以及他女朋友露西·贝

---

① 爱德华·维亚尔(Edouard Vuillard，1868—1940)，法国著名画家和图形艺术家。——译注

琳的微笑。在一般人看来，凝固一个微笑是一个不可能完成的任务，然而，维亚尔却做到了……将近一个世纪以来，画中的年轻女孩第一次被读者惊扰，她就这样一边温和地向我们微笑着，一边略带闲散地摆动着脖颈，仿佛在说："是你吗？"

然而此刻展现在她眼前的这幅画，她却并不认识……事实上，与其说这是一幅已经完成的作品，不如说是一幅草图……图画名为《鹅》。这真是一幅奇妙的画作……图中描绘了四位绅士，其中有两位身着晚宴服装、头戴大礼帽的男士正试图抓住一只面露嘲讽神色的鹅……画家在作品中运用了大量的颜色、夸张的对比和紧凑的结构。啊！维亚尔那天在面对这样的场景时一定笑了很久！

卡米耶就这样翻看了整整一小时画册，直到感到脖颈酸痛，才抬起头，瞥了一眼该书的价格：啊，五十九欧元……不，这太不理智了。也许下月再考虑购买吧……因为对于这笔开支，她已经另有打算。那天清晨，她在打扫厨房时，听到了一支曲子，颇受感动，决定买下含有这支曲子的CD。

那天，她正拿着一把老旧的扫帚，在残破的方砖间重复着单调动作。她刚要低声抱怨，突然耳畔传来一阵女高音的歌唱。歌声是如此美妙，以至于她的汗毛都随着音乐慢慢竖起。她一步一步靠近这个"天籁之音"，屏息聆听：

Nisi Dominus, Vivaldi, Vespri Solenni per la Festa dell' Assunzione di Maria Vergine……[①]

好了，胡思乱想、"垂涎欲滴"的时间已经够长了，钱也花得差不多了。是时候回去工作了……

由于她们负责的公司最近在办公室里摆放了数棵圣诞树，所以今天的工作时间比平时要长。乔丝看着凌乱不堪的办公室，无奈地摇了摇头。玛玛多则忙着为孩子们收集柑橘和糕点。结果，她们所有人都错过了最后一班地铁。但是没关系，都科林公司将为所有人支付打车的费用！耶！每个人笑着选择了自己的司机，随后互相提前道了一声"圣诞快乐"，因为只有卡米耶和塞米亚会在平安夜的夜晚回公司值班。

① 此句系拉丁语，是法国巴洛克时代的作曲家安德烈·坎普拉创作的歌剧《不规则韵律》（Nisi Dominus）里的片段，其大意为：圣母玛利亚纯贞怀胎之时的庄严夜间祷告……——译注

12.

第二天是星期日，卡米耶照例来到凯斯莱尔家吃午饭。这是一个长久以来无法打破的习惯。好在共同进餐的只有他们三人，所以谈话气氛显得比较愉悦：没有触动神经的问题，没有模棱两可的回答，也没有让人尴尬的沉默。有时，圣诞节就像一场暂时的休战。啊，不！在谈话间，玛蒂尔德询问了卡米耶关于保姆房的居住情况，关于这个问题，她不得不向对他们撒了谎。她不想谈及搬家的事宜。至少现在还不想……也许是出于对现状的怀疑……那个脾气暴躁的厨子还未完全搬走，争吵随时可能再次上演……

在掂量自己的礼物时，卡米耶说道：

“我知道里面装着什么……”

“不会吧。”

“真的!”

“那你说呀，里面装着什么？”

礼物被一张牛皮纸包裹着。卡米耶解开带子，把牛皮纸平铺在自己面前，随后拿出了绘画工具。

皮埃尔小口喝着牛奶，心想：要是这个固执的姑娘重新开始作画该多好……

当她结束作画后，卡米耶立刻转身把作品展示给皮埃尔看，图画上有一顶草帽、一把红棕色的胡须、两只纽扣般大的眼睛、一件暗色外套、一个门框以及一根手杖。她描绘得是如此精准，以至于就像根据原作临摹出来的一般。

皮埃尔许久才缓过神来，说道：

“你是如何完成这幅作品的?

“昨天，我足足凝望了他一小时……”

“你看到他了？”

“没有。”

“吓我一跳。”

停顿片刻，他问道：

“你又重新开始画画了？”

“算是吧……”

“通过画一些类似作品吗？”他说着，指了指爱德华·维亚尔的肖像画，问道，“还是临摹这些大师的作品吗？”

“不，不……我……我现在主要在绘画簿上作画……其实也没画什么……都是些不足为奇的事物……”

“你至少从中获取了很多乐趣吧？”

“是的。”

听到这里，他不由得轻跳了一下，继续说道：

“啊，这真是太好了……给我看看，可以吗？”

“不行。”

“你的妈妈最近怎么样？”通情达理的玛蒂尔德为缓和尴尬的气氛，问道，“仍然处于濒临悬崖的状态吗？”

“她其实已经身处深渊了……”

“我可以理解为她过得不错，是这样吗？”

“完全正确。”卡米耶微笑着回答道。

他们在剩下的时间里，就绘画问题发表着各自的意见。皮埃尔开始评论起维亚尔的作品，他一边寻找着类似风格的画家，一边拿他们进行比较。当然，他也会跳开这个话题，就其他问题泛泛而谈。为了证明他的开明睿智，皮埃尔数次起身，从书架上拿下一些书来。他的书越放越多，使得卡米耶最后不得不坐到沙发的一角，为的是给以下大师腾出空位：莫里斯·丹尼斯、皮埃尔·勃纳尔、费利克斯·瓦洛东和亨利·德·图卢兹-罗特列克。

毫无疑问，作为一个生意人，皮埃尔是痛苦的。但作为一个绘画爱好者，他是幸福的。当然，他也会说些蠢话，但谁在谈论艺术时不会说呢？好在他把这些蠢话都以一种让人愉悦的方式表达出来了。一旁的玛蒂尔德不停地打着哈欠，而卡米耶则趁机默默地喝完了那瓶香槟。真是够迅速的。

当皮埃尔的脸庞几乎完全消失在雪茄的烟雾缭绕中时，他提议开车送她回家。但她婉言谢绝了他的好意。今天她吃下了太多的食物，应该好好散个步、消消食。

公寓里空空荡荡，这让它显得体积更为庞大。卡米耶把自己关在房间里，与自己的礼物“面面相觑”，她就这样度过了大半个夜晚。

她在第二天早晨又睡了几小时，随后比平时更早地来到公司与同事碰头。

今天是圣诞之夜，办公室在五点就已经空无一人。她们两人在沉默中飞快地工作着。

塞米亚首先离开，卡米耶则和门房老头闲聊了一会儿：

“是他们规定你戴上大胡子和圣诞帽的吗？”

“不是的，这完全是我自个的主意，为了增添一些节日的气氛嘛！”

“效果怎么样？”

“呃，你在说笑吧……没有一个人在乎我的装扮……我这副模样只对我的狗产生了一些效果……这个白痴开始都没认出我，还对我狂吠……我向你发誓，我确实养过一些笨狗，但笨成它那样，还是第一只……”

“它叫什么名字？”

“马特莱斯。”

“它是一只母狗吗？”

“不是，怎么了？”

“呃……没什么……好了，再见了，呃……圣诞快乐，马特莱斯。”她朝着蜷缩在自己脚跟的短毛猎犬说道。

“真希望它能够回答你，可是我已经和你说了，它啥都不懂……”

“不，不。”卡米耶说道，“我可不希望它能与我对话……”

这个男人，一人分饰两角，同时扮演着劳瑞和哈迪[①]。

现在已经将近晚上十点。路上的行人仪态高雅，手里拿着包裹，碎步疾走，前往城市的每一个角落。女士们由于穿着漆皮高跟鞋，此时双脚应该已经感觉有些疼痛；孩子们一如既往地在路上活蹦乱跳；男人们则在对讲机前查阅着自己的行程安排。

卡米耶心情愉悦地观察着这一切。她并不赶时间，于是在一家高档熟食店门口停下，排起了长队，准备犒赏自己一顿丰盛的晚餐。更确切地说，是一瓶好酒。至于其他食物，她却不知该如何选择……最后，她向店员指了指一块山羊奶酪和两块小小的核桃面包。好吧，她之所以选择这两种食物，其实是为了搭配她的波亚克红酒，让它们一起供她享用……

她拔掉红酒的瓶塞，把酒瓶放在距离暖气不远处，使红酒保持与室内相同

---

① 劳瑞和哈迪（Laurel and Hardy）是美国长期搭档出演滑稽片的演员。——译注

的温度。随后，轮到她提高自己身体的温度。她在浴缸里为自己倒上热水，把头埋在热水里，只露出鼻子。卡米耶就这样在里面泡了一个多小时。沐浴完毕，她穿上睡衣，换上袜子，还特意挑选了一件自己最喜欢的毛衣套在身上。一件价格不菲的开司米套衫，事实上，这是一个逝去时代的残留物品。她打开装着弗兰克音箱的盒子，把它安置在客厅里，为自己准备了一个托盘，关掉了所有的电灯，盖着一条鸭绒被，蜷缩在沙发上。

她翻看了一下曲目，《不规则韵律》在第二张CD上。好吧，其实这首歌里唱的是耶稣升天时的祷告，很显然，这并不是一首好的弥撒曲。再说一会儿过后，她将在一片混沌中聆听这些赞歌，这简直就是在胡闹……

可是，又有什么关系呢？

又有什么关系呢？

她按了一下遥控器上的按钮，然后闭上双眼，有种置身于极乐世界的幻觉……

她就这样独自一人置身于一所宽敞的公寓之中，手中握着盛放美酒的杯子，耳畔回荡的是天使的歌声。

她甚至感觉吊灯里的每一个部件都随着音律在随意摇摆。

Cum dederit dilactis suis sommum.

Ecce, haereditas Domin filii : merces fructus ventris.[①]

这首歌名为《海滩第五号》，而正是这首《海滩第五号》，她大约听了十三遍。

然而，即便是在听第十四遍的时候，她的胸腔还是会再次爆裂，她的心还是会碎成千片。

有一天，当他们两人独自坐在车里、前往某处时，她突然问自己的父亲为何总是在听相同的音乐。她的父亲回答道："人类的声音是世界上最美丽、最震撼人心的乐器……就算是技艺再精湛的演奏家，也无法传递出一个动人声音所带给你的感动，就连四分之一的感动都无法企及……这是人类身上一个神圣的奇迹……在我看来，只有当人们逐渐老去时，才会慢慢理解这点……至少我就经历了这个过程，我用了很多时间，才开始承认这点。好了，告诉我……你要

① 此句系拉丁语，出于《旧约 · 诗篇》，但书中的原文有误，其中sommum应为somnum，dilactis应为dilectis，Domin应为Domini。两句大意为：上帝所青睐之人，必能安然入睡。孩子是主所赐之产，腹中的胎儿是主的恩赐。——译注

听点别的吗？你想听《鱼妈妈》吗？”

当她喝完半瓶酒、正准备开始听第二张CD时，有人走进房间，打开了客厅的灯。

这正是一场可怕的经历，由于长时间置身于暗处，卡米耶在看到光亮时不由得用手遮挡住了双眼。与此同时，音乐也在转眼间变得缺乏韵律，天使般的歌喉也变得古怪起来，好像歌手突然开始用鼻音唱歌。在几秒的时间内，所有的人仿佛一下从天堂落入了炼狱。

“呀，原来你在啊？”

“……”

“你没有回自己家吗？”

“你是说楼上那个家？”

“不，回你父母家……”

“你也看到了……我没有回去。”

“你今天上班了吗？”

“是的。”

“啊，对不起，不好意思了……我还以为今天这里没人……”

“没关系……”

“你在听什么？是《卡斯塔菲》吗？”

“不，这是一首弥撒曲……”

“真的吗？原来你信教？”

听到这里，卡米耶不由得警觉起来……再这样交谈下去，他们两人一定会大吵一架……一定比《布偶秀》里的那些小人吵得更加激烈……

“不，也不能完全这么说……麻烦你关一下灯好吗？”

他关了灯，离开客厅。但即便如此，卡米耶再也找不回之前的感受，因为魔法已经被无情地打破。她逐渐恢复了清醒的状态，发现眼前的一切都变了味，就连沙发也不再呈现出云朵的形态。她试图集中精力，拿起曲目单，寻找刚才正在收听的歌曲名称：

Deus in adiutorium meum intende①。

天主，求你快来拯救我！

---

① 拉丁语，出于《旧约 · 诗篇》，意为：主啊，求你救助我。——译注

是的，这正是此刻她的内心独白。

此时，另一个人正在厨房里寻找着什么，他一边高声叫嚷，一边狠狠地摔着橱柜的门。

“嘿，你有没有看到两个黄色的特百惠塑料杯？”

啊，我的上帝……

“两个很大的杯子？”

“是的。”

“没有，我从来都没用过……”

“真烦人……在这个破地方，总是什么东西都找不到……那些碗碟又到哪里去了？你们把它们都吃了还是什么？”

卡米耶按下暂停键，叹了口气，说道：

“我能冒昧地问你一个问题吗？为什么你要在圣诞夜的深夜两点寻找黄色的特百惠塑料杯？”

“因为我需要用它们。”

好了，这下完蛋了。卡米耶站起身，关掉了音箱。

“这是我的音箱吗？”

“是的……我擅自……”

“它可真漂亮……看来你并没有和我瞎说……”

“可不是，我没和你瞎说……”

听到这个回答，弗兰克睁大眼睛问道：

“你为什么要重复我说的话？”

“不为什么。弗兰克，圣诞节快乐。好了，来吧，现在让我们一起来找你的杯子……看，它不是在微波炉上吗……”

当弗兰克整理冰箱时，卡米耶则蜷缩在沙发上休息。整理完毕后，弗兰克一言不发地穿过客厅，走进浴室洗澡。卡米耶下意识地藏到了酒瓶后面，她害怕自己已经用完了所有的热水……

“天哪，到底是谁用光了所有的热水！”

半小时后，弗兰克穿着牛仔裤，半裸着上身，回到了客厅里。

他带着一种漫不经心的神色，好像想过一会儿再套上自己的毛衣。卡米耶微笑了一下，暗想：现在已经不再是普通木鞋，而是上升为配有羊绒内衬的软皮靴了……

“我可以坐下吗？”他指着地毯问道。

“当然，请自便……”

“天哪，我简直不敢相信自己的眼睛，你在吃什么？”

“奶酪和葡萄……”

“之前呢？”

“什么也没吃……”

他摇了摇头，继续说道：

“你知道吗，这可是上等的奶酪……和葡萄……还有这酒，也是难得的佳酿……”

“你想来点吗？”

“不，不。谢谢。”

“还好。”卡米耶暗自庆幸道。如果真要和他一同分享罗斯希尔木桐堡的酒，还真是一件让她心疼的事……

“你好吗？”

“什么？”

“我问你，你好吗？”他重复道。

“呃……还行……你呢？”

“很累……”

“你明天上班吗？”

“不上。”

“不错，这样你可以好好休息一天。”

“不一定。”

多么精彩的对话。

他靠近茶几，拿出一盒可卡因，问道：

“想来一根吗？”

“不了，谢谢。”

“你还真挺正经的，你……”

“我选择了其他东西。”她说着，推了一下自己的酒杯。

“你错了。”

“你为什么这么说，难道酒精比毒品更加可怕？”

“是的。相信我，我可是看到过很多酒鬼的人……再说，这根本称不上毒品……充其量只能算是一种甜品，类似给大人吃的花街牌巧克力……”

“就当是这样的吧……”

“你想试一下吗？”

“不，我了解我自己……我确定自己肯定会爱上它！”

“那又如何？”

“没什么……只是我总是无法控制对‘度’的把握……我不知道该怎么说……我一直觉得自己脑子里好像少根筋……一根把握‘度’的神经……我总是朝着某个方向前行得太远……我从不知道如何有效地保持平衡，我这种极端的特性总是让我很痛苦……”

连她自己都感到诧异。她为何突然向他敞开心扉？难道是因为一丝醉意？

“我一旦喝酒，就会停不下来；一旦吸烟，就会一根接着一根地抽；一旦爱上，就会失去理智；一旦工作，就会开始卖命……我从来都无法‘正常地’做一件事。真的，我……”

“那当你讨厌的时候呢？”

“这个我还不知道……”

“我觉得你很讨厌我，不是吗？”

“暂时还没有。”她微笑着继续说道，“还没有……当我真正讨厌你时……你一定能够看出区别……”

“好吧……怎么了？你不听你的弥撒曲了吗？”

“是的。”

“那我们现在听什么？”

“呃……老实说，我不确定我们是否会喜欢同一类型的音乐……”

“肯定还是有一些我们共同喜欢的音乐类型的……等一下……让我想想……我确定找到了一个你肯定很喜欢的歌手……”

“快告诉我是谁。”

他没有马上回答，而是集中精力为自己卷了一支可卡因。当一切准备就绪后，他走进自己的房间，拿了一张光碟回到客厅中，蹲在音箱前，调试音乐。

“你放的是什么？”

“少女杀手……”

“是理查德·科西安特吗？”

“当然不是……”

“胡里奥·伊格莱西亚斯？路易斯·马里亚诺？弗雷德里克·弗朗索瓦？”

“都不是。”

“赫伯特·李欧纳德？”

“别瞎猜了……”

“啊！我知道了！罗什·瓦西纳！”

“我想，我必须得告诉你……这张专辑是为你而做的……”

“不是吧……”

“是……”

“马尔万？”

“嘿！”他一边张开双臂，一边说道，“我早和你说过了，他是‘少女杀手’……”

“我酷爱他的作品。”

“我当然知道……”

“我就这么容易被看透吗？”

“不是，你和其他女孩的心思一样，总是让人捉摸不透。但是就马尔万来说，这招还真屡试不爽。我从没有看见哪个姑娘是不喜欢他的……”

“一个都没有？”

“没有，没有，没有……但事实上肯定是有的，只是我不记得罢了。她们其实都算不上是我认识的姑娘……或者说我们还没有机会谈论过这个话题……”

“你认识很多女孩吗？”

“‘认识’是指什么？”

“你为什么拿走这张光碟！”

“因为我弄错了，这不是我想放的那张CD……”

“是的，就是它！这是我最爱的一张碟！你是想听《性感疗伤》吗？噗，你们男孩的心思还真是好猜……你知道这张专辑背后的故事吗？”

“哪张专辑？”

“《亲爱的，在这里》[1]。”

“不知道，这张专辑我听得不多……”

“你想听我讲述它背后的故事吗？”

“等一下……让我坐好……请递给我一个靠垫……”

说罢，他点燃了烟，舒舒服服地伸展身体，把头枕在手掌上。

“好了，我洗耳恭听……”

“呃……我可不像费里贝尔，可以长时间滔滔不绝地讲述。我只能大致和你讲一下…… 首先，Here my dear的意思是：亲爱的，在这里……”

“‘亲爱的’在这里指的是‘鲜肉’的意思吗？”[2]

“不，‘亲爱的’在这里指的是‘我的宝贝’……”卡米耶纠正道，“马尔万爱上的第一个女孩名叫安娜·高迪。大家常说：人们经历的第一场爱情往往也是他们经历的最后一场爱情。我不知道这句话是否属实，但至少对马尔万来说，情况确实如此。很显然，如果当初没有遇上这个女孩，他也不会成为日后为我们所熟知的那个传奇人物……安娜·高迪是‘摩城’创始人伯瑞·高迪的妹妹。那时，安娜已经在唱片界左右逢源，而马尔万虽然才华横溢，却也只是个初出茅庐的小伙子。当两人相遇时，马尔万还不到二十岁，而安娜的岁数几乎是他的两倍。然而，两人却一见钟情，热恋过程充满激情和浪漫。很快他们便决定订婚，一切就此拉开了序幕……是她将他包装好，推向市场，使他成为万众瞩目的焦点；是她帮助、引导、激励了他。总的来说，安娜对马尔万的影响，有点类似皮格马利翁效应……”

“什么意思？”

“意思是她始终扮演着精神导师、教练、激励者的角色……他们在生育孩子的问题上遇到了不小的困难，最后只得领养了一个孩子。时间飞逝，到了1977年，他们的关系出现了裂痕。那时的马尔万早已一飞冲天，成为一代巨星，甚至被很多人奉若神明……两人关系破裂，决定离婚，却搞得一团糟。你可以想象，这场离婚案牵扯到的内容实在过于庞杂……总的来说，这场离婚案十分棘手。最后，为了安抚所有人，并公平地划分两人的财产，马尔万的律师建议歌手下一张专辑的版税全都归他的前妻所有。法官同意了这个方案，而我们的全

---

① 原文为英语：Here my dear——译注

② 在法语中：cher（亲爱的）和chair（鲜肉）的读音一致。——译注

民偶像却揉搓着双手，想道：本来，他想用一种快速有效的方式尽早地摆脱这场官司的纠缠……然而此时，他却无法这么做……他无法通过这种冰冷的方式从一段爱情故事中抽离出来。当然……有许多人这么做，但他办不到……经过长时间的思考，他认为现在是最佳时机……或最不合适的时候……于是，他把自己封闭起来，创作了这首讲述两人心路历程的动人曲子：他们的相遇、激情的碰撞、最初的裂痕、他们的孩子以及嫉妒、仇恨、怒火等一系列复杂的情感……你听到了吗？当两人的关系开始破裂，歌手所表达出的怒火。接着是恢复平静和下一段恋爱的开始……这真是一件美丽的礼物，你不觉得吗？他完全自我释放，虽然无法从这张专辑里拿到一分钱，但他还是淋漓尽致地展现了自己的才华……”

“那她喜欢这首歌吗？”

“谁？安娜吗？”

“是的。”

“不。她对这首歌曲深恶痛绝。她甚至勃然大怒，在之后的很长时间内都指责马尔万把他们的生活隐私曝光在了公众的视线下……好了，说了这么多，这其实是一首‘献给安娜的歌’……听到没有，这首歌是如此美丽……不得不承认，从这首歌里听不到一丝复仇的情绪……甚至还能听出那份不变的爱意……”

“是的……”

“这首歌让你陷入了沉思……”

“你相信吗，你？”

“相信什么？”

“初恋往往也是我们经历的最后一场爱情？”

“我不知道……但愿不是……”

随后，两人在沉默中听完了整张CD。

“好了……现在都快四点了……明天我还需要保持清醒的头脑呢……”

说着，他站起身来。

“你会去探望家人吗？”

“是的，我会去看那些还健在的亲人……”

“还有很多吗？”

“就那样吧。”说着，他用拇指和食指在眼睛前做了一个手势。

“你呢？”

“也就那样吧。”她说着，把手放到了头上。

“呃，那好吧……欢迎加入我们的俱乐部……好了……晚安……”

“你就睡在这里？”

“会打扰到你吗？”

“不会，不会。我就是随便问一下……”

他转过身，问道：

“你和我一起睡吗？”

“什么？”

“没什么，没什么，我也就随便一问……”

说罢，他大声地笑了起来。

13.

当卡米耶第二天早晨十一点左右起床时，弗兰克已经出门上班。她为自己准备了一壶茶，回到了自己的床上。

如果一定要把我的生命总结成一件事，我会诉说下面这起事故：

我七岁那年，一辆邮递员开的车滚过了我的头颅……

在黄昏时分，她暂时从故事中抽离出来，下楼买了一包烟。法定假日总给人们的日常生活带来些许不便，但没关系，在她四处找烟的时候，正好可以让故事再沉淀一会儿，让她稍后再与自己的新朋友们相见。

此时，七区的宽敞街道空无一人。为了找一家开张的咖啡店，她走了很久，并顺便在路上给舅舅家打了一个电话。照例地，她母亲扰人的哀叹（内容不外乎是“我吃得太多”的抱怨）冲淡了来自远方的浓浓亲情。

人行道上已经堆放了很多被人丢弃的圣诞树……

她看了一会儿多卡德罗广场上表演轮滑的年轻人，后悔没将自己的绘画簿带在身边。除了他们那些努力完成却并无多大意义的跳跃动作以外，卡米耶还很喜欢他们那一身精美别致的行头：摇晃的跳板、荧光色的圆锥形物体、排成一列的易拉罐头、底朝天的托盘和无数其他容易让人摔跤的“危险品”。

她突然想到了费里贝尔……不知他此时此刻都在做些什么。

没过多久，太阳便消失得无影无踪，卡米耶很快感受到了从肩头袭来的凉意。她在沿着广场的一家雅致餐厅里坐下，点了一个总汇三明治。随后，闲来无事的卡米耶在纸质的餐布上画了几个高档街区的时髦小伙，他们一边比较着从母亲那里拿来的支票，一边挽着一群像芭比娃娃一般美丽的姑娘的腰肢。

她在埃德加·名特大街附近走了几步后，便在瑟瑟发抖中穿过了塞纳河。

她有一种无以名状的孤独感。

“我好孤独。”她低声地重复道，“我好孤独……”

去电影院怎么样？呵呵……看完之后她又应该去和谁聊这部电影呢？只有自己才能感受到的心灵撞击，又有什么用？她只得回到自己的家中，当她打开房门看到公寓里空无一人时，感到一阵失望。

为了改变一下环境，卡米耶稍许整理了一会儿房间。随后，她重新拿起小说读了起来。伟人们说过：只有书能慰藉人们所有的悲伤。所以，还是看书吧……

当她听到门锁转动的声音时，马上摆出一副毫不在意的神情，在沙发上收了收腿，并扭动了几下身子。

他和一个姑娘一起走进了房门。另一个姑娘，没有之前那个那么妖艳。

他们快速穿过走廊，走进了弗兰克的房间。

为了盖住他们欢愉一刻的声响，卡米耶重新开始播放音乐。

嗯……

她感到心情烦躁。人们就是经常这样形容自己的，不是吗？心情烦躁。

最终，她重新拿起书本，走向了公寓尽头的厨房。

没过多久，她在公寓入口处听到了两人的谈话：

“什么，你不和我一起走吗？”女孩吃惊地问道。

“不了，我很累，不想出门了……”

“等一下，你好讨厌……为了陪你，我抛下所有家人……再说你之前答应过我要在外面和我共进晚餐的……”

“我都和你说了，我很累……”

“至少一起喝一杯吧？”

“你很渴吗？你想来瓶啤酒吗？”

“不是在这里……”

“哦……但今天所有的饭店都关门了……再说我明天还要上班！”

“我简直不敢相信刚才听到的话……你是想让我滚，是这样吗？”

“好了。”他语气柔和地说道，“你不会这么无理取闹吧……明天到我的饭店里来吧……”

“什么时候？”

“临近午夜的时候。”

“临近午夜的时候……无稽之谈……好了，再见了……”

“你生气了？”

“再见。”

他没想到会在厨房里遇上裹着鸭绒被的卡米耶。

“你刚才都在这里？”

她抬了一下眼睛，没有回答。

“你为什么要这么看着我？”

“怎么了？”

“你看着我的眼神，就好像我是一个浑蛋一样。”

“完全不是！”

“是的，是的。我早看出来了。”他生气地说道，“有什么问题吗？有什么让你感到不快的事情吗？”

“够了你……别再对我纠缠不休……我什么话都没对你说过。我对你的个人生活毫不在意。你按照自己的心意做事好了！我又不是你的母亲！”

“太好了。还好不是……”

“我们晚上吃什么？”他瞥了一眼冰箱里的食物，问道，“一定是什么都不吃……这里从来就没有任何食物……你和费里贝尔两个人平时都吃些什么？吃你们的书吗？吃苍蝇吗？”

卡米耶叹了一口气，收起了放在角落里的披肩。

“你要走了？你吃过饭了？”

“是的。”

“啊，真的，我感觉你是长胖了一些……”

“你给我听好了。”她转身继续说道，“我不评判你的生活，所以也请你不要随意评论我的生活，好吗？对了，你难道不应该在节后就搬到另一个朋友家里去住吗？是的，确实如此。所以，我们也只需再彼此忍受对方一周的时间……我们一定能够做到的，不是吗？好了，听着，最简单的方式是请你别再和我说一句话……”

过了一会儿，弗兰克敲了几下她的房门。

“怎么了？”

他把一个包裹放到她的床上。

“这是什么？”

然而此时他已经离开了房间。

这是一个柔软的正方形包裹。包装的纸张十分劣质，满是褶皱，好像被用过了好几次一样。另外，包裹还散发出一种奇怪的味道，一种封闭，甚至带有食堂托盘的味道。

卡米耶小心翼翼地打开包裹，乍一看，还以为里面装着一条粗麻布，总之是一件让人心生疑惑的礼物。她定睛一看，才发现原来是一条围巾，很长，很松散，织法也很凌乱：一个洞、一根线、两个网眼，然后又是一个洞、一根线……也许这是一种最新的织法？围巾的颜色也很，呃……很特别……

围巾旁还附了一张字条。

字条上的字仿佛出自一个20世纪初的小学女教师之手，圆圆的字体呈现一种苍白的蓝色，略微有些颤抖。只见上面这样写道：

小姐，

弗兰克没有告诉我您眼睛的颜色，所以我几乎尝试了所有的颜色。我祝愿您圣诞愉快。

波莱特·拉斯德菲尔

卡米耶轻咬了一下嘴唇。不算凯斯莱尔夫妇送给她的那本书（这本书的价格不会超过一块黄油，因为皮埃尔曾用这样的话暗示过她：“你也知道，有些人写书，不是为了……”），这就是她唯一收到的圣诞节礼物了。

哦，不过这条围巾真的好丑……又是如此美丽……

她坐到床的一角，把围巾裹在自己的脖颈处，就像是裹了一条蟒蛇。随后，她便用这条“蟒蛇”逗墙上的侯爵开心。

波莱特是谁？是他的妈妈吗？

她在午夜时分看完了这本小说。

好了。圣诞节就这样过去了。

14.

生活又恢复了原来一成不变的节奏：睡觉，地铁，工作。弗兰克遵守诺言，再也没和卡米耶说过话，而后者则尽可能避免遇上他。晚上，弗兰克大多数情况下都不在家。

卡米耶也慢慢开始出门活动。她在卢森堡博物馆看了波提且利的展览，在国立网球场美术馆里欣赏了赵无极的画展。但当她看到维亚尔作品展门前长长的队伍时，不由得无奈地抬眼望了一眼天空。而且，在维亚尔作品展的对面，正在举行高更的画展！真是让人无从选择！维亚尔的作品是很棒，可是高更也是一位画坛巨匠！她站在那里，就像布里丹画中的母驴一样，在阿凡桥、侯爵夫人和文帝米耶广场之间迷失了方向……这真是一种可怕的感受……

最后，她拿出绘画簿，选择用画笔记录下排队的人潮、大皇宫的顶部，以及小皇宫的楼梯。此时，一个日本人上前央求她为自己在路易威登代买一只包。她一边递给卡米耶四张五百欧元的钞票，一边颤抖着身体，仿佛这是一件生命攸关的大事。卡米耶摇了摇手，说道：

"看……看看我……我太脏了……"她向那个日本人指了指自己的老旧的鞋子、宽大的牛仔裤、宽松的拉链翻领羊毛套衫、怪异的围巾和费里贝尔借给她的军大衣，重复道："他们不会允许我走进商店的……"那个日本女孩脸部抽动了一下，收起自己的钞票，向十米开外的其他人寻求帮助。

离开大皇宫后，卡米耶特意绕到蒙田大道，想去感受一下那里的魅力。

精品店门口的保安魁梧威严，不苟言笑……一直以来，卡米耶都十分讨厌这个街区，因为她觉得这里到处展现了金钱所能赋予人类最无趣的部分：糟糕的品位、权力和傲慢。在走到马罗品牌的橱窗前时，她不由得加快了步伐：这个牌子留下了她太多的回忆。她顺势走向塞纳河边，一路步行回家。

当晚的工作也不值一提。她只记得当她结束工作时，室外寒冷的天气让人无法忍受。

她独自一人回家，独自一人吃饭、睡觉、听维尔第的乐曲。在听音乐时，她下意识地双手抱膝，蜷缩成一团。

卡琳想在新年前夜举办一场活动。卡米耶完全没有前去的心情，但还是付了三十欧元的份子钱，为的是耳根清净，可以有机会在角落里发呆。

“你应该出门走走。”她自言自语道。

“但我不喜欢这种类型的活动……”

“你为什么不喜欢呢？”

“我不知道……”

“你感到害怕？”

“是的。”

“害怕什么呢？”

“我怕别人太过疯狂，倒出我内心的秘密……还有……每当出门参加此类活动，我总有一种迷失自我的感觉……感觉像是在漫无目的地游走……这是个很大的问题，不是吗……”

“你是在开玩笑吗？没有比这更小的问题了！好了，来吧，你的那些秘密都快发霉了……”

这场卡米耶和她自己灵魂的对话一刻不停地在侵蚀着她的大脑……

那天晚上回去的时候，她在走廊上遇到了弗兰克。

“你忘记带钥匙了？”

“……”

“你在这里等了很久吗？”

他气急败坏地在嘴边做了一个手势，表示他现在还没有权利和她说话。卡米耶耸了耸肩。她早已经过了玩此类愚蠢游戏的年纪了。

回到房间后，他倒头便睡，没有洗澡、没有抽烟，也没有打扰她。他实在是太累了。

第二天早晨，弗兰克在十点半左右的时候才走出房门。他没有听到闹钟的声响。然而他显然还没有睡够，因为他甚至都没有精力像往常那样抱怨个不停。此时，卡米耶正在厨房里。弗兰克坐到了她的对面，他为自己倒了一杯咖啡，过了很久才喝了第一口。

“你好吗？”

“累。”

“你从不休假吗？”

“休的。一月的头几天我会去休假……其实是为了搬家……”

听到这里，她向窗口望了一眼。

“你下午三点左右在家吗？”

“为你开门吗？”

“是的。”

“好的。”

“你从不出门吗？”

“不是，有时我也会出门。但今天不行，因为你要在这个时间回家，而你又没有钥匙……”

他点了点头，像一具冰冷的僵尸一般。

“好了，我该走了。要不然的话，我会被碎尸万段的……”

他起身，在水槽里清洗了一下自己的碗。

“你能告诉我你母亲的地址吗？”

他在水槽前僵住了身体。

“你为什么要问我这个？”

“为了感谢她……”

“感……感谢她。”他如有喉疾，勉强说道，“感谢她什么？”

“呃……那条围巾啊。”

“啊……这不是我母亲为你织的，是我的外祖母！”弗兰克如释重负地解释道，“只有我的外婆才能织得这么好！”

卡米耶微笑了一下。

“嘿，你知道吗，你不是非戴不可的……”

“我挺喜欢这条围巾的……”

“当她把织好的围巾拿给我看的时候，我不由得吓了一跳……”

他笑了一下，继续说道：

“等一下，你的那条其实算不了什么……你没看到她给费里贝尔织的那条……”

“那条是什么颜色的？”

“绿色和橘黄色相间。”

“我确信他肯定会高兴地把它围在脖子上……他一定还十分懊恼不能亲吻她

的双手表示感谢……”

“是的，我拿着围巾离开的时候也是这么想的……还好是送给你们俩的……你们是我在这个世界上唯一认识的两个戴着这围巾而不会显得可笑的人……”

她凝望着他，说道：

“嘿，你没有意识到你刚才说了几句很友好的话吗？”

“难道把你们俩当成小丑是一个友好的举动吗？”

“啊，不好意思……我以为你说的是我们本真的天性……”

弗兰克思考了一会儿，回答道：

“不是的，我之前谈到的，其实……其实是你们的自由。你们就这样生活着，毫不在意外在的眼光，这是多大的幸运……”

就在这个时候，他的手机响了。真是不巧，他难得说一句富有哲理的话，却没有机会把话说完……

“我马上到，主厨，马上到……好了，我都已经准备好了……让雅克只要再加工一下就行了……等一下，主厨，我现在正在追求一个比我聪明得多的女孩，所以肯定要比平时花去更多的时间……什么？我还没有给他打电话……不管怎么说，我已经和您说了他可以……我知道大家都很忙，我当然知道……好的，我来负责吧……我马上就给他打电话……什么？……放弃那个女孩？是的，您说得很有道理，主厨……”

“是我的上司给我打来的电话。”他一边说着，一边傻笑了一下。

“真的吗？”她惊讶地说道。

他把碗擦拭干净后便离开了厨房。为了避免在关门时发出恼人的响声，他轻轻地关上了公寓的大门。

毫无疑问，这是一个怪异的姑娘，但她一点都不愚蠢，这是他很欣赏的一点。

若是和其他姑娘在一起，遇到刚才的情况，他一定会在挂上电话后，一言不发。然而，为了引她发笑，他竟然告诉她那是他的上司打来的电话。而她又是如此机智，故意装出诧异的样子，配合着他的玩笑。和她一起交谈，就像是在打乒乓球：她淡定地掌控着比赛的节奏，并总出其不意地在边角处来一个扣杀，让你感觉到自己并未如此愚蠢。

他就这样扶着楼梯把手，慢慢走下楼去。头顶盘旋的是乒乓球跳动和齿轮滚动的声响。和费里贝尔交谈时，他也有同样的感受。这也正是自己喜欢与他对话的原因……

因为弗兰克知道，费里贝尔并没有表面看上去那么愚笨。他真正的问题出在词句的选择上……他总是很难找到确切的词语表达，所以他只能笨拙地用尽全力让他人理解自己的意思……到最后，他的这种特殊的表达方式真的让人无法忍受！

这所有的一切，都让他对这套公寓产生了浓浓的眷恋之情，不忍离去……当他搬进凯尔玛德克家里后，自己又会干些什么呢？喝酒、抽烟、看碟、在卫生间里翻看那些无聊的杂志？

真是太好了。

让他一下回到了二十岁时的生活状态。

他心神不定地工作着。

全世界唯一一个戴着他外婆织的围巾，还能如此漂亮的姑娘，自己却永远无法拥有她。

生活有时候真是愚蠢……

在离开饭店前，弗兰克去甜品部转了一圈，却被主厨逮个正着，挨了一顿骂。因为他到现在还没有给那个学徒打电话。之后，他便回家睡觉。

由于一会儿还要去洗衣房，弗兰克只睡了一小时便匆匆起床。他收拾好自己的衣物，并把它们全都裹进了被套里。

15.

果然……

她还在那里，坐在第七台机器的旁边，膝盖上搁着一个放有湿漉漉内衣的袋子。她正在看书。

他坐到了她的对面，而她却并未察觉。这一点总是让他暗自惊叹……费里贝尔和她是怎么做到如此专注的……他们专注看书的场景时常让他想到一则广告：一个男人安静地吃着他的波尔斯因奶酪，全然不顾世界已经在他的周围开始坍塌。事实上，很多生活中的场景都可以让他想起各类广告……这一定是他儿时看了过多的广告所造成的后果……

他试图在脑海中开始与自己玩一场游戏：想象一下，你刚刚在12月29日下午五点走进布尔多奈大街这间破旧的洗衣房里，平生第一次看到了她的身影，你可能会想一些什么？

他在那把塑料椅子上挪动了一下身体，把手伸向外套的口袋里，然后眯起了双眼。

首先，你或许会认为这个正在读书的人是一个男孩。就像你第一次见到她时一样。你会以为如果他不是一个疯子，至少也是一个娘娘腔的怪物……你也许会就此停止你的侦查……但是……你还是会对自己的判断心存疑虑……因为他的双手、脖颈和他用拇指滑过嘴唇的动作让你产生了怀疑……是的，你开始犹豫起来……这也许是个女孩？一个穿得像一个麻袋一般的女孩？就好像她是故意掩盖住身体的曲线？你试图朝其他地方望去，但却总是不由自主地把目光收回到这位读书人的身上。因为她身上好像有一样东西……让她散发出一种特殊的气质，这难道是一抹光晕？

是的，确实如此。

如果你在12月29日下午五点走进布尔多奈大街这间破旧的洗衣房里，在霓虹灯惨淡的光晕下看到她的身影，你一定会说自己看到了……千真万确……看到了一个天使……

就在此时，她抬起头看到了他，却并未做出任何反应，好像并未认出他一样，但最后还是朝他微笑了一下。这一丝微笑就像一轮清澈的微光、一个熟人之间感激的表示，让人几乎无法察觉。

“这是你的翅膀吗？”他说着指了指她的包。

“你说什么？”

“啊，没什么……”

当一台烘干机停止工作时，卡米耶望了一眼墙上的挂钟，叹了一口气。这时，一个流浪汉走近烘干机，从里面拿出一件外套和一个破旧的睡袋。

此时，出现了一个有趣的现象……他之前暗自得出的理论得到了证实……一般情况下，没有一个女孩会把自己的衣物放在一个流浪汉刚刚使用过的地方进行烘干。他清楚自己在说什么，因为他已经在该类洗衣房里洗了十五年的衣物，他对女孩在类似情况下做出的反应了如指掌……

他开始在暗中观察她。

她没有退缩，没有犹豫，甚至没有做出任何多余的表情。只见她站起身，迅速把衣物放进烘干机，还问一旁的流浪汉是否有零钱。

随后，她回到自己的座位，重新拿起了书本。

弗兰克感到一阵莫名的失望。

完美的人真讨厌……

在重新投入书海之前，卡米耶向弗兰克问道：

“告诉我……”

“什么？”

“如果我买一个配有烘干机的洗衣机送给费里贝尔当作圣诞礼物，你可以在搬家前为我安装一下吗？”

“……”

“你在笑什么？我说错话了吗？”

“不是，不是……”

他做了一个手势，继续说道：

“你永远无法理解的……”

“对了。”她一边用中指和食指轻敲着嘴唇，一边说道，“你最近烟抽得很凶，不是吗？”

“其实，你是一个正常的女孩……”

“你为什么突然这么说？我当然是一个正常的女孩……”

“……”

“你对此感到失望吗？”

“不。你在看什么书？”

“一本游记。”

“好看吗？”

“非常精彩……”

“讲什么的？”

“呃……我不知道你是否会对它的内容有兴趣……”

“好吧，实话告诉你吧，我对书的内容毫无兴趣。”他邪恶地笑了一下，继续说道，“但我就是喜欢你给我讲故事时候的感觉……你知道吗，昨天我又重新听了一遍马尔万的CD……”

“真的吗？”

“是的……”

“感觉怎么样？”

“呃……问题是我完全听不懂他在唱什么……这就是我可能要去伦敦工作的原因……去学一点英语……”

“你什么时候走？”

“正常情况下，我会在过完夏天后去那里工作，但是现在情况一团糟……由于我的外祖母的原因……由于波莱特……”

“她怎么了？”

“呃……我不是很想谈论这个话题……还是和我说说你正在看的这本游记吧……”

说着，他把自己的椅子拉向了她的身旁。

“你知道阿尔布雷特·丢勒吗？”

“一位作家？”

“不，他是一名画家。”

“从来都没听说过……”

“不会的。我确定你一定看到过他的作品……他有些作品非常出名……野兔……野草……蒲公英……”

“……”

“对于我来说，他就是神一样的存在。其实……我有很多崇拜的偶像，但他可以排在第一位……你有偶像吗？”

“呃……”

“你工作领域的偶像？比如，埃科菲？卡莱姆？科农斯基？”

“呃……”

“博古斯？侯布匈？杜卡斯？”

“啊，你的意思是行动的标杆，是吧？是的，我有，但他们并不十分出名……或者说，并没有你前面提到的那些人出名……更加低调吧……你知道夏普尔吗？”

“不知道。”

“皮诺？”

“不知道。”

“塞德伦斯？”

“那个经营卢卡斯・卡尔东餐厅的人吗？”

“是的……真不可思议，你竟然连这个都知道……你是怎么做到的？”

“等一下，我只是听说过他的名字，但从未去过那家餐厅用餐……”

“他真的很棒……我的房间里甚至还有一本关于他的书……下次我拿给你看……对于我来说，皮诺和他是真正的大师……如果他们没有其他人出名，是因为他们用了更多的时间在厨房里研究菜品……其实，这只是我的猜测，连我自己都不确定情况是否属实……这是我凭空想象的结果……也有可能是我弄错了……”

“你们厨师之间，会经常谈论这些话题吗？会互相讲述各自的经历吗？”

“不怎么讲……你知道吗，我们都不十分健谈……我们都已经精疲力竭了，哪里还有精神闲聊。当然，我们会互相展示成品，互相帮助，互相交换想法，讨论在这里或那里看到的烹调方法。至于其他的话题，我们很少谈及……”

“真可惜……”

“如果我们知道如何很好地表达自己，如何说一些优美动听的话，我们就不会从事这份工作，这一点是毋庸置疑的。好了……呃……谈论我做什么……还是聊聊你的书吧？”

“对，我的书……这是丢勒在1520—1521年期间去荷兰旅行时写下的日记……类似日程安排或旅游随想……这本书让我意识到自己把他奉若神灵是一个错误，因为他其实也是一个普通人：他也会算计金钱，当他发现自己被海关官员愚弄时也会大发雷霆，也会抛弃妻子，在赌博中不断输钱，也幼稚、贪吃、傲慢、带有大男子主义……好吧，其实这一切都无关紧要。相反，这些特质使他变得更加人性化……还有……呃……要我继续吗？”

“请继续。”

“事实上，这场旅行对他本人、他的家人和与他一起在工作室共事的人来说，都性命攸关。换句话说，他是经过了严肃的思考，才踏上旅程的……事情是这样的：以前，丢勒都是在马克西米连一世的庇护下作画。那是一个狂妄自大的家伙。有一天，他向丢勒布置了一项疯狂的任务：把他画在一支队伍的最前方，好让自己的光辉形象名垂千古……马克西米连一世希望画卷长达五十四米，并要求画家在几年内完成……你可以想象这是何等浩大的工程吗？

“对于丢勒来说，这是一份赚钱的美差，意味着他在后面几年都有稳定的工作……然而，天有不测风云，马克西米连一世没过多久就去世了。丢勒丰厚的年金也随之化为乌有……这是一场始料未及的悲剧……在这样的情况下，我们的画家不得不带着妻子和仆人踏上了拜见查尔斯·肯特（继任君主）和奥地利玛格丽特（马克西米连一世的女儿）的征程。因为他必须讨回那笔属于自己的年金……

“这就是当时大致的情况……所以丢勒在出发时的确有些压力，但这并不妨碍他成为一个完美的旅行者。他对一切都充满好奇：路人的脸庞、服饰；拜会当地的同行和手工艺者，并由衷地赞美他们的作品；游览了所有的教堂；购买了一大批刚从新大陆运来的小玩意，一顶假发、一只狒狒、一个乌龟壳、一束珊瑚、一些桂皮粉、一双木鞋等。当他看到这些物品时，就像变成了一个孩子。为了去看一条停在岸边、已经变形的鲸鱼，他甚至特意绕道前往北海……当然，他从未停止作画，就像一个疯子一样。当时，他已经五十岁了，却达到了艺术的巅峰。你知道他那时都画了些什么吗？他画了鹦鹉、狮子、海象、烛台、客栈老板，这些作品真是……真是……”

“真是什么？”

“你自己看吧……”

“不，不，对于绘画，我一窍不通！”

“作为一个欣赏者，你并不需要了解什么！看看这位老人，他是如此威严……再看看这个年轻小伙，你不觉得他看上去很骄傲、很自信吗？他有点像你……一样地骄傲自大、目空一切……”

“真的吗？你觉得他帅吗？”

“头有点扁，不是吗？”

“因为他戴了一顶帽子……”

“啊，是的……你说得有道理。”她微笑了一下，继续说道，“一定是帽子的缘故……”

“还有这张脸，画得太传神了，不是吗？人们甚至可以感受到这个男孩对我们的不屑，可以听见他略带挑衅地说道：‘呃……兄弟们，你们也一样……这就是等着你们的日子……’”

“给我看看。”

“看这里。要说我最喜欢的，还是这些肖像画。至于画家最让我赞叹的才能，则是他在完成这些作品时所表现出来的那种随性洒脱的状态。事实上，丢勒常常在旅途中进行一种类似以物换物的交易：用你的工艺来交换我的才能，用一幅肖像画来换取一顿晚餐，用一串念珠来交换一些送给妻子的饰品或一件兔皮大衣……我多希望自己也能生活在那个年代……我觉得以物换物是一种很有效的节约方式……”

“故事的结局是什么？他拿回他的钱了吗？”

“是的，但丢勒也为此付出了沉重的代价……那位臃肿的玛格丽特看不起他，她甚至拒绝接受丢勒特意为她父亲所作的肖像画，真是个愚蠢的女人……无奈之下，丢勒竟然用这幅画像换了一条床单！后来，他病倒了，得了‘沼泽发热症’。据说，他就是在去观摩鲸鱼时，感染上了这种疾病……你看，那边有个机器现在暂时无人使用……”

他叹了口气，站起身来。

“你可以把头转过去吗，我不想让你看到我的内衣……”

“哦，其实我不用看也能想象得出它们的样子……费里贝尔穿的一定是那种条纹平角裤，至于你，我确定你穿的是那种裤带上印着字又很紧身的内裤……”

“你真是太厉害了……好吧，但请你还是把头低下来不要看……”

他开始忙活起来，等他把洗衣粉倒进洗衣机后，便倚着机器说道：

“其实，你也没有那么厉害……要不然的话你也不会去当一个清洁女工，而是会从事和那个画家一样的工作——作画……”

沉默。

“你说得对……我只是在判断内衣裤上比较厉害……”

“这已经不错了，不是吗？！也许在这方面有不错的就业市场呢……对了，你31号晚上有空吗？”

“你想邀请我参加派对吗？”

“不是派对，是工作。”

16.

“为什么不行？”

“因为我在这方面一无是处！”

“等一下，我又没让你去掌厨，而是去帮忙打下手……”

“什么是打下手？”

“为了节约时间，在食材下锅以前，做一些准备工作……”

“都需要我做一些什么呢？”

“剥栗子、清洗鸡油菌、为葡萄剥皮去籽、清洗生菜……总的来说，就是很多机械重复的劳动……”

“我都不确定自己是否能够胜任这份工作……”

“我会演示给你看，并向你解释清楚的……”

“你不会有时间做这些的……”

“确实没有。这就是为什么我现在正试图简要地和你说明情况。明天我会带回来一些食材，到时候在我午间休息时演示给你看……”

“……”

“没事的……出去接触人群对你有好处……你总是和一些死去的人生活在一起，总是和那些永远不会回答你的人交谈……在这样的环境下，你的状态不好，也是情理之中的事……”

“我的状态不好吗？”

“不好。听着：我之所以找你，就是想请你帮个忙……我答应了我的上司会找一个人来给我们做帮手，但我一个人都没找到……我就要完蛋了……”

“……”

“来吧……再忍我最后一次……之后我就走，你这辈子都不会再见到我了……”

“但那天我要参加一个派对……”

“你几点要到？”

“我不确定，十点左右吧……”

“没问题，你一定能够准时到达。我将为你支付出租车的费用……”

“好吧……”

“谢谢。请你再转一下身，我的内衣烘干了。”

“不管怎样，我都要先走了，我已经迟到了……”

“好的，明天见。”

“你今天晚上回来睡觉吗？”

“不回来。你对此感到很失望吗？”

“天哪，你这人真的好讨厌……”

“等一下，我完全是从你的立场出发，才说出这样的话的！因为，关于内裤的猜测，你不一定完全准确。你知道吗？”

“等一下，要是你知道我对你内裤的样子毫不在意该多好！”

“真是太可惜了……”

17.

“我们开始吧！”

“我听着呢。这是什么？”

“哪个？”

“那个小箱子。”

“这个吗？这是我摆放刀具的箱子，就相当于你用的画笔……如果没有它们，我将寸步难行。”他叹了口气，继续说道，“你现在看到我靠什么来维持生计了吧，靠一只关也关不紧的破旧箱子……”

“你从什么时候开始拥有这只箱子的？”

“呃……在我很小的时候就有了……是我的外婆在我进入职业学校就读时送给我的礼物……”

“我可以看看吗？”

“当然。”

“和我讲讲吧……”

“讲什么？”

“这些刀的用途分别是什么……我很想学一些新的事物……”

“呃……总的来说，厨房用刀和主厨用刀可以用来切任何食材。那把正方形的刀，是用来切骨头、关节，或用来抚平一块肉的；那把迷你小刀，我们把它叫作‘膳房用刀’，你在所有的厨房都可以发现它的存在，拿着它，因为你肯定用得到……那把长刀，是在将蔬菜剁细时用的工具；这把小刀，是用来切除肥肉和无用部分的刀具，它的‘双胞胎’，那把刀刃锋利的刀，是用来剔骨的；那边那把精细的小刀，是用来去除鱼骨头的；最近这一把，是在切火腿时使用的……”

“这是用来磨刀的工具吗？”

“是的。”

“这个呢？”

“这样东西用处不大……它是用来装饰菜品的，我已经很久没有使用过它了……”

“装点出来的效果如何？”

“精美绝伦……我下一次会演示给你看的……好了，你准备好了吗？”

“是的。”

“你看仔细了。我先提前告诉你，栗子是一样很烦人的食材……但我们饭店里的栗子通常已经浸泡在了开水里，所以你在为它们去皮时可能相对方便一些……其实，差别也不会很大……而且你还不能把它们弄坏……要使它们的纹理清晰可见……当你把栗子去皮以后，会看到一团毛茸茸的东西，你需要尽可能小心地将它去除……”

“整个过程好漫长！”

“嘿！这就是我们需要你的原因……”

他就这样耐心地讲述着。在演示完如何为栗子去皮后，他还向她解释了如何用一块湿抹布清洗鸡油菌，如何以最佳的方式擦洗土豆。

她十分享受此刻的时光。她本来就心灵手巧。但与弗兰克相比，她还是显得动作迟缓、笨拙，不由得焦躁起来。然而，不管怎么样，她还是十分享受这一刻的时光。葡萄在她的指间滑动，她拿起那把“膳房用刀”为它去籽。

“好了，剩下的内容我们明天再学吧……关于清洗生菜等工作，应该不是很难……”

“你的上司一定会马上察觉出我在这方面简直一无是处……”

“这是肯定的！但他也没有其他的选择……你穿几码的衣服？”

“我不知道。”

“我要为你准备一套工作服……你的鞋码是多少？”

“四十码。”

“你有运动鞋吗？”

“有的。”

“虽然这不是最理想的鞋子，但反正你就来一次，应该问题不大……”

卡米耶在弗兰克收拾厨房的时候，卷了一支烟。

“派对地点在哪里？”

“在波比尼……我同事的家里……”

“明天我们早上九点就要开工，你害怕吗？”

“不怕。”

“我必须事先和你说清楚，一天里面我们只有一次短暂的午休……最多一小时……虽然我们中午不对外营业，但晚上要接待六十桌客人。每桌顾客都可以选择‘精品菜单’……这是个不小的工作量……计算下来，平均每桌消费两百欧元……我尽量让你早点离开，但就我看来，你至少也要待到晚上八点……”

“那你呢？”

“呃……至于我，我还是不要多想为妙……新年的夜晚，几乎就是一场灾难……好在那天的报酬还不错……对了，对于你来说也一样，我已经为你申请了一笔不错的酬金……”

“哦，这不是什么要紧的问题……”

“不，不，这是一个要紧的问题。明天晚上你就知道了……”

18.

“我们该出门了……到了那里再喝咖啡吧。”

“这条裤子对我来说实在太宽大了！”

“没关系的。”

他们飞快地穿过了香榭丽舍大街。

卡米耶对厨房在这个点就已经呈现出来的忙碌和专注的气氛惊叹不已。

她突然感到屋子里很热……

“头儿，这是今天过来帮忙的新手……”

主厨低声嘟囔了一句，摆了摆手示意他们可以离开。接着，弗兰克又把卡米耶介绍给另一个还没睡醒的高个男人。

“他是塞巴斯蒂安，我们的‘食品储藏室’，也是今天管你的老板，明白了吗？”

“您好。”

“嗯……”

“但你今天并非和他一起工作，而是和他的助手……”

说着，他转向身边的一个小伙子，问道：

“他叫什么名字来着？”

“马克。”

“他在吗？”

“他在冷藏室……”

“好吧，那我就把她交给你了……”

“她都会做些什么？”

“什么都不会。但没关系，你会发现她学东西很快。”

说罢，他便走向更衣间，去换衣服了。

“他教过你如何为栗子去皮了吗？”

“教过了。”

“好吧，它们在那里。”他说着，指了指一批堆积如山的栗子。

“我可以坐下来干活吗？”

“不可以。”

“为什么？”

“在厨房里我们从不发问，我们只说‘是，先生’或‘是，主厨’。”

“是，主厨。”

是，大蠢蛋。她当初为何要接受这样一份工作？事实上，如果她坐着工作，效率会高很多……

好在此时一旁的咖啡机已经开始投入使用。她把自己的纸杯放到一个架子上后，便开始工作起来。

十五分钟过后，她已经感觉双手酸痛。这时，一旁有人向她问道：

“还好吗？”

她抬起头，顿时呆若木鸡。

她几乎认不出眼前的这个男人。只见他穿着一条合身的裤子，一件熨得十分平整的双排纽扣外衣，外衣上还用蓝线绣着他的名字。另外，他还戴着一条丝巾，套着一件洁白整洁的围裙，头戴一顶主厨帽。在此之前，卡米耶只见到过他放荡不羁的打扮。此刻，她觉得弗兰克很帅。

“怎么了？”

“没什么，我就是觉得你很帅。”

这个愚蠢的白痴，这个自命不凡、夸夸其谈的家伙，这个总是骑着摩托车、一脸凶相、时刻准备挑衅别人的外省武士，此刻也情不自禁地羞红了脸。

“一定是你穿上这套完美工作服的缘故。”为了避免尴尬，卡米耶微笑着补充道。

“嗯，是的……一定是这样的……”

他说完便走开了，路上还撞上了一个人，并把那人痛骂了一顿。

没有一个人说话。人们只听得见刀在刀板上发出的声响、锅碗瓢盆的碰撞声、大门打开又关上的响声以及主厨办公室里每五分钟就会响起一次的电话铃声。

卡米耶被这里奇异的气氛深深吸引。一方面，她为了避免挨骂而努力集中精神，另一方面又时常抬头，不想错过厨房里正在发生的每一个细节。她远远地瞥见弗兰克的背影，他看上去比平时更高大也更平静。她突然有种从未认识过他的错觉。

她低声问起身边和她一起为栗子去皮的“同事”：

“弗兰克是做什么的？”

“哪个弗兰克？”

“拉斯德菲尔。”

“他负责酱汁和肉……”

“他的工作很辛苦吗？”

那个脸上长满青春痘的年轻人无奈地抬头望了望天，说道：

“当然。这是这里最辛苦的工作。除了主厨和二把手，他是我们团队里第三重要的人物……”

“他干得出色吗？”

“是的。他很烦人但干得的确不错，我甚至可以说他干得非常出色。而且，一会儿你也可以看到，相比第二把手，主厨总是更愿意和他说话……通常，主厨只会‘瞥一眼’二把手的作品，而会‘仔细观看’弗兰克下厨的全过程……”

“但是……”

“嘘，别说话了……”

当主厨拍了拍手，示意大家可以开始午休时，卡米耶抬起头，痛苦地做了一个鬼脸。经过一个上午的工作，她感到浑身疼痛：脖子、背部、手腕、双手、大腿、双脚，还有一些她叫不出名字的部位。

“你和我们一起吃饭吗？”弗兰克向卡米耶问道。

“一定要我这么做吗？”

“不是。”

“那我还是更愿意出去稍微散一会儿步……”

“好的，你按照自己的想法活动好了……”

“你还好吗？”他担忧地问道。

“还行。这里好热……你们的工作强度可真高……”

“你在开玩笑吗？我们还什么都没干呢！早上根本就没有顾客！”

“好吧……”

“记住，一小时以后就得回来哦。”

“好的。”

“你现在不要马上出去，等你自己略微‘冷却一下’之后再出去。要不然的话，你会感冒的……”

“好的。”

“你要我陪你吗？”

“不，不用了。我想单独待一会儿……”

“你一定要吃点东西，知道吗？”

“知道了，爸爸。”

他耸了耸肩，无奈地做了一个鬼脸。

她在一家专为游客开设的饭店里点了一个令人难以下咽的帕尼尼三明治，随后，便来到埃菲尔铁塔下的一张长椅上坐下。

她突然特别想念费里贝尔。

她在手机上拨通了城堡里的电话号码。

“您好，我是艾丽尔诺·德·拉·杜尔贝里艾尔。”电话的那头传来了一个稚气的童声，“请问您找谁？”

卡米耶有点不知所措。

“呃……那个……请问我可以和费里贝尔说话吗？”

“我们正在用餐。我可以为他传个话吗？”

“他不在吗？”

“在的，但我已经和您说过了，我们正在用餐……”

“啊……那好吧……不用传什么话。您只需告诉他我很想念他，并祝福他新年快乐……”

“您的名字是……？”

“卡米耶。”

“就这么短？”

“是的。”

“好的。再见，‘就这么短’女士。”

再见，你这个讨厌的小姑娘。

这些繁文缛节意味着什么呢？都什么乱七八糟的。

可怜的费里贝尔……

“放在五种不同的水里？”

“是的。”

“那它一定会很干净！”

“要的就是这种效果……”

卡米耶在挑选和清洗绿色蔬菜上花费了大量的时间。每片叶子都需要被反复清洗、分类、检查。她从未见到过如此多的蔬菜种类，它们大小不同、形态各异、颜色繁多。

“这是什么？”

“马齿苋。”

“这个呢？”

“菠菜的嫩芽。”

“这个呢？”

“芝麻菜。”

“这个呢？”

“冷松菊。”

“啊，这真是一个动人的名字……”

“你是从火星上来的吗？”她的同伴这样向她问道。

她没有再继续提问。

随后，她开始清洗那些细巧的草叶，然后把它们放入吸水纸里擦干。接着，她需要把擦干的草叶放入不锈钢的小型模具里，小心翼翼地涂上薄膜，最后将它们放入不同的器具里。然后，她又开始马不停蹄地为核桃、榛果去壳，为无花果去皮，仔细清洗鸡油菌，用抹刀捣碎那些小块的黄油。做完这一切以后，为了避免弄错，卡米耶还需小心谨慎地将甜味黄油放在特定的一些小碟子里，再将咸味黄油洒在另一些碟子里。在产生疑惑的时候，她还不得不尝一点刀尖上的黄油。其实，她一点都不喜欢黄油的味道，所以只得在接下去的工作中加倍小心，以免再次犯错。餐厅服务员继续将浓缩咖啡递给需要它的同事，人们在每一分钟都可以感觉到压力的逼近。

有些伙计缄口不言，有些人不时地从他们的胡须中迸出几句粗话，主厨则在一旁充当着报时钟的角色：

“先生们，现在是17点28分……18点03分，先生们……现在是18点17分……”他好像存心想让手下伙计心里的压力达到顶峰一般。

此时，卡米耶无事可做。她靠在工作台旁，不停地更换两只脚的位置，好让脚上的疼痛得以减缓。她旁边的伙计正在一个方形碟子上用酱汁为一片鹅肝配上蔓藤花纹的图案。只见他轻巧地晃动着勺子，在看到弯曲的线条时，还是不由得叹了口气。不过总的来说，盘子被他装饰得很漂亮……

“你想做出何种效果？”

“我也不知道……也许是一种特殊的效果……”

“我可以试一下吗？”

“当然。”

“我很怕毁坏了你的作品……”

“不，不，没关系的。大胆尝试吧，就这个盘子了，我只是拿它来练一练手……”

前四次尝试的结果都不尽如人意。好在第五次尝试时，卡米耶开始渐入佳境……

“啊，你干得真不赖……可以再来一遍吗？”

“不能。”她笑着回答道，“我想恐怕不行……但是……你们这儿有类似注射器的工具吗？”

“呃……”

“比如灌洗器？”

“应该有。你到那边的抽屉里找找看……”

“你能帮我把它灌满吗？”

“你想做什么？”

“只是突如其来的一个想法而已……”

她弯下腰，吐了吐舌头，然后画了三只小鹅。

一旁的伙计见状，连忙叫主厨过来看。

“这都是些什么乱七八糟的东西？好了，孩子们……我们又不是在迪士尼乐园！”

说罢，他摇了摇头，走开了。

卡米耶略显尴尬，她耸了耸肩，转身重新打理起那些绿色蔬菜。

“这不是真正的厨艺……而是一些哄人的花招……”主厨继续在厨房的另一头念念有词道，“但你们知道更糟糕的事情是什么吗？知道什么事情可以要了我的命吗？是顾客们会很喜欢你刚才做的那些破玩意……如今，这才是人们追求的东西：这些没有意义的破玩意！不管怎么说，今天也是一个节日……那么来吧小姐，请您为我在六十多个盘子上都画上你刚才完成的作品……要快，我的孩子！”

“快说‘是，主厨’。”旁边的伙计低声提醒她道。

“是，主厨！”

“我永远也无法完成这项浩大的工程……”卡米耶沮丧地说道。

“那你每次就画一只鹅吧，而不是三只……”

“画左边还是右边？”

“左边吧，这看上去更合乎情理……”

“这样画看上去有点奇怪不是吗？”

“没有，看上去有趣极了……无论如何，你现在也没有其他选择了……”

“都怪我多嘴了……”

“保持缄默是厨房里的第一原则。你是该好好学习一下……来，喝一点新鲜果汁……”

“为什么液体呈红色？”

“因为它是由甜菜酿制而成的……来吧，我去把盘子拿给你……”

他们交换了一下位置。她负责绘画，而他负责把鹅肝切片，然后摆放到盘子上，撒上捣碎的盐和胡椒粉，随后递给第三个伙计。后者则用熟练的动作在盘子上放上绿色蔬菜。

“他们其他人都在做什么？”

“他们准备去吃饭……我们等会儿就去……通常都是我们先吃饭，等我们下楼后，他们再接上……对了，你能也帮我处理一下牡蛎吗？”

“要把它们打开吗？！”

“不，不是的。只要把它们处理得更加漂亮就行……对了，是你为绿苹果去的皮吗？”

“是的。它们在那里……啊，我的天！我画的不是鹅，而更像是一只烤鸡……”

“对不起。我不和你说话了。”

弗兰克皱起眉头，靠近他们。他感觉两人都心不在焉，或者说都心情愉悦。

两人互相打趣逗乐的场景让他隐隐有些不快……

“你们看上去很开心的样子。”他略带嘲讽地说道。

“我们在尽力完成自己的工作，仅此而已……”

“告诉我，这东西不用加热吧？”

“他为什么这么问？”

“别管它，这是我们厨师之间的行话……那些在炉子里掌勺的人总感觉自己高人一等。而我们这些人，虽然也很辛苦地工作，却老是遭到他们的歧视，因为我们远离火炉，不做热菜……你和拉斯德菲尔很熟悉吗？”

“没有。”

“啊，真让我感到惊讶……”

“什么让你感到惊讶？”

“没、没什么……”

当其他所有人都去用晚餐时，两个黑人为了清洗地面，在地上洒了很多水。随后，为了让地板早点干透，他们又用拖把狠命地拖了两下。此时，主厨在办公室里和一个异常优雅的人说着话。

“这是你们的顾客吗？”

“不是，他是餐厅的老板……”

“好吧……他看上去真是高贵优雅……”

“其实，餐厅里所有的人都很美丽。在餐厅刚开始营业时，是我们看上去比较干净整洁，而他们则穿着T恤衫，拿着吸尘器清扫地面。随着时间的推移，情况发生了质的改变：我们出汗，发出难闻的气味，随后变得越来越脏。而他们呢，反倒拿着刷子，穿着整洁的工作服，精神饱满地从我们面前走过……”

当弗兰克过来看她时，她刚刚完成了最后一叠盘子的绘制。

“如果你愿意的话，你可以下班回家了……”

“啊，不用了……我现在已经不想离开了……因为一旦离开，我会产生一种要错过演出的感觉……”

“你还有要派给她的活儿吗？”

“废话！她想要多少就有多少！她还可以去负责那台蝾螈炉……”

“那是什么？”卡米耶问道。

“就是那边那个上上下下的玩意……你想为大家烤面包吗？”

“可以啊，没问题……呃……对了，我可以先为自己烤一块吗？”

“当然，去吧。”

弗兰克陪伴着她。

“感觉怎么样？”

“非常好。这个塞巴斯蒂安真是个友善的家伙。”

“是啊……”

“……”

“你干吗要做出这种表情？”

“因为……刚才我想打电话给费里贝尔祝福他新年快乐，却碰到一个刁钻的小姑娘……”

“等一下，让我来打电话给他……”

“不必了。都这个点了，他们此时一定又重新坐在餐桌上用餐……”

“让我来试试……”

“喂……对不起打扰您了，我是弗兰克·德·拉斯德菲尔①，费里贝尔的室友……是的……就是在下……您好，夫人……是否可以请求您让我和他说两句话，我想和他讨论一下关于热水器的事宜……是的……您说得对……再见，夫人……”

说罢，他向已经笑得喘不过气来的卡米耶眨了一下眼睛。

“费里！是你吗，我的大肥兔？我的宝贝，新年快乐！我先不吻你，因为我要先把电话给你的公主。什么？我们才不在乎什么热水器呢！好了，新年快乐，身体健康，替我向你的姐妹们送去诚挚的祝福。对了……只送给那几个胸大的哦！”

卡米耶眯缝着双眼，接过了电话：“放心，热水器一点问题都没有。嗯，我也很想您。不，弗兰克没有把我关进橱柜。是的，我也经常惦记着您。不，我还没有去做过抽血检查。是的，您也是，费里贝尔，我也祝您身体健康……”

“他今天的声音状况不错，不是吗？”弗兰克说道。

“确实，他只口吃了八次。”

“正如我所言，他的状况不错。”

当两人重新回到工作岗位时，厨房里已经呈现出另一番景象。那些本没有戴厨师帽的人，现在也穿戴整齐准备迎接挑战。此时，主厨则在送菜口挺着肚子，双手交叉放在胸前。厨房里是如此安静，以至于人们都可以听到苍蝇飞过的声响。

“先生们，开始工作吧……“

厨房里越来越热，好像每一秒都升高了一摄氏度。为了不影响旁人的工作效率，每个人都小心翼翼地忙碌着。大家紧绷着脸，随处都可以听到一些沉闷的咒骂声。在这样的环境中，有些人保持镇静，其他人，比如这个日本人，却看上去像是随时都会爆发的样子。

---

① 在法国，若某人的姓氏中有一个“德”字（de），则常常表示该姓氏持有者为贵族。——译注

服务生们井然有序地等在送菜的窗口，主厨则站在一旁，对每一盘做完的菜都仔细审视一番。一个手拿一块微型海绵的伙计站在主厨的对面，他负责擦拭盘口可能留下的手指印记或不慎溢出的酱汁。当主厨点头表示通过时，一个正在等候的服务生便咬紧牙关，举起一只银色的大托盘，走向窗口。

卡米耶和马克一起负责开胃菜的制作。她的职责就是把两种食物摆放到盘子上：一种类似薯片的零食和一种棕红色的果皮。吸取了之前的教训，她再也不敢盲目地提问。摆放完这两种食物以后，她还需要在盘子上撒一些葱花。

“你的动作还要再麻利些，今天晚上我们可没有时间精雕细琢……”

她终于找到一根细绳来拴紧自己的裤带，并不时地低声咒骂着，因为她头上的纸质高帽总是不停地落到自己的眼角处。一旁的伙计从他摆放刀具的盒子里拿出一个订书器，递给了卡米耶：

“给……”

“谢谢。”

随后，另一位伙计又向她解释如何将一片普通的切片面包切成三角形的形状。

“你想把它烤成什么样的？”

“呃……烤成金黄色的样子吧……”

“来吧，给我做一个示范。让我看看你想烤成的确切颜色……”

“颜色，颜色……这其实不是一个关于颜色的问题，而是一个‘感觉’的问题……”

“好吧，但对于我来说，我只看重颜色。来吧，为我做一个范本吧，要不然的话我会很有压力的。”

她认真地履行着自己的职责，精心烘烤了足够所有人吃的吐司。伙计们争抢着吐司，并把抢到的吐司放在毛巾的褶皱里。看到这番情景，她是多么想听到一两句表示称赞的话，比如，“噢！卡米耶，你给我们做的吐司实在美味极了！”但是，也罢……

卡米耶远远地观望着弗兰克的背影，他总是一刻不停地在炉灶前忙碌着，就像一个鼓手把玩着自己熟悉的乐器，只见他一会儿看看这个锅盖，一会儿又敲敲另一个锅盖；一会儿拿着勺子这里碰碰，一会儿又那里尝尝。经过观察，卡米耶看出来那个总是向弗兰克提问的瘦高个就是厨房里的二把手。面对他的提问，弗兰克很少回答，最多哼哼两声。由于所有的锅子都是铜质的，所以每次当他从炉灶上拿起锅子时，都不得不借助一块抹布，避免皮肤和把手的直接接触。但即便是这样，卡米耶还是看到他不慎被烫到几次。每当这时，他都会将手迅速抽离，然后在空中甩两下后放入口中“降温”。

主厨站在一旁，总是神情激动地发号施令。他一会儿说这个菜煮的时间还不够，一会儿又嫌那个菜煮的时间过短；一会儿抱怨这盘菜还不够热，转眼又因为那盘菜蒸煮时间过长而咆哮起来。他总是一刻不停地重复着同样的话语：“都给我集中精力，先生们，集中精力！”

另外，还有一个有趣的现象：卡米耶手头的工作越是清闲，对面伙计就越是忙碌。这真是一番令人惊叹的场景：他们个个汗如雨下，偶尔将头倚到肩膀擦拭一下额头上的汗水，这个动作与猫擦拭额头汗珠的动作十分相似。尤其是负责烤肉的那个伙计，只见他脸色绯红，每翻转一次烤箱里的家禽肉，就要猛地喝下一大口水。（她也不知道烤箱里烤的到底是什么，反正是一种带有翅膀的动物，比鸡要小很多……）

“快热死人了……你觉得现在这里有几摄氏度？”

“我不清楚……在炉灶那边，起码应该有四十摄氏度……也许五十摄氏度？从身体的感官来说，那里是最热的地方……来，把这个拿到洗碗槽那里……小心不要打扰到任何人……”

当她看到巨大洗碗槽里堆积如山的煎锅、盘子、双耳盖锅、不锈钢碗、滤锅、长柄平底锅时，不由得惊讶地睁大了眼睛。在这里，卡米耶已经看不到一个白人，她试图和一个小个子伙计说话，而对方只是摇了摇头，并无声地接过她手中的东西。很显然，他一句法语也不懂。卡米耶就这样平静地观察了他一会儿。事实上，每当她看到一个从世界另一头背井离乡来到法国的人，心中就会滋生出一种特蕾莎修女式的情怀，燃起博爱的火花：他从哪里来？从印度来的，还是从巴基斯坦？他来到这里之前的生活又是怎样的？今天的生活状态又如何？他是坐船来的吗？难道是通过偷渡？他到法国来时怀揣着什么样的希望，又付出了何种代价？他放弃了什么，心中又是怎样的焦虑不安？他的未来在哪里？他曾经身处何种生活环境，和多少人住在一起？他的孩子们如今又身在何方？

当她明白过来自己的在场让这位异乡人感到不适时，便摇了摇头，抽身离开。

“那个洗碗槽旁边的伙计是从哪儿来的？”

“马达加斯加。”

卡米耶一愣。

“他会说法语吗？”

“当然！他来法国已经二十年了！”

好了，你这个假扮圣人的女人，可以去睡觉了……

她很累。但总有源源不断的新食材需要她去壳、切片、清洗、整理。厨房里乱作一团……那些顾客是如何做到把这所有的一切都吞下胃的？把肚子撑得那么大的用意何在？再这样吃下去，他们的肠胃会爆炸的！两百二十欧元是多少钱？将近一千五百法郎……天哪……人们可以用这笔钱买多少东西……支配得当的话，我们甚至可以安排一次短途的旅行……比如，前往意大利……人们可以坐在露天咖啡馆，耳边轻拂着那些漂亮女孩的对话。她们一边喝着很浓很甜的咖啡，一边谈论着世界上所有女孩都爱谈论的愚蠢话题……

我们可以用这笔钱画多少幅素描，领略多少广场、脸庞、慵懒小猫、精彩事物的魅力……可以购买享用一生的书籍和衣服……而他们则在短短的几小时中，将这所有的一切都消化、耗尽、化为乌有……

她也知道，这样理智地思考问题有时也并无益处。她很清楚这一点。在她很小的时候，她就不喜欢食物，因为在她的记忆中，吃饭时光总是充满太多痛苦的回忆。对一个敏感的独生女来说，这些时光显得太过沉重：一个孤单的小女孩和她的烟鬼母亲坐在餐桌上，后者把一锅草草做完的饭菜往桌上一放，吼道：“快吃！吃这些对你的健康有好处！”她常常一边说，一边又点燃一根香烟。或者当小卡米耶为了避免被盘问，把头埋得很低进食时，总会被突然而至的问题缠绕：“卡米耶，当爸爸不在的时候你想他吗？啊？难道不是吗？”

之后，一切都太晚了……她已经彻底失去了进食的乐趣……再说，有一段时间，她的母亲几乎什么吃的都不准备……她渐渐没有了胃口，就像其他人渐渐长满粉刺一般。所有的人都拿她的这个特质揶揄她，好在她能顽强地应对这些挑战。人们从未成功地让她束手就擒，因为这个女孩的身上总是充满了各种正面的能量……她不在意这个可悲世界对她的看法，但如果她真的饿了，她是会吃东西的。她当然会吃东西了，要不然的话她也活不到现在了！但不是在他们面前吃，而是躲在自己的房间里一边吃水果、喝酸奶，或格兰诺拉麦片，一边做着其他事情……比如阅读、做梦、临摹骏马、摘抄让·雅克·格登曼的歌词。

让我飞翔吧。

是的，她清楚自己的弱点所在，也知道这样去评判那些有幸享受饕餮美食的人是一种荒唐的行为。但是，不管怎么说……不算红酒的费用，为一顿饭就花去二百二十欧元，确实很愚蠢，不是吗？

午夜时分，主厨一边祝福所有人新年快乐，一边为大家斟满上等的香槟。

“小姐，新年快乐，感谢您画的那些鸭子……查尔斯告诉我顾客们都对此赞叹不已……上帝啊，我就知道会是这样……新年快乐，拉斯德菲尔先生……如果您在2004年稍微收敛一点您的臭脾气，我将增加……”

“增加多少，头儿？”

“啊！您都想到哪儿去了！我说的是我将增加对您的尊重！”

“新年快乐，卡米耶……我们……你……我们不相互拥抱亲吻一下吗？”

“好，好的，我们当然要相互拥抱亲吻一下！”

“那我呢？”塞巴斯蒂安问道。

“我呢？”马克又插话道，“呃，拉斯德菲尔！快跑到你的钢琴旁去看看，好像有东西快要溢出来了！

“你这傻瓜，说得好像真的一样。好了……她的工作已经结束了，不是吗？她是不是可以坐下来休息一会儿了？”

“非常好的主意。我的孩子，到我的办公室来一下。”主厨补充道。

“不，不用了，我想和你们一起战斗到最后一刻。给我派点活儿干吧……”

“好吧，你等点心师过来，可以帮着他做些甜品……”

卡米耶把玩着和卷烟纸一样薄的锡纸，用万种方式将它们固定、对折，或揉成一团。同时，她还摆弄着巧克力屑、橘子皮、糖渍水果、阿拉伯风味的水果泥以及冰糖栗子。一旁的点心师一边看着她双手灵巧地做着这一切，一边不断地重复道：“她真是个艺术家！一个真正的艺术家！”然而，主厨却以另一种态度看待伙计这番夸张的赞誉：“好吧，因为今晚是除夕夜，我就容忍您这么干吧。但是漂亮不是一切……要知道，我们做菜不是为了追求美丽，我的天！”

卡米耶一边微笑着听着主厨的话，一边又为甜点涂上了一层红色的英式奶油。

确实……漂亮不是一切！这一点她比谁都更清楚……

临近午夜两点时，厨房里渐渐恢复了平静。主厨再也没有放下过他的香槟酒瓶，伙计们也纷纷脱下了厨师帽。所有的人都已经精疲力竭，但他们还是用最后一点力气将工作台收拾干净，然后以最快的速度离开了厨房。当他们将所有的垃圾都打包在塑料袋里后，便聚集在空调房，好使自己降降温。很多人都在评论自己一天的工作，分析自己的表现：今天失误的地方在哪里，找出其原因和“罪魁祸首”。也有人评论着今天推出菜品的质量……他们就像一群还冒着热气的运动员，无法一下从工作的状态中隐退。她甚至觉得这是他们减压的一种方式，但结果往往截然相反：他们在压力的深渊中越陷越深……

卡米耶一直帮助他们到最后一刻。此时，她正蹲在地上，擦拭着冷冻柜的内部。

在清洗完冷冻柜内部以后，她便靠墙而站，看着那群围绕在咖啡机旁的伙计。有人推了一辆满是小玩意、巧克力、棉花糖、糖果、迷你糕点、杏仁长蛋糕的小车走进了厨房……闻上去味道真不错……然而卡米耶此时却只想抽一支烟……

“你的派对应该开始了吧，你已经迟到了……”

她转身，看到的是一位老人。

虽然弗兰克尽力保持着轻松的神情，可是他还是显得筋疲力尽，由于长时间在炉灶旁工作，他浑身湿透，弓着背，面色苍白，眼睛里布满血丝，面色憔悴。

“你看上去一下子老了十岁……”

“很有可能。我现在累得不行……我昨晚没睡好，再说，我也不喜欢做今天的这种晚宴……你想让我送你去波比尼吗？我还有一个头盔……我只需再准备一下明天的菜品，我们就可以出发了。”

“不用了……我现在没心情去了……等我到那里的时候，派对一定已经结束了……我只需在其他人都喝醉的时候也喝醉就可以了，要不然的话，我会感到有些沮丧……”

“好吧，我也是，准备回家了，我都快站不住了……”

塞巴斯蒂安打断他们道：

“我们等一下马克和凯尔玛德克，然后去哪里喝一杯？”

“不，我累得不行了，我……准备回家……”

“那你呢，卡米耶？”

“她也累得不行了……”

“完全没有。”她打断了弗兰克的话，继续说道，“好吧，我确实有点累，但我还是很想庆祝新一年的到来！”

“你确定吗？”弗兰克问道。

“是的。我们都应该好好迎接新一年的到来……为了让它比从前几年更好，不是吗？”

“我还以为你很讨厌派对这种活动……”

“是的，但你知道吗，这恰恰是我的新年计划之一：‘2003年我并不喜欢派对，但在2004年，我要变得更加疯狂！’”

“你们准备去哪里？”弗兰克叹了口气说道。

“去凯特酒吧……”

“啊，别去那里……你知道得很清楚……”

“好吧，那我们去拉维吉酒吧，怎么样？”

“也不行。”

“啊，你真的好烦人，拉斯德菲尔……你是不是和周围酒吧里所有的服务生都上过床了，我们简直无处可去！在凯特酒吧里的是哪一位？那个口齿不清的胖女人？”

“她可没有口齿不清！”弗兰克愤怒地说道。

“我和你说，她在醉了以后，说话很正常，但在喝酒前，确实口齿不清……好吧，不管怎么说，她现在已经不在那里工作了……”

“你确定？”

“是的。”

“那个棕红头发的女人呢？”

“她也不在那里干了。呃，你在乎这些干什么，你难道现在不是和她在一起吗？”

“啊，不，我可没和他在一起。”卡米耶生气地叫道。

“好吧……呃……你们俩自己看吧，反正等他们结束以后，我们就在那里碰头……”

“你想去吗？”

“是的。但我想先冲一个澡……”

“好的，那我等你。我就不回公寓了，因为一回去的话，我就会瘫倒在地……卡米耶？”

“怎么了？”

“刚才我们终究还是没能相互拥抱亲吻……”

“看看你，都在想些什么……”她说着在他的额头上轻吻了一下。

“这就完了？我刚才好像听你说要在2004年变得更加疯狂一些，不是吗？”

“你难道履行过任何一项新年计划吗？”

“没有。”

“我也没有。”

19.

也许是她没有他们劳累，又或许是她更胜酒力，总之为了跟上大伙高声欢笑的节奏，卡米耶很快就不得不选择除了啤酒以外的酒类作为饮品。恍惚间，她感觉自己回到了十年前，那时的她还认为很多东西是如此唾手可得：艺术、生活、未来、才华、爱人、社会中的位置和所有其他可以想见的事物……

我的上帝，这种感觉还真不坏……

“嘿，弗兰克，你难道今天晚上不喝酒吗？”

“我累得快死了……”

“不会吧，要说不喝酒的也不该是你呀……你明天开始就放假了，不是吗？”

“是的。”

“所以？”

“我老了……”

“来吧，就喝一杯……你明天可以睡上一整天呢……”

他面无表情地拿着自己的酒杯：不，他明天不能睡一整天的觉，因为明天他要前往“重获的时光”这个老年人的天堂，去那里和两三个玩弄着自己的假牙、被子女抛弃的老太太一起吃那些令人作呕的巧克力。而此时，他自己的外祖母一定正唉声叹气地看着窗外。

现在，只要一想到公路收费站，他就感到一阵难受……

他还是选择暂时抛开这一切，将酒杯里的酒一饮而尽。

他温存地看着卡米耶。她脸上的雀斑随着时间的变更时隐时现，这真是一个奇怪的现象……

她刚才还在说他很帅，现在转眼就和这个白痴打情骂俏起来，呵呵……所有的女人都一样……

弗兰克·拉斯德菲尔意志消沉。

他甚至略微有些想哭的冲动……

唉，怎么了？我的大男孩，你到底怎么了？

呃……我该从哪里开始讲呢？

一无可取的工作，一团糟的生活；一个住在西部的外婆和一次即将开始的搬家；在一张破旧的沙发上小憩，让他不得不浪费一小时的午休时间；再也见不到费里贝尔；再也不能通过欺负他来教会他自我保护、妥善回答问题、学会愤怒、在社会上站稳脚跟；再也不能叫他“我甜甜的小猫咪”；再也不用想着为他准备一顿可口的饭菜；再也不能在他法国国王的床上和公主的浴缸里和姑娘们嬉戏；再也听不到费里贝尔和卡米耶谈论1914年第一次世界大战，就好像他们亲身经历过；再也听不到他们谈论路易十一就好像两人曾和他喝过茶一般；再也无法暗中观察她，不用在每次开门时伸长鼻子，通过香烟的味道来判断她是否在家；再也不用等她一转身，就冲向她的绘画簿，欣赏她当天的画作；再也不能在睡觉时把埃菲尔铁塔的灯光当作自己的夜灯。相反，他能做的只是继续留在法国，在工作时瘦掉一公斤，又马上在之后的啤酒聚会中补回来；继续服从；日日如此，直到永远。是的，一直以来他只做了一件事情：服从。而现在，他感觉被这种生活束缚了手脚……去呀，告诉它自己还能忍受多久，快去说！好吧，就是这样……直到生活自己崩裂……就好像生活只有在经历更大的苦难之后，才可能有所转机……

真的够了！你们现在能不能换一个捉弄的对象？真的，我有我承受的极限……

兄弟们，现在我的短靴里满是垃圾，所以你们还是不要朝我这里看了……我已经付出了应有的代价。

她在桌底下踢了他一脚。

“啊……你干吗？”

“新年快乐。”他说道。

“你没事吧？”

“我要回去睡觉了。再见。”

20.

她后来也没有久留。这群小伙子也不是什么高雅之辈……他们每个人都不断重复咕哝着：自己正干着一份傻帽的工作……呃……也许正是出于这个理由……塞巴斯蒂安开始撩拨她，为了获得一次和她上床的机会，当然，等到这个白痴在明天早晨清醒过来后，他又会变得和善有礼。这可能就是评判一个男人好坏的标准之一：在他想着把你推倒在床上以前，为人是否足够和善。

她发现他正蜷缩在沙发一角。

“你在睡觉吗？”

“没有。”

“你感觉不舒服吗？”

“2004年，我准备任由命运推倒。”他呻吟了一下，说道。

她微笑了一下，说道：

“好样的……”

“你都在瞎说些什么。为了找到一个合适的押韵，我已经苦思冥想三小时了……我本来想说，在2004年，我将呈青绿色，但我又怕你理解为我将在你的身上呕吐……”

“你说的话是多么充满诗意啊……”

他不再作声。他已经劳累到无法再继续游戏了。

“你可以放一些那天晚上你听的美妙音乐吗？”

“不行。如果你现在已经很悲伤，聆听这种类型的音乐只会让你更惆怅。”

“如果我让你放你喜欢的那种空灵的宗教音乐，你会留下来多陪我一会儿吗？”

“最多一根烟的时间……”

“好的，我接受。”

于是，卡米耶第一百二十八次在这周放起了《不是最后的主》这首乐曲……

“这首歌主要唱了些什么内容？”

“等一下，让我看一下后告诉你……它讲述的是天主在睡眠中满足信徒愿望的故事……”

“真不错。”

“乐曲很动听，不是吗？”

“我不知道……”他打了一个哈欠，回答道，“我对此一窍不通……”

“真有意思，上次谈到丢勒的时候你也是这样和我说的……但其实艺术是不用学的！作品很美，就这么简单。”

“不，还是需要学习的。不管你想或不想，反正艺术修养还是需要通过一定的训练来获得的……”

“……”

“你信教吗？”

“不信。其实，也信……尤其是当我听到类似音乐，走进一座美丽的教堂，或者当我看到一幅令人动容的画作，比如《天神报喜图》时，心中就会产生一种笃信上帝的感觉。然而事实上，是我自己弄错了：我相信的其实不是上帝，而是维瓦尔第、巴赫、亨德尔、弗拉·安杰利科……对我来说，他们才是真正的圣灵……人们口中常说的那位上帝，只不过是一个幌子罢了……我在他身上看到的唯一的闪光特质是他拥有足够强大的能量给予艺术家们灵感，引导他们创作出旷世奇作……”

“我很享受和你交谈的时光……通过和你的交谈，我感觉自己变得更加聪明了……”

“你少来这套……”

“没有，我是说真的……”

“你一定是酒喝多了。”

“没有。我这么说恰恰说明我喝得还不够多……”

“听……现在放的这段音乐也很动听……节奏也变得更加明快……这也正是我喜欢听弥撒曲的原因之一：我喜欢里面欢快跃动的音符，比如《荣耀选段》，这些乐曲可以把你从消沉的状态中解救出来……是一种生活的常态……”

长时间的沉默。

“你准备现在去睡觉了吗？”

“不，我正观察着香烟的末端……”

“你知道吗，我……”

“你什么？”

“我看你应该留下。我觉得你之前在我要离开时说的那些关于费里贝尔的理由，在你的身上也同样适用……我想，如果他知道你要走，一定会伤心欲绝。你和我一样，是他脆弱平衡的支点之一……”

“呃……最后那句话，你可以用浅显的法语再说一遍吗？”

“留下吧。”

“不……我……我和你们两人的差别实在太大了……正如我外婆所言：我们不能把抹布和餐巾混为一谈……”

“确实，我们是有些不同，但这种差别又能大到哪儿去呢？也许是我认识有误，但我觉得我们三人组成了一个奇特却很和谐的团队，不是吗？”

“如果你一定要这么说……”

“再说，‘不同’到底意味着什么呢？我是一个连煮鸡蛋都不会的人，却刚刚在饭店的厨房里忙活了一天；至于你，平时只知道听电子乐，眼下却伴着维瓦尔第的音乐入睡……这么看来，你那套关于抹布和餐巾的理论显得十分狭隘可笑……真正阻碍人们生活在一起的是彼此所做的蠢事而不是他们之间的不同……话说回来，如果没有你，我永远也没有机会了解马齿苋的形态……”

“你说得好像这会给你带来多大益处似的……”

“我不得不告诉你，你刚才说的就是一句蠢话。为什么一定要‘为我带来益处’？为什么你总是带着如此强烈的功利性？我完全不在乎这是否会给我带来任何好处，了解马齿苋的形态让我觉得很有趣，让我知道原来有这样一种蔬菜的存在……”

“你看吧，我俩确实差别巨大……不论是你还是费里，你们都与真实世界脱离，对现实生活毫无概念，也不知道要想继续存活下去需要不断地进行抗争……在认识你们俩以前，我从未与其他知识分子接触过，但你们完全符合我心目中对知识分子的理解……”

“在你的心目中，他们是什么样的？”

他挥了挥手，说道：

“噢，噢……快看这些小鸟和漂亮的蝴蝶！噢，噢，它们是如此迷人……亲爱的，你能重新把这章朗读一遍吗？当然了，我甚至可以读两章，亲爱的！这可以避免让我重新下楼……噢！不！别下楼了，楼下弥漫着一股难闻的气味！”

听到这里，卡米耶站起身，关掉音乐，说道：

“你说得对，我们确实无法同处一室 ……你最好还是快点搬出去为妙……但是，让我在祝福你一路顺风以前和你说两件事：第一是关于你对知识分子的理解……毫无疑问，对他们冷嘲热讽是一件很容易的事……是的，确实很容易……通常来说，他们身体孱弱，而且也不喜欢抗争……另外，靴子的声响、奖牌、老式小汽车也同样无法激起他们的热情。所以是的，击垮他们确实不难……只要从他们的手中夺过书本、吉他、画笔，或照相机，这些木讷的人就会瞬间变得一无是处……不难发现，那些残酷的暴君很喜欢干这事：他们烧毁书籍、摔碎眼镜、禁止举办音乐会。因为对于他们来说，做这些事情无须花费很大的代价，还可以避免日后的种种麻烦……但是，你想一下，如果成为一个知识分子意味着热爱自我修缮、对世界充满好奇、专注、乐于欣赏、感情丰富、试图理解周遭的一切、在晚上睡去时比前一天晚上更加智慧，那么我想说：我不仅是一个知识分子，而且我还为自己的这一身份感到骄傲……甚至是无比骄傲……然而，即便我是你口中所说的‘知识分子’，我还是会情不自禁地翻看你放在卫生间里的摩托报刊，我还知道那辆新式的R 1200 GS型摩托为了可以使用廉价汽油，还特意配备一种电动装置……啊！”

“你和我说这些话的用意何在？”

“作为一个不折不扣的知识分子，上次我偷偷拿了你《乔的团队》漫画书，并一个人看着上面的图画傻笑了一个下午……我要和你说的第二件事情是：兄弟，你好像不太适合教训我们，并对我们的生活指手画脚……你以为你工作的厨房就是真正的世界了吗？当然不是。事实正好相反。你们从不迈出自己的天地，总是永远和相同的人打交道。你又对这个世界了解多少呢？答案是一无所知。你已经过了十五年这种一成不变、单调乏味的打工仔生活。也许这就是你选择这份工作的用意所在？为的是永远都不离开妈妈的肚子，为了永远被食物环绕、被温暖包围？……你自己好好想一想……当然，你比我们工作得更多、更辛苦，这是一个不争的事实。但我们这些所谓的'知识分子'却与这个世界有着更加本质的接触。噢，噢，其实我们每天都会下楼。费里贝尔去他的商店，而我则前往办公大楼。别担心，该接触的人和事，我们每天都在接触。还有你关于生存的理论：生活是丛林，让我们一起为生活而奋斗，这些傻帽的话，我们也早就了然于心……如果你想，我们甚至都可以就这个话题给你上一堂课……好了，我话就说到这里。晚上好，晚安，新年快乐。你说什么？"

"没什么。我只是说刚才的你一点都不可爱……"

"是的，我本来就生性暴躁。"

"什么意思？"

"你打开一本字典就知道了……"

"卡米耶？"

"怎么了？"

"说两句动听的话，让我听听吧……"

"为什么？"

"为了让新的一年更好地开始……"

"不行。我又不是自动点唱机。"

"就说几句嘛……"

她转过身，说道：

"试着把抹布和餐巾放在一个抽屉里吧，有时，一些不和谐的插曲会让生活变得更有情趣……"

"那我呢？你难道不想让我说一些好听的话，让新的一年有一个良好开端吗？"

"好的……那你说吧。"

"你知道吗……你刚才做的吐司美味极了……"

第三部

1. 

当他第二天早晨走进她的房间时，已经过了十一点。她穿着宽松的晨衣，坐在窗边，背对着他。

“你在干吗？画画吗？”

“是的。”

“在画什么呢？”

“新年的第一天……”

“给我看看。”

她抬起头，看了他一眼。为了不笑出声来，她不得不紧紧咬住脸颊的内侧。

弗兰克今天穿了一件十分正式的西装，有点类似雨果·波士品牌在20世纪80年代所推出的款式。西装显得略微宽大，材质也过于闪耀，还配有怪异的垫肩。另外，他还穿了一件芥末色的化纤衬衫，戴着一条花花绿绿的领带，脚上穿着一双与衬衫颜色相配的袜子和一双猪皮皮革鞋子。很显然，这双鞋子让他觉得很不舒服。

“怎么了？”他低声咆哮道。

“没、没什么。你……你今天穿得可真优雅……”

“你真的太会说话了……是因为今天中午我邀请了我的外祖母去餐厅用餐，

才穿成这样的……”

“好吧……”她偷笑了一下，继续说道，“能和你这么帅的人一起出行，她一定会感到无比自豪的……”

“真幽默。你不知道和她一起出去吃饭是一件多么头疼的事情……好吧，其实也……”

“是波莱特吗？就是给我织围巾的那位？”

“是的。这也正是我现在来找你的原因……你好像说过要带给她什么东西，不是吗？”

“是的，千真万确。”

说罢，她站起身，移动了一下椅子，然后在她的小箱子里寻找着什么。

“快坐到椅子上去。”

“做什么？”

“一份礼物。”

“你要为我作肖像画吗？”

“是的。”

“我不能接受。”

“为什么？”

“……”

“你自己也不知道为什么？”

“我不喜欢别人看着我。”

“没事，我画得很快的。”

“不行。”

“那随便你……我本来想通过以物换物的方式用一幅你的肖像画换取波莱特的围巾，我想，这份礼物一定会让她心花怒放的……但我不会强人所难。我从不会强求别人做任何事。这不是我做事的风格……”

“好吧，但要快！”

“这样不行……”

“又怎么了？”

“你的西装、领带，所有这身打扮都有问题。这不是真正的你。”

“你想让我脱光衣服吗？”他邪恶地笑了一下，说道。

“是的，是的，这样画出的效果一定很棒！一幅漂亮的裸体像……”她眼睛也不眨地回答道。

“你不是在开玩笑吧？”

他的神色开始变得紧张起来。

“我当然是在开玩笑了……你太老了！再说，你的毛发一定过于茂盛……”

“才不是呢！完全不是这样！我的毛发量与正常人无异！”

听到这些话，她忍不住笑了起来。

“好吧，不管怎么说，你还是将上衣脱去，将领带解开吧……”

“天哪，我可是费了九牛二虎之力才把领带给系上的……”

“看着我。不，不是这样……放松一点，你这样看上去就像屁股里插了一把扫帚……傻瓜，我又不会把你给吃了，我只是在为你画速写。”

“哦，是的……”他带着哀求的语气说道，“吃了我吧，卡米耶，吃了我吧……”①

“很好，就保持这种愚蠢的微笑。完全正确，要的就是现在这种感觉……”

“你快画完了吗？”

“马上就结束了。”

“我已经感到有些厌烦了。和我说说你吧。说说你的故事吧，也好让我打发一些时间……”

“你这次又想让我给你讲谁的故事？”

“你的……”

“……”

“你今天都打算做些什么？”

“整理房间……也会抽空熨一下衣服……然后我会出门散一会儿步……今天的阳光很美……行走了一段时间以后，我一定会走进一家咖啡店或是一家茶室，去吃蓝莓烤饼，想想就觉得好吃……如果我运气好，能在那儿碰到一条狗，我最近正在‘收集’茶室里的狗，我有一本专门为它们准备的绘画簿，一本漂亮的人造革小本子……曾经，我也有过一本专门画鸽子的本子……我对这种动物的特性了如指掌。无论是蒙马特高地、伦敦特拉法加广场还是威尼斯圣马可广

① 原文中作者用了croquer一词。在法语中croquer这个动词既有大口咀嚼的意思，也有写生的意思。——译注

场上的鸽子，我都用画笔描绘过它们……”

“告诉我……”

“什么？”

“为什么你总是孤身一人？”

“我也不知道。”

“你对男人不感兴趣吗？”

“这都是些什么问题……如果一个姑娘对你无法抗拒的魅力无动于衷，她就一定是个同性恋，是这样吗？”

“不，不是的，我只是随便问问，仅此而已……因为你总是穿得很随便，从不刻意凸显身体的曲线，所以……”

沉默。

“当然，我当然对男人有兴趣了……其实我也挺喜欢姑娘的，但是听好了，我还是更偏爱男孩……“

“你和女孩上过床吗？”

“天哪……记不清已经多少次了！”

“你在说笑吗？”

“是的，好了，我画完了。你可以重新穿上衣服了。”

“给我看看。”

“你一定认不出自己。人们总是很难在图画中认出自己……”

“你为什么要在这里画一块这么大的斑点？”

“这是我打的阴影。”

“啊？”

“在绘画中，我们把这种艺术手法称为渲染……”

“好吧。那这个呢，这是什么？”

“你的络腮胡。”

“啊？”

“你是不是很失望？来吧，把这幅也带上……这是那天你在玩电脑游戏时我为你画的速写……”

当他看到这幅作品时，脸上绽放出了久违的笑容，说道：

“这才对嘛！这才是真正的我！”

“就我而言，我还是更喜欢第一幅，但是好吧……你只需把这两幅肖像画夹在某本漫画书里就可以带走了……”

“给我一张纸……”

“你要做什么？”

“没什么。如果我想，也可以为你作一幅肖像画……”

他凝望了她一会儿，随后伏在膝盖上，吐了吐舌头，将他的“作品”递给了卡米耶。

“怎么样？”她好奇地问道。

他画了一个螺旋形的物体。一种类似蜗牛的动物，只不过他还在蜗牛壳的最深处画了一个黑色的圆点。

她没有做出任何反应。

“那个黑色的圆点，是你。”

“我……我明白……”

她的嘴唇开始颤抖。

此时，弗兰克一把从她手中抢过画纸，说道：

“咳！卡米耶，这只是一个玩笑！我都不知道自己画的是什么！它什么都不是！”

“是的，是的。”她一边说一边将手伸向额头，继续说道，“它什么都不是，这一点我知道得很清楚……好了，快走吧，你就快迟到了……”

他在公寓入口处穿好衣服，在拉门的时候，用头盔在自己头上狠狠敲了一下。

“那个黑色的圆点，是你……”

这个男人真令人讨厌。

2.

他第一次没有摇摇晃晃地背着一个装满食物的背包，而是倚靠在汽油箱上，任由摩托车自由驰骋。他双脚收紧，手臂绷直，全身热血沸腾，头盔随时有崩裂的可能。他最大限度地握紧把手，试图抛开所有烦恼，不再思考任何问题。

他前行得很快，太快了。他是故意为之的。他想通过这种方式看看会产生何种效果。

在他的记忆中，他的双腿之间好像一直都夹着一个马达，他的手心里也总有一种奇痒难耐的感受。在他的记忆中，他好像从未把死亡当成一个严肃的问题。在他看来，死亡至多只是一件多余的麻烦事……再说……他人都已经不在了，这件事情难道对他来说还有什么重要性可言吗？

他手头一旦有几个钱，他就会用这些钱去买一台对他弱小身躯而言过于巨大的马达。他一旦交了几个头脑还算灵活的朋友，他就会去买速度更快的摩托车。通常，在面对红灯时他总能保持平静，从未在柏油马路上留下过任何橡胶的痕迹，从不和其他人展开无谓的竞争，因为他觉得没有必要为这种愚蠢的事情冒险。然而，只要一有机会，他就会独自出发，自由驰骋在公路上，留下他的保护神在天上心惊胆战。

他喜欢速度，真的喜欢，比世界上任何其他事物都要更喜欢，甚至超过了他对女孩的喜欢。因为速度能够带给他生命中唯一快乐的时光：让他感到内心平静、祥和、自由……在他十四岁的时候，当他像蟾蜍躺在火柴盒上一样（这是当年流行的一种比喻）自在地躺在摩托车上时，弗兰克感觉自己就像都兰省的国王一般；在他二十岁的时候，他买了自己人生第一辆二手小排量摩托车，这是他整个夏天在靠近索缪尔的一家破旧餐厅打工的血汗所得；如今，骑摩托车已经成为他早晚班之间的唯一消遣。他梦想一辆摩托车，买下它，擦洗它，用旧它，然而再梦想购买一辆新的摩托车，随后来到车行，卖掉旧的那辆，买下新的那辆，接着再擦洗它，用旧它……

如果没有摩托车，他也许都不会亲自去探望外祖母，而只是更频繁地打电话给她，然后祈求上天让她不要每次都和自己讲述近期的生活……

问题是，这个方法已经不再奏效……就算他把摩托车开到了两百码，也再找不回那种轻松的感觉。

就算他开到了二百一十码，甚至二百二十码，他的大脑还是疲惫不堪。无论他怎样潜入人群，脱离大路，蜿蜒曲折地走着奇奇怪怪的路线，有些问题总是在他的头脑中挥之不去，总是在两个加油站之间侵蚀着他的大脑。

今天这个元旦是如此干燥，如此闪耀，就像一枚崭新的钱币。他也一身轻松，没有带任何挎包和背包，除了和两个可爱的老太太共进午餐之外，没有任何其他安排。他也终于振作精神，在好心的汽车司机为他让道时，伸了伸腿表示感谢。

他已经缴械投降，已经习惯在两地穿梭的路上不断询问自己如下问题：为什么要过这样的生活？这样的生活要一直持续到何时？怎么才能避免继续如是度日？为什么要过这样的生活？这样的生活要一直持续到何时？怎么才能避免继续如是度日？为什么要过这样的生活？这样的生活要一直持续到……

此时，他虽然累得筋疲力尽，但心情还算不错。为了感谢伊冯娜的帮助，他邀请她一起共进午餐。当然，弗兰克不得不承认，他邀请她的另一个重要原因是想请她代替自己在午餐谈话中占据主导地位。多亏她的到来，他可以开启类似开飞机时的“自动驾驶”模式，朝右边微笑一下，朝左边微笑一下，再说几句让她们听得舒心的话，应该就已经到了饭后咖啡时间……这真是太好了……

伊冯娜将先去养老中心将波莱特接到自己的家中，然后三人在“旅行者饭店”前碰头。这是一家铺满精致餐布、放着美丽干花的高档饭店。弗兰克曾在里面工作学习过，这段经历让他留下了美好的回忆……那是1990年的事，但他感觉像过去了几万年一样……

他当时用的是哪辆摩托车？是那辆雅马哈牌摩托车，不是吗？

弗兰克在马路上的白线间蜿蜒前行。他把面罩拉起，为的是感受太阳直射而下的温度。他暂时还没有搬家，因为他还不想那么快离开。他希望留在这套宽敞的公寓里，每天清晨和一个还穿着晨衣的姑娘共同开启新的一天。她虽然话不多，可自从她来以后，公寓里悄然发生了很多改变：费里贝尔终于走出他的房间，每天早晨和他一起喝热巧克力；为了不吵醒还在熟睡的卡米耶，他自己也不再狠狠地摔门而去；每当他听见卡米耶在隔壁房间活动，能让他更快地进入梦乡。

开始时，他还有些摸不透她。可现在好了，他已经将她征服了……

什么？你听见你自己刚才都说了什么吗？

说了什么？

等一下，别装出一副无辜的样子……说真的，拉斯德菲尔，请你看着我的眼睛，然后回答：你真的将那个姑娘征服了吗？

呃……没有……

这才对！我更喜欢你现在这个样子……我知道你不是精明狡猾的男生……

但你刚才还是把我吓了一跳！

好了……我们现在难道连玩笑都不能开了吗……

3.

他在一个客车停靠站旁解开拉链，并在穿过大门时整了整自己的领带。

饭店老板娘张开双臂，欢迎他道：

“看看，你是多么帅！啊！我一看你的穿衣打扮就知道你是从巴黎来的，你！雷内让我向你问好。他忙完以后就过来……”

伊冯娜站了起来，他的外祖母则对他慈爱地微笑着。

“姑娘们，看看你们漂亮的发型，你们是不是都去过理发店了？”

两人一边喝着基尔酒一边傻傻地笑着，并侧过身体，好让弗兰克看到卢瓦尔河的景致。

他的外祖母拿出了只有在重要日子才会穿的套装，并配上了她那不值钱的胸针和皮毛领子。养老院里的理发师看来技术还不错，此时的波莱特看起来就像桌布一样鲜亮。

“理发师为你染过头发了吧，效果很明显……”

“这正是我刚才和她说过的话。”伊冯娜打断了弗兰克，“这个颜色很不错，不是吗，波莱特？”

波莱特点了点头，然后继续一边小口喝着饮料，一边用印有花纹图案的纸巾擦拭着嘴唇的一角。她时而贪婪地看着自己的外孙，时而又充满期待地读着菜单。

进餐的过程和他的料想如出一辙。“是的”“不”“真的吗”“这不是真的吧”“唉，太可惜了……”“不好意思”“哎呀”和“见鬼”是他在整顿午餐中唯一说过的话。伊冯娜完美地掌控着整场对话……

波莱特的话也不多。

她总是静静地看着窗外的河流。

主厨过来和他们聊了一会儿，并为所有人都斟上一些阿马尼亚克烧酒。两位女士开始还委婉地谢绝了他的好意，因为她们认为这是一种在类似做弥撒的时候喝的葡萄酒。主厨向弗兰克讲述他做厨师的经历，并问他打算什么时候回到这里工作……

“那些巴黎佬根本就不知道如何享用美食……女人们总想着如何瘦身，而男人们则一心想着结账时的账单……我敢肯定你从未在巴黎享受过你的工作……中午的时候，你只能碰到一些对自己吃什么毫不在意的商业人士，到了晚上，饭店里到处都是来庆祝他们20周年结婚纪念日的夫妻，然而他们却总在争吵，因为他们的车没有停好，他们害怕自己的车会被警察收走放到汽车存放处去……我没有说错吧？”

“哦，你知道吗，我才不在乎这些呢……我只是在做我的工作，仅此而已……”

“你看，这正好印证了我刚才说的话！在巴黎，你做厨师只是为了生计……回来吧，我们可以和朋友们一起去钓鱼……”

“你准备把你的饭店卖了吗，雷内？”

“噗……卖给谁呢？”

当伊冯娜去找她的车时，弗兰克帮他的外祖母穿好了外套。

“给，她叫我把这个给你……”

沉默。

“怎么了，你不喜欢吗？”

“喜欢……喜欢……”

说罢，她开始抽泣起来。

“图画上的你是那么帅……”她指了指那幅弗兰克自己并不喜欢的作品，说道。

“你知道吗，她每天都戴着你织的围巾……”

“你骗人……”

“我向你发誓这是真的！”

“那你说得对……这个女孩不是一个普通人。”她吸了吸鼻子，微笑着说道。

“外婆……别哭……我们会想到解决办法的……”

“是的……我已经是个半截入土的人了……”

“……”

“你知道吗，有时候我觉得自己已经准备好了，有时候又……我……我……”

“哦……我可怜的外婆……”

说罢，他生平第一次将波莱特揽入怀中。

他们在停车场挥手道别，他很庆幸自己不用将她送回那个无尽的深渊。

当他骑上自己的摩托车时，感觉它比以往显得更加沉重。

他一会儿和女朋友有个约会。他有收入，有地方住，也有一份稳定的工作。他刚刚见了自己的至亲和朋友，但他仍然有一种无以名状的孤独感。

“真是一团糟。”他在头盔里暗暗骂道，“真是一团糟。”他没有把这句话再重复第三遍，因为重复再多遍也对改变现状没有一点帮助。再说，说太多的话会让他的头盔蒙上一层雾气。

真是一团糟。

4.

“你又忘记拿钥……”

卡米耶没有把话说完，因为她发现自己认错人了。门口站着的人不是弗兰克，而是上次和他一起来的那个女孩。那个他在圣诞之夜睡过以后又无情将她丢在一边的女孩……

“弗兰克不在家吗？”

“不在。他去探望他的外祖母了……”

“现在几点了？”

“呃……七点左右，我猜……”

“如果我在这里等他会影响你吗？”

“当然不会……进来吧……”

“我没有打扰你吧？”

“完全没有！我正准备在电视机前打发时间呢……”

“看电视？”

“当然，怎么了？我不得不提前告诉你，我挑选的都是最低能的电视节目……节目里都是些穿得像妓女一样的女孩，或是穿着紧身衣的主持人，他们叉开大腿，读着节目单上的内容……我觉得这就是一场聚集了很多名人的大型卡拉OK活动，但我里面谁都不认识……”

“不，你一定认识他，那个‘明星学院’里的选手……”

“‘明星学院’是什么？”

“天哪，我刚才问得对……弗兰克就是这么和我说的，你从来都不看电视……”

“确实，看得不多……但现在播的节目，我真的很喜欢……看着这个节目，我有种慵懒地躺在温暖小巢的感觉……真舒服……他们每个人都如此美丽，所有人都在不停地拥抱亲吻。当姑娘们哭泣时，她们还需要擦拭自己的睫毛膏。场面十分感人，你看了就知道了……”

“你能给我腾出一个位子吗？”

“来……”卡米耶说着挪动了一下身体，指了指羽绒被的另一头，说道，“你要喝点什么吗？”

“你在喝什么？”

“勃艮第葡萄酒……”

“等一下，我自己去找个杯子……”

“发生了什么？”女孩说。

“我也不知道。”

“给我倒杯酒，我来告诉你。”

两人在广告时间交谈了一会儿。她叫梅里亚米，来自沙尔特。她在圣多米尼克大街上的一家发廊里工作，在十五区租了一间公寓。她有些担心弗兰克，给他发了几条信息。当节目重新开始时，她调高了电视的音量。在节目的第三部分结束以后，两人成了好朋友。

“你认识他很久了吗？”

“我也不清楚……一个月左右吧……”

“这段感情可靠吗？”

“不。”

“为什么？”

“因为他总是在我面前谈论你！不，我开玩笑的……他只是和我说，你绘画技术超群……对了，你想让我为你改造一下吗？”

“改造什么？”

“你的头发！”

“现在？”

“是啊。因为等会儿我一定会喝得醉醺醺的，到时候说不定一不小心把你的耳朵也割下来！”

“但是你什么工具都没带，连一把剪刀都没有……”

“你们卫生间里有剃须刀吗？”

“呃……有的。费里贝尔好像仍旧在使用一种旧石器时代的剃须刀……你到底准备对我的头发做些什么？”

“让你看起来更柔和一些……”

“你介意我们在一面镜子前理发吗？”

“你害怕了？你想监视我的动作？”

“不是，只是看看你……”

梅里亚米开始为她理发，卡米耶则用画笔记录下了两人的样子。

“你之后可以把这幅作品送给我吗？”

“不行。我可以给你其他任何东西，但这幅作品不行……所有的自画像，即使它们不完整，我也会将它们收藏起来……”

“为什么？”

“我自己也不清楚……我感觉只要我不断为自己作画，终有一天我可以认出自己……”

“当你照镜子的时候，难道认不出自己吗？”

“我总是觉得自己很丑。”

“那在你的画中呢？”

“在我的画中，我并不总是如此丑陋……”

“这样看上去好多了，不是吗？”

“你给我留了些鬓角，和弗兰克的一样。”

“这种发型很适合你。“

“你知道珍·茜宝吗？”

“不知道，她是谁？”

“一个演员。她当年的发型和你为我做的一模一样，只不过她的头发是金色的……”

“如果只有这一个差别，下一次我可以为你染发！”

“这是一个非常可爱的女孩……她和一个我最喜欢的作家生活在一起……但是，有一天早晨，人们却在一辆车里发现了她的尸体……一个如此漂亮的姑娘怎么可能会有摧毁自己的勇气？这太不公平了，不是吗？”

“那你应该在她死之前为她作一幅画像，让她看看自己有多美……”

“那年我才两岁……”

“这也是弗兰克告诉我的一件事……”

“告诉你珍·茜宝是自杀身亡的？”

“不，告诉我你很会讲故事……”

“那是因为我很喜欢人类这一物种……呃……我要付你多少钱？”

“你少来……”

“那我送你一个礼物吧……”

说着，她走进房间，回来的时候手里拿了一本书。

“《所罗门王的恐慌》……这本书好看吗？”

“非常精彩……你能再试着给他打一个电话吗，我也开始有点担心起来……他不会遇上什么意外了吧？”

“噗……你的担心是没有意义的……他只是把我忘了……我已经开始习惯他这种对待我的方式了……”

“那你为什么还要和他在一起？”

“为了不再孤单一人……”

当她们开始喝第二瓶酒的时候，弗兰克出现了，他已经脱下了他的头盔。

“你们俩在干什么？”

“我们正在欣赏一部三级片。”两人傻笑了一下，继续说道，“我们是在你的房间里找到这部片子的……那里片子太多，我们犹豫了好久才选中了这部，不是吗，梅梅？这部片子叫什么来着？”

“《抽出你我正在撕咬的舌头》。”

“啊，是的……这部电影很好看……”

“你们都在胡说八道些什么？我可没有什么三级片！”

“真的吗？太奇怪了……可能有人把这部片子落在了你的房间里？”卡米耶带着讽刺的口吻说道。

“或者，也有可能是你自己弄错了。”梅里亚米补充道，“你以为你买了《天使爱美丽》，可实际上却拿了这一部……”

“这都什么乱七八糟的……”当她们笑得更加厉害时，弗兰克瞥了一眼屏幕，说道，“我看你们俩是完全喝醉了！”

“是的……”两位姑娘尴尬地回答道。

“咳！”当卡米耶看到弗兰克咕哝着准备离开客厅时，叫住了他。

“又怎么了？”

“你不向你的未婚妻展示一下今天你有多帅吗？”

“不了。你好烦。”

“给我看看吧。”梅里亚米央求道，“亲爱的，给我看看嘛！”

“跳支脱衣舞吧。”卡米耶提议道。

“要全裸的那种！”另一个女孩附和道。

“一支脱衣舞！一支脱衣舞！一支脱衣舞！”两人齐声喊叫道。

他摇了摇头，随后无奈地抬头望了一望天。他试图装出一副动怒的样子，可惜他做不到。他已经累得筋疲力尽了。现在他只想一头倒在床上，踏踏实实地睡上一个礼拜。

“一支脱衣舞！一支脱衣舞！一支脱衣舞！”

“很好，是你们自己想看的，把电视关掉，做好准备，我的小心肝们……”

他放上《性感疗伤》的曲调，随后从脱去摩托手套开始，表演起了他的舞蹈。

当歌曲的副歌响起：

起来，起来，起来，让我们今天晚上一起做爱。

醒来，醒来，醒来，因为我们要好好享受这一刻的时光。

他突然解开了他黄色衬衫上最后的三粒纽扣，随后卖力地扭动着身躯，在自己的头部上方挥舞着这件衬衫。

姑娘们则依偎在一起，用脚轻敲着地面。

现在弗兰克的身上只剩下一条长裤。他转过身，一边左右摆动着腰肢，一边让裤子慢慢向下滑落。此时，人们已经可以看到他内裤上方的那条松紧带，上面印有DIM DIM DIM的字样。他转向卡米耶，并对她邪恶地眨了一下眼睛。就在这时，歌曲戛然而止。他赶忙飞快地拉起自己的长裤，说道：

“好了。你们愚蠢的要求很有趣，但我现在要上床睡觉了，我……”

“哦……”

“真可惜……”

“我饿了。”卡米耶说道。

“我也是。”

“弗兰克，我们饿了……”

“看到没有，厨房就在那里，直走向左转就到了……”

几分钟以后，他穿着费里贝尔的苏格兰睡袍重新出现在她们的面前。

“怎么了？你们不吃东西吗？”

“不吃，就让我们饿死算了……一个舞男已经穿好衣服，一个厨师不准备做饭，我们今天晚上可真够幸运的……”

“好了。”他叹了一口气说道，“你们要吃哪种口味的？甜的还是咸的？”

“嗯……真是太好吃了……”

“这只不过是一碗普通的面条罢了……”他学着东·派蒂洛的声音谦虚地回答道。

“你都在里面放了些什么？”

“天哪，其实都是些小东西……”

“真是太美味了……”卡米耶不断重复。末了，她又补充道：“甜品你都为我们准备了些什么？”

“火烧香蕉……原谅我，小姐们，我已经尽我所能了……等会儿你们就知道了……我用的朗姆可不是莫诺普里超市里的‘老尼克’牌朗姆酒！”

“嗯……”两人一边舔着她们的盘子一边说道，“那后面呢？”

“后面是睡觉环节。如果谁有兴趣加入，记住我的房间是在那里，直走向右拐。”

最后，两人喝了一杯热茶，抽了最后一支香烟。弗兰克则在沙发上一边揉着鼻子，一边闭目养神。

“我们的唐璜伴随着《性感疗伤》的曲调尽情舞动时简直太帅了……”卡米耶认真地说道。

“是的，你说得对，他确实很棒……”

他在半睡半醒间微微笑了一下，然后把手放到嘴唇上，示意她们别再说话。

当卡米耶走进卫生间时，弗兰克和梅里亚米已经在那儿了。两人都已经精疲力竭，没有力气再上演“亲爱的，你先来的”的戏码。当卡米耶拿起自己的牙刷时，梅里亚米刚好放下自己的牙刷，并向她道了一句晚安。

此时，弗兰克正伏在洗漱台上方，吐着牙膏。他抬起头时，两人正好四目相对。

“是她给你剪的头发吗？”

“是的。”

“看上去不错……”

两人向彼此镜中的影像微笑了一下。这短短的半秒似乎要比平时的钟表时间感觉更长。

“我可以穿你那件灰色T恤衫吗？”梅里亚米在房间里问道。

他一边刷着牙，牙膏都流到了他的下巴上，一边再一次向镜中的女孩说道：

“喔呃唔哦呃噢哟……”

“你在说什么？”她皱着眉头问道。

他吐了一口牙膏，说道：

“我说：无法在睡觉时拥有你真是一件愚蠢的事……”

“啊，是的。”她微笑着回答道，“确实很愚蠢……”

停顿了几秒，她转向他，说道：

“听着，弗兰克，我有一件重要的事情和你说……昨天，我确实告诉你我从未履行过任何新年计划，但现在我希望我们一起订下一个计划，并能说到做到……”

“你想让我们不再碰任何带有酒精的饮品？”

“不是。”

“不再抽烟？”

“也不是。”

“那你到底想干什么？”

“我希望你能够停止和我玩类似的游戏……”

“什么游戏？”

“你知道得很清楚……你那些关于性的玩笑，那些对于我来说过于沉重的暗示……我……我不想失去你，也不愿与你撕破脸皮。我希望我们能够相安无事地生活在一起……希望这里是一个……一个让我们三个人都感到自在的地方……一处简单平静的居所……我……你……我们两个……是不会有任何发展的，你懂吗？我是想说，我们……我们当然可以上床，好吧，那然后呢？如果我们两个这么做了，简直就是在胡闹……这将把一切都毁了……”

听到这番话，他愣了好一会儿，才回过神来回答道：

“等一下，你都在和我说些什么？我从来没有说过想和你上床！就算我想，我也不能这么做！你实在太干瘪了！你这个样子怎么会有男人燃起抚摸你的欲望？我的朋友，你先摸一摸自己再说话吧！摸一摸自己！你都在胡说些什么……”

“你知道为什么我总是和你保持距离了吧？你知道为什么我时刻保持清醒的头脑了吧？我们之间的关系永远无法调和……我试着用尽可能委婉的话语和你谈一些事情，而你回馈给我的却是可怕的攻击性、伤人的言辞和恶毒的言行。幸好你永远也无法触摸我！这真是万幸！因为我根本就无法忍受你红通通的脏手和残缺不全的指甲！把它们都留给你的那些女服务员吧！”

在走到门口时，卡米耶停了一下，又说道：

“好吧，我的计划算是泡汤了……我本应该缄口不语……天哪！我好笨……我太笨了……其实，通常来说，我不是这个样子的，完全不是……在我感觉有什么事情不对时，一般都会掉转身去，然后悄然离去……”

他一下坐在了浴缸的边沿上。

“是的，通常情况下，悄然离去才是我正常的反应……但是现在，我却像个白痴一样，鼓起勇气找你谈话，因为……”

他抬起头，问道：

“因为什么？”

“因为……刚才我也和你说了，让这套公寓成为一处平静的居所对我来说是一件很重要的事……我马上就二十七岁了，我人生第一次住在一个让我感觉良好的地方，一个让我晚上回去感觉快乐的栖息地，虽然我也是最近才拥有类似感受。你看，虽然你刚才对着我说了那么多伤人的话，我仍旧在这里践踏着自己的自尊和你心平气和地说话，因为我真的不想失去这种感受……呃……你理解我和你说的这些话吗？还是你觉得我在说天书？”

“……”

“好了，我要去触摸自己了……我是说去睡觉了……”

他禁不住笑了一下，说道：

“对不起，卡米耶……我刚才对你的态度就像一个白痴……”

“是的。”

“我怎么会是这个样子的人？”

“好问题……怎么说？让我们一起把刚才的插曲埋葬？”

“好的，我已经开始在挖洞了……”

“太好了。我们互相亲吻一下表示和好？”

“不，你还是去睡觉吧。现在不是亲吻你脸颊的时候，眼下对我来说这太难了……”

“你真傻……”

他蜷缩成一团，过了很久才慢慢站起身来，然后长时间凝望着自己的手指、双手和指甲。他关了灯，走进自己的房间。他心不在焉地抱起梅里亚米，把她放到枕头上，为的是不让隔壁房间的姑娘听到任何的动静。

5.

就算这场谈话让她付出了很大的代价，就算那天晚上她在脱去衣服，摸到那些本该最具女性特征的部位（膝盖、腰肢、肩膀）都瘦骨嶙峋时，感到从未有过的失望和无助，就算她由于细数自己的缺点而难以入眠，她都不后悔和他进行了这场对谈。因为，从他第二天的言行举止、开玩笑的方式和他有意识收敛放肆言行和自私做法的态度来看，卡米耶想传递的信息已经成功地被弗兰克接收。

梅里亚米的到来缓和了两人紧张的关系。虽然弗兰克仍然对他的这位女友不够上心，但这并不妨碍他经常到梅里亚米的家中过夜，并在次日早晨神情轻松地回到寓所。

有时，卡米耶也会怀念两人打情骂俏的时光……“真是个傻姑娘。”她暗暗想道，“这段时光是多么令人感到愉快……”然而，这种内心的波澜从来都不会持续很久，因为过往的经历让她知道平静的生活是多么来之不易。再说，她现在也不清楚自己到底和他属于何种关系，不知道到底应该对他真诚以待还是轻佻随便。当她就这样独自坐在餐桌前，面对着一盘没有完全解冻好的冷冻食物胡思乱想之时，瞥见了一件摆放在窗台上的奇怪物品……

这是昨天他为她画的肖像画。

一颗菜心被放在了图画上方……

她重新回到桌子旁，一边用刀叉吃着凉嗖嗖的西葫芦，一边傻呵呵地暗自偷笑。

6.

两人商量好一起前往商店去购买一台功能强大的洗衣机，并事先说好各自承担一半的费用。当弗兰克听到店员说“您的太太说得很有道理……”时，不由得喜形于色，并趁机在之后的店员演示环节都把卡米耶叫成“亲爱的”。

“这台组合机器的最大好处是……”售货员眉飞色舞地说道，“两台机器被合并成了一台，很显然，最大的优势在于空间的节约和利用……我们也很清楚如今的年轻夫妇在刚搬进新居时是怎样一番情景……”

“你有没有和他说我们是三人同居在一套四百平方米的公寓里？”卡米耶抓住弗兰克的胳膊，低声问道。

“亲爱的，请你先别说话……”他颇为不快地回答道，“让我好好听一听这位先生的讲解，好吗……”

卡米耶坚持要求弗兰克在费里贝尔回来以前将洗衣机安装好。“要不然的话，这一突然的改变会让他的神经过于紧张的。”她这样向他解释道。而她自己则用了整整一个下午的时间打扫了一间与厨房一墙之隔的屋子。以前，人们通常把这间屋子称为“洗衣房”。

她在这间屋子里找到了成堆成堆的床单、刺绣抹布、餐巾、围裙、蜂巢纹手巾，还有已经变得僵硬的肥皂块和放在精美盒子里的各种产品：水晶碱、亚麻籽油、西班牙白色的洗涤产品、用来清洗烟斗的酒精、圣旺德里耶的蜂蜡，以及柔软得就像是由天鹅绒制成的雷米牌淀粉浆……另外，屋子里还有一套数量惊人、大小和毛刷都各不相同的刷子，一把和女士遮阳伞一样漂亮的鸡毛掸子，一把调整手套形状的钳子和一副用来拍打毯子的、由柳条编织而成的拍子。

她小心谨慎地将所有这些“宝物”依次排开，随后用画笔将它们记录在一本大簿子上。

她试图将这间小屋里所有的一切都画下来，好在费里贝尔哪一天被迫离开这套公寓时，将这幅作品送给他……

每当她整理物品时，都会盘腿而坐，然后一头扎到放满信件和照片的圆形盒子里。她可以数小时不间断地欣赏那些穿着制服、留着小胡子的英俊骑士，那些就像刚刚从雷诺阿的画中走出来的高挑女士，以及那些被打扮成女孩模样的年轻男孩。通常，在他们五岁的时候常会用手扶着玩具木马；在七岁时，手握木环；到了十二岁，则手拿一本《圣经》，肩膀微微向一旁倾斜，为的是露出表示他们受到上帝恩典的臂章……

是的，她被这些物品深深吸引，完全忘记了时间。有好几次，当她再次看表时不由得惊跳了一下。虽然她全速穿梭在地铁的过道里，可当她到达工作地点时，还是看到“超级乔丝”指着自己的手表，向她不满地怒吼着……唉……

“你这是要去哪里？”

“上班，我已经肯定会迟到很久……”

“多穿点，外面很冷……”

“知道了，爸爸……对了……”她突然补充道。

“怎么了？”

“明天费里就回来了……”

“真的吗？”

“明天晚上我请了假……你也在吗？”

“我不知道……”

“好吧……”

“你怎么说也戴条围……”

然而此时，门已经被卡米耶狠狠地关上了……

“真是搞不懂她。”他轻声咒骂道，“当我挑逗她，让她穿少点，她不高兴，现在我让她多穿点，她还是不高兴，甚至对我说的话置若罔闻。这个女孩真快把我给弄死了……”

新的一年，依然如故的苦差：同样沉重的蜡盒、同样被垃圾堵得满满的吸尘器、同样被编好数字的水桶（“超级乔丝”常会指着这些水桶说：“别再给我找碴了，姑娘们！”）、同样少得可怜的洗涤用品、同样堵塞的盥洗盆，以及照旧讨人喜欢的玛玛多、照旧累得精疲力竭的同事们和照旧情绪激动的乔丝……总的来说，一切如同往日。

虽然身体情况好转，可卡米耶还是浑身都提不起劲。她把自己的物品放在公寓的入口处，随后又重新开始作画。她试图追逐白日的阳光，觉得自己整天日夜颠倒的作息很不值得……众所周知，一日之计在于晨，然而如何让她一个被那种辛劳而愚蠢的工作耗尽体力、从来不会早于凌晨两三点入睡的人精神抖擞地在白天创作？

她轻拍着桌子，头脑则飞速地运转着：费里贝尔就要回来了，弗兰克还算和善，这套公寓又是如此充满魅力……突然，一个念头闪过她的脑海……她此刻的生活真像是一幅壁画……啊，不，不应该是一幅壁画，这个词过于夸张……它更像是一种启示……对，就是这个词，启示。一种类似报刊专栏或是关于她住所的一部虚构传记……因为在这套公寓里不仅摆放着冰冷的物品，还有如此多的素材、如此多的回忆……不仅挂满了照片，还被一种特殊的氛围（人们也常把这种感觉称为“气氛”）萦绕……我们仿佛可以听见低声私语和闪烁跳动的声响……所有的这些书籍、画作、装饰用的线脚、陶瓷制成的开关、光秃秃的电线、金属质地的水壶、由糊状泥浆制成的罐头、量身定做的鞋撑和泛黄的标签，都是如此的不可思议……

这一切都预示着一个时代的终结……

费里贝尔之前已经告诉过他们：终有一天（也许就是明天），他们必须离开，必须带上衣服、书籍、光碟、回忆以及那两个黄色的特百惠塑料杯，抛开其他所有的一切，离开这座公寓。

之后这里又会发生什么呢？谁又知道呢？最好的设想当然是之后的住客乐于保留和分享公寓的特色，最坏的设想是这所公寓被一群魔鬼和粗鄙之徒侵占。毫无疑问，那些精致的工艺品和高贵的礼帽一定很容易找到买者，但那些烟斗、窗帘、马尾、那幅名为《纪念维纳斯，1887—1912，一匹鼻子上有斑点的骏马》的还愿画以及那瓶放在浴室小桌子上的液体，谁又会去打理这些物品呢？

也许是大病初愈的缘故，也许是由于她昏昏沉沉的状态，又或许是因为她暂时性的思维混乱，总之，卡米耶不知道这个想法是何时何地，又是通过何种方式跳进她的脑海之中的。对了，难道是那位年老的侯爵哪天悄悄地与她分享了这个想法？到底是何种想法萦绕在她的脑海？具体来说，她感觉这个优雅却濒临没落的世界，这个充满资产阶级艺术品和传统的小型博物馆一直以来都在等待着她的到来、她的眼神、她的温存、她令人惊叹的画笔，来真正完成自己的终结……

这个奇怪的念头来无影，去无踪。在白天的时候总是被内心深处发出的几声嘲讽的苦笑吹散：我可怜的姑娘……你这是要去哪儿？你以为你自己是谁？告诉我，谁又会对这些古怪的想法产生兴趣？

但是每当夜晚来临之时……啊！夜晚！当她用了数小时蹲在一个水桶前用力拧干一把尼龙拖把，当她十次、一百次地弯下腰将塑料纸杯扔进垃圾箱，当她穿过数千米地下昏暗的过道，看到一些写着“他呢？当他在您身上时，又做何感想？”字样的乏味涂鸦后，当她终于把钥匙放到入口的柜子上，踮着脚穿过这座硕大的公寓时，总能听到地板向她呻吟道：“卡米耶……卡米耶……”那些老旧的物品向她请求道：“把我们也带走吧……”那位年老的将军向她抱怨道：“为什么你带走的是特百惠塑料杯而不是我们？”最后，铜制品上的按钮和房间里的罗缎齐声向她叫喊道：“就是！为什么不把我们也带走？”

通常在这时，她都会坐在黑暗中，卷一支烟，试图让它们平静下来：“首先，我才不在乎什么特百惠塑料杯；其次，我就在这里，从未离开，你们这些机灵鬼只需在中午时叫醒我就可以了……”

她突然想到塞里纳王子，想到那天在舞会后他独自步行回家的场景……这位王子刚刚亲眼见证了自己国家的衰败，看到了血红的牛犊骨骼和道路两旁的垃圾，感到无能为力，唯有祈求上天尽快给自己的国家一个了结……

六楼的那个家伙给她留了一盒“亲爱”牌巧克力。真是个疯子，卡米耶见状冷笑了一下，便把这份礼物送给她“最喜欢的”上司，随后，在纸上画下小偷皮特猫，让它代替自己感谢送礼物的人：“谢谢了……对了，您下次能给我带些酒心巧克力吗？”

“我真是太滑稽了。”卡米耶叹了口气，摆放好她的图画，低声重复道，“我真是太滑稽了……”

这种胡思乱想、自我嘲讽，形成了半在坦途、半处泥泞的心理状态。在这种混杂的意识中，卡米耶推开了电梯后的一扇门，这是一间堆放水桶和其他清洗工具的陋室。

那天，她是最后一个结束工作的人，当她准备在黑暗中换衣服时，突然意识到房间里好像还有其他人的存在……

她感觉自己的心脏停止了跳动，并随即感受到一种滚烫的液体从自己的两腿间流过：这是她自己的尿液。

“有……有人吗？”她一边扶着墙，一边摸索着寻找电源开关。

他就这样坐在地上，神情慌张，眼神中流露出一丝疯狂。由于长期吸食毒品或缺少睡眠，他眼眶深陷。卡米耶对这一类型的脸庞早就了然于心。他一动不动，也不呼吸，身旁躺着一条狗，他用手罩在狗嘴上，让它无法发出任何声响。

两人就这样在这种状态中僵持了几秒，在沉默中互相凝望。直到意识到他们中的任何一个人都不会因为另一个人的错误而丧命时，他把右手的一个手指放在嘴唇上，示意卡米耶不要发声，后者很快知趣地点点头，重新让他置身于一片黑暗之中。

不知以何种方式，她的心脏又逐渐恢复了跳动。她抓起大衣，向门口后退了几步。

“密码是什么？”他问道。

“什……什么？”

“这幢楼的密码是什么？”

她语无伦次地将密码告诉了他，其实连她自己都不知道回答了些什么。随后，她扶着墙，找到了出口。再后来，她猛然发现自己已经来到了马路上，气喘吁吁，大汗淋漓。

此时，她碰到了门卫：

“今天晚上并不很热，不是吗？”

“……”

“你还好吧？你的神情就像刚刚撞见了鬼一样……”

“我只是很疲惫……”

她冻得浑身发抖，在已经湿透的内衣外面，紧紧裹了一件大衣，随后向错误的方向走去。当她意识到自己身处何方时，不得不沿着一条白线笔直前行，最后还是叫了一辆出租车回家。

一块花哨的牌子上显示着车内和室外的温度（+21℃，-3℃）。整段旅程她都分开双腿，把头靠在车窗上，观察着窗外蜷缩在栏杆旁和大门角落里的人。

那些固执的人拒绝政府铝制毯子的馈赠，因为他们不想一下曝光在车灯的光束下，情愿在南特温和的柏油马路上徜徉。

想到这里，她脸上的肌肉不由得抽动了一下。

一些不堪的回忆再次浮上心头……

她想起自己刚才撞见的“游魂”，他看上去是那么的年轻……还有他的狗……这真是一个愚蠢的笑话……因为只要他带着狗，就什么地方也去不了……她本应该和他交谈几句，问问他是否很饿，然后想办法不让那个肥胖的马特里斯发现他的存在……哦不，其实他真正想要的是那些麻痹大脑的物品……那他的狗呢，它想要什么？距离它上次吃狗粮已经过去多少时间了？想到这里，她不由得叹了口气。真是个傻姑娘……当世界上有一半人的梦想是在通风口获取一块栖息地时，她却在这里担忧一条杂种猎犬的命运，真是个傻姑娘……好了，快去睡觉吧，老太太，你已经让我蒙受了羞辱。你现在想这些有什么意义吗？当时你关上灯，不想再看到他，而此时却躲在一辆大轿车的后座上哀怨地小口咬着自己的花边手帕……

去睡觉吧，快去……

公寓里空无一人。她找到酒瓶，也不知道喝了多少，只记得自己跌跌撞撞地走进房间，然后一下倒在了枕头上。到了半夜，胃里波涛汹涌，她只得起身呕吐，让胃里所有的食物倾泻而出。

7.

当她双手插在口袋里，鼻子朝天，在显示列车班次的牌子底下轻轻跳跃时，听到了一个熟悉的声音和她正在寻找的所有信息：

“从南特驶来的列车将于八点三十五分停靠在九号站台。这样看来，这一列车又晚了十五分钟左右……和往常一样……”

“啊！天哪，你竟然在这儿，你！”

“是的……”弗兰克回答道，“我是来做电灯泡的……啊，你是不是精心打扮过了！这是什么？难道是口红，还是我看错了？”

她把嘴埋在围巾里，偷偷地微笑了一下。

“你好讨厌……”

“不，我是嫉妒了。你从没有为我涂过口红……”

“这又不是口红，这只不过是用来改善嘴唇开裂的产品……”

“你这个骗子……给我看看你的产品……”

“不行。你还在休假吗？”

“我明天晚上就重新开工了……”

“哦。你的外婆还好吗？”

“还不错。”

“你把我的礼物给她了吗？”

“给了。”

“她什么反应？”

“她说你能够把我画得那么帅，肯定是因为你疯狂地爱着我……”

“呵呵……”

“我们去喝点东西吧？”

“不了。我已经在室内关了一天……我现在想坐在这里，看看来往的人流……”

“我可以和你一起看吗？”

于是两人在位于书报亭和打卡器中间的一张长椅上坐下，看着来来往往的慌乱的人。

“加油！快跑，小伙子！快跑！啊……还是太晚了……”

“你有一欧元吗？”

“没有。倒是有一支烟，如果你想要的话……”

“你能告诉我为什么越是身材差的女孩，越喜欢穿低腰裤吗？这一点我真的不懂……”

“你有一欧元吗？”

“咳，你刚才已经问过我了，老伙计！”

“快看那个戴着蓬拉贝地区高帽的老太太，你带绘画簿了吗？没有？真是太可惜了……再看看那边那位男士，他见到自己的妻子是多么的高兴……”

“他们两人看上去有点蹊跷。”卡米耶说道，“那人一定是他的情妇……”

“你为什么这么说？”

“一个拿着小旅行袋、在城市间游荡的男人，在冲向一个穿着貂皮大衣的女人后，开始热切地亲吻她的脖颈……相信我，这事一定有问题……”

“噗……那位女士也有可能是他的妻子，不是吗？”

“不可能！在现在这种时间，他的妻子一定在坎佩尔哄孩子们入睡！看，那边那两个人才是一对真正的夫妻。”她说着，冷笑了一下，指了指在一块高速列车指示牌下激烈争吵的两个粗鄙之徒……

他摇了摇头，说道：

“你真是无可救药……”

“你过于多愁善感……”

此时，两个老人从他们的面前走过，他们弓着背，神情温存，小心翼翼地互相搀扶着向前行进。弗兰克见状用手肘碰了碰身旁的卡米耶。

“啊！”

“我想向他们鞠一躬……”

“我非常喜欢火车站。”

“我也是。”卡米耶回答道。

“想真正了解一个国家，你完全没有必要去坐那些观光巴士，其实只要去火车站和菜市场走走看看，你就一切都明白了……”

“我很同意你刚才说的话……你都去过哪些国家？”

“哪里都没去过……”

“你从来没有离开过法国？”

“我在瑞典待了两个月……在大使馆里当厨师……但是那时正值冬季，我什么都没看见。在那里都无法喝酒……因为那里没有酒吧，什么都没有……”

“呃……那火车站、菜市场呢？”

“我都没有看见过白天……”

“那样不好吗？你为什么笑成这样？”

“没什么……”

“告诉我。”

“不行。”

“为什么？”

“不为什么……”

“哦，我知道了……这一切的背后一定有一个关于女人的故事……”

“没有。”

“你这个骗子，我已经看见你……你的鼻子开始变长了……”

“好了，我们走吧？”他说着，指了指站台。

“你先和我说了再走……”

“没什么可说的……都是一些蠢事……”

“你和大使的夫人上床了，是这样吗？”

“没有。”

“和他的女儿吗？”

“是的！对！就是她！现在你满意了吧？”

“非常满意。”她点点头，娇媚地继续说道，“她很迷人吧？”

“就像一个柳条箱那样迷人。”

“不会吧？”

“真的。就算一个在丹麦长大、脸色蜡黄的瑞典人，在美好的周六夜晚，也不会想……”

“她到底是个什么样的人？太过仁慈？太讲卫生？”

“是太过残忍……”

“讲给我听听吧。”

“不行。除非你告诉我前面是你弄错了，刚才那个金发女郎确实是他的妻子……”

“是我弄错了，那个穿着水貂皮大衣的骚货确实是他的妻子。他们已经结婚十六年，生了四个孩子，却仍然爱得如痴如醉。此时，她正在停车场的电梯里一边扑向他的裤子，一边还不忘看一眼手表，因为在出发前她炖了一块肉。她不希望丈夫在电梯里达到性高潮时，厨房里的大葱却烧焦了……”

“呃……炖肉里面可没有什么大葱！”

“真的吗？”

“你把炖白肉和蔬菜炖牛肉混为一谈了……”

“你的瑞典姑娘，后来怎么样了？”

“我和你说，她不是瑞典人，她是法国人……事实上，一开始是她的妹妹先挑逗我……那是一个被宠溺过度的公主……一个穿着暴露、热辣得就像一团火焰的傻大姐……我猜想，她一定也是闲来无事……为了打发时间，她来到我们的厨房，把性感的小屁股搁在灶台上。她撩拨着厨房里的每一个人：把手指浸在锅子里，然后一边慢慢舔着手指，一边从下往上热辣地看着我……你也知道，我并不是一个复杂的男孩。于是有一天，我在底楼和二楼间的隔层上抓住了她，而这个傻子却开始大声哭喊。她说要把这件事情告诉她的父亲……天哪，我虽然并不复杂，却非常讨厌那些荡妇，我……为了给她一个教训，我便和她的姐姐上了床……”

“对于那个丑姑娘来说，你的这种做法真是太肮脏了！”

“对于那些长相丑陋的人来说，所有的一切都很肮脏，这一点你应该知道得很清楚……”

“那后来呢？”

“后来，我就离开了……”

“为什么？”

“……”

“外交事故？”

“可以这么说……好了，现在我们可以走了吧？”

“其实我也很享受你给我讲故事的时光。”

“刚才我说的，难道也能称得上故事吗？”

“你有很多类似的故事吗？”

“没有。一般来说，我喜欢在追漂亮姑娘时遇到一些挫折，这样才有意思！”

“我们应该再走得远一些。”卡米耶抱怨道，“如果他走了那边的楼梯，然后顺势上了出租车，我们就碰不到他了……”

“别担心……我了解我的费里……在撞到一根柱子以前，他总是笔直前行。在低声道歉以后，他才会抬起头，试图弄清出口的方向……”

“你确定吗？”

“当然……好了，好了……你坠入了他的情网，还是什么？”

“不是，但你一定也知道这种感觉……当你提着大包小包、脚步踉跄地从车厢里出来时，肯定会感到很无助……你并不期待任何人来接你，可突然，你发现在站台的尽头有人正在等着你……你从未梦想过这样的场景吗？”

“我从不做梦，我……”

“我从不做梦，我。”她一边重复着他的话，一边模仿着他说话的样子，“我从不做梦，也不喜欢那些荡妇。我提醒过你，姑娘……”

他面色凝重。

“嘿，快看。”卡米耶叫道，“那边那个好像是他……”

他站在月台的尽头。弗兰克说得对：他是唯一一个没有穿牛仔裤、跑鞋，手里没有包裹也没有滑轮箱的旅客。他就这样像字母i一样地挺直身体，缓慢前行，一只手提着裹着军用绷带的皮质大箱子，另一只手则握着一本还未合上的书……

卡米耶微笑了一下，说道：

“不，我并没有爱上他，但你看，我一直梦想拥有的兄长，就是像费里贝尔这样的……”

“你是独生女吗？”

“我……我也说不清……”她一边说，一边加快步伐，朝着那个视力不佳却很讨人喜欢的“僵尸”走去。

不出意料地，他很紧张，继而口吃；不出意料地，他放下箱子时砸到了卡米耶的脚；不出意料地，他在连声道歉时，一不小心将眼镜摔到了地上。是的，一切都在意料之中。

“哦，卡米耶，看看你自己……你就像一只迷人的幼犬，天……天哪……”

“不谈了，我们都快抱不动她了……”弗兰克低声抱怨道。

“来，帮他提一下箱子。”她一边抱着费里贝尔的脖子，一边向弗兰克命令道。过了一会儿，她说道：“你知道吗，我们给你准备了一个惊喜……”

“一个惊喜，哦，我的上帝，不……我……我并不特别喜欢惊喜……你……你们太客气了……”

“咳，你们这对小夫妻！可不可以稍微走得慢一些？你们的男仆累了……你在箱子里到底装了些什么？一件盔甲还是什么？”

“只是装了几本书……别无他物……”

“我的费里，你不是已经拥有几千万本书了吗，天哪……你就不能把这些书留在你的城堡里吗？”

“看来我们的朋友精神状态不错啊……”说罢，他低声向卡米耶耳语道，“你们还好吧？”

“你说谁，我们两个？”

“呃……我说的是‘您’……”

“什么？”

“你……你好吗？”

“我？”她微笑着重复了一下，然后继续说道，“我很好，你的归来让我感到很高兴……”

“我也很高兴能够回来……一切都还好吧？公寓里没有战壕、铁丝网和沙袋吧？”

“没有任何问题。他现在正处着一个女朋友……”

“啊，太好了……那些派对怎么样？”

“什么派对？今天晚上才是真正的节日！对了，今天晚上我们去哪儿撮一顿……我请客！”

“去哪里？”弗兰克低声嘟囔道。

“去‘圆顶餐厅’！”

“哦，不……这根本就不是一家饭店，而是一家制造食物的工厂……”

听到这里，卡米耶紧锁眉头，说道：

“不，我们就去‘圆顶餐厅’。我很喜欢那个地方……我们去那里不是去吃饭的，而是置身于人群中，去欣赏装潢、感受氛围、庆祝团聚的……”

“‘我们去那里不是去吃饭的’是什么意思？这真是我听到过的最精妙的话！”

“如果你不想和我们一同前往，也没关系，我单独邀请费里贝尔就是了。要知道，这可是我今年第一个任性的主意！”

“我们现在去，店里肯定已经没有位子了……”

“不会的！大不了我们在一旁的酒吧里等候……”

“还有我们侯爵先生的图书馆，也是由我一路背着去饭店吗？”

“我们只需把箱子留在门房，然后回来的时候再取就是了……”

“看看她都在胡说些什么……费里！你能开口说两句话吗？”

“弗兰克？”

“怎么了？”

“你知道吗，我有六个姐妹……”

“那又如何？”

“我想告诉你一个全世界最简单的道理：放弃吧，因为女人要什么，上帝就要什么……”

“这是谁说的？”

“这句话来自民间的智慧……”

“你看看！又重新开始了！你们俩总是这样引经据典，烦死人了……”

当她把自己的另一只手臂挎在他的手臂上时，他才逐渐开始平静下来。在蒙巴纳斯大街上，行人纷纷站到一旁为他们让道。

从背面来看，他们是如此迷人……

左边，一个瘦削高挑的身影穿着一件俄罗斯退休老人才会穿的毛皮大衣；右边，一个敦实的矮个男子穿着一件摩托车手式样的外套；中间的年轻姑娘则一路叽叽喳喳，面带微笑，蹦蹦跳跳，偷偷幻想着能够脱离地面，自由翱翔，并听到两位男士鼓励她的声音：“一！二！三！飞……”

她尽可能地紧紧挎住两人的手臂，因为此刻她所有的平衡都在这里。没有在前面，也没有在后面，就在这里，在这两条温厚的手臂之间……

那个瘦高个微微把头倾向一边，而那个壮实的矮个则把手插在破旧的口袋里。

两人的脑海里想着同样的事情，思维从未像现在这般清晰：我们三个此刻虽然饥肠辘辘，却踏实地在一起。其他都听天由命，随他去吧……

在开始的十分钟里，弗兰克简直令人无法认识，他不停地抱怨着周围的一切：菜单、价格、服务、噪声、游客、巴黎人、美国人、抽烟的人、不抽烟的人、图画、龙虾、邻座的食客、刀叉，以及那尊面目可憎的雕像，他声称这座雕像倒了他所有的胃口。

听着他喋喋不休的唠叨，卡米耶和费里贝尔不由得在一旁偷偷暗笑。

直到他喝了一杯香槟、两杯夏布利白葡萄酒，吃了六只牡蛎之后才终于闭上了嘴。

不常喝酒的费里贝尔在几杯酒下肚以后，一直没有缘由地痴痴傻笑。每当他放下酒杯时，都会擦一擦嘴，然后便开始学着他们教区牧师的样子，诵读起那些神秘复杂的训诫，最后以一句“阿门，能和你们在一起是多么的幸福”作为结束语。在其他两人的一再要求下，他向他们描述了自己潮湿的家乡、家庭、水灾，以及在他原教旨主义者表兄家度过的圣诞夜。在讲述中，他不时地用一种冷幽默向两人描绘当地那些令人难以想象的繁文缛节，让卡米耶和弗兰克惊叹不已。

尤其是弗兰克，只见他睁大眼睛，每隔十秒就重复道："不会吧？""哦，不！""不可能……"

"你说他们在两年前就订婚了，但是到现在都还没……别瞎说……我不相信……"

"你应该去演戏剧。"卡米耶提议道，"我确定你可以为观众呈现一台精彩绝伦的单人脱口秀……你的词汇量如此丰富，而且你讲述的方式又是如此充满智慧……你知道很好地把握好分寸和距离……比如你可以讲法国老派贵族的那些疯狂礼节，或者与之相近的话题……"

"你……你真的这么认为吗？"

"我确定！不是吗，弗兰克？对了……你不是和我说起过一个在博物馆的姑娘想带你去旁听她的戏剧课吗？"

"是……是这样的……但、但是，我口……口吃得太厉害了……"

"不，当你讲述的时候，很正常……"

"你……你们真是这么觉得的吗？"

"是的。加油！就当这是你的新年计划吧！"弗兰克举起酒杯说道，"为您未来的舞台生涯干杯，我的主人！不过到时你可别抱怨，因为你的这个新年计划，确实不太容易执行……"

卡米耶剥去蟹壳，绞碎蟹脚和蟹钳，随后为两人制作了美味的薄饼。她从小就喜欢海鲜拼盘，因为要处理的东西很多，要吃的食物却很少。在她和对话者中间摆放的那座满是冰块的多层拼盘，形成了一道天然的屏障，可以让她在整顿晚餐期间耳根清净，避免受到他人的打扰。比如今天晚上，当她冲着服务生要第二瓶酒时，根本无须为自己的行为做出合理的解释，而是悠闲地擦了擦手指，拿了一片黑麦面包，随后靠在椅背上，闭上双眼。

嘀嗒，嘀嗒。

没有人移动身体。

这是一个停滞的时刻。

让人感到幸福。

此时，弗兰克正向费里贝尔讲述他对于汽化器的理解。后者耐心地聆听着，这再一次证明了他受过的良好教育以及温厚的性情。

“很显然，八十九欧元是一个不小的数字。”他神情严肃地说道，“他……他怎么想，你……你的朋友，那……那个……胖……”

“胖迪迪？”

“是的！”

“你知道，迪迪，他才不在乎呢……这一类型的汽缸盖，他有的是……”

“没错。”费里贝尔回答道，“胖迪迪就是胖迪迪……”

他并没有嘲笑弗兰克的这位朋友，话语中也未带一丝嘲讽的语气。在他看来，胖迪迪就是胖迪迪，只是一个事实的简单描述，如此而已。

卡米耶问道谁愿意和她一同分享一个火烧可丽饼。费里贝尔更想要一份冰激凌作为甜品，而弗兰克则突然变得谨小慎微起来：

“等一下……你属于哪种类型的姑娘？是那种说了我们一起分享却一边狼吞虎咽独享美食，一边还无辜地眨巴着双眼的女孩；是说了我们一起分享却几乎不吃一口的姑娘；还是说了我们一起分享，就真的和我一起分享食物的女孩？”

“你点了就知道了……”

“嗯，真好吃……”

“才不是呢，这可丽饼是冷却以后刚刚加热的，而且皮太厚，黄油太多……哪天我给你做一个，你就知道区别了……”

“任何时候都可以……”

“等你乖乖听话的时候。”

费里贝尔深切地感受到两人之间的关系已经悄然发生了改变，却并不清楚是朝着何种方向改变。

而且，他不是唯一一个感受到这种变化的人。

这才是这段关系中最有趣的部分……

随后，在卡米耶的坚持下，另外两个顺从“女人旨意”的室友只得和她一起谈论起今后公寓的财政及其他问题：谁支付什么费用，何时，又是通过何种方式？谁去购物？年终支付给看门人多少年金？信箱上贴谁的名字？是否有必要装一条电话线？在回复财政局那些关于特许权使用问题的恼人信件时，是否要使用一些过激的言辞？还有打扫公寓的问题，毫无疑问，每个人负责清理自己的房间，但为什么总是费里贝尔和她在清理厨房和卫生间？说到卫生间，那里需要一个垃圾桶，我会处理这个问题……至于你，弗兰克，记得回收你的那些易拉罐，别忘了不时地打开你房间的窗户通风，要不然的话，整个公寓都会爬满可怕的小虫……关于卫生间的打扫问题，也是一样的道理。请务必放下马桶盖，如果卫生间里卫生纸没了，请及时通知我。还有，不管怎么说我们还是支付得起一个便携式吸尘器的钱……好吧，那把一战时期的必胜牌吸尘器暂时还能用……呃……还有什么要讨论的？

"我的费里，你现在知道为什么之前我会提醒你别让一个女孩住进你的家中？你明白我的意思吗？你现在知道有多麻烦了吧？等着吧，这只是一个开始……"

费里贝尔·马克尔·德·拉·杜尔贝里艾尔微笑了一下。不，他并不明白弗兰克的意思。他刚刚在自己父亲的怒目下度过了充满屈辱的两周时间。费里贝尔的父亲已经无法掩饰对儿子的不满与失望。他是德·拉·杜尔贝里艾尔家族第一个对租佃、树林、女孩、金钱和社会地位都没有兴趣的人；是一个一无是处，靠为国家卖明信片为生，在小妹妹让他递一下盐时都会口吃的无能之辈；是家族唯一的继承人，却在和猎场看守人说话时都无法保持应有高贵仪表的懦夫。"不，他配不上我们家族的姓氏。"每天清晨，当费里贝尔的父亲看见自己的儿子正热火朝天地在布兰奇的房间里同她一起玩"过家家"的游戏时，都会咬牙切齿地发出如上感叹。

"你没有其他更好的事情要做吗，我的儿子？"

"没有，我的父亲。我……我……可是，如果您需……需要我，请和我说，我……"

然而，他话还未说完，他的父亲已经狠狠地把门关上了。

"你做饭，我去买菜。然后，你做糕点。再后来，我们一起带着宝宝去公园散步……"

"好的，亲爱的，好的。我都听你的……"

在费里贝尔看来，布兰奇和卡米耶对他的意义是一样的：她们都是喜欢自己的可爱女孩，并会不时地亲吻他。为了这些温暖的亲吻，他可以忍受父亲的鄙视与责难，可以一口气买下五十个吸尘器。

这些都不是问题。

一直以来，费里贝尔都十分珍视手稿、誓言、羊皮纸文件和其他各类协议的价值。所以，他想借助今天这个机会，为三人草拟一个合约。想到这里，他把桌上的咖啡杯放到一旁，从包里拿出一纸，随后郑重其事地写下几个大字——“埃米勒·戴丝香侬大街租客及其他使用者公约”。

写到这里，他顿了顿，问道：

“孩子们，你们知道谁是埃米勒·戴丝香侬吗？”

“一个总统！”

“不，那是他的儿子保罗。埃米勒·戴丝香侬是一个文人，同时也是索邦大学的教授。由于出版了《天主教与社会主义》而被免职……也有可能是因为他被免职了，所以才写了这本著作，具体我也记不清了……当时，我的外祖母因为不得不把这个恶棍的名字印在名片上而感到很烦恼……好了，呃……刚才我说到哪儿了？”

他逐条重复着三人刚刚立下的每一条规定，包括卫生纸和垃圾袋的购买和使用。说完以后，他把公约翻了一个面，好让每个人根据自己的情况加上新的条款。

“我现在这个样子，真像一个雅各宾的斗士……”他叹了一口气，说道。

弗兰克和卡米耶不情愿地放下手中的杯子，写下了许多夸张的条款……

在另外两人惊愕的目光下，费里贝尔不动声色地拿出封信用的火漆棒，接着把镌有自己家族纹章的戒指放在纸下，然后把公约一折三，漫不经心地放进自己的上衣口袋里。

“呃……你到现在还总是随身带着这些路易十四时代的用具？”弗兰克摇着头，终于忍不住问道。

“我的火漆棒印着它们……”

这时，弗兰克碰到一个熟悉的服务生，便趁机去饭店的厨房转了一圈。

“我坚持认为这里是一家加工食物的工厂，但不得不承认是一家一流的工厂……”

卡米耶拿起账单说道：“我来，还是我来吧。到买吸尘器的时候你们再付钱吧。”从饭店走出来以后，他们便去火车站，拿回寄放在那里的箱子。一路上又遇到了很多流浪汉，为了继续前行，他们不得不从流浪汉的身上跨过。拿到箱子以后，穿着好彩牌外套的那位跨上自己的摩托车，另外两位则叫了一辆出租车回家。

8.

第二天、第三天以及后面的几天，卡米耶每天都去暗室，想再次见一见那位流浪汉，却总是未能如愿。她再也没有任何他的消息。自从遇见那位流浪汉以来，她每天都会和门卫聊上几句（最近，他的爱犬马特莱斯的右睾丸不幸被摘除，真是可怜），而后者也无法给她更多关于流浪汉的信息。然而，她却知道自己一直寻找的人就在附近。每当她在盛放除垢剂的塑料桶后面放上富有口感的脊肉、面包、奶酪、索比克尔牌沙拉、香蕉或肉酱时，这些食物都会飞快地消失。在原本摆放食物的地方也未留下一根狗毛、一点面包屑，以及一丝一毫的气味……作为一位四处游荡的瘾君子，他确实显得过于井井有条，这让卡米耶不由得怀疑起这些食物到底落入了何人之口……很显然，门卫那条名叫马特莱斯的狗正又由另一个白痴喂养着……她也曾经试探过马特莱斯的口味，结果发现它只吃富含维生素B_{12}的狗粮。为了营养它的毛发，门卫在喂自己的爱犬时，还会配上一勺蓖麻油。房间里凌乱地堆放着各种狗粮的盒子。卡米耶不明白，为什么人们会让狗吃一些自己连碰都不想碰的食物？

是的，这是为什么呢？

“比如狗粮，你自己就从来不吃……”

“才不是呢，当然也吃！”

“呵呵……”

“我向你发誓！”

最可怕的是，她竟然相信了他。卡米耶的脑中想象着这样的画面：深夜，一条只有一个睾丸的狗和一个只有半边大脑的门卫在一间热得喘不过气的陋室里一边一起咀嚼着鸡肉味的狗粮，一边一同欣赏着一部色情片。这是一件完全有可能发生的事情……它甚至还会使那个夜晚变得美好。

就这样过了几天。流浪汉并不是每天都来。当卡米耶发现长棍面包变硬或是香烟仍然放在原处时，就知道他昨天没有来。有时，流浪汉只拿走为他的狗所准备的食物……也许是食物的诱惑不够大，又或许是不够他大摆筵席……有时，是卡米耶没有及时放上食物……过了没多久，她便不再对这件事上心，只是每天迅速地朝房间的深处望一眼，看看是否需要换置新鲜的食物，仅此而已。

她还有很多其他烦恼需要劳神费心……

公寓里情况还不错，没什么棘手的问题。不论有没有公约、梅里亚米或强迫症的存在，每个人都继续过着自己平静的小日子，尽量不去打扰他人。每天清晨他们相互打招呼，到了晚上回家的时候又亲切地交谈几句。不论是大麻、烟草、红酒、书籍、玛丽·安托瓦内特还是喜力啤酒都能找到需要它们的人。当然，歌手马尔万是所有人热爱的对象。

白天的时候，她默默地作画。如果费里贝尔恰巧也在家，他会为她朗读一些著作，或拿着家族相册，评论一番：

“这是我的曾祖父……在他身旁的那个年轻男人是他的兄弟艾力曾叔祖，在两人前面的是他们的爱犬……当时，他们组织了一场猎犬赛跑，你看到吗，坐在终点线的牧师先生，用画笔记录下了胜利者赢得比赛的场面。”

“他们倒真有闲情逸致……”

“事实证明，他们应该好好享受人生……因为两年以后，两人前往阿登高地作战，并在六个月以后双双牺牲在战场……”

不，最近不顺利的是她的工作……首先，六楼的那个男人有一天晚上突然靠近卡米耶，问她把自己的鸡毛掸子搁在了哪里。天哪，天哪，他竟然对自己的玩笑感到非常满意，并一直追随她来到了楼道，口中不断地重复着：“我确定就是您！我确定就是您！”快滚，你这个傻瓜，你让我感到很厌烦。卡米耶心里暗想道。

“不，是我的同事。”她说着，指了指正数着自己有多少静脉的“超级乔丝”。

游戏结束了。

再者，她已经无法再忍受这位“超级乔丝”的种种非难了……

她不但愚不可及，而且仗着自己手中的小小权力，肆无忌惮地滥用职权。（她只不过是都科林公司的小小头目，又不是五角大楼的总管，拜托。）她总是全身大汗淋漓，说话时唾沫四溅，还喜欢用比克笔的笔帽来抠出嵌在牙齿深处的肉末。另外，她每走上新的楼层，都会开一个关于种族的玩笑，并且总会提到卡米耶，因为卡米耶是整个团队中除乔丝自己以外唯一的白种人。

每当这时，卡米耶总是很想用手中的粗麻布拖把去抽打开玩笑的人，但是她忍住了。有一次，卡米耶终于鼓起勇气请求拉布达尔不要再开类似的玩笑，因为她的玩笑已经开始惹怒所有人。

“哼，其他人……你今天是怎么了？对了，你为什么会在这里工作？你和我们这种人厮混在一起居心何在？你是想监视我们还是什么？其实一直以来，我都在思考这个问题……也许你是由其他公司派来监视我们的，或做类似的勾当……我在你的工资单上看到你的住处，还有你平时说话的腔调……你并不属于我们这个群体，你！你浑身散发着铜臭味，你属于可恶的资产阶级。你在嘟囔什么，还不快去干活儿！”

听到这番话，其他姑娘没有任何反应。卡米耶推着小车，渐渐走远。

但她突然转过身，说道：

“她刚才和我说的这一切，我毫不在意，因为我打心底里鄙视她……但是你们，你们真的很窝囊……我是为了你们，为了让她不再羞辱你们才开口说话的。我并不指望你们会感激我，因为我也并不在乎这个。但是你们至少可以过来和我一起去清洗厕所……我要提醒你们的是，虽然我是个资产阶级的大小姐，但每次总是由我一个人完成清洗厕所的工作……”

玛玛多用嘴巴发出一声奇怪的声响，随后朝着乔丝的脚边吐了一口浓痰，一口真正的浓痰。随后，她抓起自己的水桶，一边摇晃着水桶，一边用它打了一下卡米耶的臀部，说道：

“一个拥有如此小屁股的姑娘，怎会这般口出狂言？你总是不断给我惊喜，你……”

其他人低声嘟囔了几句，便无精打采地散开了。塞米亚对事态的发展没有兴趣。而对卡琳来说，如何选择立场则是一件很困难的事……她挺喜欢卡米耶的……卡琳原本叫拉齐达，但她并不喜欢自己的名字，便改了名，还总是拼命讨好乔丝。为了自己的前途，这个女人可以不择手段……

自那以后，一切都悄然发生了改变。工作还是一样地累人，而工作的氛围也开始变得令人难以忍受。这一切都把卡米耶压得喘不过气来……

卡米耶失去了一些工作上的伙伴，却正在慢慢赢得一个真正的朋友……玛玛多每天都在地铁口等待她，并坚持与她身处一条战壕。然而，当两人一起工作时，却总是卡米耶独自干着两人的活儿。事实上，并不是玛玛多故意为之，而实在是她的肥胖身躯已经严重影响了她的工作效率：她需要干上一刻钟的活儿，卡米耶三下五除二，两分钟就干完了。而且她总是浑身疼痛，这倒也并不是因为她矫揉造作，而是她可怜的身躯已经无法承受这所有的一切：庞大的臀部、硕大的乳房、沉重的心脏。这一切都阻碍了她正常的日常活动。

“玛玛多，你必须减肥了……”

“呵呵……那你呢？你什么时候到我家来吃烤鸡？”她每次都这样回击卡米耶的建议。

两人达成一个共识：卡米耶负责干活儿，玛玛多则负责讲故事。

卡米耶怎么也想不到这个小小的提议，竟然打开了玛玛多的话匣子，她讲述了她在塞内加尔度过的童年时光、大海、尘土、山羊、鸟群、贫困的生活、九个兄弟姐妹；一个白种老先生为了逗他们发笑，假装拿出自己眼球的故事；1972年自己和弟弟利奥波德一同来到法国的场景、垃圾桶、失败的婚姻、她无能却还算老实的丈夫、她的孩子们、她的弟媳（当自己在拼命工作时，她却整日整日地把时间耗在塔蒂商城里）、邻居匪夷所思地把大便拉在楼道里、派对以及其他烦恼的琐事；她亲戚家的凄惨故事：她那名叫杰尔曼的嫡亲表妹，去年吊死在自己家中，留下一对天使般的双胞胎；每个周日下午在电话亭度过的时光、荷兰的缠腰布、厨房秘方，以及上万个卡米耶永远也听不厌的故事。她甚至都无须再阅读《国际通讯》、桑戈尔[①]的著作，或《巴黎人报》上关于塞纳-圣但尼省的版面，只需一边擦拭桌子，一边用心聆听即可。有时，当“超级乔丝”经过她们这里时（这种情况十分罕见），玛玛多便会弯下身去，拿起一块抹布假装擦着地板，等到乔丝身上浓烈的气味消失殆尽时，再重新直起身子。

在分享了玛玛多一个又一个的秘密之后，卡米耶也开始大着胆子向她问起一些更为私密的问题。她的同事用一种大度和漫不经心的语调谈论着一些可怕的事情，至少对卡米耶来说，是一些可怕的事情。

“你是如何安排生活的？如何坚持下去？又是如何做到的？因为你每天的时

① 利奥波德·塞达尔·桑戈尔（Léopold Sédar Senghor，1906年10月9日—2001年12月20日），塞内加尔诗人、政治家、文化理论家，1960—1980年任塞内加尔首任总统，一般认为是20世纪最重要的非洲知识分子之一。——译注

间安排简直就如同身处地狱……”

“等一下……不要去说那些你自己都不了解的事情。地狱可比我的生活糟糕多了……身处地狱，是当你再也见不到你所爱的人……咳，你不想让我去找几块干净的抹布来吗？”

“你一定可以找到一份离家更近的工作……你不能让你的孩子总是晚上独自留守在家中，谁也不知道会发生什么……”

“我的弟媳在家呢。”

“但你和我说她并不是一个靠得住的人……”

“有时候她还行……”

“都科林是一家大公司，我相信你一定可以在家附近找到类似的工作……你需要我帮助你吗？我可以为你去申请，为你向人力资源部门写信。”卡米耶一边说，一边站起身来。

“不用了，你什么都别管，我的傻姑娘！你知道吗，虽然乔丝总摆出一副臭德行，但在很多问题上她却睁一只眼闭一只眼……我这么胖，废话又这么多，能有一份工作已经是我的运气了……你还记得九月的那次身体检查吗？那个愚蠢的医生……他想找我的碴，他说我心脏那边的脂肪太多，使得心脏负担太重什么的……是乔丝为我偷偷瞒过了这件事，所以我和你说，什么都别管……”

“等一下，我们说的是一个人吗？那个总是像对待废物般对待你的蠢女人？”

“当然，我们当然说的是同一个人！”玛玛多笑着说道，“我只认识一个乔丝，还好只认识一个！”

“但是你刚刚还在她脚边吐了一口痰！”

“你在哪里看到的？”玛玛多生气地说道，“我没有朝她吐痰！我不会允许自己这么做的……”

卡米耶沉默不语地清空了碎纸机。生活有时候还真是微妙……

“不管怎么说，你真好。你是个好人……哪天到我家来让我的弟弟给你介绍一个爱人，生一大群孩子，从此开启美好生活吧。”

“噗……”

“为什么你扑哧一笑？难道你不想要孩子吗？”

“不想。”

“别这么说，卡米耶。你这么说会招来厄运的……”

“厄运已经来了……”

她神情凶狠地凝望着卡米耶，说道：

“你应该为刚才说的话感到羞愧……你有工作、住处、两条胳膊、两只脚，有自己的国家，还有一个爱人！”

“你说什么？”

“啊！啊！”玛玛多兴奋地叫道，“你以为我没有看到你和门卫诺儿第那打得火热的场景吗？你总是夸奖他的爱犬……你以为我的脂肪也蒙蔽了我的双眼吗？”

听到这里，卡米耶羞红了脸。

其实她脸红，是为了讨玛玛多开心。

诺儿第那今天晚上异常兴奋，这让穿着连体裤的他比往常看上去更加臃肿。诺儿第那逗弄着他的狗，还真以为自己成了哈利警探……

“发生了什么？”玛玛多问道，“为什么今天你的狗总是低声哼哼？”

“我也不清楚发生了什么，但总感觉有什么事情不对劲……姑娘们，别待在那里，也别待在这里……”

啊！他看上去心情是那么愉悦……就差一副雷朋太阳镜和一把卡拉什尼科夫冲锋枪了……

“我和你们说了，别待在这里！”

“咳，冷静点。”玛玛多回答道，“别动不动就如此激动……”

“你这个胖女人，请让我安心工作好吗？我可没有跑到楼道里来教你如何拿一把扫帚！”

唉……真是江山易改，本性难移……

卡米耶假装和玛玛多一起去坐地铁。等到她的同伴离开以后，她又马上走向另一个出口，回到了地面上。她绕了两圈，才终于在一家鞋店的隐蔽角落找到了流浪汉和他的狗。他背靠着橱窗坐在地上，他的狗则在一旁沉睡着。

“还好吗？”她故作从容地问道。

流浪汉抬起头，过了好一会儿才认出她来。

“这一切都是你做的吗？”

"是的。"

"食物也是你给的吗？"

"没错。"

"那谢谢了……"

"……"

"另一个疯子也穿戴整齐吗？"

"我不知道……"

"好了……再见了……"

"如果你愿意，我能带你去一个地方吗？"

"一间非法占据的空屋吗？"

"差不多……"

"里面有谁？"

"谁都没有……"

"这间空屋离这儿远吗？"

"在靠近埃菲尔铁塔的地方……"

"那我不去了。"

"随便你吧。"

她还未走出三步，就听见警车的汽笛呼啸而过的声响，警察们随即下车，走向一个兴奋的门卫。此时，流浪汉在街边一把抓住卡米耶，说道：

"你想用什么来做交换？"

"什么都不要。"

由于这个时间地铁已经停运。两人一直步行走到午夜公交站台。

"你把狗给我，然后走到我的前面……你这个样子，他们是不会让你上车的……它叫什么名字？"

"巴尔巴斯……我是在那里发现它的……"他说着，指了指远处的一个角落。

"啊，是的，和帕丁顿熊一样……"

她说罢，牵起狗登上了公交车，同时向司机露出了一个灿烂的微笑，后者拿她没办法，便让她上了车。

两人在车尾重新碰头。

“这条狗是什么品种的？”

“我们必须进行谈话吗？”

“不是必须的。”

“我又在门上放了一把锁，但这只是装装样子的……给，这是钥匙。千万别把它弄丢了，因为我只有一把钥匙……”

她推开门，平静地补充道：

“箱子里还有些食物：大米、番茄酱，可能还有些蛋糕……你在这里可以找到需要的被子……这是电热器……不要把温度调得太高，要不然的话，很容易跳闸……在楼道上有一个蹲式的马桶。正常情况下，你是唯一使用它的人……我说‘正常情况下’，因为有时我也听到对面有声响，但从来也没有碰到过什么人……呃……还有什么？啊，对了！曾经我也和一个吸毒的瘾君子生活过，所以我很清楚最后会是怎样的结局。我知道有一天，也许就是明天，你将会消失不见，并清空房间里所有的一切；我知道你打算把屋子里所有的用品都低价出售，好让自己过上几天舒服日子。是的，所有的一切：电热器、电磁炉、床垫、糖、毛巾……好吧……这些我都知道。我唯一希望你做到的是尽量低调地完成这一切。因为这里也不完全是我自己的家……所以我请求你不要陷我于不义……如果你明天还在，我就去找看门人说说情，让她尽量不来找你的麻烦。我要说的就是这些。”

“这是谁画的？”他说着，指了指一幅具有立体感的装饰画。

画上有一扇朝向塞纳河的窗户和一个栖息了一只海鸥的阳台。

“我。”

“你在那里生活过吗？”

“是的。”

巴尔巴斯面带怀疑的表情，四处打量了一下这间屋子，随后便在床垫上蜷缩成一团。

“那我走了……”

“咳！”

“怎么了？”

“你为什么要这么做？”

“因为我也曾经无家可归……当我在外面四处游荡时，有人把我带到了这里……”

“我不会在这里逗留很久的……”

“我无所谓。什么也别说。无论如何，也请不要说出真相……”

“我曾经在玛摩丹美术馆被跟踪过……”

“呵呵……好了……做个好梦……”

9.

三天以后，佩尔耶尔夫人撩开她房间里精美的薄纱，在大厅里叫住了她。

“小姐，请等一下……”

讨厌，她又来找碴了。真讨厌……我们之前明明已经塞给了她五十欧元……

“您好。”

“嗯，您好，对了……”

卡米耶的脸抽动了一下。

“那个邋遢小子真是您的朋友？”

“谁？”

“就是那个总是骑摩托车的小伙子。”

“呃……是的。”她如释重负地回答道，“有什么问题吗？”

“不是一个问题！是五个问题！这个小子总是撩拨我！是的！我都快喜欢上这个小伙子了！请过来看看！”

卡米耶跟着她来到了院子。

“看看这里。”

“我……我没有看到什么异样的地方……”

“油印子……”

很显然，我们拿着一个放大镜来看的话，确实能够清楚地看到石板路上有五块黑色的印记……

“他的摩托车是很漂亮，但同时也会弄脏地面。所以请向他转达我的话：报纸印出来不是给狗看的，明白了吗？”

等说完这个问题以后，佩尔耶尔夫人变得温和起来，甚至和卡米耶就诸多话题开始亲切交谈起来。她首先说到的是天气：“今天天气真好，阳光可以帮助我们去除很多讨厌的小虫。”随后又聊起黄铜门把的问题：“他们一定是把它翻新过了，您应该去看看……”接着又和卡米耶先后谈论起婴儿车那满是狗屎的轮子和六楼那个刚刚失去丈夫的女人。当卡米耶发现她完全恢复平静以后，便趁机说道：

“佩尔耶尔夫人……”

“怎么了？”

“我不知道您是否已经发现我最近在八楼收留了一个朋友……”

“哦！我可不会去管您的闲事！没事的，这很正常……我不敢说自己能够包容所有的事情，但这一类的事情，没什么大不了的……”

“我的那位朋友还带了一条狗……”

“是文森特吗？”

“呃……”

“没错，就是文森特！那个身上文了一只狮身鹰的艾滋病患者？”

听到这里，卡米耶都不知道该如何作答了。

“他昨天过来找过我，因为我的皮克像疯了一样在他的门后狂吠，于是我们便让各自的宠物相互认识了一下……这样一来，事情就会变得简单一些……您一定也要知道动物的这种习性，它们只要互相闻过对方屁股的味道以后，我们就可以耳根清净了……呃，您为何这样看着我？”

“为什么您说他患上了艾滋病？”

“我的上帝，因为这是他自己亲口向我承认的！我们当时一起喝了一杯波尔图酒……您想要来一杯吗？”

“不，不……谢谢您……”

“患上这种病确实很不幸，但就像我和他说的那样：现在这种病的治疗效果不错……因为科学家发现了一些特效药……”

在得知这个消息后，卡米耶是如此震惊，以至于都忘了乘坐电梯上楼。这是一个怎样混乱的世界？为什么抹布没有和抹布摆放在一块，餐巾没有和餐巾放在一起？

人们都怎么了？

当她只需要堆放石块时，生活曾经是多么简单直接……好了，别这么说，傻瓜……

嗯，你说得对。我收回刚才的话。

“发生了什么？”

“天哪……看看我的毛衣……”弗兰克咆哮道，“都怪这台讨厌的机器！我还特别喜欢这件毛衣……看看！它现在都缩成什么样了！”

“等我剪下这件毛衣的袖子，你就可以把它送给看门人家的皮克了……”

“你就尽情地嘲笑我吧。这可是一件拉尔夫·劳伦的新衣服……”

“如果是这样，佩尔耶尔夫人收到这件礼物时一定会很高兴的！再说，她本来就很喜欢你……”

“真的吗？”

“她刚才还不断向我重复道：‘啊！您的朋友在他漂亮的摩托车上显得精神极了！’”

“不会吧？”

“我向你发誓。”

“好吧，就这么办吧……等会儿下楼时，我就把毛衣送给她……”

卡米耶一边咬着脸颊的内侧，一边为皮克制作着一件精美的外套。

“你知道吗，其实你可以在离开时亲吻我的，你这个幸运的胖子……”

“别闹了，我可不敢……”

“费里去哪儿了？”

“你是说西哈诺吗？他去上戏剧课了……”

“真的吗？”

“你真应该看看他离开时的样子……打扮得我都不知道该如何形容他……还穿着一件硕大的斗篷……”

说到这里，两人哈哈大笑起来。

“我真的很喜欢他……”

“我也是。”

说罢，她起身想为自己泡一杯茶。

“你要来一杯吗？”

“不，谢谢。”弗兰克回答道，“我该走了，对了……”

“怎么了？”

“你不想出去走走吗？”

“什么意思？”

“你已经多久没有离开过巴黎了？”

“很久很久……”

“周日在外省有一场杀猪的活动，你想来吗？我肯定你会有兴趣的……因为我们需要你在那里画画。”

“具体在哪儿？”

“在谢尔河附近，我朋友住在那里……”

“我不知道该不该去……”

“当然应该去了！来吧……人的一生中应该亲身体验一下这样的活动……你知道吗，以后这样的活动将不复存在……”

“让我再想想。”

“是的，你好好想想吧。反正思考是你的强项。我的毛衣在哪儿？”

“在那里。”卡米耶一边说一边指了指一个淡绿色的精美盒子。

“这可是一件拉尔夫·劳伦啊……我向你发誓……把它送出去简直要了我的命……”

“去吧……你一旦送出这件礼物就可以获得两个一生的至交。”

“与其收下这件礼物，那个球状的小家伙情愿在我的摩托车上撒一泡尿！”

“别担心，你会成功完成使命的。”她一边傻笑着，一边为他扶着门，嘴里还不断重复着佩尔耶尔夫人的话：“您的朋友在他漂亮的摩托车上显得精神极了……”

她跑去关上电水壶，拿了一只杯子，随后便来到镜子边上坐下。她终于忍不住开始独自大笑起来，她像一个疯子，也像一个孩子一般开怀大笑着。她想象着这样的场景：一个总是骄傲自满的傻瓜此时正拿着一件残缺不全的毛衣（具体来说，是放在银质托盘上的一件小外套和一双小鞋子），小心翼翼地敲着佩尔耶尔太太的房门……啊！此番情景真是太好笑了！太好笑了……卡米耶没有梳头，她就这样画着自己一绺乱发、酒窝、傻傻的表情，并在画作上写道：卡米耶，2004年1月。当她完成作品以后，来到浴室洗了一个澡，决定自己将和他一起出城走走。

他为自己做了那么多，她确实应该答应他一件事。

此时，卡米耶的手机提示她刚刚收入了一条新的语音留言。她一看留言来自自己的母亲……哦，不，今天不行……“若想删除留言，请按星号键。”

好了，那就按下星号键吧，就这么简单。

在白天剩下的时间里，卡米耶与音乐、书籍和画盒为伍。同时，她也抽烟、吃零食、梳头、独自微笑。直到发现已经到了上班时间，才不由得抽动了一下脸颊，起身准备出门。

“你已经很好地清理了战场。”她一边快步走向地铁站，一边暗自思忖道，“但还有很多工作要做，不是吗？你不会就此停下脚步吧？”

我只能尽我所能，尽我所能……

加油，我们对你有信心。

不，不，你们别对我这么充满信心，这样我会很有压力的。

好吧……快点，你已经迟到很久了……

10.

费里贝尔心急如焚。他跟着弗兰克穿过了整套公寓，嘴里念叨着：

“真是太不理智了。你们出发得太晚了……再过一小时就是午夜了……外面天寒地冻……不，你们太不理智了……明天早上再……再出发吧……”

“明天早上，人们已经开始杀猪了。”

“这……这都是什么可怕的主意！卡……卡米耶……”他搅动着双手，继续说道，“和……和我一起留……留下来吧，我带你去茶……茶室……”

“好了，说够了没有。”弗兰克一边将他的牙刷塞进一只袜子里，一边低声抱怨道，“我们又不是驶向天涯海角……一小时就能到达目的地了……”

“哦，别……别……这么说……你……你……开起摩托车来……就像一个疯……疯子……”

“才不是呢……”

“一定是这样的，我……我了……了解你……”

“费里，快别说了！我不会将她弄坏的，我向你发誓……我们走吗，小姐？”

“呃……我……我……”

“你什么你？”他气恼地问道。

“我在这个世界上只……只有你们了……”

一阵沉默。

“天哪……我简直不敢相信自己的耳朵……现在是不是该放小提琴协奏曲了……”

卡米耶踮起脚，亲吻了一下费里贝尔，说道：

“我也是，我在这个世界上也只有你了……别担心……”

弗兰克叹了一口气。

“我怎么会碰上这么一群矫情的人！搞得像是什么生离死别一样！我们又不是去打仗，我们也就暂时分别四十八小时！”

“我会给你带一块上好的牛排的！”卡米耶在钻进电梯时，大声喊道。

这时，电梯的门正好关上。

“咳！”

“怎么了？”

“猪身上可没有牛排……”

“真的吗？”

“当然没有了。”

“那猪身上有什么？”

他无奈地抬头望了望天。

11.

两人还未到达奥尔良大门，弗兰克却突然在路边停了下来，示意卡米耶下车。

“等一下，我不得不向你指出一个问题……”

“什么问题？”

“当我向前倾时，你必须和我一样也向前倾。”

“你确定吗？”

“我当然确定了！再这么下去，你会让我们两人都命丧黄泉的！”

“但是……我以为向另一个方向倾斜，可以让摩托车保持某种平衡……”

“卡米耶……我现在无法给你补习物理课，但这是一个关于重力法则的问题，你明白吗？如果我们向一个方向倾斜，轮胎行驶起来就会更加平稳……”

“你确定吗？”

“确定。和我向一个方向倾斜。你要信任我……”

“弗兰克？”

“又怎么了？你害怕了吗？你知道吗，现在回去坐地铁还不晚。”

“我好冷。”

“这么快就冷了吗？”

“是的……”

“好吧……放开后面的把手，抱紧我……尽可能紧地抱住我，然后把你的手伸进我的外套里……”

“好的。”

“咳！”

“怎么了？”

“你别趁机吃我豆腐，知道吗？”他狡黠地补充道，随后又再次翻下头盔的面罩。

一百米过后，她又冻得瑟瑟发抖；到了收费站时，她已经冻成了冰块；等到抵达农场院子时，她已经无法抽出自己的双手。

他帮助她下了摩托车，并一直把她扶到了门口。

“啊，你总算到了……看看，你都为我们带来了什么？”

“一个冻僵了的姑娘。”

“进来，还不赶快进来！……雅尼！弗兰克和他的朋友来了……”

“哦，我可怜的姑娘……”看到眼前的卡米耶，这个好心的妇人不由得惊叫起来，“你到底都对她做了什么？哦……看看这个孩子都成什么样了……浑身发青……让·皮埃尔，让一下，你们其他人都让一下……为她留一把靠近壁炉的椅子！”

弗兰克伏在她身前，说道：

“咳，你现在总可以把大衣脱掉了吧……”

她没有任何反应。

“等一下，让我来帮你……来，把你的脚给我……”

他为她脱去了鞋子和三双袜子。

“嗯……不错……好了……现在该脱去外衣了……”

她的身体是如此僵硬，以至于弗兰克费了九牛二虎之力才把她的手臂从袖子里抽了出来。“好吧……我的小冰块，你就任由我来处置吧……”

“我的上帝！给她吃一些热的食物吧！”有人在人群中喊道。

于是，她再次成为人们瞩目的焦点。

然而，如何在解冻一个巴黎女人的同时，又不将她折断呢？

“我这儿有一些热腾腾的腰花。”雅尼大声喊道。

此时，壁炉那边明显飘来一个惊恐的眼神。弗兰克连忙解围道：

“不，不用忙活了，还是让我来吧……这里还有什么剩下的汤汁吗？”他一边问，一边打开了所有的锅盖。

“这是昨天剩余的一点鸡汤……”

“太好了。煲汤这种事就交给我吧……在我准备时，给她点热饮暖暖身子吧。”

随着一口一口地喝着热汤，卡米耶的脸上也逐渐恢复了往日的神采。

“好些了吗？”

她点了点头。

“你在想什么？”

“我在想这是你第二次为我做了世界上最好喝的热汤……”

“我以后还会煲汤给你喝的，来吧……要过来和我们一起坐到餐桌上吗？”

“我可以在壁炉旁再多坐一会儿吗？”

“当然了！”其他人都大声叫嚷道，“让她一个人在那里坐一会儿吧，她过来会像火腿一样被我们熏坏的！”

弗兰克不情愿地站起身来……

“你的手指还能动吗？”

“呃……可以……”

“你要好好作画，知道吗？我很愿意给你做吃的，但你要好好画画……永远都不要停止画画，明白吗？”

“你要我现在画吗？”

“不，不是现在，是永远……”

她闭上了双眼。

“好的。”

“好了……我要去桌子那边了。把你的杯子给我，我再去给你倒点喝的……”

卡米耶渐渐被这里的温暖融化。等她走向餐桌，加入其他人的时候，已经面色红润，充满光泽。

她听着他们的谈话，却什么都不明白，只得看着这些酒足饭饱的红润脸庞，静静地微笑着。

“好了……再来最后一杯烧酒，我们就去睡觉！因为我们明天要早起，孩子们！加斯通明天七点就来……”

所有人都站起身来。

“加斯通是谁？”

“就是那个杀猪人。”弗兰克低声回答道，“明天你就能见到他本人……他可不是一般人……”

“好了，就是这里……”雅尼补充道，“浴室就在对面，我在桌上为你们摆放了干净的毛巾……这样可以吗？”

“非常好。”弗兰克回答道，“非常好……谢谢……”

“别这么客气，我的孩子，你很清楚我们见到你是有多高兴……对了，波莱特最近好吗？”

他皱了皱眉头。

“好了，好了……不说了。”她说着，拥抱了他一下，补充道，“一切都会好起来的，去吧，孩子……”

“你现在一定认不出她了，雅尼……”

“我都和你说了，别再谈论这个话题了……你现在可是在度假……”

当雅尼关上房门以后，卡米耶忧心忡忡地说道：

“天哪！房间里只有一张床……”

“当然只有一张床了。这里是乡下，又不是宜必思旅馆！”

“你是不是和他们说我们是男女朋友？”卡米耶愤怒地咆哮道。

“当然没有！我只是说我会和一个女朋友一起来，仅此而已！”

“好了，看看吧……”

“看什么？”他气恼地问道。

“一个女朋友的意思是一个和你上床的女孩。你让他们怎么看我？”

“你真是一个又讨厌又扫兴的家伙！”

当卡米耶在整理随身物品时，弗兰克则坐在床的一边。

“这是第一次……”

“什么？”

“这是我第一次带一个人来这里。”

“这有什么好奇怪的……观看杀猪可不是什么浪漫的求爱方式……”

“这和猪没有关系，这和你也没有关系。这……”

“什么意思？”

弗兰克平躺在床上，开始对着天花板，自言自语道：

“雅尼和让・皮埃尔曾经有一个儿子……弗雷德里克……他是一个很棒的小伙子……也是我的好朋友……也是我曾经唯一的朋友……我们一同上了酒店管理学校，如果他当时没有去那所学校，我也不会去那所学校……至于我现在会在哪里，我自己也不清楚……好了，扯远了……总之，他在十年前去世了……一场可怕的车祸……而且车祸的责任也不在他那儿……一个傻瓜在不该停的地方停了下来……事情就是这样……当然，我不是弗雷德里克，但和他有几分相像……这里我每年都来……观看杀猪只是一个借口罢了……当这对夫妻看到我的时候，他们看到了什么？他们看到了回忆、对话和他们当年还不到二十岁的孩子的脸庞……雅尼总是忍不住抚摸我……在你看来，她为什么要这么做？因为我是唯一能够证明她儿子还在的人……我确定她为我们换上了最漂亮的床单，可是此刻又由于过度悲伤，而不得不扶住楼梯的把手，当……”

“这是弗雷德里克的房间吗？”

“不是。他的房间已经被锁上了……”

“那你究竟为什么把我带到这里？”

“我已经和你说过了，想让你来画画，还有……”

“还有什么？”

“我也不知道，反正就是想带你来……”

说罢，他抖动了一下身体。

“至于你刚才提到的问题，完全是小事一桩……我们可以把床垫放到地上，然后我睡在床垫上……这样可以吗，公主？”

“可以。”

“你看过《怪物史瑞克》吗？那部动画片……”

“没有，怎么了？”

“因为你让我想到了片中的菲欧娜公主……当然，你可没她那么丰满迷人……”

“当然没有。”

“咳……你能帮我一把吗？这个床垫感觉有几吨重……”

“你说得没错。”她哀叹道，“里面都装了些什么呀？”

“无数具劳累而亡的农民尸体。”

“真是个欢乐的故事……”

“你不脱衣服吗？”

“脱啊……我现在正穿着睡衣呢！”

“你穿着毛衣和袜子睡觉吗？”

“是的。”

“那我关灯了？”

“关吧。”

“你睡着了吗？”过了一会儿，她问道。

“还没。”

“你在想什么？”

“什么都没想。”

“在想你的年少时光吗？”

“可能吧……那就是什么都没想。我已经和你说过了……”

“难道你的年少时光毫无意义，什么都不是吗？”

“反正没什么特别……”

“你为什么这么说？”

“如果我们开启这个话题，起码得聊到明天早上……”

“弗兰克？”

“怎么了？”

“你的外祖母怎么了？”

“她老了……孤单一人……她一辈子都睡在一张像我们现在睡的这张大床上，床上有一个羊毛床垫，床头上刻了一个十字架。而现在，她却任由自己在一张劣质钢板床上等死……”

“她住院了吗？”

“不，她住在一家养老院里……”

“卡米耶？”

“怎么了？”

“你还睁着眼睛吗？”

“是的。”

“你可以感受到这里的夜晚是多么深沉，月亮是多么美丽，繁星是如此璀璨吗？你可以听到房子的各种声响：水管、木质地板、衣橱、时钟、楼下的壁炉、鸟儿、小虫和风的声响吗？你可以听到这所有的一切吗？”

“可以。”

“然而她，她却什么也听不到……她的房间朝着一个灯火通明的停车场。她每天只能听到金属推车、护工谈话、邻居抱怨和电视机整宿聒噪的响声。她……她简直生不如死……”

“那你的父母呢？他们不能来照顾她吗？”

“哦，卡米耶……”

“怎么了？”

“不要让我谈论这个话题……睡觉吧。”

“但我毫无睡意。”

“弗兰克？”

“又怎么了？”

“你的父母在哪里？”

“我一点都不知道。”

“什么叫你一点都不知道？”

“我没有父母。”

“……”

“我从来都不知道我的父亲是谁……对我来说，他是一个在汽车后座上发泄完兽欲就消失的陌生人……至于我的母亲，呃……”

“你母亲怎么了？”

“一个她连名字都记不得的男人在汽车后座对她发泄兽欲，这样的事情显然并不能让她欢欣鼓舞……所以，呃……”

“怎么了？”

“什么都没有……”

“什么叫‘什么都没有’？”

“她不想……”

“不想要那个男人？”

“不，不想要那个小男孩。”

“所以是你的外祖母把你养大的吗？”

“我的外祖母和外祖父……”

“你的外祖父去世了吗？”

“是的。”

“你后来再也没有见过她吗？”

“卡米耶，求你了，别说了。再说下去的话，你之后将不得不把我拥入怀中……”

“好啊，来吧。我很愿意冒这个险……”

“你这个骗子。”

“你后来再也没有见过她吗？”

“……”

“对不起。我不说了。”

过了片刻，她听到他翻身和说话的声音：

“我……直到十岁那年，都没有再听到过任何关于她的消息……其实也有一点联系，我每年在生日和圣诞节时总能收到一份礼物，但后来听说，这只是外祖父母对我编织的谎言，是他们迷惑我的计策……虽然他们是出于好意，但这仍然是一个谎言……她从不给我们写信，但我知道，每年外婆都会把我在学校的照片寄给她……结果有一年……那一年照片上的我一定比往常显得更加可爱……也许那天，小学老师给我重新梳了头？又或许是摄影师拿出米老鼠玩具逗我发笑？总之，照片上那个总是让她心怀悔恨的男孩，这次却使她动了恻隐之心：她说要过来把我带走……你不知道当时的场面有多混乱……我高声尖叫着想要留下，我的外婆不断地安慰我说这是一件好事，我终于可以有一个真正的家了。但她自己比我哭得还凶，并把我紧紧搂在怀中，紧贴着她的两只大乳房……我的外公则在一旁一言不发……不，我不想再和你说下去了……你那么聪明，一定能够知道我想表达的意思，不是吗？但你要相信我，那番场景真的很可怕……

“在放了我们几次鸽子以后，她终于来了。我坐上了她的车。到了她家以后，她向我介绍了自己的丈夫、另一个孩子和我的新床……

“开始时，我很喜欢那里，很喜欢睡在那张双层床上。可到了晚上，我却忍不住哭泣起来。我对她说我想回家。她回答我这里才是我真正的家，还让我小声一点，免得吵醒那个小孩。从那天晚上起，我每天都尿床，这让她很生气。她说：‘我肯定你是故意为之的，那你就睡在湿漉漉的床上吧，这是你自找的。都怪你的外婆，是她让你养成了现在这种无可救药的性格。’从那以后，我就疯了。

“在这以前，我生活在田间。每天放学后都会去河边钓鱼。冬天的时候，我的外公会带着我去采蘑菇、打猎、喝咖啡……我总是穿着短靴在室外嬉戏，总是把自行车往草丛里一扔，然后跟着捕鱼者们一起劳动。而现在，我突然置身于一套郊区的破旧低租金公寓里，被四面墙壁禁锢，只能面对一台电视机和一个收获父母所有宠爱的孩子……于是我彻底崩溃了，开始变得肆无忌惮起来。我……不……还是不说了……这些都无足轻重……总之，三个月以后，她把我送上了回外婆家的火车，嘴中不停念叨着我毁掉了一切……

“‘你毁掉了一切，你毁掉了一切……’当我坐上外公的西姆卡牌轿车时，这句话仍在我幼小的头脑中不停地回荡。你知道吗，最糟糕的是……”

“是什么？”

“这个蠢女人已经把我撕成了千百块碎片……从那以后，一切都无法回到原来的样子……无忧无虑的童年时光就此终结，我也不再接受他们的亲吻和疼爱……她做的最糟糕的事不是回来将我接走，而是在再次抛弃我之前，对我说的那些话，那些斥责我外婆的话。她就这么喋喋不休地向我灌输着她那些丑恶的想法……她说是她的母亲逼迫她抛弃我的。还说，她竭尽全力想把我带走，他们却拔出猎枪指着她的鼻子……”

“这都是她瞎编的吧？”

“当然……可当时我不知道这些都是她编出来的谎话……那时我心乱如麻，也许潜意识里我其实愿意相信她的话，愿意相信我们是被外界的武力强迫分开的，愿意相信要是外公没有拔出他的枪，那我现在一定也过着和别人一样的生活，再也没有人会在教堂后叫我杂种了……那时候他们常在教堂后对我喊道：你的母亲是一个妓女，而你，是一个私生子。其实当时我连这些词语的意思都不是很明白……我还以为私生子就是面包的意思……那时我可真蠢……”

“后来呢？”

“后来我成了一个十足的恶棍……我想尽一切办法实施我的报复计划……他们从我身边夺走了一个如此善良的母亲，我要让他们为此付出代价……”

说到这里，他冷笑了一下。

“当时我的计划实施得很成功……我抽着外公的高卢牌香烟，偷走购物钱袋里所有的钱，在学校里为非作歹，最后，我被学校开除，遣送回家。从那以后，我大多数时间都骑着摩托车四处游荡，或是在咖啡店后厅闹事，调戏姑娘……我干的那些坏事……你简直都难以想象……我是不良少年的头目，是垃圾中的垃圾……”

“后来呢？”

“之后是睡觉时间。欲知详情，且听下回分解……

“怎么样？你现在难道不想拥我入怀吗？”

“我在犹豫……你又没被强奸……”

他靠向卡米耶，说道：

“太好了。因为我还不愿意投入你的怀抱呢。或者说，不想以这种方式……再也不想了……很久以来，我都喜欢和别人玩这种小游戏，现在我再也不想玩了……因为我觉得不好玩了。这样永远也行不通……天哪，你到底盖了几条毯子？”

“呃……三条毯子加一条鸭绒被……”

“这不正常……你总是感到冷，你要用两小时才能从一次摩托车旅行中恢复过来，这一切都不正常……你应该长胖点，卡米耶……”

“……”

“而且你……我不觉得你有一本温馨的家庭相册，相册里每个人都笑得很灿烂，我说得没错吧？”

“没错。”

“哪天你也和我讲讲你的故事吧？”

“也许吧……”

“我保证……不再为这一类的事情烦你。”

“哪一类的事？”

“刚才和你谈到弗雷德里克的时候说起他是我唯一的朋友，但其实我错了。我还有另外一个朋友……帕斯卡·莱尚比，他是世界上最出色的甜点师……好好记住他的名字，以后你就知道我说的话没错……这个人厨艺高超，简直就是神一般的存在。从最基本的油酥饼到奶油果子饼，从各种水果挞、巧克力、千层酥、牛轧糖到泡芙，凡是经过他手的食物，都会瞬间变成令人难忘的美味。他做的甜点不但好吃，而且外观精美、细巧，令人称奇，吃过的人无不为他的精湛技艺所折服。我曾经遇到几个不错的甜点师，但他的水平远超其他人，已达到真正完美的境界。而且这位大师为人还特别可亲……总之，他是甜品界的一颗明珠、一段传奇、一个真正的大师……然而，这个人的身材却异常肥胖，真的很胖。光是这点，其实也没什么……因为现在胖子很多，我们见的也不少……问题是他的身上总是发出一股恶臭……站在他身边时间一长，每个人都有呕吐的冲动。好吧，我可以告诉你一些细节。他每天都要面对无数的讥笑和影射，有人甚至还放了一块肥皂在他的格子柜里……有一次，我和他住在一间客房里，因为那天我作为助手，陪他去参加一个比赛……作品展示很成功，他轻而易举地赢得了比赛，可是一天下来，我的状态却异常糟糕……我几乎不能呼吸了。我决定：我情愿在一家酒吧里过夜也不想在他身边再多待一分钟……让我感到奇怪的是，我明明记得他早上洗过澡了，为什么他身上还会发出如此强烈的恶臭。最后，我们回到了酒店。为了麻醉我的神经，我喝了很多酒，借着酒劲，我和他说了这事……你还在听吗？”

“嗯，嗯，我一直都在听你说话……”

“我对他说：帕斯卡，你好臭。我的老伙计，你臭得要死。这到底是怎么回事？你从不洗澡还是什么？这时，这位肥胖的老好人，这个巨型怪物，这个总是面带微笑的真正天才和他堆积如山的脂肪一起开始哭泣，哭泣，哭泣……他的眼泪就像喷泉一样倾泻而出……他的泪珠很大，但他哭的时候就像一个孩子……这个傻瓜就这样伤心得难以自已……当时我真的很难过……过了一会儿，他脱光了衣服，就这样，毫无征兆地脱光了衣服……于是我转身，想躲进浴室，他一把抓住我，说道：‘看看我，拉斯德菲尔，看看我这具可怕的身躯……’天哪，当时我……我的眼珠差点掉出来！”

“为什么？”

“首先是他的身体……简直令人作呕。尤其是他想给我看的那些……啊……现在想起来，都会让我反胃……他的皮肤上布满了一些类似块状的伤口和痂盖，具体是什么我也说不清楚……正是这些血淋淋的疮痂让他的身体发出阵阵恶臭……我向你发誓，我喝了一晚上酒才稳住了情绪……随后，他还告诉我，每次洗澡的时候他都很痛，然而，每次他都像一个疯子一样揉搓自己的身体，想让恶臭散去。另外，每次喷香水的时候他都咬紧牙关，为的是不让自己哭出声来……每当我回想起那个夜晚时，都仍心有余悸……”

“那后来呢？”

“第二天早上，我把他送进了医院的急诊室……我还记得是在里昂……当医生看到他的状况时，也差点昏过去。他为帕斯卡清洗了伤口，给他涂了很多东西，并为他开了一张长长的处方，里面有各种药膏和药丸。他告诉帕斯卡要努力瘦身，并在最后问了他一句：‘天哪，你为什么等了那么久才来就医？’‘因为我为自己的身体感到害臊……’他一边回答，一边低下了头。经历此事后，我暗自发誓，这将是最后一次。”

“最后一次什么？”

“最后一次嘲笑肥胖人士……最后一次看轻他们……你也知道，我总是以貌取人……所以，回到我们刚刚提到的关于你身材的问题……别妒忌那些胖子，对于瘦子来说我的原则也同样适用。就算这并不是我的真实想法，就算我知道你再胖几斤就不会总是感到寒冷，就会变得更加秀色可餐，可我还是不会拿这个问题来打扰你。你可以把我刚才的话理解成是一个酒鬼的自白。”

“弗兰克？”

“咳！我们前面说好要安心睡觉的！”

“你愿意帮助我吗？”

“帮助你什么？帮助你不再感到寒冷，并且变得秀色可餐？”

“是的……”

“那可不行。我可不想看到你被其他男人带走……嗯……我希望你永远都和我们在一起……我相信费里一定会在这一点上和我达成共识的……”

一阵沉默。

“好吧，就稍稍帮你一把……等到你乳房长得太快的时候，我就收手。”

“好的。”

“来吧，现在我已经变身成了瑞卡·泽哈依……你真是什么事情都要我做……我们该怎么办呢？首先，你别再去超市购物了，因为你只会买一些乱七八糟的东西回来：燕麦棒、饼干、布丁，这所有的一切以后都不许再进门了。我不知道你每天早晨几点起床，但从下周二开始，由我负责你的饮食，记住了吗？每天下午三点，当我回来午休的时候，我都会给你带一盆菜来……别担心，我很了解女孩，所以我不会让你吃焖鸭肉冻或大杂烩……我会烹制一道为你量身定做的菜品……只做那些你喜欢的食物，比如鱼肉、烤肉、蔬菜等。我做的量不多，但你必须保证全部吃完，否则我就停止我的帮助。由于我晚上不在，所以我也不会过多地干涉你，但我不许你偷吃零食。在每周开始的时候，我会继续为费里做一大锅汤，这件事我已经做了很久了。我的目的是让你对我做的菜上瘾，让你每天清晨起来的时候都来问我今天的菜单是什么，好了，呃……我可不敢保证每次呈现给你的都是饕餮大餐，但一定是一些对你有好处的美味，以后你就知道了……当你开始渐渐变得圆润起来以后，我就……”

“你就干吗？”

“我就吃了你！”

“就像《糖果屋历险记》里的巫婆那样吗？”

“完全正确。当我想触摸你胳膊的时候，可别拿一根骨头来糊弄我，我可不是近视眼！好了，现在不想再听到你的声音了……已经都快两点了，明天还有漫长的一天等待着我们呢……”

“表面上你总显得像一个恶霸，但其实你是一个好人……”

“你给我闭嘴。”

12.

“快起床，你这条懒虫！”

他把一个托盘放在了床垫上。

“噢！床上的早餐……”

“别激动。这不是我准备的，这是雅尼的功劳。好了，快一点，我们已经迟到了……你怎么也要吃一块黄油面包吧，别饿着肚子，要不然的话，你又要倒下了……”

她溅满牛奶咖啡的脚还没有伸到地面，就有人递给她一个白色的杯子，说道：

“小姐，快一点！打起精神来！”

所有的人都已经到齐了：昨晚她遇到的那些人和其他村子里的人，加起来大约有十五人。所有人都与她想象中的人物形象如出一辙，他们和电视剧《德西昂一家》里的演员，以及卡米夫家具公司宣传册上的广告模特形象十分相近。老人全都穿着罩衫，而年轻人则都穿着运动服。他们握着酒杯，用脚轻轻敲打着地面，互相吆喝着开着彼此的玩笑。突然，所有人都安静下来，只见加斯通带着他的大屠刀，缓缓地走向这座房子。

弗兰克低声说道：

“他就是杀猪人。”

“我看得出来……”

“你看到他的手了吗？”

“令人叹为观止……”

“今天我们一共要杀两头猪。这两头猪也不是傻瓜，今天早上我们没有给它们喂食，所以它们也一定能猜到将要发生什么……它们能感觉得到……看，这是我们要杀的第一头猪……你带本子了吗？”

“带了，带了……”

看到猪的时候，卡米耶不由得惊跳了一下。她没有想到这头猪是如此肥硕。

人们把它牵到院子里，加斯通用一根短木棒将它击晕。随后，他们把它放在一块白板上，迅速将它的四肢绑好，任由它的脑袋耷拉在一旁。到目前为止，并没有任何触目惊心的画面，因为那头猪始终处于半昏迷的状态中。可是当屠夫将刀刃放在猪的颈动脉时，却发生了可怕的一幕。屠夫的这个举动不像是在杀猪，反倒像是在试图唤醒它。只见鲜血从刀刃划下的地方飞溅而出，而一群人则站在一旁静静地看着。这个场景让卡米耶想到了外婆用猪肉为自己炖的汤，以及她挽起袖子用手搅动汤汁的样子。是的，她没有用勺子，还是用手直接伸向汤里搅动。我的老天！事实上，这还不是观看杀猪时最可怕的部分，最让人难以忍受的是听到猪的号叫……它就这样不停地哀号，号叫……随着它的身体被慢慢掏空，它的惨叫反而愈演愈烈，到后来简直听不出是一头牲口在哀号……这是一种接近人类的声音，像是一声喘息，又像是一句恳求……卡米耶紧紧握着自己的绘画簿，其他对杀猪流程已经烂熟于心的人，脸上也并未露出自豪的神色……

“来吧，为了给自己打打气，再来一杯吧……”

“不需要，谢谢。”

“你还好吗？”

“还好。”

“你没有画画吗？”

“没有。”

卡米耶并不是在场的唯一一个姑娘，她努力保持冷静的头脑，没有就杀猪这件事做出任何愚蠢的评论。对于她来说，最坏的部分还没有到来。对她来说，最坏的部分并不是死亡本身。是的，逝去的只是一条生命。在她看来，最残酷的时刻是当人们牵着第二头猪进来的时候……大家说她主张神人同形的理论也好，说她故弄玄虚也罢，反正不管别人怎么看她，她都不在乎，因为此刻她已经再也无法克制自己的感情。另一头猪刚才听到了所有的声响，也亲眼看到它的朋友所遭受的一切。在这样的情况下，它根本不用等到屠夫对它动刀就像驴一般号叫起来。其实，“像驴一般号叫”是一个愚蠢的短语，还不如“像杀猪时一般惨叫”来得更加贴切……

“真可怜，他们刚才应该把它耳朵给堵住的！”

“用芹菜吗？”弗兰克半开玩笑地说道。

此刻，为了不再看到这番惨烈的场面，卡米耶开始动手作画。同时，为了不再听到猪的号叫，她把精力都集中在了加斯通的双手上。

她画得不好，因为她在颤抖。

当屠宰场上的号叫声停止以后，卡米耶收起画册，走向杀猪的现场。好了，屠杀结束了。她对后续的工作同样充满了好奇，于是在杯子里倒了一点酒，继续在一旁静静地观察。

人们把刚刚杀死的猪放在麦秆上烤，很快空气中便飘出一阵烤乳猪的味道。看着眼前白花花的猪肉，不得不说，“裸露的肉色”是一个很形象的短语。没过多久，人们把猪抬到一块钉满啤酒瓶盖的木质板上，开始用一把巨型刷子洗刷起猪的身体。

卡米耶用画笔记录下了这一切。

随即，屠夫开始了他浩大的“切肉工程”。为了不错过任何一个细节，卡米耶绕到了木板后面。弗兰克也在一旁饶有兴致地观看着这一切。

“这是什么？”

“你说哪里？”

“就是那个黏糊糊的、透明的圆形部位。”

“那是猪的膀胱……其实，照理来说它不该如此饱满……这会影响屠夫正常工作的……”

“才不会呢！”屠夫反驳道，“这一点都没有影响我的工作……看，切下来了！”他说着，在猪的身上重重地切了一刀。

卡米耶蹲下身，看着屠夫工作。她深深地被眼前的景象吸引。

那些端着托盘的孩子把还在冒热气的猪送进厨房，确保了工作的效率。

“别喝了。”

“好的，瑞卡太太。”

“我很高兴，你竟然坚持下来了。”

“你害怕我坚持不下来吗？”

“我只是很好奇你的反应……好了，活动才刚刚开始，我还有活儿要干……”

“你要去哪里？”

“去找我的那些用具……如果你愿意，你可以去壁炉旁取暖……”

卡米耶发现其他所有的姑娘都在厨房里。只见这群快乐的女孩拿着她们的木板和刀具，在厨房里排成一排。

“都到这里来！”雅尼叫唤道。吕西安娜，在靠近锅子的边上给她留一个空位……姑娘们，我来给你们介绍一下，这位就是我刚才和你们提到的那个女孩，她是弗兰克的朋友……昨天晚上我们还救了她一条命……来吧，快坐到我们中间来……”

厨房中弥漫着一股咖啡和猪肠子交融在一起的味道。姑娘们都在热火朝天地聊着天，屋子里到处都是嘻嘻哈哈的笑声，吵得就像鸡窝一样……

此时，弗兰克进来了。“啊！他来了！我们的主厨来了！”姑娘们一边说，一边笑得更加开心。他今天穿了一件白色的外套，当雅尼看到他时，显得心绪纷杂，像是内心在一瞬间受到了很大的触动。

弗兰克径直走向炉灶，当他经过雅尼背后时，在她的肩上轻轻按了一下。雅尼在手绢里擤了几下鼻涕，便又开始和众人一起欢笑起来。

就在这一刻，卡米耶问自己是否正在坠入爱河……天哪。这份感情来得真是出其不意，让她毫无防备……“不，不是的。”她一边想，一边抓住一块木板，继续思忖道，“不，不可能。刚才他只不过假扮了一下狄更斯笔下的英雄人物……我可不能就此落入他的圈套……”

“你们能给我安排点事情做吗？”卡米耶问道。

于是，其他姑娘向她演示了如何将肉切成小块。

“把肉切成这样是为了做什么？”

姑娘们在四处七嘴八舌地回答道：

“做香肠！做红肠！做灌肠！做肉酱！做熟肉末！”

“那您呢，您拿着自己的牙刷做什么？”她转向身旁的一个姑娘，问道。

“我用它来刷洗猪的肠子……”

“好吧。”

“那弗兰克呢，他在干吗？”

“他将为我们烹调美味……比如，做猪血香肠、煮熟灌肠，做些小吃什么的……”

“他将为我们做哪些小吃呢？”

“猪首、猪尾、猪耳朵、猪脚……”

“好吧。”

呃……养胖我的计划不是要到下周二才开始执行吗？

当弗兰克拿着土豆和洋葱从地窖里回到厨房时，看见卡米耶正贪婪地观察着一旁的伙伴，想学习正确的握刀姿势。他走上前，一把夺过她手中的刀，说道：

“你别去碰那玩意。每个人都有自己的职责，如果你不慎割掉了自己的一根手指，你的麻烦就大了……我再和你重复一遍，每个人都有自己的职责。你的画册在哪里？”

随后，他又对着那群姑娘说道：

"嘿，你们不介意让她来为你们作画吧？"

"当然不介意。"

"我介意，我的鬈发现在乱得一团糟……"

"好了，吕西安娜，别那么臭美了！我们都知道你戴的是一顶假发！"

现在气氛真不错，简直有种乡间"地中海俱乐部"①的感觉……

卡米耶只得洗了洗手，开始作画，并一直画到了晚上。她从室内画到室外，画的内容也十分丰富：血迹、狗、猫、孩子、老人、炉火、酒瓶、罩衫、背心都一一入画。另外还有桌下的棉鞋、桌上苍老的双手、弗兰克的背影以及自己在一个不锈钢锅子旁的模糊身影。

她感到有些冷，微微打了几个寒战，然后把每个姑娘的肖像画都发给了本人。接着，她让孩子们为她指示通往田间的道路。她说是去散步，其实是想去醒一醒酒……

那些穿着蝙蝠侠T恤和骆驼牌短靴的孩子四处奔跑着，一会儿乐呵呵地抓住一只鸡，一会儿又拿着一长串猪肠逗狗……

"布拉德利，你太疯狂了！千万别启动这台拖拉机，它会要了你的命的！"

"我只是想向她展示一下……"

"你叫布拉德利吗？"

"对啊！"

很显然，布拉德利是这群孩子中的首领。他撩起自己的衣服，向卡米耶展示了他所有的伤疤。

"如果我把这些伤疤都连在一块，足足有十八厘米长……"他得意地说道。

卡米耶面色凝重地点了点，随即为他画了两只蝙蝠侠：一只在飞翔，另一只则紧靠着一只巨大的章鱼。

"你画得真好，你是如何做到的？"

"你也画得很好。每个人都画得很好……"

晚上是大餐时间。足足有二十二人围坐在餐桌和猪的周围用餐。人们在壁炉里烤着猪尾和猪耳朵，随后把烤好的食物任意放在宾客的盘子中。弗兰克在炉灶边全神贯注地为大家烹制着美味。他首先端上桌的是一锅香喷喷、胶状的

---

①"地中海俱乐部"（Club Med）是一家创办于法国的公司，同时也是目前全球最大的度假连锁集团，拥有遍布全球五大洲三十个国家的八十多座度假村。——译注

热汤。卡米耶把面包浸泡在汤汁里，却并未把汤全部喝完。随后，弗兰克又陆续为大家呈上了一系列人间美味：猪血香肠、猪脚、猪舌……此时，卡米耶想喝一点酒，于是便搬着椅子退后了几厘米，把酒杯伸向那位慷慨的倒酒人。接着是甜点时间，每人都或多多少地吃了一块水果挞或蛋糕。终于，到了该品尝"神秘液体"的时候了……

"啊……亲爱的姑娘，你一定要尝尝这个……那些不敢品尝的女孩，最后都变成了老处女……"

"好吧……给我来一小口吧……"

卡米耶在邻座狡黠的目光下"失去了童贞"。而那个只剩下一颗半牙齿的狡猾邻座，却趁着混乱的气氛，自己跑回家睡觉去了。

喝完这口液体后，卡米耶"咚"的一声倒在了桌子上，伴随着木质地板的吱呀声和人群的欢声笑语，她很快便进入了梦乡。

在她酣然入睡时，弗兰克坐到了她的身旁。她在梦中哼了一声。

"别害怕，我今天喝得很醉，不会对你做什么的……"他低声自语道。

卡米耶转了身，背对着他。他见状，便把鼻子拱在她的脖颈上，随后伸出一只手，拦腰抱住了她。她的头发散在他的鼻子上，有点痒。

"卡米耶？"

她睡着了吗，还是在装睡？总之，没有任何应答。

"我很喜欢和你在一起的感觉……"

她竟然微笑了一下。

她是在做梦吗？她真的睡着了吗？他不得而知……

中午时分，当两人终于醒来时，发现自己正和对方一起躺在昨天睡的那张大床上。两人都没有对昨晚的事发表任何的评论。

两人心情复杂，而且都很疲倦，于是便面无表情地重新摆好床垫，折好被单。然后先后前去浴室里洗漱，最后在沉默中穿好了衣服。

他们头昏脑涨，在下楼时甚至感到今天的楼梯都很陡峭。雅尼一言不发地递给他们一大碗黑咖啡。在桌子的另一头，已经有两个妇人在清洗刚做好的肉肠。卡米耶将椅子搬到壁炉旁，头脑放空，默默地喝着咖啡。她还清楚地记得"神秘液体"的浓烈味道，她每喝一口都不得不紧闭双眼。好吧……这也许就是从一个女孩蜕变成一个女人所要付出的代价……

厨房里的味道让她感到有些反胃。她站起身，又给自己倒了一点咖啡，随后便从大衣口袋里拿出烟盒，走到院子里，坐在白色的石板上。

过了一会儿，弗兰克来到院子里，加入了她。

“我可以坐下吗？”

她挪动了一下身体，给他腾出了一个空位。

“头痛吗？”

她点了点头。

“你知道吗，我……我现在要出发去探望我的外婆了……现在摆在你面前的有三种选择：要不我把你留在这儿，随后到下午的时候再来接你；要不我带你一块走，然后在我服侍她的时候，你找个地方等我一下；要不我把你带到火车站，随后你独自一人乘火车回巴黎……”

她没有马上回答，而是放下碗，卷了一支烟，点燃它，然后平静地抽了一口烟。

“你觉得怎么做比较好？”

“我也不知道。”他撒谎道。

“没有了你的陪伴，我不是很想一个人待在这里……”

“好，那我一会儿把你送到火车站……因为看你现在这个状况，也不太适合坐着摩托车奔波……当我们疲劳的时候，常常会感到更加寒冷……”

“很好，就这么办吧。”卡米耶回答道。

…………

雅尼坚持道：“不，不，带一块里脊肉上路，我去给你们包好。”她一直把他们送到路上，突然一把将弗兰克拥入怀中，并在他的耳边悄悄说了几句卡米耶听不到的话。

当他在高速公路前的一个站点停下时，卡米耶翻起她的帽盖，说道：

“我和你一起去……”

“你确定吗？”

她戴着头盔点了点头，随即重新坐到了他的身后，天哪，生活有时候会在一瞬间加速。好吧……我认了。

她一边咬着牙，一边伏在了他的身上。

13.

“你其实可以在附近的咖啡店里等我。”

“不，不用了，我就在楼下大厅等好了……”

他们刚进养老院大厅，就有一个穿着天蓝色工作服的女士急匆匆地向弗兰克走来。她一边凝望着他，一边无奈地摇了摇头，说道：

“她又开始了……”

弗兰克叹了一口气。

“她在房间里吗？”

“是的。可她再一次整理好了随身物品，还不许我们去碰她。从昨天晚上开始，她就抱着自己的膝盖，裹着大衣，蜷缩在角落里……”

“她吃过东西吗？”

“没有。”

“谢谢，我知道了。”

他转向卡米耶，说道：

“你可以帮我看管一下随身物品吗？”

“发生了什么？”

“我亲爱的波莱特又开始在做傻事了，真烦人！”

他的脸惨白得就像一条被单。

“我都不知道是不是应该来探望她了……我现在很迷茫……完全不知所措……”

“她为什么拒绝进食？”

“因为她以为这样做就可以让我带她离开这个鬼地方！现在每次我来看她的时候，她都会给我来这一套……天哪，我现在真想一走了之……”

“你想让我陪你一起去吗？”

“这不会让事情发生任何改变。”

“确实不会发生任何改变，但至少可以转移她的注意力……”

“你当真这么认为吗？”

“当然，好了……走吧。”

弗兰克首先走进房间，小心翼翼地说道：

"外婆……是我……我给你带了一个惊……"

当他看到眼前的情景时，甚至都没有勇气把话说完。

只见老太太坐在床上，目不转睛地朝着门的方向张望。她穿戴整齐：已经套上大衣，穿好鞋子，系上围巾，甚至还戴上了她那顶黑色的小帽子。一只还没有完全关好的箱子，静静地躺在她的脚边。

面对此番情景，卡米耶暗自思索道："令人心碎"的确是另一个形象生动的短语。因为此时，她的心正在悄悄地碎成千瓣。

她看上去是如此迷人，看看她那明亮的双眸和尖尖的小脸……简直就像一只可爱的小老鼠，又像是森林中的塞来斯蒂娜仙女……

弗兰克若无其事地发表着自己的长篇独白：

"看看你！穿得也太多了！"他说着，快速地为她脱去了外套，随后继续说道，"但其实，注意保暖也没错……这间屋子里现在有几度？至少也有二十五摄氏度……我以前和楼下的工作人员反映过，说他们这儿的暖气开得太足了，但没有人理我……我们刚从雅尼家回来，对，是去参加杀猪活动。我不得不说，这里比熏烤猪肉的那间屋子还要热……你最近好吗？哇，你的新床单可真漂亮！这是不是意味着你终于收到乐都特公司的包裹了？已经拖了很久了……那些长袜没有什么问题吧？我没有弄错吧？我不得不说，你的字迹太过潦草……那天，我像一个傻子一样去问营业员他们这里是否有卖'米歇尔先生'牌香水……那个店员斜眼看了我一下，于是我便把你写的纸片拿给她看。她去里屋拿了眼镜，总之场面很混乱。最后，她终于明白原来你要的是'圣-米歇尔山'牌香水……给你买东西，还真是费神，不是吗？给……希望瓶子没有摔碎……"

他帮她重新穿好了拖鞋，嘴里喋喋不休，前言不搭后语，眼睛却始终不敢看她。

"您就是那个小卡米耶吗？"波莱特朝着卡米耶灿烂地笑了一下，问道。

"呃……是的……"

"到这里来，让我好好看看您……"

卡米耶顺从地坐到了她的身旁。

波莱特抓起她的手，说道：

"您已经冻僵了……"

“因为坐了摩托车的缘故……”

“弗兰克？”

“嗯？”

“还不快去给我们准备些热茶！让这个小姑娘暖暖身体！”

他叹了口气，感谢上帝。最糟糕的部分已经过去了……他把自己的随身物品丢进了衣橱里，便起身去找电水壶。

“到我的床头柜上去拿几片饼干来吃吧……”说罢，她转向卡米耶，说道，“是您……您就是卡米耶……噢，您不知道我见到您有多高兴……”

“我也是……谢谢您给我织的围巾……”

“啊，说到这个，等一下……”

她站起身，拿了一个装满旧针织杂志的袋子，走了回来。

“这是我的一个朋友伊冯娜带来给我看的……告诉我您喜欢什么样的图案……但别让我织那种凸起的圆点，我不会织那玩意……”

1984年3月刊，好吧……

卡米耶缓慢地翻阅着破旧的杂志。

“这个还不错，不是吗？”

波莱特说着，指了指一件印有流苏花饰和钉有金色纽扣的长袖羊毛开衫。

“呃……其实我更喜欢那种宽大的毛衣……”

“宽大的毛衣？”

“是的。”

“怎么个宽大法？”

“就比如那种高领大毛衣……”

“往后翻，到男装版面去看看！”

“这件不错……”

“弗兰克，我的小兔子，把我的眼镜拿过来……”

听到她这样和自己说话，弗兰克的心中充满了喜悦。外婆，这样不错，请继续。你可以使唤我做这做那，可以在她面前仍旧把我当成一个孩子，让我羞愧难当，但请你不要哭，再也不要哭泣了。

“呃……好了……不打扰你们了。我出去撒泡尿……”

“这就对了，这就对了，让我们俩单独待一会儿。”

听到这话，他不由得微笑了一下。

太幸福了，我真是太幸福了……

他关上门，在走廊里开心地跳了几下。他甚至想拥抱迎面走过来的那些病恹恹的老人。天哪，真是太好了！他再也不是孤单一人了，再也不用孤军奋战了。刚才外婆竟然说出了“让我们俩单独待一会儿”这样的话。当然，姑娘们，我不来打搅你们！这正是我所希望出现的情况！这正是我想要的结果！

谢谢你，卡米耶，谢谢。就算你以后不来了，你那件宽大的毛衣也至少可以让我清净三个月。关于羊毛、颜色、试穿的话题，也够你们聊上一会儿的了……厕所是往哪里走？

波莱特坐到了她的扶手椅上，而卡米耶则背靠着暖气，席地而坐。

“您在地板上坐得还舒服吗？”

“挺舒服的。”

“弗兰克也经常坐在地上……”

“您吃过饼干了吗？”

“我已经吃了四块了！”

“很好……”

她们相互凝望着，在沉默中互相倾诉着心事。她们聊起了弗兰克，当然还有许多其他话题：距离、青春、风景、死亡、孤独、逝去的时光、团聚在一起的幸福以及生活中的烦恼。然而两人并未开口说话，完全通过心领神会的默契进行着交流。

卡米耶很想为波莱特作一幅肖像画。波莱特的脸庞让她想起了筑堤上的小草、野生的紫罗兰和黄色的小花……另外，波莱特的脸庞还呈现出一种开放的姿态，显得明亮而柔和，就像是由轻柔的日本面料制成的一样。波莱特脸上忧愁的皱纹在翻滚的茶叶中消失不见，留下的是眼角处那无数和善的印记。

卡米耶觉得她很美丽。

事实上，此时波莱特的心中怀着和卡米耶一模一样的想法。这个姑娘可真迷人，她是如此恬静。虽然她穿着一套奇装异服，看上去就像一个流浪汉，但仍然显得十分优雅。她很想在春天的时候能够带着这个小姑娘去她的花园看一看，看着榅桲树的枝叶，闻闻山梅花的香味。是的，这个女孩身上散发着一种独特的气质。

也许她是一位从天上落入凡间的天使，为了和我们待在一起，而不得不穿着一双厚重的鞋子……

“她走了吗？”弗兰克问道。

“不，不，我在这儿呢！”卡米耶说着，把手臂伸过了床沿。

波莱特微笑了一下。有些事情她不需要眼镜就能看得很清楚……她顿时有了一种如释重负的感觉。她该妥协了，是的，她该妥协了。现在她应该试着接受眼前的生活状况。为了他，为了她，为了所有人。

别再胡思乱想了，嗯……好了……就这样吧。她不会再让他烦恼，不会每天清晨再想念她的花园……她要试着什么都不去想。是时候让他过自己的生活了。

让他过自己的生活……

弗兰克心情愉悦地向波莱特讲述着昨天晚上的见闻，卡米耶则将自己的素描作品拿给她看。

“这是什么？”

“猪的膀胱。”

“这个呢？”

“新式套鞋！”

“这个小家伙又是谁？”

“呃……我不记得他的名字了……”

“这个呢？”

“这个是蜘蛛侠……别把它和蝙蝠侠弄混了！”

“能够如此有天赋真是一件美妙的事……”

“唉，这没什么……”

“孩子，我说的不是你的绘画作品，而是你敏锐的目光……啊！我的晚饭来了！你们该回去了，我的孩子们……外面天色已晚……”

等一下，刚才她是说“你们该回去了”吗？弗兰克惊跳了一下。他是如此心绪不宁，以至于不得不抓了一下窗帘，才重新站起身来。

“别管我，快走吧。还有，别说起话来总像个流氓一样，好不好！”

“好的。”

他微笑着皱了一下鼻子。继续说吧，我的波莱特，尽情地说吧，别不好意思。尽情地骂我、抱怨、发牢骚吧。这才是真正的你。

“卡米耶？”

“嗯？”

“我能让您帮个忙吗？”

“当然！”

“等你们到的时候，给我打一个电话，让我放心……这小子从不打电话给我，我……当然，您也可以让电话铃响一下就挂掉，我就知道是您打来的，我就可以放心地去睡觉了……”

“我答应您。”

当两人来到走廊时，卡米耶发现自己把手套忘在了波莱特的房间。她冲向房间，看见波莱特已经站在窗前，准备在他们离去时再看他们最后一眼。

“我……我的手套……”

这个一头红色头发的老妇人并没有转身，只是抬了抬手，随即点了点头。

“真是太可怕了……”在弗兰克为摩托车解锁的时候，卡米耶由衷地感叹道。

“不，别这么说……她今天已经表现得非常好了！当然多亏有你在……谢谢……”

“不，我还是觉得很糟糕……”

他们向四楼那个微小的人影挥了挥手，随后跟着前面熙熙攘攘的车队，启程上路。弗兰克感觉全身轻盈，而卡米耶则头脑空空如也，望着前面。

直到到了公寓门口，他才第一次停下了摩托车。

“你……你不回家吗？”

“不回。”那个戴着头盔的人说道。

“好吧……那再见了。”

14.

现在还不到晚上九点，公寓却笼罩在一片黑暗之中。

“费里，你在吗？”

她看到费里贝尔时，他正蜷缩在床上：肩上披了一条被子，手里则拿了一本书。

“你还好吗？”

“……”

“你生病了吗？”

“我紧……紧张得要命，我很……很早……就开始等……等你们了。”

卡米耶叹了一口气。天哪……不是这人有问题，就是那人需要安慰……

她背对着费里贝尔，在壁炉旁坐下，然后把头埋在手掌里，说道：

“费里贝尔，求你别这样，好吗？别再支支吾吾地说话，别再这样对我。不要毁掉原本美好的一切。我已经有好几年没有出门走走了……所以请你挺直身体，甩开那条爬满蛀虫的被子，放下你的书本，用轻松的语调和我说一句：‘怎么样，卡米耶，这次旅行还算愉快吧？’”

“怎……怎么样，卡……卡米耶，这次旅行还算愉快吧？”

“非常好。谢谢你！你呢？今天发起的又是哪一场战役？”

“柏菲战役……”

“啊……不错……”

“不，这是一场真正的灾难。”

“是谁和谁作战？”

“瓦卢瓦人对抗哈布斯堡人……弗朗索瓦一世对抗查尔斯·肯特……”

“啊！查尔斯·肯特，我知道这个人！他是在马克西米连一世以后登上日耳曼帝国王位的人！”

“天哪，你是从哪儿获取这些知识的？”

“啊哈！对我刮目相看了吧？”

他摘下眼镜，揉了揉眼睛。

“这次旅行还算愉快吧？”

“非常愉快……”

“把你的画册给我看看。”

“你先起来再说……厨房里还有汤吗？”

“我想应该还有一些……”

“我在厨房里等你。”

“弗兰克人呢？”

“他又飞走了……”

“你之前知道他是一个孤儿吗？我的意思是……他的母亲把他遗弃了？”

“知道一点吧……”

由于过度疲劳，卡米耶反而无法安然入睡。她把自己那台装有滚轮的壁炉一直推到客厅，随后一边抽着烟，一边听着舒伯特创作的乐曲。

冬之旅。

她开始哭泣起来，突然感到体内的石子又开始在她的喉咙深处翻滚。

爸爸……

卡米耶，别哭了。快去睡觉吧。是这首行云流水般浪漫的乐曲、寒冷、劳累和另一个人，让你的神经过敏……请马上停止哭泣。你这是在胡闹。

啊，天哪！

怎么了？

我忘记给波莱特打电话了。

还不快打！

但现在已经很晚了……

所以你更要现在打电话了！快去吧！

“是我。我是卡米耶……我没有把您吵醒吧？”

“没有，没有……”

“我刚才忘记给您……”

一阵沉默。

“卡米耶？”

“嗯？”

“我的孩子，你要好好照顾自己，知道了吗？”

“……”

“卡米耶？”

“好……好的……”

第二天，她一直等到上班时间，才从床上起来。当她起身时，看到桌上摆着一盘弗兰克为她准备的美味，旁边还留了一张便条，上面写道：

“李子干配昨天的里脊肉以及新鲜的意大利面。用微波炉转三分钟即可。”

竟然没有一个拼写错误……

她站着吃了一会儿，马上感觉精神好了起来。

她在沉默中做着自己的工作。

她拧干了粗麻布拖把，清空了烟灰缸，系好了垃圾袋。

随后步行回家。

她揉搓着双手，为了让它们暖和起来。

她抬起头。

思考着。

她想得越多，走得就越快。

到了后来，几乎是在奔跑。

她摇醒费里贝尔的时候已经是深夜两点了。

“我要和你说件事。”

15.

“现在吗？”

“是的。”

“可……可是，现在几点了？”

“我才不管呢，听我说！”

“帮我拿一下眼镜，谢谢……”

“现在房间里一片漆黑，你根本就不需要眼镜……”

“卡米耶，拜托了……

“啊，谢谢……戴上眼镜后，我能够更加清晰地听到你说的话……好了，我的战士，这场伏击战的目的何在？”

卡米耶深吸了一口气，清空了自己的包，随后喋喋不休地说了很久。

“上校，我的汇报完毕了……”

费里贝尔仍旧保持着缄默，没有任何反应。

“你不想说些什么吗？”

“天哪，这简直就是一场攻击战，是的，这确实是一场攻击战……”

“你不同意吗？”

“等一下，让我思考一下……”

“要来杯咖啡吗？”

“好主意。快去给自己做杯咖啡，而我需要好好地缓冲一下情绪……”

“你不要咖啡吗？”

他闭上双眼，做了一个手势，示意她离开。

“你思考得怎么样了？”

“我……我坦白地和你说：我认为这不是一个好主意……”

“真的吗？”卡米耶说着，咬住了自己的嘴唇。

“是的。”

“为什么？”

“因为我们为此需要承担的责任太大了。”

“换一个理由吧。我无法接受这样一个回答，这个回答毫无意义。现在外面不想承担责任的人多的是……你知道吗，费里贝尔，多的是……那天你上楼把三天没有进食的我接到自己家里的时候，想过这个问题吗？”

“是的，我当然考虑过这个问题……”

“所以呢？你现在后悔了吗？”

“没有。你不能把这两件事情放在一起说，它们完全没有可比性……”

“有！这两件事情的性质完全一样！”

一阵沉默。

“你很清楚这里并不是我的家……我们只是暂住在这里……明天早晨我可能就会收到一封叫我下周就搬走的挂号信……”

“呵呵……你很清楚关于遗产继承的办事流程……你在这里起码还能住十年……”

“也许是十年，也许只有一个月……我无从知晓……你知道吗，这是一起涉及大量金钱的案子，就算是再正直的公证员，也会找到一条捷径，来解决这个问题……”

“费里……”

“别这么看着我。你这个要求提得太过分了……”

“不，我其实并没有要求你做任何事，只是希望你能对我有信心……”

“卡米耶……”

“我……我之前从没有和你们说起过……事实上，在遇到你们之前，我的生活状况十分糟糕。当然，和弗兰克的童年生活相比，我的惨痛经历也许不值一提。但我仍然坚持认为这是一段痛苦的时光……可能我的生活是以一种更加隐晦的方式折磨着我……就像一根滴管一样……另外，我……我也不知道我做了什么……也许是我之前的行为过于愚蠢，总之我……”

“你怎么了？”

“我……我一路上把所有我爱的人都弄丢了，而且……”

“而且什么？”

“而且那天我和你说‘我在这个世界上只有你’的时候，是真诚的……还有，天哪！你知道吗，昨天是我的生日。昨天我二十七周岁了，而这个世界上唯一记得我生日的人是我的母亲。你知道她送了什么礼物给我吗？一本教人如何瘦身的书。很滑稽，不是吗？我问你，世界上存在比她还尖酸刻薄的人吗？对不起，我讲的这些一定让你很厌烦。但请你帮助我，费里贝尔……请你再帮我一次……以后我不会再麻烦你做任何事，我保证。”

“昨天是你的生日吗？”他惋惜地说道，“你为什么没有告诉我们？”

“我才不在乎什么生日呢！我讲这个插曲的目的是想感动你，而事情本身并没有任何意义……”

“当然有意义了！我倒是很愿意送你一份礼物……”

“那好，现在就送吧。你如果答应帮我这个忙，就等于送了我一份大礼。”

“如果我答应你，你可以让我回去睡觉了吗？”

“可以。”

“如果是这样，那好吧……”

毫无疑问，他其实根本就无法再次安然入睡。

16.

第二天七点的时候，她已经开始投入战斗之中。她去了面包店，为最爱的守护人买了小棍面包。

当她的守护人走进厨房的时候，看见她已经伏在洗涤槽边忙活着什么。

“天哪……”他惊叹道，“你……已经开始投入战斗了吗？”

“我本打算把早餐端到你的床前，但最终还是不敢这么做……”

“你做得对。因为我是唯一一个清楚自己该吃多少巧克力的人。”

“哦，卡米耶……快坐下来吧，你这样忙来忙去，让我感到头晕……”

“如果我坐下了，我将再告诉你一桩可怕的事情……”

“天哪……那你还是站着吧……”

她在他的对面坐下，把手放到桌上，直视着他的目光，说道：

“我想重新开始工作。”

“什么？”

“我刚在下楼的时候寄送了我的辞职信……”

一阵沉默。

“费里贝尔？”

“嗯？”

“说话呀。就这件事和我说两句……”

他放下碗，舔了一下胡子，说道：

“不。这件事情我无话可说。因为这是你自己的事，亲爱的……”

“我想住到走廊尽头的那间卧室里去……”

“可是，卡米耶……要知道，那里简直就是一个堆放杂物的仓库！”

“我知道，里面有几十万只死去的苍蝇。但别忘了，这同时也是所有房间里最明亮的一间屋子。有两扇窗户，一扇朝东，一扇朝南……”

“谁去收拾里面的残局呢？”

“我会打扫干净的……”

他叹了一口气，说道：

“女人想要的东西，就是……”

“你等着吧，你一定会为我感到骄傲的……”

“这点我深信不疑。那我呢？”

“你什么？”

“我是不是也可以求你帮我做点事？”

“当然了……”

只见他的脸涨得通红，回答道：

“假……假设你……你想……送一件礼……礼物给一个你不……不认识的年轻女孩，你……你会送……送什么？”

卡米耶从下面看了他一眼，问道：

“能再说一遍吗？”

“别……别装……装傻，我刚……刚才的话，你……你听……听得清清楚楚……”

“我至少不清楚，你准备在什么场合送给她呢？”

“不……不是什么特……特殊的场合……”

“什么时候送？”

“周……周六。”

“送她一瓶娇兰吧。”

“什……什么东西？”

“一个香水的品牌……”

“我……我不是很懂得挑……挑选香水……”

“你想让我陪你去挑吗？”

“是的……求你了……”

“没问题！我们一会儿在你午休的时候一起去挑选吧……”

“谢……谢谢……”

“卡……卡米耶？”

“怎么了？”

“这……这只是一……一个普……普通朋友，不是吗？”

她站起来，微笑了一下，说道：

“当然了……”

随即，她翻阅了一下邮政局送的猫咪台历，惊叫道：

“天哪！周六是情人节，你知道吗？”

他重新把头埋到了碗里。

“好了，我先走了，我还有工作要做……中午的时候我到博物馆和你会合……”

当费里贝尔还在咕噜咕噜喝着他的雀巢巧克力粉，头还来不及从碗里抬起来的时候，卡米耶已经拿着抹布和海绵，离开了厨房。

中午时分，当弗兰克回来午休的时候，发现公寓里空无一人，而且一片狼藉。

“发生了什么，搞得这么乱七八糟的……”

当他在下午五点左右在公寓里碰到卡米耶的时候，她正与一台落地灯的底座做着斗争。

“你在干吗？”

“搬家……”

“你要搬到哪里去？”他脸色苍白地问道。

“就那儿。”她说着，指了指那个摆满破旧家具和遍地都是死苍蝇的房间，随后张开双臂，说道，“我向你隆重介绍一下，这是我全新的工作室……”

“不是吧？”

“就是！”

“那你的工作怎么办？”

“再说吧……”

“费里怎么说？”

“哦……费里的话……”

“怎么了？”

“他最近正处于忧郁期……”

“什么？”

“不，没什么。”

“你需要帮忙吗？”

“你说呢？”

有了一个男孩的帮助以后，一切都简单了不少。一小时以后，他就把房间里所有的杂物都搬进了隔壁的屋子。这间屋子由于侧壁有缺陷而无法安装任何的窗户……

当忙完这一切以后，卡米耶洗了洗手，准备享受一会儿平静的时光。她一边喝着冰啤酒，一边估摸着自己在完工以前，还有多少工作要做。

“下周一吃午饭的时候，我想邀请你和费里贝尔一起来庆祝我的生日……”

“呃……你难道不可以放在晚上庆祝吗？”

“为什么？”

“你知道的……每周一我都要去完成一件苦差……”

“啊，对了，不好意思，是我表达有误，让我重新再说一遍：下周一吃午饭的时候，我想邀请你、费里贝尔和波莱特共同庆祝我的生日。”

“难道在那里庆祝？我指的是在养老院里。”

“当然不是！你去帮我们找一间惬意的小饭店总可以吧！”

“我们怎么去？”

“我在想我们是不是可以租一辆车……”

他没有回答，在沉默中喝完了手中的啤酒。

“这个主意很棒。”他一边挤压着易拉罐，一边说道，“但问题是，以后当我一个人去探望她的时候，她的心情会很落寞的……”

“很……很有可能会是这样……”

“你并不一定要为她做这些的，你知道吗？”

“不，不，我做这些是为了我自己。”

“好吧……车的问题我来搞定，我有个朋友一心想用自己的座驾换我的摩托车呢……这些苍蝇可真够恶心的……”

“我刚才看你在睡觉，所以没有用吸尘器打扫地面……”

“你还好吧？”

“还不错。你看到你那件拉尔夫·劳伦的毛衣了吗？”

“没有。”

“那只小狗穿上去后真是漂亮极了，它的主人可高兴了……”

“下周你将过几岁生日？”

“二十七岁。”

“你之前都在哪里？”

“什么？”

“在来这里以前，你在哪里生活？”

“楼上呀！”

“再之前呢？”

“我现在可没有时间和你聊这个……哪天晚上你要是在的话，我会告诉你的……”

“你总是这么说，但……”

“不，不，现在我感觉好多了……我保证会向你讲述卡米耶·福克充满教益的一生……”

“什么叫‘充满教益’？”

“这是一个好问题……

“意思是‘像一座建筑一样’吗？”

“不。‘充满教益’就是‘典范’的意思……”

“啊？”

“形象一点来说，就是一座濒临倒塌，却仍然顽强挺立的建筑……”

“就像比萨斜塔一样吗？”

“完全正确！”

“和你们这些知识分子生活在一起可真累……”

“才不是呢！事实正相反，和我们生活在一起你会感到身心愉悦！”

“不，真的很累。我总是害怕会犯拼写错误……你中午都吃了什么？”

“和费里一起吃了一个三明治……但我看到你在烤箱里为我准备的食物，我一会儿就去吃……对了，谢谢你……你做的菜都很可口。”

“没事。好了，我要走了……”

“那你呢，还好吗？”

“精疲力竭……”

“多睡睡觉吧！”

“其实我睡得还挺多的，我也不知道是怎么回事……反正总是没有精神……好了……我要回去工作了。”

17.

“天哪……我们已经有十五年没有见过你了，可最近你几乎天天都来我们这儿！”

“您好，欧迪特。”

这位老妇人响亮地亲吻了他两下。

“她到了吗？”

“不，还没有……”

“好吧，我们可以坐下来等她……来吧，我来向您介绍一下我的朋友们：卡米耶……”

“您好。”

“……还有费里贝尔。”

“您好。很高兴……”

“好了！好了！你一会儿再鞠躬吧……”

“你别这么暴躁好不好！”

“我不是暴躁，而是饿了。看，她正好来了……外婆好，伊冯娜好。您过来和我们一起吃饭吗？”

“你好，我的小弗兰克。不了，谢谢，我家里还有一些客人要招呼。我几点过来接她？”

“我们会把她送回去的……”

“别太晚，知道吗？上次我可被臭骂了一顿……你们一定要在五点半前将她送回……”

“知道了，知道了，别担心，伊冯娜。代我向您的家人问好……”

弗兰克叹了一口气。

“好了，外婆。我来为你介绍一下，这是费里贝尔……”

“我的荣幸……”

说着俯身，亲吻了一下她的手。

“好了，大家都入座吧。不，欧迪特！我们可不需要什么菜单，主厨做什么，我们吃什么！”

“要来点开胃酒吗？”

“来瓶香槟！”费里贝尔回答道，随即转向他的邻座，问道，“夫人，您喜欢香槟吗？”

“喜欢，喜欢……”波莱特被费里贝尔过于周到的礼节吓得有些不知所措。

“给，等菜的时候先来点熟肉酱填填肚子……”

所有的人都有些拘束。好在卢瓦尔河畔的红酒、白斑鱼配黄油以及山羊奶酪很快让大家打开了话匣子。费里贝尔周到地照料着他的邻座，卡米耶则静静聆听着弗兰克说的那些蠢话。

“我那个时候……噗……外婆，那个时候我几岁？”

“我的上帝，那是很多年之前的事情了……十三还是十四岁？”

“这是我学徒生涯的第一年……我还记得那个时候我很怕雷内，当时我还小。但是不管怎么说……我还是学到了一些东西……那个时候大伙还总是愚弄我……有一次，不知道是谁指着一把抹刀对我说：

“‘我们把这种刀叫作大猫，那种刀叫作小猫。你一定还记得师傅收徒考你时候的情景……当然，市面上有很多厨艺方面的书籍，但这些才是真正的厨房用语，才是所谓的行话。我们用这些话作为考查一个优秀学徒的标准。怎么样？你都记住了吗？'

"'是的，主厨。'

"'这把刀叫什么来着？'

"'大猫。主厨。'

"'另一把呢？'

"'嗯……小……'

"'小的什么，拉斯德菲尔？'

"'小猫，主厨！'

"'不错，我的孩子，非常好……你大有前途。'

"天哪！我那个时候傻得就像一个白痴！他们一定觉得我很可笑……但我们也并不是每天都过得这么轻松愉快，不是吗，欧迪特？主厨生起气来，还会用脚踢我的屁股……"

此时，和他们坐在一起的欧迪特点了点头。

"你知道吗，他现在脾气好很多了……"

"那当然！现在的孩子可难搞了！"

"别和我说现在的孩子……他们动不动就赌气，好像他们生来只会做这一件事：赌气。搞得我们现在什么话都不敢和他们说。真够讨厌的……简直比你当年往垃圾箱里扔火星还讨厌……"

"您又开始无中生有了！我完全不记得自己做过这种事……"

"但是我记得，你要相信我的记忆力！"

这时，有人关上了灯。当卡米耶吹灭所有蜡烛以后，整个餐厅里的人都为她鼓起掌来。

费里贝尔悄悄退出人群，随后不知从哪儿拿出了一个巨大的包裹，他一边走向卡米耶，一边说道：

"这个是我们两人送你的礼物……"

"是的，可具体送什么东西，是他出的主意。"弗兰克补充道，"所以如果你不喜欢，我可没有任何责任。我本来想租一个脱衣舞男作为你的生活礼物，但费里贝尔不认同我的想法……"

“哦，太感谢了！你们真好！”

这是一个专为“乡村水彩画家”特制的绘画桌。

费里贝尔颤抖着声音，开始朗读说明书上的内容：

“这张绘画桌由一个巨大的工作台和两个摆放工具的抽屉组成，桌子的两面都可以折叠和倾斜，材质稳固。桌子有四个桌角，结构设计别具匠心，便于画家坐着工作。桌子由山毛榉制成，可对折，当中的横梁更是增加了桌子的稳固性。收起后方便存放。由于桌子里配备了齿条，工作台上的托盘可以自由倾斜。这张桌子最大可以收纳68厘米×52厘米的画作——其实我们的画家已经完成了不少的作品——桌子旁还装了一个把手，让使用者在收起桌子后，方便提着它前往别处。我还没有说完，卡米耶……在把手旁边还有一个可以盛放水的地方！”

“我们只能在那里放清水吗？”弗兰克忧心忡忡地问道。

“傻瓜，这水又不是用来喝的。”波莱特嘲笑他道，“它是用来调颜色的！”

“啊，对哦，我可真够蠢的……”

“你……你喜欢吗？”费里贝尔担忧地问道。

“这份礼物简直太棒了！”

“你……你不会还是更想要一个赤……赤身裸体的男……男孩吧？”

“我想现在就试一试这张桌子，时间还够吗？”

“试吧，试吧，反正我们还在等雷内……”

卡米耶从她的包里翻出了一小盒水彩颜料。随后她拆去礼物的包装，在落地玻璃窗前架好了桌子。

她为卢瓦尔河画了一张“肖像”。在她的画作上，卢瓦尔河缓缓流淌着，显得静谧、宽阔、安详。河流上随意地漂着几只小船，河堤上小巧的木桩排成一排，木桩周围散落着一些漫不经心的白沙。一只鸬鹚栖息在灯芯草丛里。画面上的天空很蓝，那是一种冬天特有的蓝色，呈现出金属的色泽，在两片慵懒的白云前营造出一种虚幻的意境。

欧迪特看得如痴如醉。

“她是如何做到的？她的画盒里只有八种颜色！”

“我作弊了，嘘……别告诉别人。给，这幅画送给您。”

“哦，谢谢！太感谢了！雷内！快过来欣赏一下这幅美妙绝伦的作品！”

“这顿饭算我请你们的！”

"噢，那可不行……"

"行，当然行！这顿饭我请定了……"

当卡米耶回到餐桌旁坐下时，波莱特在桌子底下偷偷塞给她一个包裹。包裹里装了一顶毛线帽，帽子的图案和颜色都和上次那条围巾一模一样，这样，两件物品正好能配成一套。多么优雅的一套行头。

此时，猎人们回来。弗兰克和餐厅老板一边评论着猎人们的挎包，一边跟着他们一起去厨房挑选可用的食材。卡米耶把玩着她收到的礼物，波莱特则向费里贝尔讲述着自己所经历过的战争。后者伸长双腿，饶有兴致地听着她的故事。

随后，可怕的时刻终于如狼似虎一般向他们袭来：波莱特坐上了她的"死亡之座"。

所有人都沉默不语。

外面的风景也变得越来越丑陋。

他们绕过市区，穿过商业中心，面无表情地看着那些早已烂熟于心的地方：超市、二十九欧元一晚还包上网的旅馆、厂棚、家具仓库。最后，弗兰克把车停了下来。

他在城市的尽头将车停了下来。

费里贝尔起身为老太太开门，卡米耶脱下了刚刚戴到头上的新帽子。

波莱特亲吻了一下她的脸颊。

"好了，好了……"弗兰克低声抱怨道，"差不多了吧。我可不想被里面的老太婆臭骂一顿！"

当他回来的时候，那个颤颤巍巍的人影已经渐渐消失在了他们的视线之中。

他挺了挺身体，脸上抽动了一下，在启动发动机之前深吸了一口气。

可还没等他开出停车场，卡米耶就拍了一下他的肩膀，说道：

"停车。"

"你又落下什么了？"

"我跟你说停车。"

18.

他转过身，问道：

“现在吗？”

“你每月支付多少钱？”

“支付什么？”

“就是这儿的费用，这家养老院的费用。”

“你为什么要问这个？”

“到底多少钱？”

“一万法郎左右……”

“这笔费用由谁支付呢？”

“我外公的退休金七千一百一十二法郎，剩下的由市政府，或其他类似的机构支付……”

“我只问你要两千法郎作为零花钱，剩下的钱你可以自己留着，这样你就不用每周日都去上班了，也能让我心里好受一些……”

“等一下，你都在和我说些什么？”

“费里？”

“啊，不关我的事，这是你的主意，亲爱的。”他语气柔和地说道。

“是的，可那是你的房子，我的朋友……”

“咳！到底发生了什么？你们在搞什么鬼？”

费里贝尔打开汽车顶灯，说道：

“如果你愿意……”

“还有如果她愿意……”卡米耶补充道。

“……我们想把她接回家住。”费里贝尔微笑着说道。

“和……和我们，住哪儿？”弗兰克含混不清地说道。

“住我们家呀……一起住在那套公寓里……”

“什……什么时候？”

“现在。”

“现……现在？”

“告诉我，卡米耶，我口吃的时候也和他看上去一样愚蠢吗？”

“不，不。”她安慰他道，“你的眼神完全没有他那么呆滞……”

“那谁来照顾她呢？”

“我。刚才我已经和你提过条件了……”

“那你的工作怎么办呢？”

“我再也不用去上班了！结束了！”

“但是，呃……”

“怎么了？”

“她吃的那些药，你怎么弄呢？”

“我会按时让她服用的！数药丸这件事应该不是很难吧，不是吗？”

“如果她跌倒了怎么办？”

“她不会跌倒，因为我在呀！”

“但是，呃……她……她睡在哪里？”

“我把我的房间给她腾出来了。一切都已经准备就绪……”

弗兰克低头，伏在了方向盘上。

“你呢，费里，你怎么看待这件事？”

“一开始我不认为这是个好主意，但现在我已经改变想法了。我觉得如果我们把她接回家住，你的生活将会轻松很多……”

“但是一个老人会把我们压得喘不过气的！”

“你当真这么认为吗？你的外婆有多重？五十公斤？我看也没有吧……”

“我们不能就这样把她从养老院里领出来。”

“真的吗？”

“是的……”

“如果要支付赔偿金，我们出钱好了……”

“我可以出去走一圈吗？”

“去吧。”

“卡米耶，你能为我卷一支烟吗？”

“给。”

随即他下车，并重重地摔了一下车门。

“这是一个疯狂的决定。”等他再次回到车里时，总结道。

“是的，我们也是这么认为的……不是吗，费里？”

“没错。我们可是头脑清醒的人！”

“难道你们不害怕吗？”

“不。”

“你们也看到过类似的事例，不是吗？”

“确实！”

“你们觉得她会喜欢巴黎的生活吗？”

“我们又不是把她带到巴黎，我们是把她带到你家！”

“我们要带她去看埃菲尔铁塔！”

“不。我们要带她去看比埃菲尔铁塔美丽数倍的事物……”

他叹了一口气。

“好了，现在我们该怎么做？”

“交给我吧。”卡米耶说道。

当他们把车停在她的窗下时，看见波莱特仍旧站在窗前。

卡米耶一路飞奔上楼。在车里的弗兰克和费里贝尔看着楼上发生的一切，仿佛就像是在看一场中国的皮影戏：那个矮小的影子转过身，那个高挑一点的身影走到了她的身旁，接着是一系列的肢体动作：手势、点头、抽动肩膀。弗兰克在车里不停地重复道：“这件事情太荒唐了，太荒唐了，我跟你们说，这件事真是太荒唐了……简直是一件天大的蠢事……”

费里贝尔则在一旁静静地微笑着。

最后，楼上的两个黑影互相交换了一下位置。

“费里？”

“嗯？”

“这是哪儿来的姑娘？”

“什么？”

“我说，这个你找来的姑娘……到底是何方神圣？她是外星人吗？”

费里贝尔再次微笑了一下。

“她是一个仙女……”

“是的，确实如此……一个仙女……你说得没错。”

“还有……呃……她们……她们这些仙女身上都有一种性感的气质……呃……”

“她们俩到底在楼上搞什么鬼？”

话音刚落，楼上房间里的灯终于暗淡下来。

卡米耶打开窗，把一只大箱子从窗口扔了下来。正在吮吸自己手指的弗兰克见状，不由得惊跳了一下，喊道：

“她有从楼上往下扔东西的怪癖还是什么？”

随即，他笑了起来，却又同时开始哭泣。

“我的费里……”他说着，两行滚烫的泪水从他的脸颊流下，他抽泣着说道，“你知道吗，我已经有好几个月都没有勇气直面镜子里的自己……你相信吗？你信吗？”他颤抖着说道。

费里贝尔默默地递给他一张纸巾。

“一切都很好。一切都很好。我们会代你好好宠爱她的……别担心……”

弗兰克擤了擤鼻涕，把车向前开了几步。当费里贝尔去捡箱子的时候，他迫不及待地冲向那两个女人。

“不，不，年轻人，还是您坐前面吧！您的腿长……”

在最初几公里的路途中，没有一个人说话。每个人都在暗自思忖自己刚刚是不是做了一件傻事……随后，直率的波莱特突然打破僵局，一扫这里的阴霾，说道：

“对了……你们会带我去看演出吗？会带我去看那些轻歌剧吗？”

费里贝尔哼着小曲，转过身来：“我是巴西人，我从里约来，我今天比往常更加高兴。巴黎，巴黎，我还会再回来的！”

一路上卡米耶都紧紧抓着波莱特的手，弗兰克在后视镜中朝她微笑。

现在我们四个人在这辆破旧的雷诺车里，是如此自由、团结。后面的事就听天由命！随他去吧！

我热爱那里所有的一切！四人齐声合唱道。

第四部

1. 

这只是一个假设。我们无法一路追随事物的发展来证明当初的假设是否成立。再说，那些我们确定无疑的事情也常常经不起推敲。比如某一天我们想去死，却在第二天意识到其实只需下楼找到开关，整个人生就会瞬间变得豁然开朗……然而，无论前路多么艰辛，这四个人已经准备好在一起度过他们人生中最美好的时光。

现在，他们一边领着她参观公寓，一边暗中观察着她的反应和评价（事实上，整个过程她毫无反应，也没有做出任何评价），心中充满感动和担忧。从现在这一刻起，到命运的下一个路口，这些玩世不恭的人所要做的就是感受微风从他们疲倦脸庞上吹过的奇妙感受。

像是一次爱抚、一场休憩、一阵芬芳。

这也许就是人们常说的精神治愈吧……

从此以后，在这个由一群同是天涯沦落人组成的家庭中，多了一位外祖母。虽然这个团体并不完整，但她永远也不可能成为他们中的一员，因为其他三人已经决定：从此不再向命运低头。

到底如何来形容他们比较好呢？用扑克来形容他们吧！好了，现在他们都手中有牌，四人围成一个方块，简直可以凑成四张同点的扑克牌，也就是一副“炸弹”。好吧……也许不是四张A……因为他们经历过太多的挫折、伤痛和无奈……咳，可无论如何，好歹也是一副“炸弹”！

再说，他们其实并不擅长打牌。

就算他们再怎么集中精力，再怎么态度坚决，你又如何让一个无能的朱安党人、一个脆弱的仙女、一个趾高气扬的小伙子、一个满身瘀青的老太太打好手中的牌呢?

这是一件不可能完成的任务。

好吧……太可惜了……但是无论如何，小小的赌注和一些微不足道的收益总比整天无所事事躺在床上要好……

2.

由于乔丝·拉布达尔的百般刁难，卡米耶没有坚持到最后，便离开了工作岗位。为此，她必须前往都科林公司的总部（瞧瞧这个气派的字眼……）就她的离职问题与上层进行协商，为的是领取她的……这个词怎么说来着……完整工资。在卡米耶工作的一年多里，她没有享受过一天的假期。她权衡着利弊得失，最后还是决定前去争取自己的权益。

玛玛多为她突然辞职的事情有些不开心。

“你啊你……你啊你……”在卡米耶最后工作的那个夜晚，玛玛多一边用扫帚打着她的大腿，一边不断地重复道，“你啊你……”

“我怎么了我？”当玛玛多把这句话重复了数百次以后，卡米耶生气地反驳道，“别再说了！我到底怎么了我？”

她的伙伴落寞地摇了摇头，说道：

“你啊你……没什么。”

卡米耶走到另一个房间，开始打扫。

两人的住址位于两个完全相反的方向，但她们走进了同一个车厢，一起坐在一张长椅上。两人很像正在相互赌气的阿斯泰里斯和奥比里克斯[①]。卡米耶用肘关节碰了一下玛玛多，而后者则用力回击，差点把瘦弱的卡米耶碰翻在地上。

这样的动作她们来来回回重复了很多次。

“咳，玛玛多……别再生气了……”

① 阿斯泰里斯和奥比里克斯（Asterix et Obelix）是以高卢传奇英雄为题材创作的法国知名连环漫画中的主要人物。——译注

“我又没在生气。还有不许你再叫我玛玛多，我根本就不叫玛玛多！我讨厌这个名字！这个名字是办公室里的姑娘给我取的，而我的真名根本就不是这个。现在，据我所知，你已经不是我们办公室里的一员了，所以我不许你再这么叫我，一次都不行，听懂了吗？”

“真的吗？那你的真名叫什么呢？”

“我不会告诉你的。”

“听着，玛玛……呃，亲爱的，我是说……我可以和你讲真话。我离开不是因为乔丝，也不是因为工作上的不愉快，更不是因为钱。事实上，我之所以离开是因为……我现在有了一个新的职业……至少我认为它是一个职业……但其实我……我也不是很确定……在我看来，这是一个比都科林公司清洁女工更好的职业，而且……我相信自己可以通过这份职业收获幸福……”

一阵沉默。

“这其实并不是我离开的唯一理由……现在还有一个老太太需要我照顾，所以我再也无法晚上出门工作，你明白吗？我害怕她会跌倒……”

一阵沉默。

“好了，我要下车了。要不然的话，我又要赶不上末班车了……”

她的同伴一把抓住她的胳膊，用力把她拉了回来。

“再陪我坐一会儿吧。现在只有十二点半……那是什么？”

“你说什么？”

“你的新职业，是什么？”

卡米耶拿出了她的画册。

“好吧。”她在把画册递还给卡米耶的时候说道，“看来还不错，我批准你换工作了。你现在可以下车了……但我还是想和你说一句：我很高兴能够认识你，我的小蚱蜢。”她在转身的时候，补充道。

“我还有一件事情想请你帮忙，玛玛……”

“你想让我的利奥波德帮你打理生意、招揽顾客吗？”

“不，我想让你为我摆造型……”

“我？摆什么造型？”

“对，就是你！我想让你当我的模特……”

“我？”

“是的。”

“你是在要我还是什么？”

“我还记得当我们还在纳伊工作的时候，我第一次看到了你……当时我就很想为你画一幅肖像画……”

“别说了，卡米耶！我根本就算不上漂亮，我！”

“对我来说你很美。”

一阵沉默。

“对你来说我很美吗？”

“是的，对我来说你很美……”

“我哪儿美了呢？”她说着指了指她映在黑色车窗上的影像，继续说道，“啊？你说哪儿美了？”

“如果我成功地为你画了一张肖像画，如果我真的成功了，你将可以在这幅作品中看到自我们认识以来，你给我讲过的所有点点滴滴……所有的细节……你可以看到你母亲和父亲的痕迹。当然还有你的孩子们。同时，还有大海。对了……它叫什么来着？”

“谁？”

“你的那只小山羊。”

“波利……”

“你将可以在这幅作品中看到你的波利，还有你那些已经去世的表亲，以及……以及所有剩下的一切……”

“你讲话的样子很像我的弟弟！总是说一些神神道道的东西！”

一阵沉默。

“但是……我不知道自己是否能够成功完成使命……”

“是吗？好吧，如果在画上没有看到波利的影子，我也照样接受！”她开玩笑地说道，“可是……你让我做的事，需要花费很多时间吗？”

“是的。”

“这样的话，我可能做不了你的模特了……”

“你有我的电话号码……向都科林公司请一两天假，然后到我家来。我会按小时付工钱给你的……画家总是会向模特发放相应的酬劳……因为你知道吗，这也是一种职业……好了，我真的要走了。我……我们不相互亲吻道别吗？”

她的伙伴一把抱过她，紧贴在自己的胸口。

“玛玛多，你的真名到底是什么？”

“我不会告诉你的。我不喜欢我的名字……”

卡米耶假装接电话，沿着站台一路狂奔。她的老同事无奈地做了一个手势。把我忘了吧，我的朋友，把我忘了吧。其实，你现在一定已经把我忘记了吧……

她大声地擤了擤鼻涕。

她很喜欢和她讲话。

真的，很喜欢……

从此以后，这个世界上再也没有人会如此认真地聆听她说的话。

3.

开始几天，波莱特把自己关在房间里不敢出来。她害怕打扰他人，害怕在硕大的公寓里迷失方向，害怕跌倒（她忘记把助步器带来了），尤其害怕自己会对这场冲动的冒险感到后悔。

她经常前言不搭后语地暗自低语，有时说自己度过了一个美好的假期，有时又询问他们何时将她送回到自己家中……

“你的家在哪儿？”弗兰克气恼地问道。

“你知道得很清楚……那幢房子……那里才是我的家……”

他叹了口气，离开了房间，说道：

“我早就和你们说过这是一个愚蠢的决定……而且，她现在已经完全丧失了理智……”

卡米耶瞥了一眼费里贝尔，而费里贝尔则望向了其他地方。

“波莱特？”

“啊，是你，我的孩子……你……你叫什么名字来着？”

“卡米耶……”

“啊，是的！你找我做什么，我的孩子？”

卡米耶语气严肃、开诚布公地和她进行了一次谈话。谈话中她提醒波莱特从哪里来，又为何现在会和他们生活在一起，以及他们为了陪伴她，在自己各自的生活中已做出和将要做出的改变和牺牲。另外，她还在谈话中增添了许多触目惊心的细节，让老太太听完之后，感到异常绝望，她小心翼翼地问道：

“我再也不能回到自己家中了，是这样吗？”

“是的。”

“啊？”

“跟我来，波莱特……”

卡米耶牵着她的手，重新开始参观公寓。这次参观要比上次花去的时间更长一些。卡米耶在这次讲解中加入了一些细节：

“这里是卫生间……您看到吗，弗兰克正在墙上装把手，好让您到时候能够自己站立……”

“胡说八道……”他低声嘟囔道。

“这里是厨房……很大，不是吗？但里面很冷……这就是为什么昨天我在这张小餐桌下装上了滚轮……好让您在自己的房间里就餐……”

“……或者在客厅里也可以。”费里贝尔补充道，“您知道吗，您不需要整天都把自己关在房间里……”

“好了，这里是走廊……您也看到了，走廊很长，但您可以在行走的时候扶着护墙板，不是吗？如果您需要其他辅助用品，我们可以去药店租那种带有滚轮的器材……”

“是的，我觉得这主意不错……”

“没有问题！反正我们家里已经有一个摩托车手了……”

“这里是浴室……也是一个我们要好好说一下的地方，波莱特……来，坐在这把椅子上……抬头看看……看看这里有多美……”

“确实非常漂亮。我从未在我们那儿看到过如此精美的浴室……”

“嗯。但您知道您的外孙和他的朋友们明天将要在这里做什么吗？”

“不知道……”

“为了装一个淋浴房，他们将拆毁这里的一切，因为浴缸对您来说太高了，跨进去的时候可能会有些困难。在他们开始动工以前，您应该下定决心，考虑清楚。如果您决定留下，男孩们可以马上开始动工；如果您不是很想和我们住在一起，也没有问题，请自便，但您必须现在就和我们讲清楚，明白了吗，波莱特？”

“您明白她说的话了吗？”费里贝尔重复道。

老太太叹了一口气，把玩了一会儿她的毛衣。这短短的几秒，对于卡米耶和费里贝尔来说比永远还长。终于，波莱特抬起头，担忧地问道：

“你们有没有想到板凳？”

“什么？”

“要知道，我的四肢还算灵活……我完全可以自己洗澡，但我需要一条板凳，要不然的话……”

费里贝尔假装把她的话记在了手心里，说道：

“为走廊尽头的老太太准备一条板凳！我记下了！您还需要其他什么吗？”

她微笑着说道：

“没什么了……”

“真的没什么了吗？”

经他们这么一问，她又说道：

“对了。我还想要《明星电视报》、填字游戏、给小姑娘织毛衣用的针线、一盒妮维雅面霜——我把自己那盒落在了养老院——一些糖果、在我的床头柜上放一个收音机、盛放假牙的盒子、宽松袜带、鞋子、一件更加厚实的睡衣——这里的穿堂风确实很厉害——一些填充物、弗兰克上次忘记带给我的古龙香水、一个多余的枕头、一个放大镜，还要请你们把我的扶手椅往窗边挪一下，另外……”

“另外？”费里贝尔忧心忡忡地问道。

“没有了，这些已经够多的了……”

此时，弗兰克拿着工具箱加入了他们，他拍了拍费里贝尔的肩膀，说道：

“我的兄弟，现在我们家里一共养了两个公主……”

“当心一点！”卡米耶叫嚷道，“别弄得到处是灰……”

“还有，别总是动不动就骂脏话！”他的外婆补充道。

他一边慢慢走远，一边嘴里嘟囔道：

“我的老天……她们有的闹了……我们要做好受折磨的准备，我的朋友，受折磨的准备……我现在要回去工作了，那里还相对安静一些。谁要去超市购物的话，记得给我带一点土豆，我好给你们做一些肉馅……我保证，这次的肉馅一定鲜美可口！你们尝一下就知道了……还有土豆泥……这个菜并不复杂，可比做里脊肉容易多了……”

“我们要做好受折磨的准备，受折磨的准备……”他虽然这么说，然而心里并不这么想，因为他们四人从未生活得像现在这般幸福。

毫无疑问，他这么说实在显得有些愚蠢，但在这之前，他们确实饱受生活的折磨，好在他们很久以前就已经鼓起勇气，直面挫折。当然，这也是很久以来他们第一次感觉拥有了一个真正的家。

事实上，他们这个家要比普通家庭更加美满，因为这是一个通过选择、经过奋斗、期待很久的家，一个不求任何回报、只希望他们幸福地生活在一起的家。就算不那么幸福，也没有关系，他们现在已经不像从前那么苛刻了，只要在一起就好，对于他们来说，能够生活在一起已经是一份从天而降的惊喜了。

4.

在经过了那场“浴室风波”以后，波莱特的行为方式判若两人。她渐渐在公寓里找到了自己的生活方式，并总能在嘈杂的环境中保持平静的心态。也许她需要一个证据？证明这套从复辟时代开始就紧闭门窗、没有人清扫过灰尘的公寓一直以来都在等待并欢迎她的到来。当然，既然他们特意为她打造了一件淋浴房，自然就能证明前面的设想……之前就因为少了几样东西，波莱特差一点精神崩溃，事后，卡米耶总会回想起这个场景，暗想道：人们为什么会因为几件无足轻重的物品而变得如此痛苦？要是当时没有那个耐心的男孩一边假装拿着一个记事本，一边问着“还有其他东西吗”，事情不知道要以怎样的速度恶化下去……支撑她的到底是什么？一份愚蠢的杂志？一个放大镜？还是两三瓶面霜和香水？这一切真让人感到眩晕……难道三点六法郎的物品就能让她精神振奋吗？当两人站在弗朗佩超市的牙膏柜台前，读着各种口腔用品（齿得丽、保丽净、假牙黏合剂）的使用说明时，觉得问题反而变得更加复杂了……”

“呃……波莱特……您上次说的‘填充物’指的是什么？”

“你总不能因为价格低廉，而像那里的人一样逼着我穿尿布吧！”她愤怒地说道。

“啊！我知道您的意思了！”卡米耶如释重负地说道，“好吧……当时我完全没有往这方面想……”

在对弗朗佩超市的货品了如指掌以后，两人突然变得“势利”起来。她们对弗朗佩超市百般挑剔，很快便转战到了莫诺普里超市[①]。在那里，她们如鱼得水，迈着轻快的步伐，推着小车，完成了弗兰克在前天晚上列出的购物清单……

啊！莫诺普里……

多么希望一辈子都能在里面购物……

早晨，波莱特总是第一个醒来，等着两个男孩中的一个把早餐端到她的床头。当轮到费里贝尔执行任务时，他总是在托盘上放上早餐、绣花纸巾和一小壶牛奶。随后，他帮老太太坐直身体，放好枕头，然后走到窗前拉开窗帘，顺便评论几句天气。从来没有一个男人如此殷勤地照料过她。就这样，该发生的总会发生：她很快也喜欢上了这个有点奇怪的年轻人。当轮到弗兰克值班时，他的照料方式显得有些……简单粗暴。通常，他总是把她的早餐往桌上一扔，在她脸上草草亲吻两下后，便开始抱怨自己已经迟到了。

“你现在不想上厕所吗？”

“我等那个小姑娘……”

“唉，好了外婆！别总是抓住她不放！一般来说，她还要再睡一小时左右！你不会在这段时间里都憋着尿吧……”

她不为所动地重复道：

“我等她。”

弗兰克一边慢慢走远，一边低声埋怨道：

“好吧，你就去等她吧……慢慢等……真烦人，搞得现在好像她是你的专属物品一样……我也在等她好吧！我应该怎么做？也像你一样两腿一伸，让她对我微笑？这种玛丽·包萍式[②]的姑娘真讨厌，真的太讨厌了……”

此时，他心里所暗暗咒骂的人正好一边伸着懒腰，一边从自己的房间里出来，看到弗兰克念念有词的样子，问道：

“你在咕噜些什么？”

“没什么。我与查尔斯王子和艾曼纽修女生活在一起，天天兴奋得就像一只

---

① 在法国，莫诺普里超市（Monoprix）要比弗朗佩超市（Franprix）更加高档，面对的消费人群也更加有身份。——译注

②《玛丽·包萍》（*Mary Poppins*）是澳洲儿童文学家P.L.卓华斯著名系列小说。书中的主人公玛丽·包萍是一位仙女保姆。她总是给人带来欢笑，教人渡过难关。——译注

野兽。让一下，我就要迟到了……对了……”

“怎么了？”

“让我看看你的胳膊……哇，已经长得很不错了！”他一边抚摸着她的手臂，一边高兴地叫道，“嘿，胖妞……当心点……小心哪天我把你放进锅子里煮了……”

“别做梦了，你这个厨子，别做梦了。”

“我的小鹌鹑，你就等着吧……”

是的，这个世界仿佛也变得明朗愉快起来。

当他拿着外套重新回到走廊时，对她说道：

“下周三……”

“下周三怎么了？”

“下周三我们饱餐一顿。因为周二我总是忙得团团转，周三可以稍微放松一下，别忘了那天等我吃晚饭……”

“在午夜时分吗？”

“我会尽量早点回来的，到时候给你做点可丽饼，我敢打赌你这辈子都没有尝过这种美味……”

“啊！吓我一跳！我还以为你特意选择那天是想和我上床呢！”

“我给你做完可丽饼后，我们就上床。”

“太好了。”

“太好了？”呃，这个傻子可真坏……他从现在起到下周三都会做些什么呢？撞在路灯上，搞砸他的酱料，还是去买一些新的内衣？这些都不是真的！不管通过何种方式，她总会看到他的身体，这副肮脏的肉体！他感到焦虑万分……希望自己将最好的一面展示给她看……他最后还是在焦躁中决定去给自己买一条新的平角裤……

嗯……没事的，我的老伙计，是我跟你说的，一切都会顺利进行的，没事的……那些无法点燃的烈酒，我会将它一饮而尽。

在和弗兰克交谈过后，卡米耶拿着自己的茶杯走进了波莱特的房间。她坐到床上，拉开被子，等到小伙子们都出门以后，便和老太太一起看起了《电视购物》节目。她们一同傻笑、惊呼、嘲笑着电视里那些“花瓶”的衣着。由于波莱特对欧元的流通和使用还并不知情，所以总是惊叹巴黎物价是如此的低。

时间绵软地在莫诺普里超市买的水壶中伸展，每天从莫诺普里超市流淌到报亭，周而复始，其流逝似乎可以忽略不计。

两人都有种在度假的感觉。对于卡米耶来说，这是她多年以来的第一次休假。而对于波莱特来说，这几天几乎是她人生中第一次给自己放的几天假。她们相处得很好，无须多言，便可理解对方想表达的意思。两人就这样在长长的日子中越变越年轻。

卡米耶已经完全扮演起被家庭补助中心称为“生活助手”的角色。这四个字很好地概括了她的工作。由于对老年医学常识的缺乏，她总是直接、生硬地说出那些令人尴尬的词汇。

“来吧，我的小波莱特，来吧……我现在来给您擦屁股……”

“你确定吗？”

“当然！”

“你不觉得恶心吗？”

“没有啊。”

建造淋浴房的工程实在过于复杂，弗兰克最终在浴缸旁装了几级防滑台阶，并去掉了一把旧椅子的脚，好让卡米耶可以在上面放上毛巾。两人走进浴室，当卡米耶准备停当后，便把老太太扶进了浴缸。

“噢……”她痛苦地哀叫道，“这真让我感到尴尬……你不知道，向你展示这些我有多么的不自在……”

“来吧……”

“这具苍老的躯体，你真的不感到恶心吗？你确定吗？”

“你知道吗，我……我觉得我和您看待事物的方法不尽相同……我……我上过解剖学的课，也画过至少和您一样年纪的老人身体，所以我完全不会觉得有什么不好意思……当然也有，不过可能和您的感受不太一样。我也不知道该如何向您解释……当我看着您的时候，我看到的并不是您的皱纹、耷拉的乳房、松弛的肚子、白色的毛发、松垮的阴道，或是扭曲的膝盖。不，完全不是……我这么说可能会冒犯您，让我感兴趣的事已脱离了您的身体。看到您的身体，我想到的是绘画的技巧、光线的运用、轮廓的勾勒和整体的规划……我还想到几幅作品……戈雅画的那些疯狂的老妇人，关于死亡的讽喻，伦勃朗笔下的老母亲、预言者安娜等。对不起，波莱特，我说的这一切都很不中听……但这些都是事实：我其实是带着一种冷漠的目光看着您的身体！”

“就像在看一只奇特的野兽？”

“有点这意思……更确切地说，像是在看一件奇异的珍宝……”

“结果怎么样？”

“没怎么样。”

“你也会为我画一幅画像吗？”

“会的。”

一阵沉默。

“是的，您允许的话……我想等到完全熟悉您以后再为您作画。等到您再也感觉不到我的存在时……”

“我答应你，但现在，我真的……因为你不是我的女儿，对于我来说，你谁都不是……噢，我真……真的感到羞愧难当……”

卡米耶脱去了衣服，走进那个灰色的珐琅浴缸，蹲在波莱特面前，说道：

“请擦拭我的身体。”

“什么？”

“波莱特，拿着肥皂，戴好手套，开始清洗我的身体。”

她照做了，一边在她的矮凳上微微颤抖着，一边把手伸向这位年轻姑娘的背部，这时听到这位姑娘叫道：

“咳！再用点力气！”

“我的上帝，你是那么的年轻……当我想到自己曾经也和你一样的时候……当然，我没有你这么纤巧……”

“您是想说干瘪吗？”卡米耶握住龙头，打断她道。

“不，不，我真的认为你很‘纤巧’……当弗兰克第一次和我说起你的时候，我记得他总是在不断重复一句话：‘噢，外婆，她太干瘪了……你不知道她有多干瘪……’可是当我现在看到你的时候，我并不同意他的话。你不是干瘪，你是纤巧。你让我想到《大莫纳》里的那个年轻女孩……你知道那本书吗？那个女孩叫什么来着？帮我一起回想一下……”

“我没有读过这本书。”

“她也有一个高贵的名字……天哪，我真是太笨了……”

“我们哪天去图书馆翻阅一下就知道了……来吧！再往下一点！有什么不

好意思的！等一下，我现在要转过来了……好了……您看到没有？我的老太太，我们现在是一条船上的人了！您为何这样看着我？”

“我……这块伤疤是……”

“这个吗？没什么……”

“不……才不是‘没什么’呢……到底发生了什么？”

“我已经和您说了，什么也没发生。”

从那天起，两人没有就这个问题再交流过。

卡米耶扶着她坐到了马桶盖上，随后开始帮她淋浴。卡米耶一边用肥皂擦拭着波莱特的身体，一边和她聊一些别的话题。接着是洗头，然而这并不是一件简单的差事。因为每当波莱特闭上眼睛时，都会失去平衡，向后仰去。在经历了几次灾难性的尝试以后，两人决定去理发店来完成这项使命。当然她们不会去那些总是漫天要价的街区（当卡米耶问起弗兰克他的理发师女友梅里亚米时，这个白痴是这样回答的：“谁是梅里亚米？我从来都不认识什么梅里亚米……”），而是选择长途跋涉，来到一个相对偏远的地区。卡米耶仔细研究地图，不停地用手指在地图上比画着，试图找到一条新奇有趣的线路。另外，她还翻阅了好几次黄页，问清了各个理发店每周洗发的价位，货比三家后选定了一家位于六十九路公交车终点站、地处比利牛斯大街的小型理发店。

事实上，街区与街区之间理发店的价格差异可以忽略不计，根本犯不上为此大费周折。然而，两人却认为每周的这段长途旅程是一次美好的经历……

从那以后，每当周五天刚刚亮的时候，她就会把还没完全睡醒的波莱特拉进一辆公交车里，然后拿出自己的画册，根据堵车情况，一边画画，一边学着《每日巴黎》的样子向她描绘着车窗外的一切：一对穿着巴宝莉大衣、牵着卷毛狗在皇家大桥上散步的夫妇，罗浮宫墙壁上一种类似香肠的装饰物，梅吉斯尔堤岸旁的铁栏和黄杨树，巴士底狱顶部的金色雕像，以及拉雪兹神父公墓里墓碑的顶部。随后，卡米耶为波莱特读了一些关于怀孕的公主和被遗忘的歌手的新闻，老太太听得津津有味。接着，两人来到甘必大广场上的一家咖啡店里吃午餐。其实，咖啡店并不在甘必大地区，因为两人都认为那个地方过于粗俗。她们在一家名叫“地铁酒吧”的餐厅里吃饭，那里到处可以看见失意的百万富翁和易怒的男孩，同时还可以闻到烟草冷却后的味道。

波莱特没有打破自己的“戒律”，还是和往常一样，要了一份杏仁鳟鱼。还无须遵循任何饮食戒律的卡米耶，则要了一份火腿干酪热三明治，她一边咬着自己的三明治，一边享受地闭上了双眼。两人还要了一瓶酒，并心情愉悦地相互碰杯，说道："为了我们自己，干杯！"在回去的路上，卡米耶仍旧坐在老太太的对面，画着同样的风景。唯一改变的是波莱特的状态，经过理发师的打造后她变得明艳动人，头发上喷满了定型发胶。她甚至都不敢把头靠在窗上，生怕破坏了淡紫色的发卷。之所以她的头发会变成现在这个颜色，原因是这样的，理发师乔安娜鼓励波莱特换一个发色，她不断怂恿道："好了，您同意了是吗？我就把您打造成这个样子，好吗？您看，就是第三十四号……"波莱特用眼神询问着卡米耶，后者却拿着报纸，沉浸在一个抽脂失败的事件，读得津津有味。波莱特只得再次转向理发师，担忧地问道："这个颜色不会看起来太过悲伤吗？""悲伤？当然不会！这个颜色只会让您看上去更加快乐！"

确实就是这……这个词：快乐。那天，两人还来到伏尔泰码头买了很多很多东西，其间，还前往申内利尔商店买了一个新的水彩画盒。

波莱特头发的颜色从非常淡的粉金色变成了温莎式的紫色。

啊！瞬间……她就变得更加时髦优雅……

其他时候，两人依旧是莫诺普里超市的常客。从她们家到超市其实只有短短两百米的路程，可卡米耶和波莱特却总要花上一个多小时才能到达。她们一会儿走进食品店尝试甜品的新口味，一会儿帮忙填写路边那种愚蠢的问卷调查，一会儿又走进一旁的精品店，试用起最新的口红和那些丑陋的薄纱围巾。两人就这样悠闲地徜徉在街道上，叽叽喳喳地聊着天，不时地停下来休息一下，评论一会儿十二区那些小资产阶级的举止和青少年脸上愉悦的神态。街道上到处留下了她们疯狂的大笑、离奇的故事、手机的声响，以及她们背着背包走过的身影（包里装的尽是些无用的小玩意）。她们微笑、叹气、冷嘲热讽，坐下后又小心翼翼地站起。她们有的是时间，大好生活正在前方等待着她们……

5.

当弗兰克无法为大家准备可口饭餐时，卡米耶不得不接下这个重任。在煮过了几盘面条、热坏了几份速冻食品、煎过了几块蛋饼以后，波莱特再也看不下去，开始向卡米耶传授起了一些最基本的厨房常识。她坐在煤气灶旁，简单明了地向卡米耶发号施令：为明虾填料，生铁锅，预热长柄锅，汤不要煮太久，如此等等。她的视力已经大不如前，但她仍可以通过气味来指出下一步要完成的步骤:“洋葱、肉丁、小块肉片，不错，很好。现在把这些食材都浸到汤中……我跟你说，快放，很好!

“你干得不错。我并不奢望把你培养成烹饪大师，但至少……”

“那弗兰克呢？”

“弗兰克什么？”

“是您教会了他所有的烹饪技巧吗？”

“谈不上所有的。但我想，我培养了他对厨艺的喜爱……说到那些真正的烹饪技巧，并不是我教他的……我教会他的只是一些家常菜的做法……那些做法简单、便宜、居家的普通菜式……当我的丈夫由于心脏问题而停止工作时，我不得不到一个有钱人家里去做厨师……”

“弗兰克常和您一块去那里吗？”

“当然了！他还那么小，我还能有什么其他办法吗？但是后来，他就不来了……再后来……”

“再后来怎么了？”

“呃，再后来你也很清楚发生了什么……我当时甚至都不知道他每天的行踪……但是……他是一个很有天赋的孩子。他天生就对厨艺方面的事情触觉敏锐。厨房是唯一一个能让他暂时安静下来的地方……”

“现在依然是。”

“你难道看到过他在厨房工作时候的样子？”

“是的。那天他把我叫去做临时工……我一开始都没认出他！”

“你看见了吧……你不知道当时我们把他送去餐厅做学徒的时候，他是如何大吵大闹的……他当时十分怨恨我们……”

“那他想做什么呢？”

“什么都不做。或者做一些傻事……卡米耶，你酒喝得太多了！”

“您不是在说笑吧！由于您的陪伴，我几乎啥都没喝！给，来一小杯红酒吧，对您的血管有好处。这不是我说的，这是医生……”

“好吧……就来一小杯吧……”

“怎么了？别摆出一副愁眉苦脸的样子！是红酒让您感到忧伤了吗？”

“不，是回忆……”

“回忆对您来说是一件痛苦的事情吗？”

“有时候，是的……”

“是他让您感到痛苦吗？”

“他，还有生活本身……”

“他和我说起过……”

“说起过什么？”

“他的母亲……那天来接他，以及其他一系列事情……”

“你……你知道吗，当人老的时候，最可怕的是……来，再给我倒一杯酒……最可怕的不是日渐衰退的身体，而是那些埋藏在心间的悔恨……它们总是时时萦绕在你的脑海之中，肆意地折磨着你……白天……黑夜……时时刻刻地折磨着你……有时候，我都不知道该睁大双眼还是紧闭眼睛来驱散它们……我向天发誓，我曾经试着……试着理解为什么事情会发展到今天这个地步，为什么事情没有向正确的方向发展，所有……所有这一类的问题……但是……”

“但是？”

她颤抖地回答道：

“但是我的思考没有任何结果。我无法理解，也给不出答案。我……”

她说着，低声哭泣起来，说道：

“我该从何讲起呢？”

“首先，我结婚很晚……唉，你知道吗，和其他所有人一样，我曾经也有属于自己的爱情故事……但是都无疾而终……最终，为了让所有人都开心，我嫁给了一个纯朴善良的小伙子。当时，我的姐妹们都早已经成家了，后来，我终于也结婚了……

“但是，我迟迟怀不上孩子……每个月我都在来例假的时候悄悄哭泣，并诅咒自己的肚子。我看过很多医生，甚至还来过巴黎做检查……为了成功受孕，我用尽了所有的办法：看过郎中，找过巫师，这些可怕的老女人总是让我尝试各种难以想象的方法……但是你知道吗，卡米耶，当时我全都毫不犹豫地一一照做：我在月圆的时候，宰了一头雌羔羊，祭拜天神，喝了它的血，吞下它的……噢，不……相信我，这些方法野蛮又原始……完全就是上一个世纪的产物……她们说我的身上有‘污迹’。后来，我踏上了朝圣之旅……每年我都会去攀登勃朗峰，在圣杰尼图尔的洞穴中插入一根手指，然后到加尔吉莱斯去瞻仰圣格尔鲁泽的圣址……你在笑吗？”

“是这些名字比较……”

“等一下，还没结束呢……我每年还要在普益尔的圣格尔诺亚尔教堂里放一件代表孩子的蜡质圣物……”

“圣格尔诺亚尔？”

“没错，就是圣格尔诺亚尔！啊！你不知道我的那些婴儿蜡像有多精美……就像真的娃娃一样……就差不会说话了……然而有一天，当我不再对做母亲抱有任何希望时，却突然怀孕了……当时我已经三十好几……已经不再年轻，你现在可能无法理解这种心理感受……后来，我们就有了纳丁，也就是弗兰克的母亲……我们疯狂地呵护、宠爱、保护着这个小女孩……就像在服侍一个女王一样……不难想象，这种教育方式也养成了她的坏脾气……但是我们无法控制自己，因为我们太爱她了……用一种糟糕的方式爱护着她……我们满足她所有任性的要求……所有要求，除了最后一个……她要求我借钱给她去打胎，我拒绝了……我真的无法满足她的这个要求，你明白吗？我做不到。因为在这个问题上我吃过太多的苦头。阻止我借钱给她的不是我的宗教信仰、行为准则，或是旁人的流言蜚语，而是一团怒火。是的，一团怒火。当时我认为，阻止她堕胎是上天给我的使命。我情愿将她杀死，也不愿帮助她抛开自己的孩子……我是不是……是不是做错了？快回答我。因为我的错误，多少人的美好生活毁于一旦？因为我的错误，多少人从此备受折磨？因为我的错误，多少……”

“嘘。别说了。”

卡米耶说着，轻轻抚摸了一下她的大腿。

“嘘……”

“所以后来，她……她生下了这个男孩，然后就把这条小生命丢给了我，愤愤地说道：‘给，这是你让我生的，现在我生下来了，这下你满意了吧？’”

说到这里，波莱特闭上双眼，然后哽咽着继续说道：

“‘这下你满意了吧？’她就这样一边整理着箱子，一边不断重复着这句‘这下你满意了吧？’。一个人怎么可以说出这样的话？一个人又怎会轻易地忘记这些话？我每天工作到深夜，天天累得精疲力竭，为的是什么？告诉我。快点告诉我……总之，她就这样把这个孩子扔给我，几个月后又把他带走，然后再把他带回来。在这样反反复复的折磨下，所有的人都疯了。尤其是我的丈夫莫里斯……我想她当时一定已经把他逼到了忍耐的极限……有一天，纳丁再次带着孩子出现在我们的面前，假装来讨孩子的抚养费，却在当天晚上一走了之，再次将他遗弃。等她过了几天，再次摆出一副慈母的姿态来接弗兰克时，迎接她的却是莫里斯的猎枪，他对自己的女儿怒吼道：‘我再也不想看到你，你是一个十足的孽子，让我们蒙受羞辱。你根本就不配抚养这个孩子。你以后别想再见到他，不论是今天，还是以后的每一天。好了，现在就从我的眼前消失吧，别再来打搅我们平静的生活。’卡米耶，这可是我的女儿啊……一个我日日期盼、等了十多年的女儿啊……一个我曾经如此深爱的女儿……是的，深爱……你不知道我曾经多么溺爱她，总是尽我所能，为她创造最好的生活……为了这个女孩，我们几乎耗尽一切。是的，耗尽一切！我们给她买最漂亮的裙子，带她去海边度假，去高山攀岩，送她去最好的学校……我们把身上所有的好东西都毫无保留地给了她。而你要知道，当时我们居住的环境，是一座闭塞的村庄……纳丁是离开了，但那些从小就认识她，此刻正躲在百叶窗后看着莫里斯咆哮的邻居全都留了下来。不论是今天、明天，还是后天，我每天都会遇见他们……这……这简直不是人过的日子……简直就是人间地狱。好心人的同情是世界上最可怕的事物……那些对你说我每天都在为你们祷告，试图让你们摆脱厄运的人，那些叫你丈夫借酒消愁，说如果自己遇到这种事，一定也会有同样反应的人，真是让人哭笑不得！相信我，当时我甚至动过寻死的念头……我也恨不得用原子弹将她炸死！”

她说着，无奈地笑了一下。

“但是我们又能怎么做呢？毕竟还有一个孩子需要我们抚养，而且他是无辜的，并没有伤害过任何人……我们发自内心地爱着他。我们尽可能地爱护着他……当然，我们有时也对他很严厉……因为我们不想再犯同样的错误……你现在为我作画，难道不感到羞愧吗？”

“不。”

“你做得对。相信我，羞愧无法帮你做任何事情，也无法带你去任何地方。它唯一的用处就是让那些看热闹的人感到安心……当他们放下百叶窗、回到咖啡馆时，常会有一种如释重负的感觉。等到他们回到家以后，这些好事者往往神清气爽，穿上拖鞋，彼此凝望，然后微笑一下，心想还好这些糟糕的事情没有降临到他们的头上！对了，你没有把我拿着酒杯的手也画进图画里吧？”

“没有，放心吧。”卡米耶微笑着回答道。

一阵沉默。

“那后来呢？情况还不错吧？”

“你是说和弗兰克共同生活的日子吗？是的……我的老天，他是一个好孩子……他虽然有时有些莽撞，却坦诚而善良。当他不在厨房里看我做饭时，常常跟着外公在花园里嬉戏……要不就是去河边钓鱼……他虽然脾气暴躁，却为人正直。是的，他很正直……虽然和两个不善言谈、年事已高的老人每天生活在一起并不是一件十分有趣的事，但是……我们陪他玩耍，总是竭尽全力让他感到高兴，试着不再伤害流浪的小猫……我们还经常带他去城里玩耍……看电影……给他买足球贴纸和崭新的自行车……你知道吗，他在学校里的表现不错……虽然不是全班第一，但他至少学习得很认真……后来，他的母亲又来了，我们想也许离开这里开始新的生活是更好的选择。一个怪异的母亲总是聊胜于无……到了新家，他将有一个父亲、一个弟弟，而不需要再留守在这个村庄和一群半截身体已经入土的人生活在一起。再说，去城里上学，对他的学业发展也更有好处……然而，美好的计划怎么会再次化为泡影的，我们谁也不知道……就像我身上莫名其妙出现的瘀青一样，让人摸不着头脑……后面的事情你也已经知道了：她拖着他，把他送上了十六点十二分的那班直达火车……”

“之后您再也没有她的消息了吗？”

“没有。除非是在梦中……我经常在梦中与她相遇……她朝我微笑……看上去是如此美丽……给我看看你都画了些什么？”

“没画什么。就画了一只您放在桌上的手……”

“为什么你总是让我絮絮叨叨地讲这些？为什么你对这些往事如此充满兴趣？”

“我很喜欢看到人们打开话匣子时候的样子……”

“为什么？”

“我也不清楚。他们就像一幅幅自画像，不是吗？一幅幅饱含文字的自画像……”

“那你呢？

“我？我不知道该如何讲述自己的生活……”

“我想你生活得一定也不好。每天和我这样的老太婆厮守在一起，不是一件正常事……”

“真的吗？您知道什么才叫正常吗？”

“你应该到外面走走……认识一些新的人……一些和你一般大的年轻人！好了……快拿起这个锅盖……那些蘑菇你都清洗过了吗？”

6.

“她睡着了吗？”弗兰克问道。

“我想应该睡着了……”

“对了，我刚刚碰到门房间的老太太，她叫你去找她一次……”

“我们又乱扔垃圾了吗？”

“不是。是关于你在楼上收留的那个流浪汉的事情……”

“天哪……他干了什么蠢事吗？”

他叉开两条胳膊，摇了摇头。

7.

见到卡米耶后，皮克狂吠起来。佩尔耶尔夫人闻声走了过来，打开门，两手交叉放在胸前，说道：

“请进，进来吧……请坐……”

“出什么事了？”

“先坐下来吧，我再和您说。”

卡米耶挪开靠垫，小心翼翼地坐在了佩尔耶尔夫人的印花长椅上。但她没有完全靠在椅背上，而是留了半截屁股，悬在半空中。

“我最近没有再见过他……”

“见谁？文森特吗？可是……那天我还碰到过他，他正要去坐地铁……”

“‘那天’具体指的是什么时候？”

“我记不清了……应该是本周开始的那几天……”

“可我要和您说的是，我已经很久都没有看到过他了！他就像从人间蒸发了一样。您知道吗，以前午夜时分，每当他从我们家门口经过的时候，皮克的叫声总会把我们吵醒……可是现在，我们却再也听不到类似的声响。我害怕他是不是遭遇了什么不测……我的孩子，您应该上楼看看……应该上楼看看。”

“好的。”

“我的上帝。您觉得他不会是死了吧？”

此时，卡米耶已经起身打开了房门。

“呃……如果他死了，马上过来告诉我，知道了吗？我不想……”她一边把玩着自己的奖章，一边补充道，“我不想我们楼里爆出什么见不得人的丑闻，您明白吗？”

8. 

“是卡米耶，你能给我开一下门吗？”

话音刚落，就听到房间里传来了狗吠和杂乱的声响。

“你不给我开门的话，我可要叫人踢门而入了。”

“别这样，现在我无法给你开门……”一个沙哑的声音说道，“我现在太难受了……你过一会儿再来吧……”

“‘过一会儿’是多久？”

“今天晚上吧。”

“你有什么需要的东西吗？”

“没有。让我安静一会儿就好。”

卡米耶走了几步正准备离开。可她突然好像想起了什么，转身问道：

“你想让我牵你的狗出去遛一圈吗？”

没有回答。

她缓慢地走下楼梯。

感觉很糟糕。

她开始就不应该把他带到这里……用别人的财物来表现自己的慷慨，是一件很容易的事……啊，很显然，她今天头上肯定闪耀着一个美丽的光环！一个八楼的瘾君子，一个床榻上的外婆，整个世界好像都需要她来负责和照料。然而，她其实是一个下楼都需要扶着把手、不堪一击的失败者。这真是一幅美妙的图画……鼓掌，热烈鼓掌。这真是一份无上的荣誉。你为自己感到自豪吗？你天使般的翅膀没影响你正常行走吧？

唉，别说了你们……袖手旁观才是最保险的做法，不是吗？

才不是呢，你可别误解了我们的话……我们的意思是大街上还有很多无家可归的流浪汉……看看，那家面包店前就有一个……为什么你不把他也带回来呢？难道是因为他没有狗吗？真可惜，如果他早点知道……

你真让人感到厌烦……卡米耶对卡米耶说道。你快把我烦死了……

来吧，快和他说去养一条狗……但不能是大狗，知道吗？我们要的是一条小狗。比如一条冻得瑟瑟发抖的卷毛狮子狗就不错。啊，是的，那一定不错……或一条幼犬怎么样？一条蜷缩在他外套里的幼犬……你对这样的小狗一定没有任何的抵抗力。没关系的，反正费里贝尔的家中还有许多空的房间……

想到这里，心情沉重的卡米耶坐在了一级台阶上，并把头靠在了自己的膝盖上。

她想好好总结一下最近所发生的一切。

她已经快一个月没有见过自己的母亲了。她必须马上有所行动，要不然的话，她的母亲又要和塞姆舅舅一起对她发一次神经，甚至会向她发动一次突袭。虽然这么长时间以来，她已经渐渐习惯了他们的无理取闹，但这毕竟不是什么愉悦的经历……还是避免为妙……再说，每次吵闹过后她都需要花去很长时间才能恢复元气……呃……我们这位小姑娘的神经还是过于敏感了一些……

波莱特可以清楚地回忆起1930—1990年之间发生的事情，却常常把昨天和今天发生的事混为一谈，并且表现出一副浑然不知的样子。也许是她最近的生活过于幸福？她现在的状态，就好像任由自己平静地向深渊走去……并且对此完全没有意识……好吧。就目前的状况来看，一切还算顺利……她现在正在睡午觉，刚才和费里一起看了《冠军问答》节目。费里可以正确地回答出主持人提的每一个问题。两人都是这档节目的忠实观众。这真是太好了。

现在的费里贝尔是路易斯·乔维特和萨沙·吉特里[①]的混合体。他最近搞起了创作，总是把自己关在房间里写作，并每周自行排练两次自己的剧本。在他的爱情问题上，好像没有什么新的消息。好吧，没有消息就是好消息。

至于弗兰克……没有什么特别可说的，他的生活也没有什么新的进展。一切都进行得很顺利，他的外婆和摩托车都被悉心照料着。他照旧每天下午回来打一个盹，照旧每周日去餐厅上班。对此他是这样向卡米耶解释的：“这样的日

① 两人都是法国著名演员、导演。

子不会持续太久的，我现在不能就这样撒手不管，你明白吗？我必须先找到一个周日替我工作的人……”

看看……一个替换者或一辆更大的摩托车？小伙子，你真是太狡黠了，太狡黠了……可他为什么要对此感到不安呢？问题究竟出在什么地方呢？他又从未向你要求过什么。在最初的欣喜感过了以后，他又一头扎进了锅碗瓢盆中。午夜时分，他总是靠在朋友身上安然入睡，而后者不得不站起身，关掉前天晚上就已经开启的电视机。没有问题……这些都没有任何的问题……比起在都科林公司的工作，她情愿每天观看关于火鱼和汤药罐的纪录片。当然，她本可以游手好闲，什么事也不做，然而她却没有强大到可以承担这一切的后果……看来，社会把她培养得不错……是她对自己缺乏信心，还是过于骄傲自满？难道她是害怕过上一边赚钱谋生、一边践踏自己生活的日子吗？诚然，她的联络簿上还写着一些人的名字，但这又有什么意义呢？是让她再一次在这些名字上吐一口唾沫吗？还是让她收起联络簿，重新拿出她的放大镜？她的勇气已经消耗殆尽了。她没有成为更好的人，只是又白白虚添了几岁。我的老天。

不，问题在于，此时他正待在八楼……为什么他刚才拒绝为她开门？是因为他正在吸毒，还是由于犯毒瘾了？戒毒治疗的传说是否真实存在？据说，他们还常用芦笛诱惑姑娘和门卫！为什么他总是在夜晚出门？难道是为了在绑上止血带以后再出去勾搭女人吗？所有的男人都一样……这些骗子总是在你咬紧牙关、努力争取的时候，在你的脸上撒一把散粉，然后自己出门寻欢作乐，这些浑蛋……

两周前，当接到皮埃尔电话的时候，她又出于无奈重蹈覆辙：和那些浑蛋一样，她不得不再次撒谎。

“卡米耶，是我，凯斯莱尔。这到底是怎么回事？那个住在我家里的家伙是谁？请你听到留言后，马上给我回电。”

谢谢，肥胖的佩尔耶尔，谢谢你。

法蒂玛圣母，请为我们祈祷。

她抢在皮埃尔的前面，说道：

“他是一个模特。”卡米耶甚至都来不及说一句“你好”，就匆匆开始解释起来，“我们在一起工作……”

“他是一个模特？”

“是的。”

“你和他生活在一起吗？”

“没有。刚才我已经和您说过了，我只是和他一起工作。”

“卡米耶……我……我真的很想信任你……但是我可以这么做吗？”

“……”

“这幅作品是献给谁的？”

“献给你们的。”

“啊？”

“……”

“你……你……”

“我现在还不确定用什么颜料作画。可能会用石印红粉笔……”

“好吧……”

“那再见了……”

“咳！”

“还有什么事吗？”

“你用的是什么画纸？”

“上等画纸。”

“你确定吗？”

“我是在丹尼尔那里买的画纸……”

“很好。对了，你最近过得好吗？”

“我现在正在和一个店员说话。先挂了，到时候我会用另一个电话联系你们，告诉你们我的近况。”

说罢，她挂断了电话。

她叹了口气，摇了摇自己的火柴盒。她别无选择。

晚上的时候，卡米耶把并无睡意的波莱特扶到床上，为她盖好被子后，便离开了公寓。她悄悄上楼，准备再次和那位瘾君子碰面。

上一次她试图在夜幕降临时解救一个吸毒者的时候，肩上狠狠地挨了一刀……好吧，上次的情况和这次不太一样。上次解救对象是她当时的男朋友，她深爱着他，所以心甘情愿付出一切……可是这段经历还是让她留下了痛苦的回忆……

讨厌，盒子里没有火柴了。天哪……法蒂玛圣母和汉斯·克里斯蒂安·安徒生请留步。请再陪我一会儿。

和童话故事里一样，她站起身，提了提裤子，准备去天堂和她的外祖母相会了……

9.

“你在写什么？”

“呃……”费里贝尔轻轻摇晃了一下身体，说道，“事实上，它什么也不是……”

“是古典戏剧吗？”

“不是……”

“是轻喜剧吗？”

费里贝尔抓起身旁的一本字典，说道：

“轻……轻喜剧……找到了，字典上的解释如下：形式轻松的喜剧，该类型的戏剧主要特点在于有高潮迭起的情节、张冠李戴的错误，以及充满智慧的台词……是的。它的解释相当精准。”他说着，合上字典，总结道：“我写的就是充满智慧台词的轻松喜剧。”

“这部作品讲的是什么？”

“讲的我。”

“讲的是你？”卡米耶惊讶地问道，“我还以为依照你们家族的传统，是不能公开讲自己事情的。”

“我的老天，我当然不会把所有的隐私都曝光在公众的面前……”他说着，放下手中的笔，休息了一会儿。

“还有……呃……还有你下巴上的小胡子……是……是为了剧情需要吗？”

“你不喜欢吗？”

“不，不……我只是觉得有些……有些纨绔子弟的感觉……看着有点像《虎警大队》里的人物，不是吗？”

“什么大队？”

“看得出，你确实只看于连·勒佩尔斯的节目[①]……你……对了……我现在要

① 于连·勒佩尔斯是《冠军问答》的主持人。——译注

上楼一下……我要去探望一下那位八楼的房客……我可以把波莱特交给你吗？”

他一边摸着自己的小胡须，一边点了点头。

“去吧，快跑，奔向属于你自己的生活，我的孩子……”

“费里？”

“怎么了？”

“如果我一小时以后还没有回来，你可以上楼来看一下吗？”

10.

房间被整理得井井有条。床也已经被他铺好。卡米耶的房客还在那张小桌子上放了两个茶杯和一个糖罐。当她敲门进屋时，他正靠着墙壁坐在一把椅子上，读着一本书。

他站起身。两人还是礼节性地相互亲吻了一下。这是他们真正意义上的第一次见面……一个天使走过了他们身边。

“你……你想喝些什么吗？”

“好的……”

“茶？咖啡？可乐？”

“给我来杯咖啡吧。”

卡米耶坐到一张矮凳上，暗自思忖自己怎么可以在这样一个地方生活了那么长时间。这个房间是如此潮湿、阴暗，如此不堪入目。天花板是如此低矮，墙壁又是如此肮脏……不，这不可能……当时住在这里的一定是另外一个人。

他在炉灶前忙碌着，随后递给她一杯咖啡。

巴尔巴斯躺在床上，并不时地睁开眼睛，瞧一下房间里的动静。

他终于忙完一切，拖了一把椅子，坐到卡米耶的对面，说道：

“我很高兴见到你……你应该来得更早一些……”

“我不敢上来见你。”

“啊？你后悔把我带到这里来了，是吗？”

“不是。”

“不，你后悔了。可你不用担心……我最近在等一个通知，等我得到了确切的回复后，我就可以离开这里了……我想，这只是一个时间问题。”

“你要去哪儿？”

“去布列塔尼。”

“回你自己的家里吗？”

“不，是去一个中心……一个收留人间败类的中心……不，我真蠢。那是一个生活中心，大家都这么叫它……”

“……”

“是我的大夫为我找到了这个地方……一个把海藻加工成肥料的工厂……这个工厂里到处都是海藻、垃圾和患有精神疾病的人……很棒的一个地方，不是吗？我将是唯一一个正常的工人。当然，我所说的‘正常’也是一个相对的概念……”

说罢，他微笑了一下。

“看，这是他们工厂的宣传手册，做得很有档次，不是吗？”

只见封面上印着两个站在粪池前拿着长柄叉、面露痴呆微笑的工人。

“我要做的，是去处理一些名叫阿尔古-弗雷斯特的物料，就是一种混合了海藻、肥料和马粪的东西……我已经预见到我会爱上这份工作……当然，开始的时候我可能会对那股味道不太适应，可到了后来，我一定会习惯的，甚至最后都意识不到这股味道的存在……”

他放下宣传册，点了一支烟。

“就算是给自己放个假吧……”

“你准备在那里待多久？”

“该待多久就待多久……”

“这也是你戒毒疗程中的一个步骤吗？”

“是的。”

“你从什么时候开始戒毒的？”

他做了一个模糊的手势。

“感觉怎么样？”

“不好。”

“好了，振作起来……你还可以在那里看到大海呢！”

“是啊，太好了……那你呢？你怎么会突然想到来看我？”

“是门房太太……她还以为你死在了房间里……”

“那她要失望了……”

“肯定的。”

说到这里，两人哈哈大笑起来。

“你……你还得了艾滋病，是这样吗？”

“才不是呢。我这么说也是为了让佩尔耶尔高兴高兴……为了让她更加对我上心……不，不，我当然是在开玩笑……好了，言归正传，我是个喜欢清洁的人，所以不管是吸毒还是治疗，我都会弄得很干净。”

“这是你第一次尝试戒毒吗？”

“是的。”

“你觉得自己会成功吗？”

“会的。”

“……”

“我运气不错……总能遇到一些好人……我……我也很珍惜他们……”

“你是在说你的主治医生吗？”

“是的，她是个女医生，当然我指的不仅仅是她……还有我的心理医生……他是一个成天给我洗脑的老头……你知道V33吗？”

“那是什么？一种药吗？”

“不，那是一种用来除去污垢的产品……”

“啊，我想起来了！这种产品是不是常被装在一个红绿相间的瓶子里？”

“差不多……对于我来说，这个老头，就是我的V33。每当我与他交谈时，全身就会像火烧一般沸腾起来，还会长出水疱，产生其他一系列的反应。这时，他便会拿着刮刀，把我身上污秽的东西一点一点刮干净……看着我，在这副皮囊下，隐藏着一具像幼虫一般赤裸的躯体！”

说罢，他不再微笑，双手却开始颤抖起来。

“太难了……太难了……我没想到……”

他抬起头，继续说道：

“呃……当然还有其他帮助过我的人……比如一个细腿的矮个女孩在我无家可归时把自己的房间腾出来，让我住……你叫什么名字？”

“卡米耶。”

他低声重复了几遍这个名字，随即转身，面向墙壁，喃喃自语道：

“卡米耶……卡米耶……在你出现的那一天，卡米耶，我的状态很糟糕……

那天天气很冷，我感觉自己几乎已经失去了继续抗争的勇气……但所幸的是，你出现了，就在我的面前……于是我便秘密尾随着你，要知道，我可是一个风流的人……”

一阵沉默。

“你还想继续听我说话吗？还是你已经开始感到厌烦了？”

“再给我来杯咖啡吧……”

“对不起。到了现在这个年纪……我不知不觉也开始变得喋喋不休起来……”

“没关系的。”

“不，在我看来，这很重要……其实我觉得这对你来说也很重要……”

卡米耶不解地皱起了眉头。

“就像我之前说的，在你第一次看到我的时候，我的状态真的很差……所以当我看到你的食物、接受你的帮助、住进这间屋子时，我有一种眩晕的感觉，你懂吗？当然，我也曾经动摇过，想重新回去找那些浑蛋，我……我……是这个男人救了我，更确切地说，是你的被单和这个男人救了我。”

他说着，拾起地上的那本书，把它放在了两人中间。卡米耶一下就认出了这本书。这是一本收集了凡·高写给他兄弟信件的书。

她忘记自己曾把这本书带到了这里。

意外地发现它的存在，当然也不是一件坏事……

“为了让自己留在这个房间里，为了阻止自己破门而出的冲动，我打开了这本书，因为你的房间里也没有其他书可看，你知道这本书给我的内心带来了怎样的震动吗？”

她摇了摇头。

“它影响了我这里，这里，还有这里。”

他说着，拿着书，敲了敲自己的额头和两颊。

“这已经是我最近第三次重读这本书了……它……它几乎就是我的全部。对我来说，书中包含了所有世间的真理……现在我对这位画家的一生已经了然于胸……我感觉自己就是凡·高，就是他的兄弟。他所说的一切，我都认同。我理解他是如何毁掉自己的生活，如何备受折磨，如何反躬自问；也理解为何他总是重蹈覆辙，请求原谅。我也知道他曾经遭到家人的抛弃、父母的责难，并长期居住在精神病医院里。然而就是在这样的情况下，他还总是试着理解他人。别担心，我……我并不打算向你讲述我的一生，但你知道吗，我们相似的人生经历常让我感到不知所措……还有他和女孩的相处方式，他后来爱上那个众人鄙视的虚荣女孩，以及最后他还是决定和那个已经怀孕、却仍像妓女一样的姑娘生活在一起等一系列的经历，都和我何其相似……不，我并不打算向你讲述我的一生，但这些巧合还是让我大受震动……当时，除了他的兄弟，没有一个人理解、信任他，没有一个人。可他的兄弟，虽然脆弱又愚笨，却始终坚持选择相信凡·高……他常说，凡·高是一个内心强大并怀有信念的人。我第一次看这本书的时候，几乎是一口气读完的，没有一点停顿。然而当时，我并不理解最后斜体字内容的意思……”

说到这里，他翻开书，念道：

“1890年7月29日，文森特·威廉·凡·高写给自己的信……直到第二天，或第三天，当我读了序言以后，才明白原来这个傻子最后选择了用自杀的方式结束了自己的一生，所以这是一封他从未寄出的信，我当时……你不知道我当时精神上所受到的刺激有多大……所有他关于自己身体的描写，我都能感同身受。我深有感触的并不是书上冰冷的文字，而是那些切实存在的痛苦感受，你明白吗？这一切……其实我……我对他的作品并没有什么特别大的兴趣……也不能完全这么说，我并不是没有兴趣，而是因为他的画作并不是我阅读这本书的主要动因，也不是这本书中最精彩的部分。在我看来，这本书的价值在于它告诉我：如果你处于主流社会的边缘，如果你无法成为别人期待你成为的那个人，你会很痛苦。你会像一只野兽那样痛苦不堪。最后，你会在郁郁寡欢中默默地死去。而我，我不想就这么死去。出于对凡·高的友谊和兄弟般的情谊，我也不能就这么死去……我做不到。”

卡米耶呆若木鸡地听完这一席话。香烟上的烟灰也不知不觉掉进了她的咖啡里。

“我刚才说的话，简直就是一派胡言，不是吗？”

“不，不，正相反……我……”

“你看过这本书吗，你？”

“当然。”

“那你……这本书没有让你感到痛苦吗？”

“一直以来，我都对他的作品很有兴趣……他起步很晚……并且自学成才……一个真正的……你……你看到过他的画作吗？”

“那些向日葵？唉……曾经我也想过去翻阅一下他的画册，但我最终还是放弃了这个想法，我更偏爱自己真实看到的风景。”

“把这本书收好吧。就当是我送你的礼物。”

“你知道吗，如果有一天……当我完全走出困境时，我会来感谢你的。可现在我还没有这个能力……我曾经和你说过，我一无所有。除了这个大背包以外，我一无所有。”

“你什么时候走？”

“正常情况下，下周就能离开……”

“你想答谢我对你的帮助吗？”

“如果我有能力……”

“让我给你画一幅肖像吧……”

“仅此而已？”

“是的。”

“一丝不挂？”

“我觉得这个主意不错……”

“天哪……你没有看到我的身体是多么的……”

“我可以想象……”

他系好球鞋的鞋带，巴尔巴斯则在房间里上蹿下跳。

“你要出门吗？”

“每个夜晚……是的，每一个夜晚……我都出门行走，直到走得筋疲力尽为止。我在贩毒团伙开门营业时，前去吸食每天定量的毒品。然后回来睡觉，一直坚持到第二天的晚上。我现在暂时还没有找到更好的生活节奏……”

此时，走廊里传来一阵响声。先前还活蹦乱跳的巴尔巴斯此刻也安静了下来。

“外面有人……”他惊恐地说道。

“卡米耶？你还好吗？亲爱的……是你英勇的骑士上来解救你了……”

话音刚落，费里贝尔就出现在了门缝中，手里还握了一把剑。

“巴尔巴斯！蹲下！”

“我……我是不是来得不是时候？”

卡米耶微笑了一下，便开始介绍两人相互认识。

“文森特，这位是费里贝尔·马克尔·德·拉·杜尔贝里艾尔。他是一支溃逃军队的总指挥。费里贝尔，这位是文森特……呃……就是文森特·凡·高的那个文森特……”

“很高兴认识您。”费里贝尔说着，收起了他的武器，继续说道，“您好，打扰了……我……我想我该回去了，不是吗？”

“我和你一起下楼。”卡米耶回答道。

“我也准备下楼。”

“你……你会下楼来找我的吧？”

“明天就来。”

“什么时候？”

“下午的时候，可以吗？我要带着狗一起来吗？”

“当然要带着巴尔巴斯一起来啰……”

“啊！巴尔巴斯……”费里贝尔语气幽怨地说道，“又是一个狂热的共和党人……我情愿它是罗伯斯庇尔那儿的人！”

文森特望了卡米耶一眼，表示不解。

卡米耶则无奈地耸了耸肩，显得有些不知所措。

此时，费里贝尔转过身，继续抱怨道：

“没错！这个小可怜的名字和这个浑蛋扯上关系，本身就是一个错误！它应该叫玛格丽特·德·罗什舒瓦尔·德·弗勒里莱索布赖！”

“弗勒里莱索布赖？”卡米耶重复道，“我的老天，你是如何记住这么多名字的？对了，你为什么不去参加《冠军问答》节目？”

“啊！求你别过来蹚浑水！你很清楚我不去参加的原因……”

“不，我不清楚。为什么不去呢？”

“以我的语速，等我当上冠军的时候，电视里早就开始播放整点新闻了……”

11.

她一夜未眠，辗转反侧，起来拍了拍被子上的灰尘，在客厅里像个孤魂一

样游荡了一会儿，洗了个澡，然后回到床上接着睡。第二天，她起得很晚，帮波莱特冲了把澡，胡乱给她梳了一下头，随后和她一起在格勒尔大街上散了一会儿步，接着回到家吃了个中饭，却没有胃口吞下任何食物。

“你今天看上去好像特别紧张……”

“我有一个很重要的约会。”

“和谁？”

“和我自己。”

“你要去看一下医生吗？”老太太忧心忡忡地问道。

按照往常的习惯，老太太在午餐后总要小睡片刻。卡米耶从她的手中拿过针线活儿，为她盖好被子，随后蹑手蹑脚地离开了她的房间。

然后，她便把自己关在房间里，更换了数百次矮凳的位置，谨慎地检查着颜料和绘画工具的准备情况。她突然有一阵恶心的感觉。

弗兰克刚回来午休。此刻，他正从烘干机里掏着自己的衣服。自从上次毛衣缩水事件发生以后，他现在都亲自手洗自己的衣物，并总像个大惊小怪的家庭主妇一样抱怨着烘干机总会损失衣服的纤维、钩坏毛衣的领子。

这是一段扣人心弦的讲话。

是他为文森特开的门。

“我找卡米耶。”

“她的房间在走廊的尽头……”

随后，他便把自己关在房间里。卡米耶由衷地感谢他这次低调的言行……

两人都感到很不自在，但之所以不自在的理由各不相同。

错。

两人因为相同的理由而感到很不自在，因为满腹的心事。

还是他率先打破僵局，说道：

“好吧，我们开始吧？你有工作室吗？有屏风或类似的遮挡物吗？”

她发自内心地感谢他能够主动发话。

“你看到了吗？我已经开了暖气，这样你就不会冷了……”

“啊！你的壁炉太漂亮了！

“我怎么有种在医院的感觉，这让我很不安。我……我需要脱去内裤吗？”

“如果你想穿着，也没问题……”

“还是脱掉吧，这样效果会更好一些……”

“是的。不管怎么样，我都是从模特背部开始作画的……”

“我敢肯定我的背上有许多小疙瘩……”

“别担心，只要你脱去上衣，然后把自己泡在海水里，还没等你处理完第一批肥料，这些疙瘩就会自行消失的……”

“你知道吗，也许你会是一个不错的美容师。”

“呵呵……好了，从屏风后面出来吧，坐到这里来。”

“你至少也应该让我坐在窗边……这样我也可以看看外面的风景，打发时间……”

“这不是我能决定的事。”

“真的吗？那是谁说了算？”

“光线。别抱怨了，一会儿你就可以站起来了……”

“要站多久？”

“一直站到你跌倒为止……”

“你一定比我早跌倒。”

“嗯……”她发出了一声感叹。

好像在说：很有可能……

她首先在他周围转了一圈，完成了一系列素描特写。整个过程中，她的手和肚子变得渐渐柔软起来。

而他却恰恰相反，整个身体变得越来越僵硬。

当她离自己很近的时候，文森特不由得闭上了双眼。

他背上有小疙瘩吗？她没有看到。她看到的是他紧绷的肌肉、疲惫的肩膀、当他低头时颈部突出的骨头、他长长的脊柱（远看就像一个被腐蚀过的鸡冠）、神经的纹路、上颌骨，以及他突出的颧骨。还有他眼周的小点、头颅的形状、胸骨、嶙峋的胸脯、纤细的手臂和身上所有的深色的斑点。人们可以看到他苍白皮肤上迷宫般的经脉分布，也可以窥见他书写在身体上的沧桑一生。是的，文森特身体突显了他坠入深渊般的印痕、一种破茧而出的无形力量和他极度腼腆的性格特质。

过了一小时左右，文森特问卡米耶自己是否可以看书。

“可以。趁我现在还在做准备的时候……”

“你……你难道还没有开始正式作画吗？”

“没有。”

“天哪！那我可以大声朗读吗？”

“如果你愿意……”

他把玩了一会儿书本，然后把它折成两半，念道：

“我想，我的父母是用本能在和我相处。（我没有说是用感情。）

“他们犹豫是否要将我接纳到自己的家中，就像在犹豫是否要放一条野狗入室一样。它确实用四肢爬进了家中，也确实在后来变得十分野蛮。

“它让每个人都感到不自在，并总在愤怒地狂吠。

“总之，它是一头令人生厌的恶犬。

“然而，动物也时常具有人性的一面。就算是一条狗，它也可能拥有一个充满人性的灵魂。一个充满人性的灵魂总是对外人的看法十分敏感，这是一条普通的狗所无法体验的特殊感受。

“噢！这条狗原本是我们父亲的儿子，但他们总是任其在大马路上自由奔跑，所以它现在确实变得有些暴躁。好吧，许多年来，父亲都忽视了这个细节，这也很自然地成为一个无足轻重的话题……”

读到这里，他清了清嗓子。

“很……不好意思……很显然，这条狗十分后悔来到这里。虽然他们对它还算友善，但它感到现在的日子比自己生活在树丛里的时候更加孤独。它突然感到一阵虚弱。希望你们可以原谅我的脆弱。对于我来说，我只是想逃避……”

“停！”卡米耶打断他，“别念了，求你别再往下念了！”

“你感到不自在吗？”

“是的。”

“对不起。”

“好了。现在我已经对你的身体有所了解了……”

她合上画册，却突然感到一阵恶心。她抬了抬他的下巴，让他把头再向后仰了一下。

“你还好吧？”

“……”

“好了……现在你朝我这边转过身来，然后坐下来，两腿分开，把手这样放……”

“我一定要把两腿分开吗，你确定？”

“是的。还有你的手，你看看，你……把两手放在腿上，然后五指分开……等一下……别动……”

她转身在自己的物品中翻找了一会儿，随后拿出一张安格尔画作的仿制品，说道：

“就和他一样。”

“画上的这个胖子是谁？”

“路易斯·弗朗索瓦·贝尔坦。”

“他是谁？”

“他是被小资产阶级奉为神灵的人物：有钱有势、慷慨大方……这可不是我对他的评价，而是马奈对他的评价……很精妙，不是吗？”

“你想让我摆出和他一样的姿势，是吗？”

“是的。”

“呃……把……把两腿分开……是这样吗？”

“咳……别这么紧张好不好……没关系的……我才不在乎看到了什么呢……”她一边随意地翻着自己的画册，一边安慰他道，“给，看看这位老太太的身体素描……”

“噢！”

他的语气中略带失望，却饱含温存……

卡米耶坐在椅子上，把画板搁在膝盖上，开始作画。没过多久，她重新站起身，在画架上试了两笔，还是觉得画出的效果不尽如人意。她焦躁起来，低声咒骂了几句，认为自己现在正在做的事简直毫无意义，犹如向虚空中纵身一跃那般荒谬。

最后，她把画纸垂直放在画架上，然后决定和她的模特坐在同一水平高度，继续作画。

为了鼓励自己，她深吸了一口气，却很快又无精打采地连连叹气。是她自己弄错了，不该用石印红粉笔为文森特作画。她的模特面如死灰，她本应该选择黑白颜料为他作一幅水彩画。

她的模特似乎有话要说。

她抬了抬肘关节，一只手悬在半空中。她开始浑身颤抖起来。

“千万别动。我马上回来。”

她一路飞奔跑向厨房，慌乱中碰翻了很多物品，当她看到松子酒瓶后，一把抓起酒瓶猛喝了一口，想借此击退自己的恐惧。她闭上双眼，靠在了水槽旁。好了……再喝一口，然后继续上路……

当她重新回到房间坐下时，文森特微笑着看着她。

他什么都明白。

无论他们怎么样黯然无光，这群人还是很快能在人群中发现彼此。无一例外。

这就像是一个探测仪……一束雷达的射线。

一种难以名状的默契和一种相互的宽恕。

“现在好多了吧？”

“是的。”

“那现在可以开始了吧！天哪，都已经等了那么久了！”

他挺直腰板，像画中人物一样微侧了一下身体。他屏住呼吸，望着远方，仿佛正看着某个试图羞辱他的人，直视着他的目光。

暗淡却又闪耀。

被命运摧残的容颜。

无比坚定。

“文森特，你有多重？”

“六十公斤左右吧……”

六十公斤的挑衅。

这是一个不太讨人喜欢却又十分有趣的问题：卡米耶·福克向这位男子伸出援手，到底是为了帮助他（正如男子本人所想的那样），还是为了让他赤身裸体，在毫无防御能力的情况下坐在一把从厨房搬来的红色弗米加塑料椅子上，任由她仔细剖析，细细品味？

她为他所做的一切，真的是出于同情或人道关怀吗？

难道这所有的一切不是事先就谋划好的吗？楼上的陋室、信任、凯斯莱尔的愤怒、对文森特的照顾？

有时艺术家真是一群魔鬼。

好了。别这么说。这些想法让人不快……让未解的谜团继续保持它神秘的色彩，让我们继续在一旁默默地观察着这一切。虽然有些时候，这个姑娘的做法确实让人摸不着头脑，可她总能在关键时刻果断出手，让人称叹。或许她的慷慨仅仅表现在此刻？等到她的瞳孔一收缩，她又将变得冷漠无情起来……

不知不觉中，夜幕已经降临。房间里灯火通明，卡米耶甚至都没有意识到自己是什么时候将灯打开的。她和文森特一样不停地流着汗。

“我们收工吧。我的肌肉都快抽筋了，全身都很疼痛。”

“不行！”她高声喊道。

她生硬的语调让两个人都吓了一跳。

“对不起……请你别……别动，求你了……”

“在我裤子的……前面口袋里……我的药……”

她去厨房为他倒了一杯水。

“求你了……再坚持一会儿，你愿意的话，可以靠在墙上……我……我一直以来都无法单凭记忆作画……如果你现在离开，我的画就彻底完了……对不起，我……我就快完成了。”

“好了。你现在可以重新穿上衣服了。”

“严重吗，医生？”

“别担心……”她喃喃自语道。

他一边伸着懒腰，一边再次走进卡米耶的房间。他俯身摸了摸自己的狗，然后在它耳边温存地说了些什么，随后起身，点了一支香烟。

“你想看看吗？”

“不。”

“好吧，还是看看吧。”

他惊得一时语塞。

“……真……真冷酷。”

“不。恰恰相反，我觉得你看上去充满柔情……”

“为什么你只画到脚踝处？”

“你想听真实原因还是我胡编的理由？”

“真实原因。”

“因为我画脚的技术很差！”

“那另一个理由呢？”

“因为……好了，你难道没有更有意义的事情要做吗？”

“我的狗在哪里？”他指着作品，问道。

“你的狗在这里。我刚才把它画在了你的肩膀上方……”

“噢！它看上去真美！它看上去真美，它看上去真美，真的很美……”

她一把抢过画纸。

“你这么辛苦，杀死自己，为的是让他们重生、不朽。可是唯一让他们动容的，却是他们的那条杂种狗……”她咕哝道。

真是令人无法想象……

“你喜欢自己的作品吗？”

“喜欢。”

“我还需要再来吗？”

“是的……你还要过来和我道别，顺便告诉我一下你的新地址……你想喝点什么吗？”

“不了。我要回去睡觉了，我现在感觉不太舒服……”

当她走到过道上时，突然拍了一下自己的额头，惊呼道：

“波莱特！我把她给忘了！”

只见她的房间里空无一人。

我的老天……

“怎么了？”

“我把室友的外婆弄丢了……”

“看……桌上有一张字条……”

我们不想打扰你。她现在和我在一起。你什么时候空了，马上来找我们吧。对了，你朋友的狗在入口处拉了一坨屎。

12.

卡米耶张开双臂，飞奔在香榭丽舍大街上。在经过埃菲尔铁塔后，她在饭店门口停下了脚步。

波莱特正坐在主厨的办公室里。

喜笑颜开。

“我把您给忘记了……”

“才不是呢，我的小傻瓜，你在工作……都结束了吗？”

“是的。”

“还行吗？”

“我现在好饿！”

“拉斯德菲尔！”

“是，主厨……”

“给我做一大块带血牛排，然后送到办公室里来。”

弗兰克转过身，暗想道：一份牛排？可她的牙齿已经全部掉光了呀……

当他知道这份牛排是给卡米耶的时候，不由得感到更加惊讶。

他们用手势相互交流着：

“牛排是给你的？”

“是的。”她点头，回答道。

“一大块牛排？”

“是的。”

“你有那么饿吗？”

“是的。”

“咳！你开心的时候很可爱，你知道吗？”

然而卡米耶并没有读懂弗兰克的这句话，只得胡乱点了点头，表示赞同。

“噢，噢……”主厨一边发出惊叹，一边给弗兰克递了一个盘子，说道，“我不得不说，有些人的运气可真不错……”

牛排的形状如同一颗爱心。

“这个拉斯德菲尔可真厉害。”他叹了口气，重复道，“他可真厉害……”

“而且还很帅……”他的外婆一边补充道，一边贪婪地望着自己的外孙。事实上，她已经贪婪地看了他两小时了。

“是啊……我就没有他那么幸运了……我该给你们配上什么酒呢？好吧……就来点罗讷河谷葡萄酒吧，到时我也一起和你们喝上一杯……您呢，外婆？您的甜点还没有来吗？”

一眨眼的工夫，波莱特已经将一半甜点吞下了肚子。

“对了。”主厨啧了啧嘴，说道，“最近你的外孙状态很不错啊……我都快认不出他了……”

说罢，便转向卡米耶，继续说道：

“您都对他做了些什么？”

“什么也没做。”

“那真是太好了！请继续这么干！看来这种方式很适合他！好了，不开玩笑了……这孩子不错……真的不错……”

听到这里，波莱特低声哭泣了起来。

“怎么了？我又说了什么不该说的话吗？看在上帝的分上，喝一口酒吧！喝酒吧！马克西姆……”

“怎么了，主厨？”

“请去给我倒一杯香槟……”

“好点了吗？”

波莱特擤了擤鼻涕，说道：

“您是不知道我们一路走来的艰辛……他曾被一所初中开除，接着是第二所。还在考技术文凭、实习、做学徒的时候屡屡受挫……”

“可这些完全都不重要！”主厨高声叫喊道，“您看看他现在的样子！看看他的厨艺是多么的精湛！很多家饭店都想到我这儿来把他挖走！他一定能搞到一两颗……”

“一两颗什么？”波莱特担忧地问道。

“一两颗星……”

“啊……难道不应该是三星吗？”她略带失望地问道。

“三星应该不行。他脾气太暴躁，而且过于‘多愁善感’……”

他说着，向卡米耶眨了一下眼睛。

“对了，这块牛排怎么样？”

“美味极了。”

“那是肯定的……好了，我要去忙了……你们如有什么需要，敲一下窗玻璃，就会有人过来。”

当他回到公寓时，弗兰克径直走到费里贝尔的身旁。后者正在一盏台灯下，咬着铅笔写作。

“我影响你工作吗？”

“当然没有！”

“我们很久都没有见过面了……”

“确切来说，是见得不多……对了，你现在周日依旧上班吗？”

“是的。”

“那如果你周一感到无聊，就过来和我们两个说说话吧……”

“你在看什么？”

“我在写作。”

“写给谁？”

“我在为我们的戏剧课创作一个脚本……你知道吗，年底的时候我们每一个都要登台献演，我的上帝……”

“你会邀请我们前去观摩吗？”

“我还不知道自己是否有勇气……”

“告诉我，呃……情况怎么样？”

“你在说什么？”

“我是说，卡米耶和我的外婆，她们相处得怎么样？”

“相处得很融洽。”

“你觉得她开始感到厌烦了吗？”

“你想听真话吗？”

“什么真话？”弗兰克开始担心起来。

“不，她现在还没有厌烦，但这是迟早的事……你还记得自己说过的话吗……你说过每周要为她减轻两天的负担……你说过要帮着她一起照看波莱特的……”

“嗯，我知道，但是我……”

“别说了。”费里贝尔打断他道，“收起你那些所谓的理由。我没有兴趣听你解释。你知道吗，我的老伙计，你该长大了……”他说着指了指自己那本满是涂改痕迹的本子说道，“不管是什么事，不管你想不想，总有一天你必须学会去面对……”

弗兰克若有所思地站起身。

“她如果感到厌烦了，一定会告诉我的，不是吗？”

“你确定吗？”

费里贝尔脱下眼镜，直视着弗兰克，说道：

“我也不知道……她太神秘了……她的过往……家庭……朋友……我们几乎对这个年轻女孩一无所知……除了她的那些画册，我几乎找不到任何可以证明她身世的材料……她没有信件，没有电话，也从没有来看她的朋友……想象一下，如果哪一天我们找不到她了，都不知道该找谁去打听她的下落……”

“别这么说。”

“不，我必须这么说。好好想想吧，弗兰克。她之前说服我去养老院把波莱特接过来和我们一同生活，她还特意为老太太腾出自己的房间，如今，又极其耐心细致地负责着她的起居。不，‘负责’这个词并不贴切，应该用‘照料’。事实上，她们两人彼此照料着对方……我曾经听到两人大声地欢笑，也看到过她们一聊就是一整天的情景。而且，卡米耶还总是抽空在下午的时候工作上一会儿，而你，你甚至都无法兑现自己当时许下的诺言……”

说罢，他重新戴上自己的夹鼻眼镜。过了片刻，他继续说道：

“不，我的小兵，我并不为您感到自豪。”

和费里贝尔交谈完以后，弗兰克拖着沉重的步伐走进波莱特的房间，为她盖好被子，并关掉了电视机。

“到这里来。”她轻轻地对他说道。

她竟然还没有睡着。

“我的孩子，我为你感到骄傲……”

他一边把电视遥控器放到床头柜上，一边暗想道：可别这么早就下结论。

“好了，外婆……快睡吧……”

“非常骄傲。”

好吧，好吧……

卡米耶房间的门半开着。他轻轻推门而入，不由得惊跳了一下。

走廊里昏暗的灯光，正好照射在她的画架上。

他就这样呆呆地站了好一会儿。

惊慌、恐惧、眩晕。

难道又是她说对了吗？

对艺术的鉴赏是不需要通过培训就可以获得的。

是不是他其实也并没有那么的愚笨？因为他刚才出于本能，想去扶一扶画中的男子。这是否能够说明，他其实并没有那么的迟钝笨拙？

一只蜘蛛和一只蟑螂从他的眼前爬过。他一脚将蟑螂踩死，随后走向厨房，从冰箱里拿了一听啤酒。

他想等啤酒没那么冰的时候再喝。

他那天就不应该在走廊里游荡。

看着厨房里的这些生菜叶子，他心乱如麻。

好了，其实一切都还顺利。他第一次感到自己现在的生活还不错……

当他发现自己正在咬指甲时，飞快地将手从嘴里抽出。他已经有十一天没有啃过指甲了。除了小拇指。

当然，对他来说，啃小拇指不算。

长大，长大……这么多年来，这是他唯一在做的事：成长……

如果哪一天她突然消失不见了，那他们其他人又会变成什么样子？

他打了一个嗝。好了，别再胡思乱想了。我还要去准备可丽饼的面团呢，我……

他怀着一颗近乎虔诚的心，揉着面团。为了不打搅其他人，弗兰克的动作很轻，但偶尔也会低声自语几句。

揉完面团以后，他在面团上盖了一块干净的布，随即一边揉搓着双手，一边离开了厨房。

明天，他将为了她精心制作苏泽特可丽饼，让她吃了以后，永远都不想离开。

当他独自在浴室里，面对着镜子时，不由自主地模仿起《疯狂的方向盘》里萨特纳斯那魔鬼般的笑容……

吼吼吼，哈哈哈……咦？这不是迪亚欧罗的笑声吗？

啊……我们在一起是多么幸福……

13.

他已经很久没有和其他人一起度过一个如此美好的夜晚了。那天晚上睡觉的时候，他做了许多美丽的梦。

第二天早上，他下楼去买了一些羊角面包。随后他们四人一起在波莱特的房间里共进早餐。天空很蓝。费里贝尔和波莱特热情有礼地相互交谈着，而弗兰克和卡米耶则在一旁默默地喝着碗里的咖啡。

弗兰克在想自己是否要换床单，而卡米耶则在思考自己是否需要改变作品中的一些细节。他试图与她的眼神相遇，可她却心不在焉，心思不知飞向了何方。事实上，她现在正假想自己在赛格尔大街皮埃尔和玛蒂尔德的家中，随时准备着晕厥，或撒腿就逃。

“如果我们现在就换床单，那下午的时候我一定没有勇气躺上去睡觉。如果我在午睡后换，又显得有些拖沓，不是吗？我好像已经听到了她冷笑的声音……”

“我还是直接去他们的画廊吧？我把纸箱交给索菲，然后马上离开？”

“对了……我们有时候都不会躺下……而就这么直立着，就像在电影里一样，我们是那么的……”

“不，这不是一个好主意……如果他在，他会拉住我，逼迫我坐下来和他聊聊……可是我不想和他交谈。我受不了他总是喋喋不休的性格。我只要他一句痛快话，要还是不要我的作品，仅此而已。他的那些真知灼见，还是留给他的顾客吧……”

“我要在下班前去衣帽间的浴室里冲一把澡……”

“我坐出租车去他的画廊，然后让他在画廊门口等我……”

此刻，不论是无忧无虑还是忧心忡忡的人，都抖了抖身子，安静地散去。

费里贝尔走到公寓门口，一只手为弗兰克扶住门，另一只手则提着一只箱子。

“你这是要去度假吗？”

“不，箱子里装的都是道具。”

“你带着这些道具做什么？”

“角色需要……”

“天哪，你扮演的是什么角色？一个穿着斗篷、挥舞着宝剑的骑士？你准备穿着这身行头到处转悠？”

“当然了……我准备先躲在暗处，然后一下冲进人群……好了，快让开，要不然的话，小心我用剑刺穿你的身体……”

外面晴空万里。卡米耶和波莱特下楼，来到“花园”里散步。

近来，老太太行走的时候显得越发困难。现在，她们走一遍阿德丽阿娜·勒古维尔大道，要花去近一小时的时间。卡米耶全程搀扶着波莱特，配合着她细碎的小步，缓慢前行，一天下来，双腿发麻，四肢酸痛。当两人看到写着“放慢步调，像骑士一样行走”字样的木牌时，不由得哑然失笑……她们总是停下脚步：一会儿给游客拍照，一会儿为慢跑者让出一条道，一会儿又和其他漫步者聊上两句。

“波莱特？”

“怎么了，我的孩子？”

“如果我和您商量关于轮椅的事，您会感到震惊吗？”

“……”

“好吧，您很震惊，我知道了……”

“我真的已经那么老了吗？”她轻声问道。

“不！完全不！正相反！但是我在想……既然您的助步器用起来不方便，那我们何不买一台轮椅。平时的时候您可以推着它前行，等到您累的时候，您可以坐在上面，让我带着您走遍天涯海角！”

“……”

“波莱特……我已经受够了这座公园……再也不想看到它了。我想我已经对这座公园里有多少颗石子、多少只鸟、多少张长椅了如指掌……一共十一张长椅……我受够了这些可怕的大巴、这些毫无想象力的人，受够了每天遇到的都是同样的人……那些带着愚蠢表情的门卫，还有那个整天戴着荣誉勋章却满身尿味的人……巴黎还有许许多多有待我们去探索的地方……那些精品店、死胡同、后院、小道、卢森堡公园、旧书摊、圣母院旁边的花园、花鸟市场、塞纳河畔……我可以很肯定地告诉您，这是一座无与伦比的城市……我们可以去看电影、听音乐、欣赏歌剧、购买漂亮的紫色花束……而现在，我们却被禁锢在这个死气沉沉的街区。在这里，所有的孩子都穿着一样的衣服，所有照看他们的保姆都发出一样的抱怨，所有的一切都一板一眼，毫无惊喜……总之，这里一无是处，令人生厌。”

一阵沉默。

卡米耶感到自己搀扶着的老太太好像变得越来越沉重。

“好吧……我和您说实话吧……我试图用刚才那些冠冕堂皇的理由说服您使用轮椅，可我内心的真正意图，却并非如此。其实，表面上我试图说服您使用轮椅，实际上是想请您帮我一个忙……如果我们有了一台轮椅，并且您愿意不时地在上面坐一会儿，我们就可以在博物馆门前排队的时候，跳过人群，第一个进去参观……您也知道，这对于我来说，是天大的恩惠……因为我总有很多想看的展览，却每次在看到门口的长队时，望而却步……”

“我的傻姑娘，你怎么不早说！如果是能够帮你的忙，我一定欣然接受！让你开心，是我唯一想做的事！”

为了不让自己笑出声，卡米耶紧紧咬住脸颊的内侧。她低下头，带着严肃的语调轻轻说了声谢谢，一副恳切真诚的样子。

快，快！做什么事情都要趁热打铁。于是两人火速来到周边最近的一家药店购买轮椅。

“我们店和日出牌轮椅合作密切，特别是他们公司出的160经典型号，在我们这里的销路很好……这是一款可以折叠的轮椅，顾客反响热烈……它很轻，便于携带，重量只有十四千克……去掉轮子的话，仅重九千克……搁脚的那块板还可以拆卸下来做脚底按摩器……扶手和椅背也可以自行调节……椅背还可向后倾斜……啊，不！这好像是新款才有的功能……底部的轮子便于拆卸……可以很轻松地放进轿车的后备厢里……我们还可以调节……呃……”

在听讲解的时候，波莱特为了表示不耐烦的情绪，已经“不小心”碰翻了好几瓶免洗精华液，撞倒了爽健品牌的展示台，吓得店员再也不敢继续他的介绍。

“好了，你们自己看吧……现在店里的顾客很多，我有点忙不过来……给，这是介绍手册……”

卡米耶蹲在波莱特的背后，问道：

“这玩意还不错，不是吗？”

“……”

“老实说，它比我想象的好多了……款式很运动……颜色又是全黑的，显得很时髦……”

“好了……你直接说‘很合适’不就完了！”

“日出医药公司……他们还真会取名字……三十七……这是您家的区号，不是吗？”

波莱特戴上眼镜，问道：

“具体是在哪里？”

“呃……尚索-索斯尔地区……”

“啊！当然！尚索！我对那个地方很熟悉！”

事情已经成功了一半。

感谢上帝。因为轮椅制造商和波莱特的家乡离得很近，我们的双脚终于得救了，终于可以穿着柔软的鞋子行走四方了……

“多少钱？”

“不算税，五百五十八欧元……”

“还真不便宜……我……我们难道不能租用它吗？”

“这一款不行。顾客只能租借另一种型号的轮椅，那一款更沉更笨重。但是……价格对你们来说并不是问题，不是吗？我想，老太太一定购买了医疗互助保险……”

看到两人茫然不知的样子，店员有种和两个头脑迟钝的白痴讲话的感觉。

“您根本就不需要为这台轮椅付一分钱！您只要让医生为您开一张证明……以您现在这个状态，我想这也不是什么难事……给，这是简明的操作手册……里面有您想要的所有信息……您准备去看全科医生吗？”

“呃……”

“如果他不熟悉这套操作流程，您只需告诉他下面这个条款号：401 A02.1。至于其他的手续，您可以去咨询您的保险顾问。”

“哦……好的……呃……什么是‘保险顾问’？”

当两人离开药店，走在人行道上时，波莱特摇晃了一下身体，说道：

“如果你带我去看医生，他们一定会马上把我关进老人收容所的……”

“咳！我的波莱特！冷静点……我永远也不会带您去看医生，我和您一样厌恶他们。别担心，会有解决办法的……”

“他们迟早会找到我的……他们迟早会找到我的……”她带着哭腔说道。

回家以后，她完全没了胃口，径直回到自己的房间，蜷缩在床上，就这样度过了整个下午。

“她怎么了？”弗兰克忧心忡忡地问道。

“没什么。早上我们想去药店买椅子，店员让我们去医生那里开证明，这让她感到很恐慌……”

“什么椅子？”

“呃……轮椅啊！”

“买轮椅做什么？”

“为了用轮子滚动前进，傻子！为了好好看一看这个世界！”

“你这是想干什么？她现在的状态很好！为什么你要让她像奥橘纳橙汁瓶子一样滚动向前？”

“天哪……你知道吗，你真的让人无法忍受！你为什么不自己照顾波莱特呢？你只要服侍她两天，就不会说出刚才的话！你的外婆很可爱，照料她在我看来并不是很大的问题，只是我和你一样，也需要出去走走、散步、开拓视野！对你来说，现在的日子再好不过了，你过得无比滋润，再也没有什么让你烦心的事了吧？不论是费里、波莱特还是你，日子过得都很舒心：工作、吃饭、睡觉，仅此而已……但是我，我的日子可不好过！我已经快窒息了！再说，天气正在一天天变好，我又是一个如此热爱闲逛的人……所以，我再和你重复一遍：让我照看老人，可以，但必须让我带着她到处走走，否则……”

“否则怎么样？”

“没什么！”

“别这么情绪激动……”

“是你逼我的！你那么自私，如果我不对你吼两句，你根本就不会想到要来帮我！”

弗兰克摔门而去，卡米耶则把自己关在房间里，闭门不出。

当她再次从房间里出来的时候，看见波莱特和弗兰克正在公寓门口摆弄一辆新的轮椅。老太太一副兴高采烈的样子，因为她最爱的外孙正在悉心照料着她。

“来吧，快坐上去，我的胖外婆。其实这就像骑摩托车一样，只有当你控制好了你的‘座驾’，才能行得稳，走得远……”

他蹲在波莱特面前，调试着她的“座驾”，说道：

“你的脚搁在这里还舒服吗？”

“挺好的。”

“那你的手臂呢？”

“扶手略高了一些……”

“好了卡米耶，过来试一下吧。因为以后推车的也主要是你，来，我来帮你调节一下把手的高度……”

“完成了。我现在要走了……你们陪我去上班吧，顺便试验一下这种新型的交通工具……”

“我可以推着它进电梯吗？”

“不行。你必须将它折叠了以后，再带进电梯。”弗兰克略带不快地说道，“还好她的腿脚还算灵便，不是吗？”

“快，快……系好安全带，我们要加速了，因为我已经迟到了。”

他们飞一般地穿过公园。在等红灯的时候，波莱特头发凌乱，却面色绯红。

“好了……再见，姑娘们。等你们到达加德满都以后，别忘了给我寄一张明信片……”

没走几步，弗兰克突然转过身，向卡米耶喊道：

“嘿！卡米耶！别忘了我们今天晚上的约定！”

“什么约定？”

“可丽饼之约……”

“天哪！”

她把手放到自己的嘴上，叫道：

“我竟然把这事给忘了……今天晚上我有事不在家。”

弗兰克呆了几秒。卡米耶继续说道：

“而且今天晚上的事情很重要……关系到我未来的工作……我无法更换时间……”

“那她怎么办？”

“我已经和费里说好了，让他帮忙照看一下……”

“好吧……太可惜了。我们只能自己吃了……”

他大失所望，跌跌撞撞地向前继续走去。

他新内裤的标签刮得他很疼。

14.

玛蒂尔德·达恩斯·凯斯莱尔是卡米耶见过的最美丽的女人。她很高挑（远比她的丈夫要高），很苗条，受过良好的教育，总是面带笑容。她毫无戒心地生活在我们这个小小的星球上，对任何事物都充满兴趣，却从不一惊一乍。她尽情地享受生活，偶尔也会愤愤不平，却总显得从容不迫。有时候，她也会把手放在你的手上，轻轻地和你说几句话。她通晓四五种语言，总是把自己的真实意图掩藏在一抹微笑背后。

她是如此美丽，以至于卡米耶从未想过要为她作一幅肖像画……

在她看来，为玛蒂尔德作画的风险太大，因为她过于富有生气。

卡米耶曾为她画过一幅速写，画的是她的侧影……她的盘发和耳环……后来皮埃尔把这幅画占为己有，但其实画中的人物并不是真正的玛蒂尔德。因为这幅画少了她低沉的声音、脸上的光泽和她微笑时脸庞上深深的酒窝。

她身上汇集了一个出身良好的女人所应该具备的所有特质：友善、傲慢、洒脱。她的父亲是一个著名的收藏家。她从小就生活在美丽的事物之中，这让她从不会为自己的财产、朋友、敌人、生活而斤斤计较。

她很富有。皮埃尔则敢于冒险。

在她丈夫说话的时候，她缄默不语。等到他一转身，玛蒂尔德便开始不动声色地弥补皮埃尔刚才说过的蠢话。皮埃尔善于发掘艺术界的新秀，他的眼光很准，几乎从不出错。弗勒斯和巴尔克斯就是他一手提拔起来的人才。而玛蒂尔德要做的，就是在新秀成名以后，将他们留住。

没有她留不住的人。

卡米耶至今还记得很清楚与他们初次相遇时的情景。那是在一次年底的展览上，凯斯莱尔夫妇前来观展，他们看上去是如此高贵，仿佛头上顶着一圈神圣的光晕……一个是知名画廊老板，一个是瓦特德·达恩斯的女儿……所有的人都期待他们的到来，大家怯生生地望着他们，暗中观察着两人的一举一动。当夫妻俩过来向他们打招呼时，卡米耶为自己和她不起眼的团队感到害臊……她垂下头，握了握皮埃尔的手，笨拙地说了几句恭维的话，眼睛却望着地面，恨不得马上找一个老鼠洞钻进去，就此消失。

那是十年前的一个六月……鸟群在学校的院子里齐声歌唱，卡米耶和她的伙伴们一边喝着劣质啤酒，一边恭敬地听着凯斯莱尔夫妇的讲话。然而卡米耶什么都没有听进去，她凝神看着皮埃尔的妻子。那天，她穿着一件蓝色上衣，腰间系着一条宽大的银色皮带，每当她轻轻晃动身体的时候，都让卡米耶心潮涌动……

这是一种类似一见钟情的感受……

随后，夫妇俩邀请这些学生前往戴尔非大街用餐，大家都喝了许多酒。饭后，卡米耶当时的男友让她把自己的作品拿给凯斯莱尔夫妇看，可她拒绝了他的提议。

几个月以后，她又去找了他们。可这次只有她一个人。

皮埃尔和玛蒂尔德拥有提埃坡罗、德加和康定斯基的作品，却没有自己的孩子。卡米耶从不敢和他们提及这个话题，心安理得地享受着他们对自己的庇护。可有时，她的表现也会让她的保护人感到失望……

“这都是些什么乱七八糟的玩意！你这是在胡闹！”皮埃尔怒吼道。

“你为什么不喜欢自己呢？为什么？”玛蒂尔德在一旁温柔地补充道。

从此，卡米耶再也没有参加过他们举办的任何画展开幕式。

私底下，皮埃尔也总会和玛蒂尔德谈起这个特别的姑娘：

“为什么她会成为现在这个样子？”

“人们爱她爱得不够。”他的妻子回答道。

“我们吗？”

“所有人……”

皮埃尔靠在玛蒂尔德的肩膀上，忧伤地说道：

“噢……玛蒂尔德……我的美人……为什么你就这样把她放走呢？”

“她会回来的……”

“不。她会把一切都毁掉的……”

“她一定会回来的。”

她后来确实回来了。

“皮埃尔不在吗？”

“不在，他今天晚上和英国人一起吃饭。我没有和他说你会来，我想单独和你待一会儿……”

这时，她瞥见了卡米耶手中拿的画夹。

“你……你带了什么东西吗？”

“啊，没什么……就是一幅我上次答应带给他的作品……”

“我可以看看吗？”

卡米耶没有应答。

“没关系，我等他好了……”

“是你画的吗？”

“呃……”

“我的上帝……如果他知道今天你带着作品来见他，他一定会欣喜若狂的……等一下，我打个电话给他……”

“不，不！”卡米耶回答道，“别麻烦了，我已经和您说了，这真的不是一件什么了不得的作品……这只是我们两人间的一场约定，类似一份房租收据……”

“好吧。走……一起去吃饭吧……”

他们家的一切都令人赏心悦目：视野、摆设、地毯、油画、餐具、烤面包机，所有的一切。就连他们的马桶也很漂亮，那是一件石膏的仿制品，上面刻着四行马拉美写在自家马桶上的诗句：

你释放你的肠子，
然后躲进一个阴暗的栖息地，
歌唱或抽烟斗，
但从不把手指放在墙上。

第一次见到这个马桶的时候，卡米耶无法掩饰自己惊讶的情绪，喊叫道：

“你……你们买下了马拉美的马桶？！”

“当然不是了……”皮埃尔笑着回答道，“是我认识一个在他们家做过模具的伙计……你见过马拉美生前居住过的房子吗？在维廉的那幢。”

“没见过。”

“有机会我们要带你去看一看……你一定会疯狂地爱上那个地方的……是的，疯狂地爱上……”

是的，他们家的一切都那么讨人喜欢，就连卫生纸也比其他地方的卫生纸显得更加柔软……

玛蒂尔德开心地说道：

“你真美！看上去气色很不错！短发非常适合你！你长胖了一点，不是吗？

看到你现在这个样子真让人高兴……是的，真让人高兴……卡米耶，你不知道我有多想你……那些所谓的才俊让我伤透脑筋……要知道，越是没有才华的人，就越是吵闹……皮埃尔对此并不在意，因为他有自己的事要忙，而我，卡米耶，至于我……你不知道我每天有多无聊……来，坐到我旁边来，和我说说……”

“我不善言谈……我还是把我的画册拿给您看吧……”

玛蒂尔德一边翻着画册，一边做着评论。

当卡米耶在为玛蒂尔德介绍个人的小小世界时，才意识到自己对其他三个人有多么的眷恋。

此刻，当她坐在十八区一套公寓里的两个波斯靠垫之间时，才真正意识到费里贝尔、弗兰克、波莱特已经成为她生命中最重要的三个人。她感到一阵不安。

在来凯斯莱尔夫妇家以前，卡米耶在埃菲尔铁塔前为虽坐在轮椅上却光彩照人的波莱特画了一幅速写。这幅速写暂时是画册上最后一幅画。从第一幅画到最后一幅画，其实只过去了几个月的时间，而她的生活却发生了翻天覆地的变化。现在握笔画画的人已经不再是从前那个无助的小女孩了……想到这里，她抖动了一下身体。要知道，她曾经毁掉了自己所有的绘画工具，许多年来都保持着停滞不前的状态……

今天晚上，有人等她回家……这些人完全不在乎她的价值何在……他们之所以爱她是由于其他原因……也许是因为那个真正的她……

为了真正的我吗？

是的，为了真正的你……

“怎么了？”玛蒂尔德不耐烦地问道，“你怎么不说话了？她是谁？”

“乔安娜，波莱特的理发师……”

“这又是什么？”

“这是乔安娜的短靴……很朋克，不是吗？我很难想象一个女孩可以穿着这样的鞋子站着工作一天。也许是出于一种对美丽事业自我牺牲的精神……”

听到这话，玛蒂尔德微笑了一下。这种鞋子看上去确实很可怕……

“还有他，他总是出现在你的画中，不是吗？”

“他是弗兰克，就是我刚才和您说起的那个厨师……”

“你不觉得他很帅吗？”

“您真这么认为？”

“是的……有点像提香笔下的法纳斯，但要比他年长十岁……”

卡米耶抬头望了望天，说道：

“无稽之谈……”

“才不是！我和你打赌！”

她说着，起身从房间拿了一本书回来。

“给，你看看：一样暗淡的眼神，一样微微颤动的鼻孔，一样方方的下巴，一样有些招风的耳朵……还有一样火热的内心……”

“无稽之谈。”卡米耶瞥了一眼画像，重复道，“我那位的脸上长满了粉刺……”

“天哪……你可真扫兴！”

“就这些吗？”玛蒂尔德遗憾地问道。

“呃，是的……”

“不错。真的很棒……简直精妙绝伦……”

“别这么说……”

“姑娘，请别反驳我。我虽然不知道该如何作画，却懂得欣赏好的作品……当其他孩子还在看木偶戏的时候，我的父亲已经带着我走遍世界各地，并把我架在他的肩膀上，为的是让我拥有一个更好的视野。所以，请别轻易反驳我……你可以把这本画册留给我们吗？”

“……”

“就当是送给皮埃尔的礼物……”

“好吧……要知道，这些只不过是我一时兴起胡乱完成的作品，不值一提……”

“是的，我明白。”

“你不等他了吗？”

“不了，我该回去了……”

“他一定会很失望的……”

“这应该不是他第一次对我感到失望……”卡米耶像个宿命者似的说道。

“你今天没有和我谈论过你的母亲……”

“真的吗？”她惊讶地问道，“这是个好兆头，不是吗？”

玛蒂尔德把她送到门口，亲吻了她一下，说道：

“是的，这是一个极好的兆头。好了……别忘了常过来看看我……你开那辆敞篷车来的话，只需经过几个码头就到了……”

“好的，我答应您。”

“还有，继续保持现在这种轻盈的状态，多做些让自己快乐的事……皮埃尔一定会和我唱反调，但你千万别听他的。别再听他们的话，不论是皮埃尔还是其他任何人的话……对了……”

“怎么了？”

“你需要钱吗？”

如果是在以前，卡米耶一定会说不。她已经说了二十七年“不”了。不，我过得不错。不，谢谢您的好意。不，我什么都不需要。不，我不想欠你们什么。不，不，放开我。

“是的。”

是的，我想我需要钱。是的，我再也不想回去做那个言听计从的走狗了，再也不想回去为雷塔尔或拉布达尔做牛做马。是的，我想有生以来第一次安安静静地工作。是的，我不想每次在弗兰克递给我三张钞票时，我的面部肌肉总在抽搐。是的，我变了。是的，我需要你们。是的。

“太好了。用这点钱把自己好好收拾一下吧……你现在的衣着，说实话……这件牛仔上衣，你已经穿了十年了……”

说得没错。

15.

她一边步行回家，一边望着古董店的橱窗。当她走到第一次和凯斯莱尔夫妇相遇的美术馆时（这就是所谓的命中注定吗，机灵鬼），她的手机响了。当她看到皮埃尔的名字出现在屏幕上时，下意识地合上了手机。

她走得越来越快，心脏猛烈地跳动着。

手机铃声第二次响起，这次是玛蒂尔德打来的，可卡米耶仍然没有接听电话。

她原路折回，穿过塞纳河。这条河流总是充满戏剧色彩，可以让人心情愉悦，也可以让人悲伤流泪。还有这座艺术桥，简直是巴黎最美丽的景点……卡米耶靠在艺术桥的栏杆上，按下了收听留言的三个数字……

您有两条新留言，今天，二十三点……她现在还有放弃收听的机会……哦！这太可惜了……

“卡米耶，赶快给我回电！要不我马上就冲过来找你！”皮埃尔在电话里咆哮道，“马上！听到了吗？”

今天，二十三点三十八分：“是玛蒂尔德。别给他回电，也别回来，我不想让你看到这番情景。你的买家正像一头母牛一般哭泣着……我可以很肯定地告诉你，这并不是一幅美丽的画面……不，其实这幅画面很美……甚至可以说相当美丽……谢谢你，卡米耶，谢谢……你听见他说的话了吗？等一下，我把电话给他，不然的话，我的耳朵一定会被他撕下来……”“福克，我要在九月为你办展，别和我说不，因为邀请函已经全部寄出了……”听到这里，她放下了手机。

卡米耶关上手机，为自己卷了一支香烟，随后在罗浮宫、法兰西学院、巴黎圣母院和协和广场的交会处，吸着烟。

美丽的眼睛，就像徐徐放下的幕布……

接着，为了不错过弗兰克的甜点，她收了收斜挎包的肩带，全速向家里跑去。

16.

厨房里弥漫着一股残羹冷炙的味道。所有的碗筷都已经被收拾好了。

公寓里没有一点声响和光亮，就连他们各自的房间里也没有透出任何的亮光……好吧……她难得想主动品尝一种食物……

她敲了敲弗兰克的房门。

他正在听音乐。

卡米耶站在弗兰克的床头，两手叉腰，对他吼道：

“这到底是怎么一回事？！”她生气地说。

“我们给你留了几个可丽饼……明天早上我再给你热一热……”

“怎么？！”她继续质问道，“你不准备和我上床了吗？”

“哈！哈！你真幽默……”

她开始宽衣解带。

“我的小伙子……你别以为事情就这么完了！既然你答应和我上床，就一定要给我高潮！”

当她把鞋子随手一扔之时，弗兰克坐起身，打开了床头灯。

“你这是干什么？你要去哪儿？”

“呃……我在脱衣服啊！”

“啊，不……”

“怎么了？”

“我不想以现在这种方式和你……等一下……其实很久以来，我就梦想着这一刻的到来……”

“把灯关了吧。”

“为什么？”

“我怕如果你在光亮中看到我的身体，就没有欲望再和我上床了……”

“可是卡米耶，停下！停下！”他吼叫道。

卡米耶沮丧地撇了撇嘴，说道：

“你真的不想吗？”

“……”

“把灯关了吧。”

“不！”

“关掉！”

“我不想以这种方式和你……”

“那你想以什么方式呢？你想带我到森林的河里去划船吗？”

“你说什么？”

“我说你是不是想带我去湖上划船，然后你读诗，我则把手放在湖里划水……”

“来，坐到我的身边来……”

“把灯关了吧。”

“好的……”

“把音乐也关了吧。”

“可以了吗？”

“可以了。”

“是你吗？”他惶恐不安地问道。

“是的。”

“你躺着还舒服吗？”

“不太舒服……”

“来，给你一个枕头……你刚才的约会进行得怎么样？”

“非常好。”

“你给我讲讲吧。”

“讲什么？”

“所有的一切。我什么都想知道。就今晚，我想知道所有，所有的一切。”

“你知道吗，我一旦开始讲述自己的人生……你也会有一种想把我拥入怀中的冲动……”

“啊……你被强奸过？”

“没有……”

“好吧……如果你愿意，我可以为你完成这个使命……”

“谢谢……你人真好……呃……我从哪里开始说起呢？”

弗兰克模仿着雅克·马尔丹在《粉丝学校》里的语调，说道：

“我的小姑娘，你从哪里来？”

“从梅东来……”

“从梅东来？”他惊呼道，“不错啊！那你的妈妈呢，她在哪里？”

“她总是在服用药物。”

“真的吗？那你的爸爸呢？他在哪儿，你的爸爸？”

“他已经去世了。”

“……”

“啊！小伙子，我可提醒过你！你身边避孕套总有吧？”

“卡米耶，别这样撩拨我，你知道得很清楚，我经不起考验……你的爸爸真的去世了吗？”

“是的。”

“发生了什么？”

“他坠落在一片空地上。”

“……”

“和我讲讲吧……来，再靠近我一点，我不想其他人听到我们的谈话……”

他说着，把被子盖在了两人的头上。

“说吧。现在没有人可以看到我们……”

17.

卡米耶交叉双腿，把手放在自己的肚子上，开始了她漫长的讲述。

“我曾经是一个普普通通、乖巧平凡的孩子……”她学着孩子讲话的音调，说道，“我吃得不多，但努力学习，并总是在画画。我是独女，没有其他的兄弟姐妹。我的爸爸叫让·路易，我的妈妈叫凯瑟琳。我想他们在相遇时是真心相爱的……其实我也不清楚，我从不敢和他们谈论这类话题……可当我开始画马和强尼·戴普在《龙虎少年队》里的英俊脸庞时，他们已经不再相爱了。这一点我很确定，因为那个时候爸爸不再和我们生活在一起。他只有在每周末的时候才会回来看我。我觉得他的离去是一件再正常不过的事，如果我是他，也会做出相同的选择。事实上，每周日的晚上我都很想和他一同离去，但我从未这么做，因为我要是真的和爸爸远走高飞，妈妈一定会再次自杀的。是的，我妈妈在我小的时候，自杀了很多次……好在，每次在她自杀的时候，我都不在现场……后来，我开始慢慢长大，她也就不再顾忌什么了……有一次，一个朋友邀请我去她家过生日。晚上，我的妈妈没有来接我，于是另一个同学的妈妈把我送到了家门口。当我走进客厅的时候，看见她正横躺在地毯上。后来，救护人员赶了过来，我不得不在邻居家住了十天。这件事情发生以后，我的爸爸和她说如果她再自杀，他就要夺回对我的抚养权，我的母亲这才收手，但还是会定期服用药物。我的爸爸告诉我他要出去工作，所以不得不离开我们，而我的妈妈却不许我相信他的话。每天，她都喋喋不休地和我说他是一个骗子、一个浑蛋，他现在有了新的女人，还有一个新的女儿，每天晚上，他都会亲吻她，哄她入睡……”

说到这里，卡米耶恢复了她原本的声音，继续讲道：

“这是我第一次谈起这段往事……你看，你的母亲至少在把你送上火车前，对你还不错，而我的母亲却每天用言语对我进行着精神折磨。每天……当然，有时她也对我很好……她会给我买毡笔，并向我重复说我是她在这个世界上的唯一幸福……

“当我的父亲回来的时候，他总会把自己关在一辆车里听歌剧。那是一辆破旧不堪的捷豹，轮胎都已经被拆卸了，但是没有关系，这并不妨碍我的爸爸开着它带我‘出去兜风’……他会说：‘小姐，我带你去里维埃拉，好吗？’那时，我总是坐在他的身旁，我特别喜欢那辆旧车……”

“那辆车是什么型号的？”

“MK什么的……”

“MKⅠ还是MKⅡ？”

“天哪，你不愧是个男的……我正讲着一个充满温情的故事，试着催你落泪，而你唯一感兴趣的部分，却是这辆车的型号！”

“对不起。”

“算了，没事。”

“好了，继续说吧……”

“呃……”

“你说道，‘小姐，我带你去里维埃拉，好吗’。”

“好的，我很愿意去那里。‘你带泳衣了吗？’他补充道，‘太好了……别忘了带上你的晚礼服，因为晚上我想带你去赌场转转……对了，记得带上你银色的狐狸毛披肩，卡艾乐山的夜晚还是挺凉快的……’我记得当时车里有一股很好闻的味道……是一种上等牛皮的味道……所有的一切都是那么的美好：水晶烟灰缸、精美的镜子、摇车窗的小巧把手、装手套的盒子、车里的木头……这辆车就像一条流动的飞毯，对我来说，充满神奇的色彩。‘我们运气好的话，在午夜之前就能够到达目的地。’他对我保证道。是的，我的爸爸就是这样一个人，一个可以全速开着一辆没有轮胎的轿车，在一个郊区的车库里带着我走遍天涯海角的梦想家……另外，他也是一个歌剧的狂热爱好者。所以我也在‘旅途中’和他一起听了很多歌剧选段：《唐·卡洛》《茶花女》《费加罗的婚礼》等。在听歌剧时，他还会为我讲述作品里的故事：蝴蝶夫人的忧伤；佩利亚斯与梅莉桑德无望的爱情，那是一种爱在心口难开的无奈；伯爵夫人的逸事；那个东躲西藏的智慧天使；当然还有阿琪娜的传说，这个总是把自己的求爱者变成野兽的美丽女巫……通常来讲，我可以肆无忌惮地在他面前畅所欲言，除了他抬手示意我沉默的时候。我记得在他听《阿琪娜》时，他总是抬手……回到我身边，这支曲子太欢快了……我总是无法安静地将它听完……事实上，我当时的话并不多。我很享受这个时刻，但偶尔也会想到他的另一个女儿。我想，她一定无法享有我的这些快乐……这些棘手关系对当时的我来说显得太过复杂……当然，现在我总算明白了：一个像他这样的男人是无法和我母亲这样的女人生活在一起的……我的母亲是那种到了饭点就会粗暴地把音乐关掉，会将我们的梦想像肥皂泡一样捏碎的人……我从没有见到过她幸福的样子，从没有看到过她脸上的笑容，而我……我的父亲，却是善良和友好的化身。在这一点上，他和费里贝尔很相像……他太过善良，以至于无法承受这所有的负担。他无法忍受他在自己小公主的心目中正一天一天变成一个浑蛋……于是有一天，他重新开始和我们一同生活……他每天睡在自己的书房中，周末离开……从那以后，再也没有在那辆老旧捷豹里完成的旅行，再也没有去萨尔兹堡或罗马的游览，再也没有去过赌场，也再没有在海边的野餐……随后有一天早上，我猜他那天一定很累……一定已经精疲力竭，他从一幢房子的楼顶跌落了下来……”

“他是跌下去的还是自己跳下去的？”

“他是一个优雅的人，他确实是跌下去的。那天，他和往常一样爬到屋顶上去检查房子的通风管。他在翻看文件时，没有注意自己双脚的摆放位置……”

“这件事情真是太疯狂了……你怎么看？”

“我没有什么特别的想法。随后就是葬礼。我的母亲在葬礼当天总是转身观望，想看看在教堂尽头是不是有其他女人也来参加他的葬礼……后来，她把那辆捷豹卖了，我从此便不再开口说话。”

“这种情况持续了多长时间？”

“好几个月……”

“后来呢？我可以把被子拉下来一点吗，我感觉快窒息了……”

“我也有点喘不过气来。后来，我成了一个孤僻、阴沉的女孩。我把医院的电话号码记在了本子上，可事实上，我从未拨打过这个号码……那时，我的母亲已经渐渐平静下来……她从一个习惯性自杀患者成为一个抑郁症患者。这不能不说是一种进步。我们的日子也因此过得比以前太平。我想，也许一场死亡对她来说已经够了……当时，我脑中只有一个想法：离开这里。我十七岁那年，第一次离开家，住到一个朋友家里……可是一天晚上，却看到警察和我的母亲出现在了她的门口……事实上，这个女人很清楚我的行踪，完全就没有报警的必要……用现在年轻人的说法，她的做法让我很难堪。我还记得当时我正和他们全家一起吃晚饭，一起热火朝天地讨论着阿尔及利亚战争……然后突然传来咚咚咚的敲门声，打开门一看，是警察。当时我特别不自在，但也担心激化矛盾，所以就乖乖地和他们走了……1995年2月17日，那天是我十八岁生日，在十七号午夜十二点零一分，我轻轻地把门带上，离开了这个家……之后，我通过了高考，进入了美术学院学习……我考得不错，是七十名入学者中的第十四名……在考查歌剧知识的考试中，我得了高分……在美术学院读书的时候，我刻苦努力，得到了老师们的一致赞誉……那个时候，我和我的母亲已经不再有任何联系。那个时期也是我混乱生活的开始，因为在巴黎生活的成本实在太高了……我一会儿寄宿在这个人那里，一会儿又搬到另一个人家中……我开始逃课……我尤其不喜欢那些理论课，我情愿游荡在各种绘画工作室里，我这么做的理由主要有两点：第一，我感到有些无聊……我也没有打入当时的主流美术圈，换句话说，我没有把自己当回事，所以别人也没拿我当回事。我当然称不上一个真正的艺术家，至多只是一个不错的实践者……在这样的情况下，很多人都建议我去小丘广场临摹莫奈和德加的名画……总之，当时的我很迷茫。我热爱绘画，可是比起在课堂上听教授讲造型艺术、布局、偶发行为这些无聊的理论，我更愿意画下他们上课时的样子。我清楚地意识到自己不属于当下这个时代。如果可以让我选择，我希望生活在16或17世纪，希望可以在那些大师的画室里当学徒：为他准备画纸、清洗画笔、调配颜色……我不知道自己当时为何会有这种想法，是否因为我还不够成熟、不够自我，或不够有创造激情？我也不清楚……第二个原因，是因为我遇到了一个不该遇见的人……故事很老套：一个背着画盒、拿着叠得整整齐齐抹布的女孩爱上一个陌生的天才。他是一个怀才不遇的鳏夫，忧郁、阴暗，犹如一个来自云端的王子……他有着埃皮纳勒人所有典型的特质：毛发茂密、历经沧桑、富有才华、体弱多病、对艺术充满渴求……他的父亲是阿根廷人，母亲是匈牙利人。这两种文化的融合，使得他的身上散发出一种特殊的迷人气质。当时，他住在一间非法占据的空屋里，就等着一个纯真痴情的姑娘在他痛苦创作的时候，为他做饭、打理他的生活……我心甘情愿地接下了这个使命。为了把我们的‘房间’布置得漂亮一些，我前往圣皮埃尔广场买了好几米长的墙纸，装点墙壁。为了锅里总有可口的食物，我四处打零工，维持两人的生活。好吧，其实我们用的那个器具根本就称不上‘锅’……后来，我放弃了自己的学业，盘腿坐在地上想着自己能从事什么样的工作……最更怕的是，我还对当时的生活状态感到十分自豪！每当我看着他作画时，都感到自己很重要……心想：我是他的亲人，又是他的灵感缪斯。总之，我是这个伟大男人背后的伟大女人，为他清空烟灰缸、煮饭、操持家务……"

说到这里，卡米耶苦笑了一下。

"后来我成为博物馆看管人，很聪明的选择，不是吗？从同事的身上，我看到了这份公职的伟大……但是老实说，我并不在意这些……总的来说，这是一段愉快的工作经历。可最后，我还是来到一家画室工作……虽然我只是一个普通的店员，但我敢说，我从画室里学到的东西远远比任何学校学到的东西都要多……那个时候，我总是睡眠不足，而这份工作的好处是可以让我安静地遐想……思考……但问题是，老板不许我在工作的时候作画……就算在小本子上画几笔素描也不行，就算店里空无一人，我也不能画画。要知道，有些时候，店里的顾客真的不多，但我除了思考人生以外什么也做不了。每当我听到一个顾客进来的脚步声时都会惊跳一下；每当听到老板进来的响声时，则会开始慌乱地收拾自己的绘画工具……后来，这成为塞让冯·迪克最喜欢的娱乐项目——塞让冯·迪克，我喜欢这个名字——他总是蹑手蹑脚地走进来，然后当场抓获正在做坏事的我。啊！你没看到，在命令我收起画笔的那一刻，那个白痴得意的样子！我看到他离开的时候，还会兴高采烈地分一分他的双腿，好让其间的睾丸尽情膨胀……然而对我来说，每当我受到惊吓的时候，就会下意识地抖动双手，这让我很烦恼。他的恶作剧不知道坏掉了我多少作品……啊，不！不能再这么下去了！所以，我想出了一个主意……是的，生活的历练已经在那时让我成长了不少，我开始贿赂他。"

"什么意思？"

"就是塞钱给他。我问他要多少钱才肯让我画画……三十法郎一天？他说要按小时计算，好吧……我还是答应了他的要求……"

"天哪……"

"没错，事实确实如此……我的塞让冯·迪克……"她若有所思地说道，"既然我们现在有轮椅了，哪天我要带着波莱特去和他打个招呼……"

"为什么要这么做？"

"因为我挺喜欢他的……虽然他有时有些狡猾，但总的来说，他是一个诚实的人。不像以前那些刁钻古怪的老板，就因为我没有给他们下楼买烟而在一天结束以后对我大吼大叫……唉，当时我真蠢，竟然还会在他们骂完我以后，下楼为他们买烟……”

“你为什么继续留下来为他工作？”

“因为我喜欢他。他自己也是一个出色的画家，我非常欣赏他的作品……他自由、不羁、随意、自信、苛刻……总之拥有所有和我相反的性格特质……他情愿张着嘴去死，也不愿意做出任何的妥协。当时我还不到二十岁，却每天花钱养他，因为我发自内心地欣赏他。”

“你可真够傻的……”

“是的……又不是……在度过了一个如此惨痛的少年时期以后，这是我所能成为的最好样子……他画室里的顾客总是络绎不绝，人们除了绘画和艺术，其他什么都不谈。虽然我们看上去荒唐可笑，却生活得很纯粹。当时，我们六个人吃两份饭，在冬天的时候冻得瑟瑟发抖，时常去公共澡堂前排队洗澡，却觉得自己比其他人生活得要好……就算我们这种想法在今天看来不可理喻，我仍然坚持认为这是一种正确的想法。至少我们当时充满激情……这简直是一种奢侈的情怀……是的，当时的我愚蠢却快乐。当我厌倦一家画室的时候，我就换一家画室工作；如果哪天我没有忘记给老板买烟，那天简直就是我的节日！不得不承认，那个时候我们喝酒喝得很凶……我也在那个时期养成了一些不好的习惯……后来，我就遇到了凯斯莱尔夫妇，具体细节我已经在那天和你讲过了……”

“我想，认识他们一定对你帮助很大吧……”弗兰克悠悠地说道。

“啊，是的……简直就是世界上最完美的相遇……噢……只要一想到他们，我就会浑身颤抖……”卡米耶有气无力地回答道。

“好了，好了……我懂了。”

“其实……”她叹了口气说道，“其实也没有那么糟糕……一开始皮埃尔的态度确实对我冲击很大，可我后来平静下来想了一想……发现这只不过是他自私的一种表现……”

“啊……”

“是的，呃……其实你也没有比他好到哪儿去……”

“对，可我不抽烟！”

两人在黑暗中相互微笑了一下……

“后来，我的生活每况愈下……我的爱人背叛了我……当我努力忍受塞让冯·迪克愚蠢的幽默感时，他却在外面寻欢作乐。之后，我们和好了，他却告诉我自己有时候会吸毒，但毒瘾不大，只是为了看上去潇洒不羁……唉，我一点都不想谈论这个话题……”

“为什么？”

“因为这个话题太过悲伤……你不知道这种该死的物品是以一种怎样的速度摧毁一个人的意志……‘为了看上去潇洒不羁’，呵呵，见鬼去吧！我又坚持了几个月，可最后还是回到了我母亲的家中。那时，她已经三年没有见过我了。她打开门对我说的第一句话是：‘我可告诉你，家里一点吃的都没有。’听到这句话以后，我泪流满面，然后在床上躺了两个月……那次，她对我的态度还不错，至少让我耳根清净，并尽其所能照料着我……当我从床上起来以后，我马上重新开始工作。那个时候，我每天就喝点粥，吃两口菜。喂？是弗莱德医生吗？在经过了一段充满声效、光影、情感，犹如电影一般的人生以后，我又过起了不值一提、只有黑白两色的生活。我每天看电视，每天到码头边散步的时候总会有一种眩晕感……”

“你想过了结生命吗？”

“是的。我想象着我的游魂随着‘回到我身边，我只愿爱你一个人’的曲调升向天空……我还看到我的爸爸微笑着张开双臂，对我说道：‘啊！小姐，您终于来了！您马上就会发现，这里比里维埃拉更美丽……’”

说到这里，卡米耶低声哭泣起来。

“别哭……”

“不，我就是想哭。”

“那你哭吧。”

“不错，看来你这个人并不复杂……”

“是的。我有很多缺点，但我一点都不复杂……你希望我们结束今天的谈话吗？”

“不。”

“你想喝点什么东西吗？来一杯波莱特以前给我做的带有橘香的热牛奶？”

“不用了，谢谢你……我说到哪儿了？”

“眩晕感……”

“是的，眩晕感……老实说，人们当时只要轻轻碰一下我的后背，就能将我推倒。然而，有一天拍我肩膀的却是一个戴着黑色羊皮手套的人，我还记得手套的皮质很软……那天，我正盘腿坐在一把椅子上临摹着华多笔下的人物，这个人悄无声息地来到了我的身后……事实上，我认识这个人，我经常看到他在学生周围转来转去，并偷偷观察他们的作品……我之前还以为他是想搭讪哪个年轻学生，因为他总是喋喋不休地找学生们搭话。我甚至一度还很难分辨他的性别，但我很欣赏他的仪态……他总是穿着高档长大衣、优雅西服，戴着丝质的围巾……暗中观察他是我当时的消遣方式之一……言归正传，那天我正潜心作画，只看到画册下突然出现了一双精致、被擦得锃亮的皮鞋。‘小姐，我可以冒昧地问您一个问题吗？您有道德底线吗？’我暗想他提这个问题的意图所在，是想和我去开房吗？对了，我到底有没有道德底线？我贿赂塞让冯·迪克，梦想着毁坏所有经典之作。于是我回答他‘没有’。就是因为这个打肿脸充胖子的回答，我再次将自己带入一种狼狈的处境……这一次的糟糕程度简直无与伦比……”

“什么意思？”

“就是非常糟糕的处境。”

“你做了什么？”

“和以前一样的事……只是我不再居住在一间非法占据的空屋里，不再为一个脾气狂躁的人做牛做马，而是住进了欧洲最豪华的酒店，为一个骗子服务……”

“你……你难道是……”

“妓女？不是。你都想哪儿去了……”

“那你到底在做什么？”

“我在做假货。”

“假币？”

“不是，是假的名画……最可怕的是，我还觉得这份职业很有意思！尤其是在开始的时候……后来这份工作逐渐演变成了一种奴役，但开始的时候，我确实觉得很有趣。我生平第一次感到自己是有用的！而且，我和你说，我当时真的过着一种穷奢极侈的生活……没有我得不到的好东西。如果我冷了，他们会送给我最高档的开司米羊绒衫。你见过那件我总是穿在身上的蓝色带帽毛衣吗？”

“见过。”

“一万一千法郎……”

“不会吧？”

“真的。我当时有十几件类似的毛衣……如果我饿了，只要一个电话打给客房服务中心，就会有人送新鲜龙虾到我的房间。如果我渴了，便可以畅饮香槟！如果我感到无聊，无数演出、音乐会、购物活动就会等着我去参加！总之，不论我要什么，只需告诉维多里奥，便可如愿……我唯一不能说的一句话是‘我不想干了’。一旦听到这句话，一向儒雅的维多里奥就会瞬间变成一个恶魔，他通常会这么回答我：‘如果你走，你永远都别想翻身……’他说得没错，我为什么要走呢？我在这里过得很好，集万千宠爱于一身，我过得很开心，爱做什么就做什么：前往所有神往已久的博物馆，结识有趣的人，到了晚上还老是走错旅馆房间……我不确定是不是真的，但我觉得我可能和杰瑞米·艾恩斯上过床……”

“谁？”

“天哪……你真是没救了你……好吧，其实他是谁并不重要……总的来说，我当时生活得很滋润：我成天看书，听音乐，还可以赚钱……然后，有时候我静下来想一想，这种生活简直和自杀无异……我的生活越是安逸，这种念头就越发强烈……而且，那个时候我已经脱离了主流社会，脱离了曾经的朋友，脱离了现实、道德、正途和我自己……那时，大多数人都很鄙视我的生活状态。特别是凯斯莱尔夫妇，他们对我怨恨至极……”

“你总是不停地在工作吗？”

“是的。虽然需要我仿制的名画数量并不多，却因为技术的原因（色泽、载体等），时常要把同一幅画复制千遍……其实，临摹名画最复杂的地方在于还原一种古旧的感觉。当时，一个名叫让的荷兰人和我一起工作，他总是及时向我提供那些老旧的画纸。确切地说，他的主要任务就是穿越世界各地，然后带回来一卷卷带有历史感的画纸。他的身上有一种科学怪人的疯狂，总是坚持不懈地试图把新的东西做成旧的东西……我从没有听他说过一句话，总之，他是一个传奇的人物……渐渐地，我失去了时间概念……在某种程度上来说，我沉沦在这种毫无意义的生活中，不能自拔……也许表面看上去，我生活得很体面，但其实我已经逐渐成为一片残骸，一片光鲜的残骸……我穿着量身定做的衬衫，生活得无忧无虑，却对自己深恶痛绝……我不知道如果莱昂纳多当时没有拯救我，这种可悲的生活状态该如何收场……”

“哪个莱昂纳多？”

“莱昂纳多·迪·达·芬奇。当我得知他们要我临摹达·芬奇的作品时，一种恐慌的感觉顿时袭来……在此之前，我模仿的都是些小画家的作品：素描、肖像画等。我们随后把这些作品卖给那些大胆的商贩。然而现在，他们竟然让我仿制达·芬奇的作品，这简直就是在胡闹……我和他们说了我的想法，却没有一个人在意我说的话……维多里奥那时候的野心已经过于膨胀……我不知道他到底如何处置他的那些钱，但我感觉他赚得越多，就越缺钱……他一定有他自己的苦衷……于是我便不再言语。说到底，这些都不是我应当关心的问题……我回到罗浮宫，设法获取了一些私密的资料，并仔细琢磨，对内容了然于胸……维多里奥要的可不是那些不值一提的作品。他那时经常对我说：‘你看到这份资料了吗？你可以从中获取灵感，但是这个人物，你一定要保留在你的作品中……’那个时候，我们已经不再居住在豪华的酒店中，而是住进了一座带有家具的宽敞公寓里。表面上，生活风平浪静，我照常顺从地完成着自己的工作，可却在隐隐地等待一场狂风暴雨的到来……维多里奥变得越来越狂躁不安，他毁坏地毯，还总是到处吐痰。一天早晨，他像个疯子一样冲进了我的房间，惊慌失措地对我说道：‘我必须离开这里，但你哪儿都别去，明白吗？没得到我的同意，你不许离开这里半步！听懂了没有？哪儿都不许去！’晚上的时候，我接到一个陌生男子的电话，他只对我说了一句‘把一切都烧毁’，就挂断了电话。好吧……我照做了，我把所有的假画都收集起来，然后放到水槽里将它们烧毁。随后，我又在公寓里等了几天……我不敢出门，也不敢看窗外，已经濒临疯癫。一个星期以后，我离开了这座公寓。我当时饥肠辘辘，特别想抽烟，我已经没有什么可以失去的东西了……我步行回到梅东，却发现自家的房子上挂着一块‘待出售’的牌子。难道她死了吗？我翻过墙，睡在了车库里。后来，我回到了巴黎。漫无目的地行走了很久，最后回到了住过的那座宽敞公寓，在房子周围游荡了很久，心中默默期待维多里奥的出现……我当时身无分文，没有指南针，没有前行的方向，总之什么都没有。我就这样穿着那件一万法郎的开司米羊绒衫，又在街上度过了两个夜晚。我不时地问路人要根香烟，后来却被人偷走了大衣。在第三个晚上的时候，我敲响了皮埃尔和玛蒂尔德家的门，等他们开门的时候，一下晕倒在了他们的面前。在凯斯莱尔家养好身体以后，他们把我送到这里，送到八楼的那间陋室里。一周以后，我坐在地上思考着未来可以从事的职业……我当时很迷茫，但有一点很确定，就是我这一生都不想再拿起画笔作画了。那个时候，我还没有做好回归现实世界的准备，人群让我感到很恐惧……于是我便成为夜晚才出来工作的空间美容师……我就在这样的状态中，生活了一年多的时间。其间，我重新找到了我的母亲。她从没问过我离家以后的生活经历……我不知道她这么做事出于谨慎还是漠不关心……我没有深究，我不允许自己这么做，因为除了她以外，我已经一无所有……

“这真是一个莫大的讽刺……我曾经想尽一切办法远离她，而现在却……一切都回到了原点……我苟且地生活着，不允许自己独自喝闷酒，并试图在那间十平方米的陋室里找到一个安全出口……后来，我在初冬的时候再次病倒了，于是费里贝尔扶我下楼，一直把我带到隔壁那间卧室里……后面的事情，我想你已经知道了……”

一阵长久的沉默。

“天哪……”弗兰克发出了数遍相同的感叹，“天哪……”

他坐起身，双手交叉放在胸前，说道：

“天哪……你的生活真是……太疯狂了……那现在呢？你现在打算做什么？”

“……”

她酣然入梦。

他把被子一直盖到她的鼻子，随后拿着自己的衣物，蹑手蹑脚地走出了房间。现在他已经了解了这个女孩，他再也不敢平躺在她的身旁。再说，她已经占据了所有的位置……

所有的位置。

18.

他茫然不知所措。

他在公寓里游荡了一会儿，随后走进厨房，打开橱柜，向里面张望了一下，摇了摇头，然后关上了橱柜的门。

窗檐上放着一颗已经干瘪的莴苣，弗兰克把它丢入垃圾箱。随后他拿着一支铅笔坐下，想要完成之前的作品。在画到眼睛时，他犹豫了一下……到底应该在触角旁画两个小黑点，还是就画一个黑点？

……就连一只蜗牛他都画不好！

好吧，就画一个黑点，这样显得更可爱一些。

他重新穿好衣服，推着自己的摩托车，夹着屁股，蹑手蹑脚地经过门房间。皮克看着他，没有发出任何声响。我的小伙子，表现得不错……等到夏天的时候，我将送你一件鳄鱼牌上衣，你可以穿着它去引诱那些姑娘……他又走了几米，才踢了一下马达，开始在黑夜中驰骋。

弗兰克在第一个路口左转，随后笔直前行。等他到达大海的时候，他把头盔放在自己的肚子上，然后便开始欣赏海员捕鱼的盛况。其间，他会不时地和摩托车说上几句话，好让它对现在的情况有一个更清晰的认识……

他隐约有种快要崩溃的感觉……

也许是风太大了？

他抖动了一下身体。

对了！这正是他刚才苦苦寻觅的东西：一杯咖啡！此时，他的想法也逐渐开始变得清晰起来……他沿着港口走了一会儿，看到一家还在营业的小酒馆，便走了进去。小酒馆里满是闪着亮光的防水衣,弗兰克点了一杯果汁，坐了下来。等他再次抬头时，看见镜子的倒影里出现了一个老相识的面孔：他自己。

“呃……你竟然在这儿？”另一个弗兰克面露惊讶，无声地问道。

“是啊……”

“你在这儿做什么？”

“我过来喝一杯咖啡。”

“看看你，你的脸色可真糟糕……”

“我很累……”

“你不想来点艳遇吗？”

“不想。”

“好吧……你今天晚上难道没有和一个女孩在一起吗？”

“她都称不上一个真正的女孩……”

“那她是什么？”

“我也不清楚。”

“天哪，我的老伙计……咳，老板！快过来把他的杯子洗一洗，我的朋友想要一醉方休！”镜子里的幽魂叫嚷道。

“不，不……你别管……”

“别管什么？”

“什么都别管。”

“你到底怎么了，拉斯德菲尔？”

“心痛……”

“噢！你陷入爱河？”

“很有可能……”

“哈！这可是一个好消息！开心起来，我的老伙计！庆祝起来！快跳到吧台上！尽情歌唱！”

“别说了。”

“怎么了？”

“没什么……她……她很好……简直太好了，我配不上她……”

“才不是呢……别说这些蠢话！世界上从来都没有什么配不配得上的问题，尤其是对于女人来说！”

“我已经和你说过了，她不是一个女人……”

“难道你爱上了一个男人？！”

“不是……”

“一个机器人吗？是劳拉·克劳馥吗？”

“比她还要好……”

“比劳拉·克劳馥还要好？噢，我的上帝！阳台上围观你们的人一定不少吧？”

“我估计她的胸围只有85A左右……”

弗兰克的影子微笑了一下，说道：

“好吧……你爱上了一块‘平板’，还为此一蹶不振，我好像有些明白了……”

“不，你什么都不懂！”弗兰克高声咒骂道，“其实一直以来，你什么都不明白！你总是带着一副不可一世的嘴脸，好像这样就能抹去你什么都不懂的事实一样。你从小就让周围所有人都感到头疼！你不是要安慰我吗，那好，我告诉你，这个姑娘讲的话，我有一半都听不懂，你明白吗？在她身边，我感觉自己就像一个废物一样。看看她那传奇的人生经历……我不是和你说笑……我已经准备放弃了……”

他的影子做了一个鬼脸。

“怎么了？”弗兰克咕哝道。

“你太好斗了……”

“我已经有所改变了。”

“不……你只是太累了……”

“二十年来，我每天都很累……”

“她到底经历了些什么？”

“全都是一些离奇的事情。”

“太好了！你只要让她有一种不同的人生体验，就能俘获她的芳心！”

“什么？”

“嘿！你是故意的吗？”

“不是。”

“就是。你故意让我对你产生同情……好了，静下心来思考一下，我相信你会找到答案的……”

“我很害怕。”

“这是一个好兆头。”

“是的，可如果我……”

此时，镜子里的人像开始变得模糊起来。

“先生们……”老板娘高声叫喊道，“你们的面包来了。谁点了三明治？是你吗，小伙子？”

“是的，谢谢您。”

是的，谢谢。

是在墙壁里，还是其他地方……

我们以后就知道了。

集市上，商贩已经陆续摆好了摊位。弗兰克在一位花商装货的卡车底下，买了一些花。小伙子，你有零钱吗？付完钱后，他把花束藏在了自己的外套里。

送花是一个不错的开始，不是吗？

小伙子，你有零钱吗？怎么了，老太太，怎么了？！

他生平第一次看着初升的太阳，向巴黎驶去。

费里贝尔正在浴室里洗澡。弗兰克把早餐端到波莱特的床头，并吻了吻她的脸颊。

“怎么了外婆，你感觉不舒服吗？”

“你怎么全身如此冰凉？你刚才又去哪儿了？”

“没去哪里……”他说着，站起身来。

他的毛衣散发着一股含羞草的芳香。由于没有找到花瓶，他只得用一把切面包的刀把一个塑料瓶子一分为二。

“咳，费里！”

“等一下，我正在倒巧克力粉……你为我们写好购物清单了吗？”

“写好了……告诉我，如何拼写里维埃拉？”

“开头记得大写，单词里也没有任何重音符号。”

“谢谢。”

里维埃拉上的含羞草……写完之后，他折好字条，把它压在“花瓶”底下，并在一旁附上了那只独眼蜗牛像。

他剃着胡须。

“我们前面说到哪儿了？”弗兰克的复制品再一次出现在镜子里。

“好了，没事了。我会想办法解决的……”

“好吧……那祝你好运了。”

弗兰克的脸抽动了一下，随后默默地在嘴巴周围涂上剃须后用的润肤液。

他迟到了十分钟，会议已经开始了。

“我们的帅哥来了……”主厨向大家提醒道。

弗兰克微笑着坐了下来。

19.

每当弗兰克筋疲力尽时，他都会不慎烫伤。他手下的伙计坚持要处理他的伤口，弗兰克最终只得默默地将手臂伸给了他。他已经再也没有抱怨和承受痛苦的精力了。他就像一台突然爆炸的机器：功能失灵、停止工作、全线瘫痪……

他踉踉跄跄地回到家中，调好闹钟，以防自己一觉睡到第二天清晨。他甚至都没有力气解开鞋带，只是胡乱蹬了两脚，把鞋踢飞在了地上，随后双手交叉摆在胸前，一头栽倒在了床上。他一不小心碰到了自己的伤口，在沉沉睡去之前，发出了一声哀叹。

他就这么睡了一个多小时，突然在睡梦中感到轻盈的卡米耶爬到了自己的身上。是的，这个姑娘是如此轻盈，不可能是别人，一定是卡米耶……

可惜，他看不到她是否全身赤裸……她平躺在他的身上，腿对着腿，肚子对着肚子，肩膀对着肩膀。

她把她的嘴唇贴到了他的耳朵上，低声呢喃道：

“拉斯德菲尔，我要强奸你……”

听到这话，他在睡梦中微笑了一下。首先这是一句动人的疯话，其次她轻柔的呼吸已经慢慢将他推向了深渊……

“是的……我们还是走到了这一步……我之所以强奸你，是因为这是一个把你拥入怀中的绝佳理由……别动……如果你敢反抗，小心我把你勒死，我的小伙子……”

为了不让自己从梦中惊醒，弗兰克想把所有的东西都揽入怀中：她的身体、双手和被单。可这时，有人抓住了他的手腕。

剧烈的疼痛感让弗兰克意识到自己并不是在做梦。在感到疼痛的同时，他也被一种强烈的幸福感包围。

当卡米耶把自己的手放在弗兰克的手心里时，发现他的手正在冒汗。

“你不舒服吗？”

“是的。”

“太好了。”

她开始扭动起来。

他也是。

“咳！”她生气地说道，“别动，让我来……”

她从嘴里吐出一块塑料片，先把手放在他的头上，随后移到脖颈，然后渐渐往下，随后抓住他的腰。

她进入了他的身体，在无声中进行了几个来回以后，她突然抓住他的肩膀，挺了挺胸，在极短的时间内达到了性高潮。

“你已经达到高潮了？”他略带失望地问道。

“是的……”

“哦……”

“我太饥渴了……”

弗兰克重新将手臂放到了她的背上。

“对不起……”她补充道。

“小姐，道歉已经不起作用了……我要起诉你。”

“好的，很荣幸……”

“但我不会马上就起诉你……因为我现在感觉很棒……就这样，别动，求你了……啊……”

“怎么了？”

“我把烫伤膏药弄得你全身都是……”

“没关系的。”她微笑着说道，“反正涂了以后总会有些用处的……”

弗兰克闭上双眼，有一种中了头彩的感觉。卡米耶是一个如此温柔、聪明、调皮的女孩。哦……感谢上帝，真的谢谢……这一切都太过美好，简直就像是一场虚假的梦境。

两个身上黏黏糊糊、充满油腻的人盖着一条散发着肉欲和伤痛的被子，再次沉沉地睡去。

20.

卡米耶不知在何时醒来，在准备照料波莱特前，先顺便关掉了弗兰克的闹钟。没有人敢轻易惊醒他。不论是他漫不经心的室友，还是顶替他工作却没有半句怨言的主厨。

这个可怜的人，他一定承受了很多的痛苦……

他在午夜两点的时候走出自己的房间，敲响了走廊尽头那间卧室的房门。

他跪在她的床垫上。

她正在看报纸。

“嗯……嗯……”

她放下报纸，抬起头，假装惊讶地问道：

“有什么事吗？”

“嗯……长官先生，我……我想过来报案……”

“有人偷了您的东西吗？”

咳，好了！冷静点！他可不会回答她“我的心肝”或类似词句……

“我的意思是……呃……昨天有人闯进了我的家里……”

“真的吗？”

“是的。”

“当时您在家吗？”

“我正在睡觉……”

“您看到什么了吗？”

“没有。”

“这可麻烦了……您至少可以肯定确实有人闯入您的家中吧？”

“不能。”他不好意思地回答道。

她叹了口气，说道：

“您的讲述非常模糊……我知道回忆具体细节不是一件让人愉快的事，但……您要知道……为了更好地帮助您，您最好向我们重现一下当时的情景……”

“啊？”

“没办法，您必须这么做……”

他刹那间就向她扑了过去。她惊喜地尖叫了一下。

“你知道吗，我也和你一样饥渴！我从昨天晚上起就没吃过什么东西，现在轮到你做我的玛丽·波平斯了！我的肚子早就饿得咕咕叫了……怪不好意思的……”

他狼吞虎咽一般将她从头到脚吞噬了一遍。

他首先吻了吻她脸上的雀斑，随后把她当食物一般进行啃食、啄食、咀嚼、舔舐、吮吞、小口品尝、轻轻地撕咬，恨不得吸食她的骨髓。整个过程，让她得到了极大的快感，她也热烈地回应着他。

他们不敢交谈，甚至都不敢彼此对望一眼。

这样的状态让卡米耶感到有些难过。

“怎么了？”弗兰克担忧地问道。

“先生……我承认这些规定很愚蠢，但为了归档，我们必须持有两份情景重现的记录。对不起，我刚才在记录的时候忘记放复写纸了……所以现在我们不得不重新开始所有的流程……”

“现在？”

“不，不是现在。但是最好也不要拖太久……时间长了，人们很容易遗忘一些细节……”

“好吧……那您……您认为我会得到赔偿吗？”

“不太可能……”

“您知道吗，她偷走了我的全部家当。”

“全部家当？”

“几乎全部家当……”

“她可真厉害……”

卡米耶挺直身体，平躺在床上。她把下巴放在弗兰克的手心里。

“你真美。”

“别这么说……”她说着，又朝他的臂膀里挪动了一下身体。

“你说得对。你并不美丽，你很……我也不知道该怎么形容……你很有生气……你身上的一切都充满了生气：你的头发、眼睛、耳朵、小鼻子、大嘴巴、双手、可爱的屁股、长腿、鬼脸、声音、柔情、沉默，你的……”

“你是想说我的身体构造吗？”

“是的……”

“我并不美丽，但我的身体构造充满生气。真是一段动人的表白……人们从没有这么形容过我……”

“别和我玩文字游戏。”他气急败坏地说道，“这对你来说太容易了……呃……”

“什么？”

“我比之前更加饥饿了……我现在真的要起来吃点东西了……”

“好吧，那再见了……就像大家常说的，‘放开肚子去吃吧’。”

他惊慌地问道：

“你……你不想让我给你带点吃的吗？”

“你准备给我带什么好吃的？”她伸了个懒腰问道。

“你想吃什么，我就给你带什么……”

她思考了一会儿，回答道：

“……没什么特别想吃的……你把所有的食物都拿来吧……”

“好的。遵命。”

他靠在墙壁上，膝盖上放着一个托盘。他开了一瓶酒，为她倒了一杯。她随即放下了手中的画册。

两人碰杯。

“为了我们的未来……”

“不，千万不要。为了现在的美好时光。”她纠正道。

啊。

“未来，呃……你……你改什么……”

她直视着他的双眼，说道：

“弗兰克，你别吓我，你不会是动真情了吧？”

他感到被人狠狠掐了一下脖子。

“呃……你疯了还是什么？当然没有！”

“啊！你吓我一跳……我们两人已经在一起做了那么多蠢事……”

“是的，你说得对。但你不会认为相爱也是一件蠢事吧？”

“是的，我确实是这么认为的。”

“啊？”

“你愿意的话，我们可以做爱、干杯，拉着手一起散步，你可以一把抱住我的脖子，让我肆意地侵蚀你的身体，但是……我们千万不要动真情……求你了……”

“好的。我记住了。”

“你在画我吗？”

“是的。”

“你把我画成什么样？”

“就是我看到你的样子……”

“我还不错吧？”

“我很喜欢你。”

他舔了舔了自己的盘子，放下自己的酒杯，随后顺从地继续处理那些“恼人的行政手续”。

他们这次做爱的节奏很慢，当他们各自满足完欲求滚到床的一边时，弗兰克有一种濒临深渊的感觉，他对着天花板说道：

“好的，卡米耶。我永远也不会爱上你。”

“谢谢你，弗兰克。我也不会。”

第五部

1.

一切似乎都没有变化，却又好像全都发生了改变。弗兰克渐渐没了胃口，卡米耶却日益容光焕发起来。巴黎也一天一天变得更加美丽、晴朗、令人愉快。路上行人的脸上总是堆满了微笑，柏油马路仿佛也变得充满弹性。一切都显得唾手可得，世界的轮廓显得更加清晰，整个世界也显得越发轻盈。

香街上的微气候现象？地球变暖警告？失重状态的暂时消失？再也没有什么事情对我们来说显得无足轻重或充满意义。

他们就这样从一张床辗转到另一张床，从这张床垫移动到另一张床垫。他们经常平躺在一起，一边交换着绵绵情话，一边相互抚摸着对方的背部。他们两人谁都不想在对方面前裸露身体，总是执着又笨拙地认为在沉沦于欢愉之前必须裹着床单，来保护各自的贞洁。

他们是稚嫩的学徒还是第一张草图？总之，两人都全神贯注，在沉默中努力钻研着。

皮克穿上了它的新外套，佩尔耶尔太太则拿出了她种着鲜花的花盆。她暂时还没有放出她的鹦鹉，因为现在放出来，还为时过早了一些。

“来，来，来。”一天早晨，她对卡米耶叫道，“我有东西给您……”

这是一封来自阿尔莫海岸的信。

1889年9月10日：我喉咙里的堵塞物正在慢慢消失，虽然我现在

吃东西的时候仍有些困难，但情况已经好转很多了。谢谢你。

卡米耶翻过卡片，看到了凡·高那张激情昂扬的脸庞。

她把这张卡片夹进了自己的画册里。

卡米耶和波莱特虽仍然是莫诺普里超市的常客，但对她们来说这家超市的魅力已经大不如前。多亏了费里贝尔送给她们的三本书——《巴黎的神秘之地》《300个你一定要去的巴黎地标》，以及《巴黎茶坊指南》，卡米耶望了望天，停止数落自己街区的不是。因为根据书中的内容，这里可是一片“新艺术”的圣地。

从那以后，两人每天都长途跋涉，从布塞日大街一直走到伯特肖蒙公园，途经北部旅店和圣文森特公墓。那天，她们正和莫里斯·郁特里罗及欧仁·布丹一起在马塞尔·埃梅的坟墓旁野餐。

“泰奥菲尔·亚历山大·施德林是一位伟大的画家，尤其擅长刻画猫的形象和悲惨的人间百态。他在一棵树下长眠，这棵树位于公墓的东南部。”

卡米耶把公墓介绍放在自己的膝盖上，重复道：

“‘尤其擅长刻画猫的形象和悲惨的人间百态。他在一棵树下长眠，这棵树位于公墓的东南部……很优美的介绍，不是吗？”

“为什么你总是带我来死人住的地方？”

“什么？”

“……”

“我的小波莱特，那您想去哪儿呢？去酒吧吗？”

“……”

“咳！波莱特！”

“回家吧。我累了。”

这一次，她们又碰到了一个因为轮椅问题而给她们脸色看的出租车司机。

这真是一件检验傻瓜的绝佳工具……

她感到很累。

一种越来越劳累、越来越沉重的感觉。

卡米耶不想承认，可她却越来越深切地感受到现在给波莱特穿衣、喂食、交谈都变得愈加艰难，简直就像一场战斗。事实上，她和波莱特之间进行的根本就不是一场交谈，充其量只能称为一次问答。这个倔强的老太太说什么都不肯去看医生，那位包容的年轻姑娘也从不违背她的心愿行事。首先，个性使然，卡米耶从不逼迫别人做他们不愿做的事。其次，说服波莱特的工作也应该由弗兰克来完成。然而，当她们前往图书馆时，波莱特却经常一头扎进那些医学杂志和著作，阅读关于脑功能退化和阿尔茨海默病的文章。卡米耶则在一旁收拾着自己的“潘多拉宝盒”，心里暗想：如果她不想治病，不想了解当今世界，不想吃完盘子里的食物，如果她喜欢在睡衣外面套一件大衣就下楼散步，自己都不会做出任何的干涉，因为这些都是她的权利，她最正当的权利。卡米耶不想让她感到厌烦。每当老太太感到闷闷不乐的时候，都会喋喋不休地向她讲述自己的过往、母亲、那些收获葡萄的夜晚、差点淹死在罗艾河里的神父先生（他在捕鱼的时候，一不小心把渔网钩在了自己长袍的纽扣上），以及她的花园。也只有当波莱特谈论起自己的花园时，她黯淡的眼神中才会透出一丝光亮。卡米耶再也找不到比这更好的话题了……

“您种的生菜都是些什么品种？”

“五月皇后或者是懒惰的金发女郎。”

“那胡萝卜呢？”

“当然是帕莱索……”

“那菠菜呢？”

“呃……菠菜的话……怪物维罗非尔。这种品种长得不错……”

“您是如何记住所有这些名字的？”

“我到现在还记得这些蔬菜的包装袋……那时，我每天晚上都会翻阅《威马商品图册》，就像其他人念诵弥撒经本一样虔诚……我真的很喜欢读那本手册……我的丈夫在看他的杂志时梦想拥有一个子弹夹，而我则想种植更多的植物……你知道吗，当时有很多人从远方慕名前来，参观我的花园……”

卡米耶让她坐在阳光下，自己则一边聆听她的故事，一边为她作画。

卡米耶为她作画的次数越多，就越喜欢这个可爱的老太太。

如果没有那台轮椅，她会不会为了自己站立而做出更多的努力？卡米耶是否为了加快前进速度，请求她坐上轮椅，而这一做法恰巧消磨了她的意志，让她变得更像个孩子？很有可能……

对此，她无能为力……当下的生活随时都有可能化为无人问津的回忆，所以两人现在所有的经历、相互交换的眼神、紧握的双手都显得弥足珍贵。无论是弗兰克还是费里贝尔，都无法理解她们逐渐建立起来的深情厚谊。也没有医生说过一个老人不可以重新回到八岁时嬉戏过的河流旁，像一个孩子一样哭喊着："神父先生！神父先生！"因为，如果当时神父就是这么淹死的，对于所有唱诗班的孩子来说都将是一场地狱般的浩劫……

"当时，我把我的念珠扔给了他，想帮一把这个可怜的人……也就是在那一天，我想我丢失了信仰。因为陷入困境的神父并没有向上帝祷告，而是大声叫喊着他的母亲……这一做法让我产生了疑心……"

2. 

"弗兰克？"

"嗯？"

"我有点担心波莱特的身体状况……"

"我知道。"

"我们该怎么做？逼迫她去做身体检查吗？"

"我想我该把我的摩托车给卖了……"

"好吧。你毫不在意我说的话……"

3. 

他并没有卖掉自己的摩托车，而是换了一辆高尔夫轿车。整个星期他都意志消沉，却没有过多地把不快写在脸上。周日的时候，他召集费里贝尔和卡米耶，一起站在了波莱特的床头。

他们运气不错，今天外面晴空万里。

"你今天不上班吗？"波莱特向他问道。

"呃……今天我没什么心情工作……对了……昨天开始就入春了，不是吗？"

其他人支支吾吾，不知该如何作答。这也难怪，他们之中，一个整天泡在一堆艰深难懂的天书里，另外两个已经没有了时间概念，要想从他们那里得到回答，完全是一种自欺欺人的做法……

可弗兰克的积极性并没有因此而消退，他继续说道：

"是的，巴黎佬们！我告诉你们，确实已经入春了！"

“啊？”

听众的反应有些迟钝……

“你们无所谓是吗？”

“不是，不是……”

“就是。看得出你们对我的话毫不在意……”

他说着，向窗口走去。

“其实我也就这么一说……我在想，在这么美好的春光下，如果我们就这样滞留在室内看着香街上的中国人推推搡搡，是一件多么可惜的事。再说，我们和这幢楼里其他有钱人一样在乡间拥有一座漂亮的房子，如果我们现在抓紧一点，说不定可以赶在艾泽市场关门以前买一些上好的食材，然后一起做一顿美味的午餐……好吧……这只不过是我个人的一些想法……如果你们没兴趣，我可要回去睡觉了……”

波莱特像一只乌龟一样，从她的盔甲里探出那张满是褶皱的苍老脸庞，问道：

“你说什么？”

“呃……都是些简单的想法……我想到小牛肉配蔬菜……也许我们还可以把花园里的草莓当甜点……当然，前提是它们长得还不错。不行的话，我可以给你们做一个苹果派……到时候看情况……再配上我的朋友克里斯多夫送给我的都兰产区的红葡萄酒，最后在阳光下打一个盹，你们说怎么样？”

“那你的工作怎么办？”费里贝尔问道。

“呃……我难道工作得还不够多吗？”

“我们怎么去？”卡米耶带着嘲讽的语气问道，“难道坐你的摩托车去吗？”

他喝了一口咖啡，平静地说道：

“我有一辆漂亮的汽车，它现在就停在楼下。今天早晨，该死的皮克已经把它弄脏两次了。轮椅已经折好放在了后备厢里，另外，我刚才还为汽车加满了汽油……”

他放下杯子，举起托盘，说道：

“好了……小年轻们，快点行动起来，动作要快！我还要给豆子去壳呢，我……”

波莱特从她的床上摔了下来，不是由于小脑的衰退，而是由于迫切的心情。

他们说去就去，并且这一出行逐渐成为他们每周的常规活动。

他们真的就像那些富人一样，每周都去乡间度假。然而，为了避免和那些有钱人一起出行，他们选择延迟一天欢度周末：每周日一早出发，然后在周一的晚上返回巴黎。返回的时候，每个人的手上都提满了食物、鲜花、画作，虽然有些疲倦，但心情愉悦。

波莱特仿佛重获新生。

有时，卡米耶的思路会突然变得清晰起来，开始理性地看待眼前的一切。总的来说，现在她和弗兰克的相处模式还是令人感到愉快的。让我们一起欢笑，疯狂；一起钉上门板，雕刻树皮，交换血液，放空大脑，忍受苦痛；尽情探索，释放，从今天开始采摘生活的玫瑰吧。然而，这种想法显然是行不通的。卡米耶不想深究两人的确切关系，可她不得不承认这是一个复杂的问题。他们两人之间存在太多的不同，太多的……好了，还是不要再想了。她无法将那个随性自由的卡米耶与那个谨小慎微的卡米耶合二为一。通常情况下，她们两个总是皱着眉头望着对方。

这种状态令人难过，却真实存在。

然而有时，情况却并非如此。有时她能够总结经验，成功地将这两个恼人的姑娘融为一体。合二为一后的那个卡米耶显得呆头呆脑，却无忧无虑。每当她处于这种状态时，总会受到弗兰克的嘲笑。

比如今天……汽车、午觉、逛市场都进行得不错。然而，最精彩的部分却仍在后头。

最精彩的部分在于，当他把车停在村子入口时，转身对波莱特说道：

“外婆，你应该下来和卡米耶一起走一会儿……我们先过去为你们开门……”

真是一个天才的主意。

因为他想看到他穿着绒布鞋子的娇小外婆握着那把“年轻的拐杖”行走的情景。事实上，近几个月来，她都没有离开过“这把拐杖”。为了不摔倒，她就这么慢慢地前进、前进，随后终于抬起头，挣脱了“她的拐杖”……

他需要看到这番情景来理解诸如幸福、快乐这一类愚蠢词汇的真正含义：她突然容光焕发的脸庞、挺直的腰板、由于激动而扭曲的表情、喋喋不休关于花园状况的评论，以及走入家门的步伐……

她闻到了那股温和的柏油味道，突然脚下生风，血液和回忆一起涌入了她的脑海。

“看，卡米耶，这是我的房子。就是它。”

4.

卡米耶愣住了，一动不动。

“还不错吧？你怎么了？”

“这……这是您的房子吗？”

“当然是了！看看现在这里都乱成什么样了……没有人修剪过我的植物……太可怕了……”

“真像我的房子……”

“啊？”

她现在所说的房子，不是那幢位于梅东、她父母在里面大打出手的房子，而是她自从手握画笔以来，为自己所画的小屋。这是一处她虚构的梦中小屋，也是她获取温暖的港湾，里面养满了母鸡，堆满了白色的铁皮盒子。总之，这处小屋充当着她的百宝箱、芭比娃娃的野营车、长尾豹马修的小窝、位于山丘上的蓝色房子、她在非洲的农场，以及山坡上的岬角。

波莱特的房子就像一个方脸的善良妇人。她从领子里探出头来，迎接你的时候双手叉腰，试图营造出一种虚假的威严感。然而等她低下头，显出谦卑神情的时候，你又可以从她身上感受到一种由衷的快乐和满足。

波莱特的房子就像一只想要把自己吹成一头公牛的青蛙。这座破旧的房子甚至不惧怕与香波城堡和舍农索城堡相提并论。

这位总是充满野心，虚荣又骄傲的老妇人说道：

“我的孩子，你可看清楚了，我那深灰色石板屋顶，配上这块白色的洞石，拉长了门框和窗户的线条，不是吗？”

“我不觉得。”

“真的吗？那我的两扇天窗呢？你不认为我那两扇由石头砌成的天窗很漂亮吗？”

“完全没有。”

“完全没有？那上楣呢？这可是我的一个朋友为我打造的！”

“亲爱的，我没看出有什么特别的。”

听到这话，这个弱不禁风的傲慢女人彻底生气了。她来到花园里，指了指那些散乱在地上的花盆轻蔑地“哼”了一声，这“哼”的一声足以使门上的一块马蹄铁崩裂。看吧，至少艾格尼丝·索艾勒和其他普瓦捷的贵妇没有这些宝贝。

波莱特的房子确实真实存在过。

波莱特不想进屋，因为她想多看几眼她的花园。“太可怕……所有的一切都遭到了破坏……院子里杂草丛生……事实上，眼下正是播种的季节……卷心菜、胡萝卜、草莓、韭菜……本来这个时候，院子里一定飘满了蒲公英的花絮……真是太可惜了……还好我的花都还在……好吧，其实现在还称不上真正的花季……我的水仙花在哪儿？啊！它们在这儿！我的藏红花呢？还有这里，卡米耶，快弯腰看看它们有多美丽……虽然我看不清楚，但我知道它们就在附近……”

“是那些蓝色的小花吗？”

“是的。”

“这种花叫什么名字？”

“麝香兰……哦……”她哀叹道。

“怎么了？”

“应该将这些花朵妥善地进行分类……”

“没问题！我们明天就来分！您到时向我解释怎么操作就行……”

“你真愿意这么做吗？”

“当然！您会发现，我肯定比在厨房里更好学！”

“还有那些香豌豆……也该把它们种下了……这是我母亲最喜欢的一种花……”

“都听您的……”

卡米耶在自己的包里摸索了一会儿。还好，她没有忘记带她的颜料……

大家把扶手椅搬到了阳光底下。费里贝尔帮助波莱特坐了下来。后者显得异常激动。

“外婆，快看谁来了！”

弗兰克站在台阶上，一只手拿着一把大刀，另一只手则抱着一只猫。

“好吧，我想我还是给你们烧兔肉吧！”

他们把桌椅搬到花园中，穿着大衣进行着野餐。在品尝甜点的时候，所有的人都尽情释放自我：闭上眼睛，头朝后仰，双腿伸直放在前面，享受着来自乡间的阳光。

鸟儿在欢唱，弗兰克和费里贝尔却拌起嘴来：

“我跟你说，这一定是一只乌鸫……”

“不，一定是夜莺。”

“是乌鸫！”

“是夜莺！这可是在我家！我熟悉这里的一切！”

“别这么说。”费里贝尔叹了一口气说道，“你以前总在不停地把玩摩托车，你又怎能听到它们的叫声？而我，总在安静地阅读，所以我非常了解各种鸟类的‘方言’…… 乌鸫的叫声就像滚动的车轮，而红喉雀的叫声则更接近于滴下的水珠……我可以很肯定地告诉你，现在在我们头顶上方盘旋的是一只乌鸫……听，它的叫声是多么的浑厚……就像帕瓦罗蒂在练声一样……”

“外婆……这到底是什么鸟？”

她已经进入了梦乡。

“卡米耶……这是什么鸟？”

“我只看到两只发出聒噪声响、扰乱安宁的企鹅。”

“很好……既然你都这么说了……来吧，我的费里，我带你去钓鱼。”

“啊？呃……其实我……我在这方面不是很有天赋……我……我总是……把一切都搞砸……”

弗兰克哈哈大笑了一下。

“来吧，我的费里，来吧。当我在向你演示如何使用绕线筒的时候，和我说说你的心上人吧……”

费里贝尔朝卡米耶瞪了一眼。

“嘿！我可什么都没说过！”她为自己辩护道。

“不，不是她和我说的，是我的第六感告诉我的……”

于是，高大的果克诺尔先生系着领结，戴着单片眼镜和绑着海盗头带的矮个子费罗夏尔先生[①]一起勾肩搭背地渐渐远去。

“告诉我，我的孩子，告诉你的弗兰克叔叔，你都准备了什么诱饵……你

① 果克诺尔先生（Le grand Croquignol）和费罗夏尔先生（Le petit Filochard）均为法国著名漫画人物。这里分别用这两个人物形象来形容费里贝尔和弗兰克。——译注

知道吗，诱饵在钓鱼这项活动中扮演着很重要的角色。因为这些鱼可机灵着呢……哦，不，它们可一点都不笨……”

当波莱特醒来后，乘车在村子里逛了一圈。等她回到家以后，卡米耶执意为她洗了个澡，好让她暖暖身子。

她偷偷咬着脸颊的内侧。

这一切都显得不够理智……

还是别多想了。

费里贝尔在壁炉旁生火，弗兰克则准备着晚餐。

波莱特很早就睡了，卡米耶则用画笔记录着两个男孩下棋的情景。

“卡米耶？”

“嗯？”

“为什么你总是在画画？”

“因为除了画画，其他我什么都不会……”

“现在你在画什么？”

“一个疯子和一个骑士。”

三人商量后决定男孩们睡在沙发上，卡米耶则睡在弗兰克儿时的小床上。

“呃……”费里贝尔支支吾吾地说道，“还是让卡米耶睡大床吧，呃……这难道不是一个更好的主意吗？”

另外两人微笑着看着他。

“我虽然是一个近视眼，但还不至于糊涂到这个地步……”

“不，不。”弗兰克回答道，“她还是睡在我的房间里吧……我们就像那些表亲一样……从不在婚前……”

其实，他是想和她一起睡在自己童年的小床上，一起睡在他那个贴满足球海报和摩托车剪报的房间里。虽然这样挤在一张小床上既不舒服也不浪漫，但这至少可以证明生活有时是个好心的姑娘。

曾经在这个房间里，他是多么空虚无聊……多么空虚无聊……

如果以前别人告诉他未来他将带着一个公主来到这里，并且他将和公主一起平躺在这张黄铜制成的小床上（小床上有一个破洞，曾经平躺在上面的他，总是很迷茫，总在幻想那些远没有她漂亮的姑娘），他一定不会相信他们的话……就凭他，一个满脸青春痘、长着一双大脚、总在炉灶旁转悠的傻小子……不，这件事情从一开始就看起来没什么希望……

是的，有时生活真是一个古怪的厨师……在独守寒窗这么多年以后，突然出现了一个她！你终于等到了，我的老伙计！

“你在想什么？”卡米耶问道。

“没想什么……都是一些愚蠢的念头……你感觉还好吗？”

“我始终无法相信你竟然在这里长大……”

“为什么？”

“呃……这个地方是那么的偏远贫瘠……简直都称不上是一个村庄。这……这里什么也没有……只有一些小房子和站在窗口的老人……还有这幢破旧的房子……已经有五十年都没有发生任何的改变……我从没有看到过这样的炉灶……一个平底锅几乎就占据了全部的空间！还有那座花园！一个孩子怎么可能在这样的地方尽情地嬉戏？你是如何做到的？你是如何走出这种困境的？”

“我一直都在找寻着你……”

“打住……我们已经说过了，不许说这样的话……”

“是你一个人做的主张……”

“好了……”

“你很清楚我是如何做到的，因为你也有过类似的经历……唯一不同的是，我可以拥抱大自然……就这点来说，我的运气还不错……费里之前和我的争辩完全是徒劳无益的，因为这就是一只夜莺。这是外公告诉我的知识，我的外公就像一只会唱歌的喜鹊……他什么都懂，他在捕鱼的时候甚至都不需要诱饵……”

“你后来为何会到巴黎生活？”

“因为我无法在这里存活……”

“这里没有适合你的工作吗？”

“没有，确切地说，是没有什么特别有意思的工作。可是，如果有一天我有了自己的孩子以后，我绝不会让他生活在巴黎的车水马龙中，不，这绝对不行……一个孩子如果没有一双短靴、一根渔竿和一把弹弓的话，简直称不上是一个真正的孩子。你为什么要笑？”

“没什么。我觉得你很可爱。”

“我更希望你发现我其他的特质……”

“你太难取悦了。”

“你想要多少个？”

“什么多少个？”

“孩子。”

“呃……”她咕哝道，“你是故意的还是什么？”

“等一下，我这么问你，并没有说孩子一定是我的！”

“我不想要孩子。”

“真的吗？”他失望地问道。

“真的。”

“为什么？”

“不为什么。”

他突然一把抓住她的脖子，把她拉到自己的耳边，说道：

“告诉我……”

“不。”

“告诉我。我不会告诉别人的……”

“因为我哪天死了的话，我不想让他一个人孤零零地留在这个世上……”

“你说得没错。这就是要多生几个的原因……再说……”

他说着，把她搂得更紧了。

“你不会死的，你……你是一个天使……天使是不会死的……”

她开始哭泣起来。

“怎么了？”

“没什么……是因为我马上就要来例假了……每次来之前，都一样……我的神经总是变得很脆弱，常常为一句是或否而哭泣……”

她一边擤着鼻涕，一边微笑着补充道：

“你也看到了，我根本就不是一个天使……”

5.

他们就这样在黑暗中相互拥抱着，虽然很不舒服，却感到内心踏实。弗兰克突然发话道：

“有一件事情我总是想不明白……”

“什么事？”

“你有一个妹妹，不是吗？”

“是的……”

“你为什么不去见她？”

“我也不知道。”

“这太愚蠢了！你应该去见她！”

“为什么？”

“不为什么！有一个姐妹是一件多么幸福的事！换作我的话，如果能让我有个兄弟姐妹，我可以为此付出一切！是的，一切！我可以交出我的自行车，告诉他那些最隐秘的钓鱼场所，甚至把我的全套弹珠都拱手相让！你知道的，就像歌曲里所唱的那样……献出我的手套、我的礼帽……”

“我知道……我也确实这么想过，但最后还是放弃了这个念头……”

“为什么？”

“也许由于我母亲吧……”

“别总想着你的母亲……她带给你的只有伤害……你难道是受虐狂吗？你知道吗，你没有亏欠她任何东西……”

“当然有。”

“当然没有。当父母以一种糟糕的方式对待孩子的时候，我们并不需要爱他们。”

“当然需要。”

“为什么？”

“就因为他们是你的父母……”

“噗……成为父母又不是一件难事，只要做爱即可达成。真正困难的是后面的事情……比如我，我就不会爱一个总是把我随便丢弃在停车场的女人……不，我做不到……”

“可是我的情况和你不太一样……”

“你的情况更糟糕。你没有看到你每次见完她回来时候的样子……太可怕了，你的脸已经……”

“别说了。我不想谈论这个话题。”

“好吧，好吧，我就再说一句：你并不需要强迫自己去爱她，这就是所有我想对你说的话。你会回答我，性格使然，我就是这样的人，当然你也许有自己的道理。作为一个过来人，我经历过这所有的一切，所以才可以如此肯定地对你讲：当我们父母的行为让人嗤之以鼻，做出来的事情就像一个人渣时，我们是没有义务去爱他们的，仅此而已。”

“……”

“你生气了吗？”

“没有。”

“对不起。”

“……”

“你说得对。我们的情况确实不尽相同……她毕竟一直都在照料你……但如果你有一个妹妹，她是无权阻止你去看她的……说实话，她不值得你做出这么大的牺牲……”

“不值得……”

“是的，不值得。”

6.

第二天，卡米耶依照波莱特的指示在花园里劳作，费里贝尔在院子深处写着他的剧本，弗兰克则为他们准备着一份美味的沙拉。

喝完咖啡以后，轮到他躺在扶手椅上沉沉地睡去。经过昨天一晚上的折腾，他感到背部酸痛……

他准备下次来的时候订购一个新的床垫。毕竟要睡两个晚上，不能再这么委屈自己……不，这可不行……虽然生活有时确实待他不错，但他也没必要做一些无谓的冒险……不，完全没有必要……

之后，他们每周末都会过来度假。费里贝尔有时来，有时不来，当然，大多数时候他还是陪伴左右。

卡米耶正逐渐成为一个园艺能手，其实她很早就知道自己有这方面的潜质。

波莱特试图控制她一发而不可收的热情：

“不，我们不能种这种植物！别忘了我们一周才过来一次。我们应当首选那些顽强、富有生命力的植物……比如羽扇豆、福禄考、大波斯菊……看，大波斯菊很漂亮，也很容易存活，大波斯菊……你一定会喜欢的……”

弗兰克联系上胖迪迪姐姐的同事，通过后者的妹夫弄来了一辆破旧的摩托车。他经常骑着这辆摩托车去菜场，或前往餐厅向雷内打个招呼……

他已经三十二天没有骑过摩托车了，连他都不知道自己是怎么熬过来的。

这是一辆老旧、丑陋的摩托车，骑的时候总是发出爆裂声。弗兰克却不以为意。

“听听这响声！”他从院子的矮棚里（当他不在厨房忙碌的时候，总在那里活动）向他们喊道，“你们不觉得这是一件难得的宝物吗？！”

听到他的叫喊，其他人从泥土或书里不情愿地探出头来。

“突突突突突突……”

“怎么样？很棒，不是吗？简直和一辆哈雷牌摩托车无异！”

其他人敷衍地点了点头，没有做出任何评价，随后马上又重新投入各自的工作中去。

“哼……你们什么也不懂……”

“谁是阿艾莱特？”波莱特向卡米耶问道。

“阿艾莱特·大卫迪森……一个很棒的女歌手……”

“不认识。”

费里贝尔在旅途中发明了一个游戏：要求每个人都要教大家一些东西，或者传递一个知识。

如果有幸走上讲台，费里贝尔一定是一位出色的教师……

有一天，波莱特告诉他们如何有效地抓住一只金龟子：

“清晨，当它们仍然沉浸在夜晚的寒冷中，在叶子上静止不动时，我们可以摇一摇大树，然后拿一根长竿，敲一下树枝，把掉落下的金龟子包在一块布里。随后，我们将这些昆虫捣碎，撒上石灰，制成绝佳的含氮肥料，最后倒进沟槽里……对了，别忘了在捉虫的时候保护好自己的头！”

又有一天，弗兰克告诉大家该如何正确地切一块牛肉：

“先切一等肉：牛腿肉、里脊肉、牛肩肉、牛背肉等，加起来共有大小八个部位，也就是五段长肋肉和三段短肋肉。再切二等肉：牛胸、软骨和腹肉。最后切三等肉：端肉、牛胫肉和……我好像还漏说了一个部位……”

费里贝尔则给那些无知的异教徒补习关于亨利四世的历史课。他们除了那道法式炖鸡、拉瓦莱克[①]和他的阴茎以外（亨利四世曾说过“我不知道它竟然不是一块骨头……”这样的名句），几乎对这位国王一无所知。

“亨利四世于1553年出生在波城，于1610年在巴黎去世。他是安东尼·德·波尔本和让娜·德·阿尔波尔的儿子。顺便说一句，亨利四世的母亲是我一个远亲的先祖。1572年，他娶了亨利二世的女儿玛格丽特·德·瓦卢瓦为妻，她是我母亲的一个远方表亲。为了远离圣·巴托洛缪惨案的纷争，原本是加尔文教领袖的亨利，宣布放弃对新教的信仰。1594年，他在夏特尔加冕，随后便来到了巴黎。通过1598年颁布的南特赦令，亨利四世重建了宗教的和平秩序。他是一个很受民众拥戴的君主。我在这里就不和你们展开那些战争的细节了，我想你们一定也对此没什么兴趣……但有一点我不得不说，亨利四世的身边有两个重要的帮手：马克西米连·德·贝图纳，又被称为索利公爵，他负责整顿国家财政；另一位是奥利维尔·德·塞尔，他是当时农业大力发展的主要功臣……”

轮到卡米耶的时候，她却什么都不想说。

“我什么都不懂。”她说道，“就算我知道一些东西，我也不确定它们的准确性……”

“和我们聊聊绘画吧！”其他人鼓励她道，“说说那些绘画运动、绘画时期、著名作品，或者谈谈你自己的那些作品，如果你愿意……”

“不，我不知道该如何讲述这些东西……我怕会误人子弟……”

“你最喜欢哪个时期的绘画作品？”

“文艺复兴时期。”

“为什么？”

“因为……我也不清楚……所有的一切都是那么美丽。不论在什么地方……无论是谁的作品……所有，我都喜欢……”

“所有什么？”

“所有的一切。”

“好吧……”费里贝尔半开玩笑地说道，“谢谢，你的发言可真够简洁的。如果有人想了解更多关于绘画方面的知识，我建议你们可以去阅读艾丽·福尔的《艺术史》，这本书就放在我们的卫生间里，就在《2003耐力赛》的旁边。”

---

① 弗朗索瓦·拉瓦莱克（François Ravaillac）是一位狂热的天主教徒，传说是他刺杀了亨利四世。——译注

“和我们说说你喜欢的画家吧……”波莱特补充道。

“我喜欢的画家？”

“是的。”

“呃……以下排名不分先后……伦勃朗、丢勒、达・芬奇、曼特尼亚、丁托列托、拉图尔、透纳、博宁顿、德拉克洛瓦、高更、瓦洛通、柯罗、波纳尔、塞尚、夏尔丹、德加、博斯、委拉斯凯兹、戈雅、洛托、安藤广重、皮耶罗・德拉・弗朗西斯卡、扬・范・艾克、两位荷尔拜因、贝里尼、提埃波罗、普桑、莫奈、朱耷、马奈、康斯特布尔、兹姆、塞律西埃……天哪，我一定漏说了很多人……”

“你就不能挑一个画家，和我们说两句？”

“不能。”

“随便挑一个……比如贝里尼……你为什么喜欢这个画家？”

“因为他那幅《雷翁那多・罗雷丹总督》肖像……”

“你为什么喜欢这幅作品呢？”

“我也说不清楚……你只要自己去伦敦亲眼看看这幅作品，就知道为什么了。如果我没有记错，它应该被放在了国立美术馆……这幅作品真是……真是……不，我可不想对这幅名画妄加评论……”

“好吧……”其他人最终还是妥协了，说道，“说到底这只不过是一个游戏……我们不会逼迫你做任何事……”

“啊！我知道我刚才漏说哪个部位了！“弗兰克兴奋地叫道，“牛颈肉！或脖颈肉，随你怎么说……在做炖肉的时候我们常会放入这个部位的肉……”

很显然，此时两个截然不同的卡米耶又再次分道扬镳了。

一个周一的晚上，当他们经过圣阿尔诺收费站后，路面突然变得十分拥堵。正当所有的人精疲力竭、低声抱怨时，卡米耶突然说道：

“我找到了！”

“什么？”

“我能够传递给你们的知识！我唯一拥有的知识！其实很多年以前，我就对它了如指掌了！”

“快说，我们听着呢……”

“他叫葛饰北斋，是日本一个很有名的浮世绘画师，我很喜欢他的作品……

你们知道那幅描绘海浪的作品吗？还有那幅勾勒富士山美景的图画。你们一定知道……就是那片青绿色、满是泡沫的海浪！对，这就是他的作品……一幅精美绝伦的作品……如果你们熟知他所有作品的话，一定会对他肃然起敬的……”

“你说完了吗？除了‘精美绝伦’，你没有其他需要补充的吗？”

“有的，有的……等一下，我正在集中精力回忆细节……”

此时，他们正身处一个平淡无奇的郊区，左边是一个工厂，右边是弗拉弗耶公司的一家连锁店，周围是急着回家、充满挑衅的车队。正是在这样一种昏暗、灰白的环境中，卡米耶开始了她的讲述：

“从六岁开始，我就喜欢临摹物体的形状，这简直成了我的一个怪癖。

“五十岁左右的时候，我已经出版了大量的画作。然而，所有在我七十岁前出版的作品都不值一提。

“我是在六十三岁那年才慢慢开始理解自然的真实结构：动物、树木、鸟群和昆虫。

“我在八十岁的时候又取得了一些进步；九十岁那年，我终于理解了物体的奥秘；一百岁那年，我完全达到了一种出神入化的境界；一百一十岁那年，我画的每一个点、每一条线，都已经有了生命。

“我让所有和我岁数一样大的人共同见证我是否兑现了当初的诺言。

“我画的每一个点、每一条线，都已经有了生命。”

她重复道。

每一个人可能都从她的这段讲述中汲取了自己所需的能量。在后面的旅程中，所有人都缄默不语。

7.

复活节的时候，所有人都被邀请前往城堡做客。

费里贝尔感到很紧张。

他害怕丢失自己仅存的一丝尊严……

他和他的父母互相以“您”相称，而他的父母之间也相互称“您”。

“您好，父亲。”

“啊，我的儿子，您来了……伊莎贝尔，请您去通知一下您的母亲……玛丽-劳伦斯，您知道威士忌的酒瓶放在哪里吗？我找不到了……”

“快向圣安东尼祈祷，我的朋友！”

开始的时候，面对此番情景，他们感到很奇怪，后来也见怪不怪了。

晚饭吃得很辛苦。侯爵先生和侯爵夫人向他们抛出了一系列问题，却从不等待他们的回答，便自顾自地评论起来。而且，他们提的都是一些敏感问题，比如：

“您的父亲是做什么的？”

“他已经去世了。”

“啊，对不起。”

“没关系……”

“呃……那您的父亲呢？”

“我不认识我的父亲……”

“很好……您……您想来一点蔬菜吗？”

“不，谢谢。”

此时，在精美的饭厅里出现了一排天使……

“所以您……您是厨师，对吗？”

“呃，是的……”

“那您呢？”

卡米耶转向了费里贝尔。

“她是一个艺术家。”费里贝尔替卡米耶做了回答。

“艺术家？真是个迷人的职业！那艺术是您……您的谋生手段吗？”

“是的。至少……我……我是这么认为的……”

“太迷人了……你们住在一幢房子里，是这样吗？”

“是的。我就住他们楼上……”

他在脑海中翻阅了一下自己的上流社会人名录，随后说道：

“……您就是那个小胡利尔·德·莫特玛尔吧！”

卡米耶开始焦虑起来。

“呃……我姓福克……”

她搜索枯肠，努力回忆道：

“我叫卡米耶·玛丽·伊丽莎白·福克。”

“福克？好迷人的名字……我以前也认识一个姓福克的人……一个非常正直

的人……他的名字好像是叫夏尔……也许是您的一个亲戚？”

“呃……不是……”

整个晚上，波莱特都闭口不语。她曾经为这样的家庭服务过四十余年，所以，现在当她把盐不小心撒在他们的绣花餐巾上时，感到很不自在。

饭后喝咖啡的时光也同样难熬……

然而这次侯爵先生的主要目标是他的儿子：费里。

“怎么样，我的儿子，还是在卖明信片吗？”

“是的，父亲……”

“真是个充满激情的工作，不是吗？”

“我可没让您这么说……”

“请别对我冷嘲热讽……冷嘲热讽是失败者的挡箭牌，我想我有必要向您重复一遍这句名言……好像是……”

“是《要塞》里面的话，这是圣·埃克……”

“什么？”

“这是圣·埃克絮佩里的作品。”

听到这话，侯爵先生吞下了他的茶香锭。

当他们终于可以离开那个阴森可怖的房间时，看到房子周围聚集了很多动物。他们甚至还看到一只和动画人物“小鹿斑比”一模一样的幼鹿。弗兰克把波莱特一直抱到她的房间。“就像在抱一个新娘一样。”他凑到她耳边，低声说道。当他得知自己将和他心爱的公主相隔万里，睡在高她两层楼的房间里时，不由得悲伤地摇了摇头。

他转过身，摸了摸那只用竹子编成的野猪前蹄。卡米耶则在一旁帮助波莱特脱去外衣。

“天哪，我简直不敢相信……你们没有发现今天的晚饭吃得有多差吗？他们都在胡闹些什么？那些食物简直令人作呕！我这一辈子都不会用这样的饭菜招待我的客人！我看今天他们还不如做一份炒蛋或意大利面给我们吃呢！”

“也许他们没有足够的经济实力？”

“谁会没有钱做一份可口的炒蛋？我真的不明白……真的不明白……他们用精美的银质餐具盛放猪狗不如的食物，用水晶器皿盛放劣质的葡萄酒，也许是我太愚蠢，但我真的无法理解他们的做法……他们只要卖掉九十二盏烛台中的一盏，就可以舒舒服服地大吃大喝上一整年……”

“我想，他们看待事物的方法和你不太一样……对他们来说，卖掉一根家族留传下来的牙签是一件难以想象的事，就像你认为招待客人吃蔬菜大杂烩是一件很可怕的事一样……”

“你知道吗，他们给我们吃的蔬菜沙拉还不是自己做的！我在垃圾桶里看到了包装盒……那是在先锋价格超市[①]买的沙拉！你相信吗？一个住在一座拥有几千公顷土地、护城河和枝形吊灯城堡里的家族，吃的竟然是先锋价格超市里的食物！我真的无法理解……让侍卫叫他侯爵先生的主人招待你的却是装在塑料罐头里，只有穷人才会吃的蔬菜杂烩……我向你发誓，我真的无法理解……”

“好了，冷静点……没你说的那么严重……”

“不！这很严重！很严重！当你自己都无法和善地同孩子说话时，又怎能将优良的家族传统代代相传？你看到他是怎么和我的费里说话的吗？你看到他那微微上翘的小嘴唇说道‘怎么样，我的儿子，还是在卖明信片吗’，谁都看得出，他的潜台词是‘你这个无能的傻儿子’。我向你发誓，当时我真的很想揍他一顿……在我看来，我的费里就是一尊神，他是我这一辈子碰到过的最好的人。而那个傻子却把他视为粪土……”

“好了，弗兰克，别再骂，妈的。”波莱特不快地说道。

听到这话，弗兰克惊得目瞪口呆。

“呃……而且他们还让我睡在这个破地方……还有，明天的弥撒我就不去了，我可提前和你们打过招呼了！我都不知道应该向神祈祷些什么。我、你，还有费里，我们三个还不如到一个孤儿院里碰头……”

“啊，是的！一起去波尼小姐家吧！”

“谁的家？”

“没什么。”

“你明天会去做弥撒吗？”

“是的，我挺想去的……”

“那你呢，外婆？”

“……”

“你和我一起待在这里吧。我们可以联手让这些乡巴佬看看什么才是真正的

---

① 先锋价格超市（Leader Price）是一家法国连锁超市，里面的商品以价格低廉著称。——译注

美餐……既然他们没钱，那就让我们来养他们吧！”

“要知道，我已经没什么用处，做不了什么事情了……”

“你还记得以前复活节你常做的肉酱吗？”

“当然。”

“那还等什么，还不赶快露一手！让这些贵族佬瞧瞧我们的厉害！好了，我该走了，不然的话，我又要被关禁闭了……”

第二天清晨，当玛丽-劳伦斯在八点的时候下楼走进厨房时，弗兰克已经从菜市场回来，正指挥着一群隐形的仆人。眼前的情景让城堡女主人大吃一惊。

她惊讶地问道：

“我的上帝，这是怎么了……”

“一切都进行得很顺利，侯爵夫人。非常，非常，非常顺利！”他一边说着，一边打开了所有的橱柜，补充道，“您去忙吧，今天的午餐由我来负责……”

“我……我的羊腿肉呢？”

“我把它放到冰柜里了。对了，您这儿有漏勺吗？”

“有什么？”

“没什么。有滤锅吗？”

“呃……有的，在这个橱柜里……”

“啊！太好了！”他举着一个支离破碎的器皿高兴地叫道，“这是来自哪个时代的滤锅？12世纪末，不是吗？”

此时，做弥撒的大部队饥肠辘辘、心情愉悦地回到家中。耶稣与他们同在。他们一边舔着嘴唇，走到餐桌旁。已经入座的弗兰克和卡米耶几乎同时敏捷地重新站了起来。他们忘记了饭前祷告这一重要环节……

德高望重的一家之主清了清喉咙，说道：

“感谢真主赐予了我们这顿午餐，也感谢准备这顿午餐的人（费里向他的厨师朋友会意地眨了一下眼睛），感谢……请把面包赐予那些饥饿的人吧……”

“阿门。”一群青年一边抖动着身体，一边说道。

“现在我们来向这顿美好的午餐致敬，这是我们家族的传统……”一家之主补充道，“路易，请您去把于贝尔叔叔的两瓶酒拿来……”

“哦，我的朋友，您确定要这么做吗？”他温柔的妻子在一旁问道。

“当然，当然……还有您，布兰奇，别再给您的哥哥梳头了，据我所知，我们现在并不是在一家美容院里……”

弗兰克首先为他们呈上的是浇上了美味酱汁的芦笋，接着上来的是波莱特·拉斯德菲尔的复活节专属肉酱，随后是配上番茄泥、西葫芦和百里香叶的烤羊肉，最后是草莓挞和涂上自制奶油的草莓。

“准备这样一顿饭一定需要花上不少的工夫……”

围坐在这张可供十二人用餐的饭桌旁时，他们很少像今天这般心情愉悦，也从未如此发自内心地欢笑过。在几杯红酒下肚以后，侯爵先生解开大领结，开始讲述他那些荒诞离奇的狩猎趣闻和他自己所出的一些洋相……整顿午餐期间，弗兰克在厨房里忙碌，而费里贝尔则为宾客们服务。两人的配合堪称完美。

“他们俩应该一起工作……”波莱特低声向卡米耶说道，“那个火暴的小个子负责在炉灶边烹饪美食，那个彬彬有礼的高个子负责在饭厅服务，这将是一幅多么美好的画面……”

饭后，他们在台阶上喝咖啡。布兰奇娇滴滴地朝他们笑了笑，随后马上又坐回了费里贝尔的膝盖。

天哪……弗兰克终于可以坐下来休息一会儿。在完成了一顿如此费力的午餐后，他本可以自己悠闲地卷一支烟，抽上一口……然而他偏偏向卡米耶要了支烟……

“这是什么？”她一边问，一边指了指那一篮子大家争先恐后想要品尝的食物。

“一种油炸泡芙，我们称它为‘修女的屁股’。”他冷笑了一下，继续说道，“我反正无法说服自己去吃那玩意，因为我总是不由自主地联想到……”

他走下一级台阶，然后坐下来，把背靠在那位美丽姑娘的腿上。

她把画册放在了他的头上。

“现在这个姿势怎么样？”他向她问道。

“很好。”

“嘿，我的胖姑娘，你该好好想一想了……”

“想什么？”

“就想这个。想想我们两人现在的状态……”

“我不懂你在说什么……你想让我给你捉虱子吗？”

“是的……快给我捉虱子，我会给你很多个吻作为奖赏。”

“弗兰克……”她叹了一口气。

“你不觉得我们现在这个状态充满象征意义吗？我靠在你的身上，而你在我的身上作画。有点那个味道，不是吗？”

“你真的很讨厌……”

“是的……好了，趁我现在有空，我要去磨刀了……我肯定这里有我所需要的所有用具……”

他们推着波莱特在城堡四周转了一圈，随后便冷静地分开，各自为政。卡米耶把描绘城堡的水彩画送给了侯爵夫妇，把布兰奇的侧面肖像画送给了费里贝尔。

“你总是把所有的作品都拱手相送……你这样永远也富不起来……”

“没关系……”

在种满白杨的树林深处，他突然拍了下自己的额头，说道：

“我的老天！我忘记通知他们了……”

车里没有任何反应。

“我的老天！我忘记通知他们了……”他提高了声音，重复道。

“啊？”

“忘记通知他们什么了？”

“呃，没什么……一个小小的细节……”

好吧。

车里重新恢复了平静。

“弗兰克和卡米耶？”

“我们知道，我们知道……自从苏瓦松战役以来，你的父亲就没有欢笑过，你是想感谢我们又一次让你父亲绽放出了笑脸……”

“完……完全不是。”

“那是什么事？”

“你……你们愿……愿意做我……我的……”

“做你的什么？你的蝌蚪吗？”

“不是，我的……”

“你的猎犬？”

“也……也不是，我的……”

“到底是你的什么？”

“我……我婚礼的见证人。”

弗兰克踩了急刹车，波莱特在车子的冲力下舔了一口手中的靠垫。

8.

他不想告诉他们更多的细节。

“当我自己了解更多情况的时候，我会告诉你们的……”

“什么？呃……你别吓我们……你至少现在有个女朋友吧？”

“‘女朋友’，”他愤怒地说道，“我不想听到这样的称呼，‘女朋友’……多么肮脏的字眼……亲爱的，她是我的‘未婚妻’……”

“可是，呃……她自己知道吗？”

“知道什么？”

“知道自己是你的未婚妻。”

“她暂时还蒙在鼓里……”他说着，皱了一下鼻子。

弗兰克叹了一口气，说道：

“我算是明白了……原来都是费里的一厢情愿……好吧……你可别等到婚礼前夜才邀请我们，知道吗？你至少要给我时间买一套西服……”

“给我时间买一条裙子！”卡米耶补充道。

“还要给我时间买一顶帽子……”波莱特最后说道。

9.

一天晚上，凯斯莱尔夫妇前来与卡米耶共进晚餐。他们一言不发地参观着这套公寓。这对上了年纪的资产阶级夫妇参观着一套贵族的公寓……这本身就是一场激动人心的演出。

那天弗兰克不在家，费里贝尔则还是像往常一样谦卑有礼。

卡米耶向他们展示了自己的工作室。里面摆满了描绘波莱特的画像：各种姿势、各种绘画手法、各种大小的画作。这里是她存放快乐、温柔、悔恨和回忆的天地，虽然有时这些回忆让她心碎。

玛蒂尔德看到这间工作室，内心大受震动，皮埃尔则情绪激动，说道：

“不错！非常不错！你知道吗，由于去年热浪的侵袭，现在老人已经成为一个热门话题。我敢肯定，你的这些作品一定会大受欢迎。”

这番话让卡米耶不堪忍受。

不——堪——忍——受。

“好了，别说了……你的这些话充满了挑衅的意味……那位先生好像受到了震动……”

“啊！还有这幅！画得太好了！”

“我还没画完呢……”

“我想要这幅画，你把它预留给我，好吗？”

卡米耶默默地点了点头。

不。她不会为皮埃尔预留这幅画，因为她永远也无法完成这幅作品。她永远也无法完成这幅作品的原因在于她的模特永远也不会再回来……这点她很清楚。

可惜了。

但也不失为一件幸事。

这幅草稿将永远陪伴她左右……它未完待续……悬在半空中……就像她们无望的友谊……就像所有使她们分离的因素一样……

那是几周前的一个周六早晨……卡米耶正在工作，她是如此专注，以至于都没有听到公寓门铃响起。突然，费里贝尔敲了敲她的房门，说道：

“卡米耶？”

“怎么了？”

“萨……萨巴的皇后来了……现在她正在我的客厅里……”

玛玛多显得光彩照人。她穿上最漂亮的长袍，戴上了所有的首饰。她把头发剃得很短，露出了三分之二的头颅，还在头上扎了一条和缠腰布相配的头巾。

“我和你说过我会来的，但你动作要快一些，因为我在四点的时候还要去参加一个亲戚的婚礼……这就是你住的地方？这就是你工作的地方？”

“你不知道我看到你有多高兴！”

“好了……别浪费时间了，我和你说……”

卡米耶把她舒舒服服地安顿好。

“好了。把背挺直。”

“我已经挺得很直了，好不好！”

在画了几张草稿后，卡米耶放下铅笔，说道：

“如果我不知道你真名叫什么，我简直无法为你作画……”

她的模特抬起头，带着不屑的神情看着卡米耶，说道：

“我叫玛丽-安娜斯塔斯·本德拉·马贝耶。”

玛丽-安娜斯塔斯·本德拉·马贝耶再也不会穿得像个女王一样回到这个街区，也再也不会回到她童年成长的村落里，对于这点，卡米耶十分确信。她将永远也没有机会完成这幅肖像画。皮埃尔·凯斯莱尔不但没有机会得到这幅作品，也永远无法知道这个“美丽的黑人女人”怀里抱的是谁……

除了两位友人的拜访，除了三人一同前往弗兰克同事的家去庆祝他三十岁生日（卡米耶在派对上很疯，连声叫喊：“我吃不下啦！我现在的胃口和一条鲟鱼差不多，和鲟鱼差不多！”）以外，一切都波澜不惊。

随着天气转暖，白昼一天比一天长，阳光一天比一天明媚。费里贝尔排练着，卡米耶工作着，弗兰克却一天比一天变得更加没有自信。看得出，她虽然很喜欢他，却并不爱他；她虽然献出自己的身体，却并不对他敞开心扉；她虽然也在尝试，却并不相信两人真的能走到一起。

一天晚上，他故意在外过夜，想看看她的反应。

她对此没有做出任何评价。

于是他又在外面度过第二、第三个夜晚，这次是为了酗酒。

他在凯尔玛德克家过夜。大多数时候总是一个人，有时也会因为寂寞难耐，带回来一个姑娘。

他带给她高潮，却在欢愉过后，背转身去。

“怎么了？”

“别烦我。”

10.

波莱特几乎不再自己行走，卡米耶则尽量避免对她发问。现在，她只有在日光下或吊灯的光晕中才扶着波莱特行走一会儿。有时候她的身体状况令人忧虑，有时又精力旺盛。这种无常的变化让卡米耶感到筋疲力尽。

到底应该如何把握“尊重他人的选择”以及“对危难人群负责”之间的关

系？这个问题时刻折磨着卡米耶。每当她晚上起来，下定决心准备带老太太去看医生时，后者却在第二天早上心情愉悦地醒来，娇艳得就像一朵玫瑰……

而弗兰克已经很久无法从他以前一个化验员女朋友那里弄到一些无须医嘱的药……

所以，几个星期以来，波莱特都再也没有吃过什么药……

费里贝尔演出的那个夜晚，波莱特身体状况欠佳，他们只好麻烦佩尔耶尔夫人帮忙照看一下老太太……

“没有问题！我曾经整整照料了我婆婆十二年！所以……我对老年人很了解！”

演出将在一个青年活动中心进行。该中心位于A线地铁的尽头。

他们登上十九点三十四分的那班列车，两人面对面坐下，无声地想着心事。

卡米耶微笑地看着弗兰克。

收起你那假惺惺的微笑，我可不稀罕。这就是你可以奉献给我的一切……一个让人思维混乱的微笑……快收起你的微笑，快点！你就等着自食其果，和你的那些彩色铅笔一起孤老终身吧。我真的累了……就算是爱情之星，也只能闪烁一时……

弗兰克咬牙切齿地看着卡米耶。

你生气的时候真可爱……你不知所措的时候真帅气……为什么我无法听任自己的心意，向你靠拢？为什么我总是让你悲伤？为什么我要身披盔甲、背着子弹盒？为什么我总是纠结于一些愚蠢的细节？快拿一把可以撬开箱子的钳子！看看你的箱子里都装了些什么，我敢肯定你有一些可以让我自由呼吸的工具……

“你在想什么？”他向她问道。

“想你的名字……有一天我翻开一本旧字典，发现‘一个拉斯德菲尔’指的是一个跟在骑着马的主人后面帮他拿马镫的仆从……”

“真的吗？”

“是的。”

“那不就是一条走狗吗……”

“弗兰克·拉斯德菲尔？”

“在。”

“当你没和我睡在一起的时候，你和谁一起睡？”

“……”

“你对她们，和对我做的是相同的事情吗？”她咬着嘴唇，补充道。

“不一样。”

在走出地铁站时，他们紧握双手。

握手是一件两全其美的事。

伸出手的人不需要承担太多的责任，却能让接收的人感到心情平静……

演出的场所显得有些苍凉。

大厅弥漫着一股道具胡须、芬达汽水和怀才不遇的气息。演出中心的两边还挂满了为《雷蒙·雷欧班博》和他们披着羊驼皮演奏的交响乐团做广告的荧光黄海报。卡米耶和弗兰克拿着他们的票，在选择座位的时候犹豫了很久……

渐渐地，大厅里的观众开始多了起来。整个氛围有些像游艺会，又有些像赞助演出。妈妈们都做了精心的打扮，爸爸们则检查着摄像机的电池情况。

每当弗兰克焦虑的时候，他都会通过抖腿来缓解紧张的情绪，这次也不例外。卡米耶把手放在他的膝盖上，试图让他平静下来。

“一想到我的费里将独自面对所有这些人，我就紧张……想象一下如果他突然大脑空白……突然开始口吃……他一定会不知所措的……天哪，这些想法简直让我受不了……”

“嘘……一切都会顺利进行的……”

“如果有一个人敢嘲笑他，我向你发誓，我一定跳起来去揍他一顿……”

“冷静……”

“冷静，冷静，你叫我怎么冷静！我真想看看你登台献艺的样子！你会在所有这些陌生人面前演那些奇怪的剧目吗？”

首先登台的是一群可爱的孩子。他们重现了司卡班、格诺、小王子等著名人物形象，重现演绎了《布罗卡街童话集》里的经典故事。

卡米耶看得是如此开心，以至于都无法用画笔记录下他们演出时的情景。

之后登台的是一群笨手笨脚的青少年，他们摇动着手中沉重的金属链条，仿佛是在进行着某种实验，证明自己的存在。

“天哪，他们头上戴的是什么？”弗兰克担忧地问道，“是长筒袜还是什么？”

幕间休息。

他们手中的芬达汽水都已经开始变热了，却仍不见费里贝尔的踪影……

当灯光重新熄灭的时候，舞台中央出现了一个奇特的姑娘。

这位姑娘身材娇小，远看只有三只苹果那么高。她穿着新潮的粉红色匡威鞋、彩色条纹长袜、绿色纱布迷你裙和一件绣满珍珠的飞行员外套。她头发的颜色和长袜的颜色相映成趣。

她就像一个精灵……一把彩色纸屑……就像那种我们看一眼就会喜欢上，却永远也无法理解的疯癫姑娘。

卡米耶俯身，看到弗兰克正傻傻地笑着。

"大家晚上好……呃……我……我想了很久如何向你们介绍下……下一个节目……我……我想，最好的方式……还……还是从我们的相遇开始说起……"

"哦，哦……她一定是为了我们，才故意口吃的……"他在一旁低声自语道。

"呃……去年的时候……"

她一边说，一边向四周挥舞着手臂。

"要知道，我很喜欢那些在伯波尔为孩子们开设的工作坊……有一天，我看到了他，因为他老是绕着明信片架子打转，一遍又一遍地数着自己的那些明信片……每次我路过他小店的时候，总不会错过这样一番场景：他一边叹着气，一边重新开始数明信片……你们知道吗，他那副样子，特别像卓别林。换句话说，他的身上有一种能够一下抓住你心的特殊能量……让你不知道应该微笑还是哭泣……让你脑子里一片空白……当你停留在原地，看着他的时候，心中既甜蜜又苦涩……有一天，我上前帮助了他……一下就喜欢上了他……你们一会儿就知道了，看到他后，你们也会马上就喜欢上他……人们简直无法不爱他……这个男孩……用他一个人的光芒就可以点亮整座城市……"

听到这里，卡米耶紧紧抓住了弗兰克的手。

"啊！我漏说了一个细节……当他第一次向我介绍自己时，是这么说的，'费里贝尔·德·拉·杜尔贝里艾尔'。于是我自然、礼貌地回答道：'苏西……呃……德·贝尔维乐……'他听到后，惊呼道：'啊！您是1672年攻打哈布斯堡人的那位勇士，若弗鲁瓦·德·拉杰米·德·贝尔维乐的后代吗？'听到他的问题，我感到莫名其妙，回答道：'不，我……只是来……来自巴黎的……贝尔维乐而已……’你们知道最糟糕的是什么吗？他甚至都没有对我的回答感到失望……”

说罢，她惊跳了一下。

“好了，该说的我都说了。现在就让我们以热烈的掌声……”

弗兰克用手指响亮地吹着口哨。

费里贝尔笨重地登上舞台。他穿着盔甲，戴着插有羽毛的头盔，手里握着一把长剑，架着一块盾牌，一副全副武装的架势。

观众席里有人打了一个寒战。

他开始说话，但没有人听懂他在说什么。

几分钟过后，一个孩子拿着一条板凳走近费里贝尔，试图掀起他的头盔。

我们的骑士像什么也没发生过一样，继续着他的表演，只不过人们现在终于可以听清他所讲的内容。

台下传来了一阵笑声。

观众不知道这个插曲是故意安排的，还是即兴表演……

随即，费里贝尔开始了一场精彩绝伦的“脱衣表演”。每当他从身上去除一块铁片时，一旁的年轻侍从就会大声向大家介绍道：

“这是头盔……颈部护甲套……肩部护甲……腹部护甲……下摆……手套……腿部护甲……膝部护甲……腿部护甲……”

当他脱下身上所有的铁片时，我们的骑士瘫倒在地上，一旁的孩子为他脱去了鞋子。

“在脱去鞋子的时候……”他说道，“别忘了把脚伸过头顶，用手捏住鼻子。”

这一次，观众席里爆发出了发自内心的笑声。

没有什么比一个有趣的玩笑更能调节会场气氛的了……

随后，费里贝尔·杰昂·路易-玛丽·乔治·马克尔·德·拉·杜尔贝里艾尔用一种麻木不仁、一成不变的语调介绍着自己的家谱和他先祖们在战场上的骄人事迹。

1271年，他的先祖夏尔和圣路易一起击退了土耳其人；1415年，他的祖先伯特兰德在阿赞库尔浴血奋战；他的叔叔贝德勒在封德诺瓦战役中奋勇杀敌；他爷爷路易在绍莱的莫尔纳河岸顽强作战；他的舅公马克西米连在拿破仑的身边勇往直前；他的曾祖父在贵妇小径上抗击敌人；他的外祖父在波美拉尼亚被德国鬼子劫为战俘。

台下的孩子目不转睛、一言不发地听着这些精彩的细节，就像在看一部法国历史的3D电影。费里贝尔的讲述已经达到了一种艺术家的境界。

“我们家族树上的最后一片枝叶，在这里。”他总结道。

他说着，重新站起身。面色苍白，身材单薄，只穿了一条印有百合花的平角裤。

“你们知道吗，这最后一片枝叶就是我。就是那个成天数明信片的人……”

此时，他的侍从递给他一件厚实的军大衣。

“为什么？”他朝着观众，问道，“为什么如此辉煌的家族后代会在一个他如此痛恨的地方不断地数着那些纸片？好吧，我现在就来告诉你们……”

这时，他话锋一转，开始讲述他惨痛的童年经历。首先，怀上他并不在其父母的计划之内，然而他的母亲拒绝前往医院进行流产手术，于是便有了他。儿时，他过着与世隔绝的生活，他的家人教导他要与那些“平民”保持距离。他还说起自己和伽菲尔一起度过的寄宿时光。这是一段如同牢狱一般的生活，他成为同学们争相捉弄的对象。在这以前，他甚至不知道除了士兵作战以外，还存在其他形式的“暴力行为”……

听到这里，人们会心一笑。

他们之所以微笑，是因为他们认为费里贝尔的讲述很有趣：杯子里的尿液，刻薄的嘲讽，扔进厕所里的眼镜，关于手淫的暗示，旺底村民残酷的玩笑，舍监模棱两可的安慰，白色的和平鸽，夜晚为了宽恕侵犯过我们的人、避免自己重蹈覆辙而做的祷告，甚至当其他人还在他的睾丸上涂上黑色肥皂时，他的父亲却仍旧在每周六询问他是否表现良好，为家族取得了荣誉。

是的，人们欢乐地笑着。他们的笑声代表着对他自嘲精神的欣赏，同时也暗示着从此以后他们将和他站在一边。

所有这些王子……

所有在白板后的人……

所有的人都被费里贝尔的讲述打动。

接着，他说起了自己的心理疾病（强迫紊乱综合征，简称TOC）、那永远也填不进他全名的社保单、他的口吃病（当他情绪紧张时，舌头就会不听使唤，开始胡言乱语）、他在公共场合时焦虑的症状、他失去活力的牙齿、他空空如也的头脑、他已经有点佝偻的背部，以及他为了生活在另一个世纪而错过的所有美好经历。他在一个没有电视、没有报纸、没有游玩、没有幽默感的氛围中长大。他身边所有人都对周围这个世界态度冷漠，缺乏善意。

此时，他开始一边背诵着祖母传给他的教本，一边向观众传授处事信条，示范起标准的礼节：

“一个真正慷慨、优雅的人从不会在有仆人在场的情况下自己动手盛菜，这一举动对他们来说有失尊严。比如那个恩特尔的行为就很像一个男仆。然而，以前的那些贵妇却并没有那么敏感，她们说话时从来都不顾及别人的感受。据我所知：一个18世纪的公爵夫人在每次出行的时候，总会把她的随从送到日内瓦广场，然后露骨地说道：‘你们该去那儿上学！’

“如今，我们更有意识地去保护人类尊严，去顾及仆从和卑微人群脆弱的内心，这是我们这个时代的光荣……

“然而，主人对仆从有礼的态度并不意味着要对他们表现出过多的亲昵。比如，在我看来，没有什么比和他们一起讲闲话更粗俗的事情了……”

人们仍旧在微笑。虽然上面这些话并不让人觉得好笑。

最后，他讲起了古希腊文，一会儿又用拉丁文背诵起经文，并承认自己从未看过《虎口脱险》，因为这部电影里有对教徒不敬的言辞……

“我想我是唯一一个没有看过《虎口脱险》的法国人，不是吗？”

台下传来几个友好的声音，安慰他道：“不，不……你不是唯一一个……”

“好在我……我已经好多了。我……我已经走下吊桥，离……离开我……我的故土，尝试热爱生活……我遇到了比我要高贵许多的人，我……其实……有些人正坐在这个大厅里，我不想让他们不……不自在，但是……”

他一边说着，一边热切地看着他们。所有人都跟随着费里贝尔的目光转向弗兰克和卡米耶。两人不知所措，拼命地咽着口水。

这个正在说话的人，这个用自己惨痛经历来博得大家一笑的瘦高个是属于他们的费里。他是他们的守护天使，是从天而降的超级英雄，是在两人失意落败时向他们张开他瘦削双臂，无私拯救他们的人……

当观众热烈鼓掌之时，费里贝尔重新穿好了衣服。只见他身穿一件燕尾服，头戴一顶礼帽。

“我想……我已经把一切都告诉你们了……我希望这些尘封的往事没有让你们感到厌烦……如果你们真的感到厌烦，请原谅我，但这不能怪我，因为是那位粉色头发的小姐逼迫我今晚登台演出的……我向你们保证，我不会再演第二次，但是，呃……”

说罢，他用手杖向幕后指了一下，他的小仆从便乖乖退到幕后。等到他再次出现的时候，手里拿着一副手套和一束鲜花。

“看看这个颜色……”他一边说，一边戴上手套，然后继续说道，“多么娇艳动人……我的上帝……我真是一个无可救药的古典主义者……我刚才说到哪儿了？啊，对！粉色头发……我……我……知道马丁先生和太太，也就是贝尔维乐小姐的父母今天也在现场，我……我……我……我……”

他突然单膝下跪，说道：

“我……我的口吃病又犯了，不是吗？”

台下哄堂大笑。

“我现在口吃，情有可原，因为我想向你们的女儿求婚……”

就在这时，一枚彩色炮弹冲上舞台，将他撞倒。费里贝尔的脸瞬间消失在了花哨的薄纱里，人们只听到一阵疯狂的叫声：

“啊啊啊啊啊啊啊……我就要成为侯爵夫人了！！！”

半晌，费里贝尔站起身，眼镜歪在一边，抱着他的未婚妻，说道：

“一场成功的战役，你们不觉得吗？”

他说着，微笑了一下。

“我的祖先们终于可以为我感到骄傲了……”

11.

卡米耶和弗兰克没有参加剧团的庆功宴，因为他们不想错过A线二十三点五十八分的那列末班车。

这一次，他们比邻而坐，却仍然和来的时候一样，交谈不多。

“你觉得今天晚上他会回来吗？”

“嗯……这个年轻女孩看上去不像一个骑在马背上的贵族……”

“这一切都太疯狂了，不是吗？”

“非常疯狂……”

“你可以想象玛丽-劳伦斯在看到自己媳妇时候的样子吗？”

“依我看，这件事情她不会马上就知道……”

“你为什么这么说？”

“我也不知道……我这么说，完全是出于女人的直觉……那天午饭后，当我和波莱特在城堡附近散步的时候，遇见了气急败坏的男主人，他对我们说道：‘你们可以想象吗，今天是复活节，家里却没有一个人为布兰奇藏好彩蛋……’也许我理解有误，但当时我感觉对他来说，天都快塌下来了……事实上，为了取悦他，其他人已经做得够多了……然而，就因为没有人为这个小女孩藏彩蛋，他就认为所有人都大逆不道……这真是太可悲了……我可以感觉到他一边嘴上发泄着怒气，一边心里酝酿着阴暗的计划……好吧……你说得没错：他们根本就不配拥有费里贝尔……”

弗兰克点了点头，两人便再次陷入了沉默。再说下去的话，他们势必会谈到未来的打算（如果费里贝尔和苏西结婚的话，他们将住在哪里，弗兰克和卡米耶又将住在哪里）。他们还没有准备好讨论类似的话题……因为这个话题风险太大……又太悲伤……

当弗兰克付钱给佩尔耶尔夫人的时候，卡米耶则将这个振奋人心的消息告诉了波莱特。随后，三人便一起在客厅里边吃东西，边听着尚能入耳的摇滚音乐。

“这不是摇滚音乐，这是电子音乐。”

“好吧，不好意思……”

费里贝尔那天晚上确实没有回来，公寓也因此显得异常冷清……他们为他感到高兴，却为自己感到忧伤……心头生出一种将要被抛弃的愁绪……

费里……

他们无须相互敞开心扉，就能感受到彼此的忧虑。现在他们想法一致，都有一种不知所措的感觉。

他们借口好友即将结婚的好事，开怀畅饮，为健康和天下所有的孤儿干杯。两人为这个跌宕起伏的夜晚喝得烂醉。

心中充满豪迈和苦涩。

12.

1967年9月27日生于拉什苏尔永（旺代地区）的费里贝尔·杰昂·路易-玛丽·乔治·马克尔·德·拉·杜尔贝里艾尔和1980年1月5日生于蒙特尔市（塞纳-

圣-德尼地区）的苏西·马丁于2004年6月的第一个周一在巴黎20区的市政厅里举行了婚礼。他们的婚礼见证人分别是1970年8月8日生于图尔（安德尔-卢瓦尔省）的弗兰克·杰尔曼·莫里斯·拉斯德菲尔，以及1977年2月17日生于梅东（上塞纳省）的卡米耶·玛丽·伊丽莎白·福克。两人在婚礼现场都显得异常激动。另外，到场的还有拒绝透露自己年龄的波莱特·拉斯德菲尔。

此外，到场的还有新娘的父母和她最好的朋友，一个和她的头发一样闪耀的金发男孩……

费里贝尔穿着一件白色的麻质西装，西装上有一个印满绿色波点的粉色口袋。

苏西穿着一条印满绿色波点的粉色迷你裙，裙子上装着一个隆起的假屁股和一条两米多长的裙摆。新娘微笑着重复道："梦想成真！"

她总是笑个不停。

弗兰克穿着一件和费里贝尔上衣款式相仿的淡褐色西装。波莱特戴着一顶由卡米耶缝制的帽子。那是一顶绣满小鸟和羽毛的帽子。卡米耶则穿着某位费里贝尔祖先的白色长款衬衫，这件衬衫很长，一直拖到她的膝盖。她在腰间系了一根领带，并穿了一双迷人的红色凉鞋。这是很久以来她第一次穿短裙……她甚至已经记不清上次穿短裙的时间了……

随后，这群美丽的人提着装有熟食的德·拉·杜尔贝里艾尔家族的大篮子，前往伯特肖蒙公园野餐。为了不被公园门卫发现，他们还耍弄了不少花招。

费里贝尔把他万分之一的书搬到他妻子狭小的两居室里。因为苏西说什么也不愿意离开她热爱的街区，搬进塞纳河对岸的那套高档公寓里……

他说她没有私心，她说他是爱自己的……

然而，他在曾经的公寓里保留了自己的房间。每当这对新婚夫妇前来吃晚饭的时候，就会在这间卧房里留宿。每次回来，费里贝尔总会带走一些书籍和个人用品，而卡米耶则抓紧时间为苏西作画。

可她总抓不住苏西身上特有的神韵……这又是一个富有挑战的人物……唉，绘画真是一个充满风险的职业……

费里贝尔不再口吃，却总在苏西出现的那一刻停止呼吸。

当卡米耶正为两人关系升温的速度惊叹时，他们却以一种奇怪的方式打量着她。这个女孩到底在等什么？为什么在追寻幸福时浪费这么多时间？她的行为简直愚不可及……

当弗兰克偷偷看她的时候，她带着怀疑却温柔的表情，摇了摇头……

算了，你永远也无法理解，你……你永远也不能理解……你的心已经打了死结……在你看来，只有你的那些画才是最美的……你的内心充满胆怯……当我想到自己曾经认为你充满朝气……那天晚上我一定是神志不清，才会瞎了眼，糊涂到这个地步……我以为你过来是和我做爱的，其实你只是太饥渴了……天哪，我真是个白痴……

你知道应该做什么吗？应该像掏空一只母鸡一样掏空你脑子里所有的垃圾。能完成这项任务的男人一定聪明绝顶……当然我不清楚这样的男人是否真实存在……费里告诉我，你之所以成为现在这个样子，是因为你超群的绘画水平，这个代价也太大了……

“怎么了，我的弗兰克？”费里贝尔摇了摇他，说道，“你好像有什么心事……”

“没有，我只是太累了……”

“加油……假期就快到了……”

“呃……整个七月我都要工作……好了，现在我要去睡觉了，因为明天我还要早起，我要带那两位女士去郊外放风……”

去乡下度过夏天是卡米耶的主意，波莱特并未发现有何不妥之处……对于此类想法，老太太虽然没有像先前那样心情激动，却也并不反对。她之所以不反对，是因为这么久以来，他们从未逼迫她做过任何事情……

当她把这个想法告诉弗兰克时，他开始冷静地思考这个问题。

也许远离她生活不失为一件好事。反正她也不爱我，并且永远也不会爱我。她上次已经和我说得很清楚了：“谢谢你，弗兰克，我也不会。”如果我再一意孤行认为自己比她强大，比整个世界都强大，那就是我自己的问题了。我的孩子，你不是世界上最强大的人……当然不是……可让她理解我的想法也不是什么错事，不是吗？可惜你总是如此倔强、如此自命不凡……

当你还没有出生的时候，你的生活已经一团糟了。所以现在，你又凭什么指望一切会有所改变呢？你的脑中都在想什么？你以为你满怀真诚地和她上床，一心一意地对她好，幸福就会从天而降吗？呃……醒醒吧……睁眼看看，你望见自己的游戏了吗？你打算怎么做，告诉我，难道你打算自欺欺人一辈子吗？你真的是这么想的吗？

她把自己的包和波莱特的行李放在入口处，随后便走向厨房和他相会。

“我很渴……”

“……”

“你在生气？我们离开公寓，住到这里，让你感到不快了吗？”

“完全没有！你们一走，我终于可以放松一下了……”

她站起身，用手抓住了他的身体。

“来，过来……”

“去哪儿？”

“和你上床。”

“和我？”

“当然！”

“不。”

“为什么？”

“我没有兴趣……你和我做爱的时候很温柔，但那都是逢场作戏，我已经受够了这一切……”

“好吧……”

“你总是在撩拨完之后，又冷漠地离开……这种做法可真够恶心的……”

“……”

“真够恶心的……”

“可我和你在一起的时候感觉很好……”

“可我和你在一起的时候感觉很好……”他用一种傻帽的音调重复道，“你和我在一起的时候是否感觉良好，对此我毫无兴趣。我想要的只是和你在一起，至于其他的……你的那些色调变化、朦胧的艺术处理、饥渴的需求和高深的道理，还是留给其他傻瓜享用吧……除了这番话，现在你别想从我这里得到任何东西，我劝你还是放弃吧，公主……”

“你动真情了，是这样吗？”

“天哪，卡米耶，你太讨厌了！很好！继续用这种口气和我说话，就好像我是一个变态一样！真是不知廉耻，不懂害臊！怎么说你也不应该对我说出这种话吧！好了，快走吧，这样对你我都好……我和这样一个想出和一位老太太在这个鸟不拉屎的地方共同生活两个月主意的姑娘有什么好废话的！你不是一个正常的女孩，如果你还有一点良知，趁你在抓住下一个傻男人之前，赶快去治病吧。”

“波莱特说得对。你粗俗得无可救药……”

第二天早晨的旅程，显得格外……漫长。

他把车留给了她们，自己则准备骑着那辆新买的摩托车返回巴黎。

“你下周六会来吗？”

“来干什么？”

“呃……来放松一下……”

“到时候再看吧……”

“你亲吻我吗？”

“不了。下周六如果我没有其他事情可做，会过来和你上床。但我不会再亲吻你。”

“好吧。”

在和他的外婆道别以后，弗兰克便消失在了大路上。

卡米耶重新拿起她的画盒。现在她用画笔为室内装修增光添彩……

她试着开始思考，却总是半途而废。她把画刷在白色T恤上拧干，心想，也许他说得对：到时候再看吧。

卡米耶和波莱特开始了在乡间的平淡生活。其实在乡下的生活和在巴黎的生活相差不大，只不过这里的节奏更加缓慢，阳光也更加充裕。

卡米耶认识了一对在隔壁整修房子的英国夫妇。双方总是相互交换物品、装修房子的技巧、工具，以及当雨燕翩翩起舞时，彼此递上一杯杜松子酒。

当两人前往图尔美术馆参观时，由于美术馆里的楼梯太多，波莱特总是坐在一棵巨型雪松下等待着卡米耶。卡米耶则一会儿参观花园，一会儿欣赏展厅里的作品。她很喜欢爱德华·德贝皮桑描绘漂亮女人和自己外孙的作品，虽然他的名字并未出现在绘画字典里……就像她几天前在罗锡美术馆里看到的埃马纽埃尔·朗斯耶的作品一样……卡米耶很欣赏这些名字并未出现在字典中的画家……人们常把他们这一类画家称为“画匠”……一般他们的作品只会被小城里的美术馆收藏，无法进入大区美术馆。让卡米耶印象最深的两幅作品分别是奥利维·德布雷的祖父肖像画，以及柯罗的学生肖像画……好吧……在没有天才的光芒和名望的干扰下，人们可以更加平静、真诚地欣赏他们的作品……

卡米耶一刻不停地询问波莱特是否要上厕所，因为近来波莱特有些大小便失禁。虽然这个想法很愚蠢，但她认为不停地询问是防止她失禁的一种方式……有一两次，老太太没能忍住，于是被卡米耶狠狠地批评了一通：

“啊！不，我的小波莱特，您可以做自己想做的任何事，但这可不行！我在这里就是为了帮助您！您完全可以向我提出这个要求！尽量和我待在一起，知道吗？！您现在这样把大小便拉在身上算什么意思？据我所知，您又没有被关在一个笼子里？”

“……”

“嘿！波莱特！回答我！您难道还变哑了不成？”

“我不想打扰你……”

“骗人！您是不想打扰您自己吧！”

其他时候，卡米耶把时间都用在摆弄花草、干零活儿、画画、想念弗兰克，以及阅读《亚历山大四重奏》上。有时，为了让波莱特也能够感受书籍的魅力，她会大声地朗读这本著作……有时，她又会向老太太介绍自己喜欢的歌剧……

“听，这段乐曲很美妙……为了让他的朋友忘记自己爱上伊丽莎白这一事实，唐罗·德利格建议他和自己一起战死沙场……”

“等一下，我把声音调高一些……波莱特，听听这首二重唱……上帝，你在我们的心间播撒爱的种子……”卡米耶一边摇动着手腕，一边低声哼唱道……

“太动人了，不是吗？”

可波莱特已经酣然入睡。

第二个周末的时候，弗兰克没有出现在她们的面前。相反，波莱特和卡米耶却迎来了德·拉·杜尔贝里艾尔夫妇。两人形影不离，如胶似漆。

苏西把她的瑜伽垫放在了杂草丛中，费里贝尔则在一张折叠式帆布躺椅上看着西班牙导游手册。他和苏西将于下周前往那里欢度蜜月。

“胡安·卡洛斯……好像是我的一个表亲。”

“我想一定是这样的……”卡米耶微笑着说道。

“弗兰克呢？他不在吗？”

“不在。”

“他正骑着摩托车，向这里赶来吗？”

“我不知道……”

“你的意思是他留在了巴黎？”

“我想是的……”

“唉，卡米耶……”他不无惋惜地说道。

“什么卡米耶？”她生气地回答道，“怎么了我？是你在第一次和我谈到他的时候就说他是个难以相处的人……说他除了那些摩托车杂志以外从不看书，说他……说他……”

“嘘。冷静点。我并没有指责你的意思。”

“不，但你比指责我更伤我心……”

“你们俩在一起的时候，看上去是如此幸福……”

“是的。所以，保持这样的状态挺好，我不想把一切都毁了……”

“你认为它和你的铅笔芯一样，对吗？你认为你每用一点，它就会消耗一点，是吗？”

“你在说什么？”

“你的感情。

“你上次画自画像是什么时候？”

“你为什么突然问我这个？”

“什么时候？”

“很久以前……”

“和我料想的一样……”

“这和我们刚才的谈话内容毫无关联。”

“嗯，当然没有……

“卡米耶？”

“嗯？”

“2004年10月1日早晨八点……”

“怎么了？”

他把巴黎公证人布左先生的信递给了她。

卡米耶读完信后，便还给了他，随后便平躺在脚边的草丛中。

“什么？”

“这一切都太过美好，以至于根本就无法持续……”

“我很抱歉……”

“别这么说。”

“苏西正在帮忙看一些张贴在我们街区的住房广告……你知道吗，那里也很不错。就像我父亲所说的，那里很迷人……”

“别说了。弗兰克，他知道这件事了吗？”

“还不知道。”

他说下周会过来看她们。

“你没有太想我吧？”卡米耶在电话里向他耳语道。

“没有。这周我正好要去修理我的摩托车……费里贝尔给你看那封信了吗？”

“看了。”

“……”

“你是在为波莱特担忧吗？”

“是的。”

“我也是。”

“我们先和她打马虎眼，不要告诉她真相……当时我们真不应该把她从养老院里接出来……”

“你真的是这么想的吗？”卡米耶问道。

“不是。”

13.

一周很快就过去了。

卡米耶洗了洗手，随后去花园找波莱特。后者正在一把扶手椅上晒太阳。

她为两人制作了一个火腿馅饼……好吧，其实就是一块撒满肉丁的饼……或者说是一种可以吃的食物……

此时的卡米耶就像一个等待着自己男人归来的顺从小妇人。

她正蹲在地上翻土时，只听到她年老的伙伴在她背后低声说道：

“是我杀了他。”

“什么？”

真可怜。

最近老太太总在胡言乱语，而且越来越频繁。

“莫里斯……我的丈夫……是我杀了他……”

卡米耶站起来，转过身去。

“那天，我正在厨房里找皮夹子，准备一会儿出门去买面包，然后我……我就看到他倒在了地上……要知道，他的心脏很不好……他躺在地上发出嘶哑的喘气声，他的脸色非常……我……我拿着自己的外套，便出了家门。

“我悠闲地打发着时光……在每家门前都停下脚步，交谈几句……你的孩子，最近好吗？您的风湿病好些了吗？马上就要下暴雨了，你们看见没有？我本不是一个健谈的人，却在那天早晨显得异常亲切……最可怕的是，我甚至在那天还玩了彩票，就好像那天是我的幸运日一样……后来，我还是回家了，而他早已经断了气。”

一阵沉默。

“我扔掉了彩票，因为我知道自己永远也不会去兑奖。之后，我打电话给了救助中心……或者给了塞米……我已经记不得了……总之，一切都为时已晚，这点我很清楚……”

一阵沉默。

“你不发表任何评论吗？”

“不。”

“为什么你一言不发？”

“因为我觉得他的时限已到。”

“你当真这么认为？”波莱特带着渴求的声音，问道。

“我确定。心脏病突发，就是心脏病突发。您和我说过他已经拖着病体多活了十五年，我想，那天一定是他应该离去的日子。”

为了向她证明自己的善意，卡米耶像什么也没发生过一样，重新开始工作。

“卡米耶？”

“嗯？”

“谢谢。”

当她在半小时以后重新站起身时，老太太已经面带微笑安然沉睡。

她找了一条毯子，盖在波莱特的身上。

随后她为自己卷了一支香烟。

随后她用一根火柴剔除指甲里的污垢。

随后她去厨房查看了一下她的“火腿馅饼”。

随后她割下三片生菜和几根小葱。

随后她将这些蔬菜清洗干净。

随后她为自己倒了一杯白葡萄酒。

随后她洗了一把澡。

随后她套上一件毛衣，重新回到了花园中。

她把手放在她的肩上，说道：

“嘿……我的波莱特，您这样会着凉的……”

她轻轻地摇了一下老太太。

“波莱特？”

她从未怀着如此悲痛的心情作画。

现在，她只想为她画一幅肖像。

也许是所有的画像中最美丽的一张……

14.

刚过子夜一点，弗兰克的到来唤醒了整个村子。

此时，卡米耶正在厨房里。

“你又在酗酒了？”

他把外套放在一把椅子上，随后在头顶上方的橱柜里拿了一只杯子。

“别动。”

他在她的对面坐下，说道：

“我的外婆已经睡觉了吗？”

“她正在花园里……”

“在花……”

当卡米耶抬起头来时，弗兰克浑身颤抖，哀叹不止。

“哦，不……不……”

15.

“关于音乐，你们有什么偏好吗？”

弗兰克转向了卡米耶。

她正在哭泣。

“你去给我们找一些动人的曲子，好吗？”

她摇了摇头。

“还有骨灰盒，你们……你们看过价目表了吗？”

16. 

卡米耶没有勇气回到城里去寻找一张合适的CD。再说，她也不确定自己是否能找到……不过更重要的原因是她缺乏勇气。

她把汽车音响里的CD拿了出来，递给了殡仪馆的工作人员。

“什么都不需要做，直接放就可以了吗？”

“是的。”

波莱特总是固执地认为CD的演唱者是自己的亲密爱人。证据是：他曾经专门为她创作一首歌曲，好吧……

为了感谢波莱特用整个冬天为自己织了一件丑陋的毛衣，卡米耶特意为她制作了这张CD，里面收录了老太太喜欢的所有歌曲。上次两人还在从维朗德里花园回来的路上，虔诚地听过这张CD。

那天，她从后视镜里看到了波莱特微笑的脸庞。

当这个年轻男孩歌唱的时候，她只有二十岁。

1952年，她第一次在电影院旁的音乐厅里看到了他。

“啊……他是那么英俊……”她叹了口气，重复道，“那么英俊……”

他们委托蒙特神父来完成葬礼的祷告。

以及追思曲的播放……

> 我们一早出发，骑着自行车出发上路，
> 同行的是我的几个好朋友，
> 有费尔南、弗里曼、弗朗西斯、塞巴斯蒂安，
> 还有波莱特……
> 我们都很爱她，感觉像装上翅膀一般，
> 骑着自行车自由驰骋……

费里没有出席葬礼……

因为他已经出发前往西班牙城堡……

弗兰克挺直身体，两手交叉，摆在身后。

卡米耶在哭泣。

啦，啦，啦……她不动声色，
悄然回归，

这是一首动听的小调……

后来，她又突然消失，
路上的石块，
也全都黯然无光……
顽童和贵族，
我的可可，该上路了……

听到这里她微笑了一下……顽童和贵族……说的不就是他们吗……

啦，啦，啦，振奋起来，
和我在一起，一切都将变得和谐……

这是一首动听的小调……

卡尔米诺太太一边摆弄手上的念珠，一边不时地抽泣。

此刻，到底有多少人在这座用假的大理石砌成的假教堂里？

也许十来个人？

除了那对英国夫妇，其余都是老人……

尤其是老太太。

尤其那些悲伤地摇着头的老太太。

卡米耶瘫倒在弗兰克的肩头，而后者却仍旧拧动着双手。

在记忆深处……
三个小小的音符
在小店中回响。
所有的争吵已经结束，
她们翻过这一页，
准备上床就寝……

留着小胡子的那位先生向弗兰克做了一个手势。

他点了点头。

这时，熔炉的门突然打开，当棺材慢慢滑进去以后，熔炉的门随即关上……

波莱特一边听着她最爱的曲子，一边被烧成了灰烬。

……走吧……走吧……在阳光下……在……风中……

人们互相亲吻。那些老太太争相告诉弗兰克自己有多么喜欢他的外婆。他朝她们微笑了一下，表示感谢。他咬紧牙关，努力不让自己哭出声来。

人们渐渐散去。一个工作人员让弗兰克签署了一些文件，另一位先生则递给了他一个黑色的小盒子。

非常漂亮。非常精巧。

盒子在那些人造水晶灯下，闪烁着变幻莫测的光芒。

让人眩晕。

伊冯娜邀请他们去她家喝点东西，提提精神。

“不，谢谢。”

“确定吗？”

“确定。”弗兰克说着，一把将她揽入怀中。

他们走在街上。

没有其他人。

只有他们俩。

一个五十岁左右的女人上前与他们攀谈。

她请求他们去她家坐一会儿。

他们跟着她，坐上了她的车。

现在不论是谁，他们都会随其同行。

17.

她为两人沏了一杯茶，随后从烤箱里拿出一个蛋糕。

她向他们做了自我介绍：她是让娜·罗维尔的女儿。

弗兰克并不知道这个人。

“这很正常。当我过来搬进我母亲的住处时，您已经离开这里很久了……”

她让两人安静地喝了会儿茶，吃了几口蛋糕。

卡米耶双手颤抖，没过多久便去花园里抽了根烟。

当她回来，坐在他们身旁时，屋子的主人正在一只大盒子里翻找着什么。

“等一下，等一下。我一定可以找到的……啊！它在这儿！给……”

那是一张边框呈齿轮状的迷你照片，照片的右下角还有一个歪歪扭扭的签名。

照片上有两个年轻姑娘，右边的那个微笑着直视着照相机，左边那个则戴着一顶黑帽，低垂眼睑。

两个人的头上都没有一根头发。

“您认识她吗？”

“啊？”

“这个姑娘……是您的外婆。”

“这个吗？”

“是的。旁边那位是我的舅妈露西·吕西安娜……她是我母亲的姐姐……”

弗兰克把照片递给了卡米耶。

“那时，我的舅妈是一位小学教师。据说，她是当地最漂亮的姑娘……人们还说她爱慕虚荣，为人傲慢……她受过良好的教育，拒绝过别人好几次求婚，是的，她真是一个特别的姑娘……1945年7月3日，当地女裁缝洛朗德·F.举报了她……我的母亲对那份笔录记得一清二楚……我看到她和他们玩耍、欢笑、互相开着玩笑。有一天，我甚至还看到她穿着泳衣，在学校的走廊里和那些德国军官开怀畅饮。”

一阵沉默。

“他们剃光了她的头发？”卡米耶打破沉默，问道。

“是的。我的母亲告诉我她闭门不出，日渐消沉。突然有一天她的好朋友波莱特·蒙格过来找她。这位姑娘刚拿了她父亲的折叠式剃须刀剃光了自己所有的头发，此时正面带笑容地站在吕西安娜的房门口。波莱特抓住她的手，强迫她陪自己前往城里一个摄影师的店里。她对吕西安娜说道：‘来吧……让我们一起留个纪念吧……快来！可别让那些坏人得逞了……来吧……抬起头来，我的吕吕……你值得为了他们这样对待自己……来吧……’我的舅妈戴上了一顶帽子，才勉强同意出门，并拒绝在拍照的时候脱下帽子，但是您的外祖母……看看她……看看她脸上那淘气的表情……她那个时候几岁？二十岁？”

“她生于1921年11月。”

“那她当年二十三岁……一个勇敢的小姑娘，不是吗？拿着……我把这张照片送给您……”

“谢谢。”弗兰克抽动着嘴唇，回答道。

当两人重新回到街上的时候，弗兰克转向卡米耶，直截了当地说道：

“我的外婆真是个了不起的人，不是吗？”

说罢，他开始哭泣起来。

终于哭泣起来。

“我的小老太太……”他抽泣着说道，“属于我的小老太太……她是这个世界上我唯一拥有的亲人……”

卡米耶突然僵住了，随即飞奔回去拿骨灰盒。

那天晚上，他睡在沙发上，并在第二天一早，就起床离开。

透过自己房间的窗户，卡米耶看见他在罂粟花和香豌豆旁，撒着细细的粉末。

她不敢马上就出去，而当她终于下定决心，想给他端去一杯热咖啡时，却听到了他摩托车发动、启程的声音。

她手中的碗摔在了地上，随即瘫倒在厨房里的一张桌子旁。

18. 

几小时过后，她起床，擤了擤鼻涕，随后冲了一把冷水澡，然后重新拿起了颜料盒。

既然她已经开始重画这幢该死的房子，那她就要善始善终，完成这项工作。

她打开收音机，调到调频FM的节目，随后在画梯上度过了后面几天的时光。

她每隔两小时就会发一条短信给弗兰克，向她讲述自己的生活状态：

09：13　印度支那乐团，在画橱柜上面的墙壁。

11：37　爱莎，爱莎，听着，现在轮到窗户了。

13：44　苏雄，正在阳台抽烟。

16：12　纳格胡，天花板。

19：00　整点新闻，在吃黄油火腿。

10：15　沙滩男孩，现在是浴室。

11：55　贝纳巴尔，是我，是娜塔莉，什么也没做。

15：03　赛尔多，在洗刷子。

21：23　达欧，睡觉。

他只回过她一次：

01：16　沉默。

他的意思是结束工作，平静，放松，还是让我闭嘴？

疑惑中，她关掉了手机。

19. 

卡米耶放下百叶窗，与花朵道别，并闭着眼睛抚摸了一下那只猫。

时值七月末。

巴黎闷热难耐。

公寓里寂静无声，就好像它把里面所有人都赶跑了一样……

“嘿，等一下。”卡米耶低声对公寓说道，“我还有件事情没有做完呢……”

她买了一本漂亮的本子，在第一页贴上了那天晚上三人在圆顶餐厅写下的愚蠢契约。随后她把自己所有的画作、草稿、速写都收集起来，试图留住这些美好却即将消失的回忆……

这套公寓是如此宽敞，以至于都可以放下十个奢华的兔笼子……

随后，她开始收拾起旁边的那间屋子。

随后……

发夹和保丽净假牙清洁片是否也会死去……

在挑选自己作品的时候，卡米耶把描绘波莱特的画作都放在了一边。

之前，她并未对画展一事显示出过多的热情，然而现在，情况突然发生了改变。她希望画展能够成功举办，并借此机会，展现波莱特的脸庞、背部、脖颈、双手，让人们想到她、谈论她，让她再一次回到我们的身边……卡米耶后悔没有在老太太为她讲述童年回忆或真爱的时候给她录音。

“这件事是我们俩的秘密，知道吗？”

“当然，当然……”

“好吧，他叫让-巴蒂斯特……你不觉得这是一个很好听的名字吗？我有一个儿子的话，我一定为他取名让-巴蒂斯特……”

现在，她仍旧可以清晰地听到她的声音……但这种状态又能持续多久呢？

卡米耶总是习惯在家做零活儿的时候，放点音乐作为背景。于是，她来到弗兰克的房间，想向他借用一下音响。

她没有找到音响。

因为房间里空无一物。

除了三个叠放在墙边的纸箱。

她把头靠在门上，恍惚中，她发现脚下的地板变成了流动的细沙……

哦，不……不行……我不能再失去他了……

她咬着自己的手。

哦，不……历史开始重演……她可能将再一次失去所有的至亲……

哦，不……

哦，不……

她摔门离去，一路飞奔来到了弗兰克工作的饭店。

“弗兰克在吗？”她气喘吁吁地问道。

“弗兰克？不，他好像不在。”一个高个慢条斯理地回答道。

她咬紧牙关，不让自己哭出来。

“他……他不在这里工作了吗？”

“不在了……”

她正准备放纵自己失声痛哭时……

“确切地说，从今天晚上开始，他将不在这里工作……看……正巧，他来了！”

他拿着自己叠得像球一样的衣服，从衣帽间里走了上来。

在看到卡米耶后，他说道：“看看，看看……我们漂亮的园丁来了……”

她开始哭泣起来。

“怎么了？”

“我还以为你已经走了……”

“明天。”

“什么？”

“我明天走。”

“去哪儿？”

“英国。”

“为……为什么？”

“首先为了度假，其次为工作……我的老板给我在那里谋了一份美差……”

“你要去给女王做饭吗？”她努力挤出一丝微笑，说道。

“不，是比这更好的差事……我将到威斯敏斯特宫里去做区域主厨……”

“啊？”

“真是再好不过了……”

“嗯……”

“咳，你还好吧？”

“……”

“来吧，我们一起去喝一杯吧……我们不见得就这样说再见吧……”

20.

“坐里面还是坐外面？”

“坐里面……”

他看着她，气恼地说道：

“在我的呵护下，你养得不错，长胖了不少……”

“你为什么要离开？”

“我已经告诉过你原因了……这对于我来说是一个很好的晋升机会，再说，呃……我也没有足够的钱支付在巴黎的生活费……你也许会劝我卖掉波莱特的房子，但我无法这么做……”

“我理解……”

“不，不，不是你想的那样……我不卖它，不是为了留存在里面的记忆……呃……只是因为……这所老屋不属于我。”

“属于你的母亲吗？”

“不。属于你。”

“……”

“这是波莱特生前最后的愿望……”他说着，从皮夹子里拿出一封信，然后继续说道，“给……你可以读一读这封信……”

我的小弗兰克：

别怪我的字写得太难看，我已经什么也看不见了。

但我看得很清楚，那个小卡米耶很喜欢我的花园，如果你不介意，我想把这座花园留给她……

照顾好自己。有能力的话，也照顾好她。

我深情地亲吻你。

外婆

“你是什么时候收到这封信的？”

“在她离世的……前几天……那天，费里贝尔告诉我公寓将要被卖掉的消息……她……她已经预见到……情况将变得一团糟……”

天哪……她有种喉咙被人狠狠掐了一下的感觉……

幸好此时，服务员走了过来。

“先生想要些什么？”

“请给我来一瓶柠檬味的巴黎水……”

“小姐，您呢？”

“白兰地……双份的……”

“她说的是花园，不是整幢房子……”

“是的……呃……我们就别斤斤计较了，好吗？”

“你真的要走了吗？”

“我已经和你说过了。车票都买好了……”

“你什么时候走？”

“明天晚上……

“你说什么？”

“我还以为你已经受够了给别人打工的日子……”

“我确实受够了，但你说我还能怎么办呢？”

卡米耶在她的包里翻找了一会儿，拿出了她的画册。

“不，不，别再画了……”他说着，用手挡住了脸，补充道，“我已经和你说了，我已经不是这里的人了……”

她翻了几页，说道：

“看……”她说着，把本子放到了他的面前。

“这个单子是怎么回事？”

“这是我和波莱特在散步途中记录下的所有地方……”

“什么样的地方？”

“所有你可以用来开店的闲置空间……你知道吗，这不是一个心血来潮的想法……每记录下一个地址之前，我和波莱特都要进行长时间的讨论！那些打了醒目标记的地址，是最理想的开店场所……特别是这个地方，非常棒，就在先贤祠后面的那个广场上……那个地方原本是一家咖啡店，店里设施保存完好，我敢肯定你一定会喜欢的……”

说罢，她把杯子里的白兰地一饮而尽。

“你完全就是在胡言乱语……你知道开一家餐厅要花去多少钱吗？”

“不知道。”

“你完全就是在胡言乱语……好了……我该回去整理衣物了……今天晚上我会去费里和苏西家吃饭，你来吗？”

她抓住他的手臂，不让他站起来。

“我有钱……”

“你？你总是过得像个乞丐！”

“是的，那是因为我不想去领取那笔钱……我讨厌这笔钱，但我可以把这笔钱给你……”

“……”

“你还记得我和你说过我的父亲买过一份保险，并最终死于……死于一场工作意外吗？”

“记得。”

“他做事很有远见……他知道有一天他会抛下我，所以想尽一切办法保护我……”

“我不明白。”

“用我的名字购买的人寿保险……”

“那你为什么……那你为什么从不为自己买一双像样的鞋子？”

“原因我已经和你说过了……我不想要这笔钱。我要的是一个活生生的父亲，而不是一具死尸和一堆臭钱。”

“一共多少钱？”

“足够一个银行家看到后对你傻笑，并愿意贷款给你，我想……”

她重新拿起本子，说道：

“等一下，我好像为他画过肖像……”

他抓住了她的手。

“停止吧，卡米耶……停止这一切吧。停止躲藏在你这本该死的画册后面……哪怕一次也好，求你了……”

她望着吧台。

“咳！我在和你说话呢！”

她看着他的T恤。

“不，我。看着我。”

她终于直视着弗兰克。

“为什么你就不能简单地说一句‘我不想让你离开’呢？我和你一样……视金钱为粪土，因为它只是一种用来挥霍的东西……我……我说不清楚，妈的……‘我不想让你离开’不是一句很难说的话吧？”

“我……”

“你说什么？”

“这句话我已经和你说过了……”

“什么时候？”

“12月31日的晚上……”

“是的，但那不算……你当时是为了费里才这么说的……”

一阵沉默。

“卡米耶？”

他一字一顿，清晰地说道：

“我……不……想……让……你……离……开……”

“我……”

“很好，继续……不……”

“我害怕。”

“害怕什么？”

“害怕你，害怕我，害怕所有的一切。”

他叹了口气。

接着又叹了一口气。

“看着我，模仿我的动作。”

他做了一个在健美比赛中，选手为了展示肌肉经常做的一个动作。

“握紧拳头，把身体拱成一个圆形，手臂弯曲，交叉放在你的下巴下……就像这样……”

“为什么要做这个动作？”她惊讶地问道。

“因为……你必须毁掉你身上的皮囊，将它撑破，因为这身皮囊对于你来说太小了……看……你在里面简直喘不过气来……现在，是你该冲破它的时候了……来吧……我希望听到你背部发出的爆裂声……”

她微笑了一下。

“不……你还是把傻笑留给自己吧……我不需要……我向你要的又不是这个！我想看到你好好地生活，而不是没事傻笑！地铁上已经专门有靠傻笑为生的姑娘了……好了，我要走了，要不然的话，我马上就会发火的……好了，晚上见……”

21.

卡米耶在苏西的无数彩色靠垫里找了一个地方坐下。她一口饭菜也没吃，却喝了很多酒，为的是能够在该笑的时候笑出声来。

即便没有投影仪，他们还是饱览了大千世界的美景，增长了不少见识。

“这里是阿拉贡或卡斯蒂利亚。”费里贝尔补充道。

“……命运真奇妙！”她每看一张照片，都会发出这样的感叹。

她很快乐。

悲伤而又快乐。

弗兰克很快便离开了他们，因为他还要和同事一起“埋葬法国生活”。

当卡米耶终于能够站起来时，费里贝尔一直陪她走到了街道上。

“你一个人可以吗？”

“没问题。”

“你想让我为你叫一辆出租车吗？”

“不，谢谢。我想走一会儿。”

“好吧……那祝你散步愉快……

“卡米耶？”

“怎么了？”

她转过身去。

“明天……十七点十五分在北站……”

“你会去送他吗？”

他摇了摇头。

“可惜，我不能……我要工作……”

“卡米耶？”

她再次转身。

“你……请你代我去吧……”

22.

“你来是为了挥舞你的手绢吗？”

“是的。”

“你可真好……”

“我们一共几个人？”

“什么几个人？”

“过来为你挥舞手绢、并把口红弄得你全身都是的姑娘。”

“你自己看……”

“什么？就我一个？！”

“是的……”他做了一个鬼脸说道，“世道艰难……好在英国姑娘都很火辣……至少别人是这么和我说的！”

“你将教她们如何完成一个地道的法式亲吻吗？”

“不只这个……你准备陪我到站台吗？”

“是的。”

他看了一眼挂钟，说道：

“好了。你现在还剩五分钟来说一句七字的短句，这应该是可行的，不是吗？”弗兰克假装打趣道，“好吧，如果七个字对你来说太多了，那说三个字也行……但要好好说，知道吗？我忘记打票了……怎么样？”

一阵沉默。

“真可惜……我仍旧是一只蟾蜍……”

他把包背在肩上，随后背对着她，转过身去。

为了叫住一个检票员，他开始飞奔起来。

她看见他拿回了自己的票，然后对她做了一个幅度很大的手势……

欧洲之星在他的指尖驶过……

这个傻姑娘开始哭泣起来。

现在，轨道上只剩下一个远去的灰点……

这时，她的手机响了。

“是我。”

“我知道，手机上有显示……”

“我确定现在正上演着浪漫的一幕……我确定你现在正独自一人走在站台尽头，像电影里的那些女主角一样，为自己消失在云端的爱人伤心哭泣……”

听到这话，她哭着笑出声来。

“完……完全不是你所想的那样。”她稳定了一下自己的情绪，说道，“我……我现在只是在找出口离开……”

“你这个骗子。”卡米耶的背后突然传来一个熟悉的声音。

她一下扑进他的怀中，紧紧地，紧紧地，紧紧地拥抱着他，直到再也抱不动为止。

她仍旧在哭泣。

她打开泪腺阀门，在他的衬衫上恣意地擤着鼻涕。她要把这二十七年来的孤单、悲戚、伤痛倾泻而出。为从没有得到过的拥抱、母亲的疯狂举动、跪在地毯上的那些救助人员、分心的父亲、饱受挫折和辛苦劳作的时光、寒冷、饥饿的快感、与至亲之间的距离、她不得不做出的背叛、面对深渊和狭窄小径时的眩晕感、怀疑、总是超负荷的身体、谜一样的个人品位，以及担心让他人失望的恐惧感而哭泣。当然，还有波莱特，她的一世柔情在五点五秒内就化为乌有。

他把她藏在自己的外套里，然后把下巴放在她的头上。

“好了……好了……”他温柔地低声说道。其实他也不知道自己想说“好了，尽情哭泣吧”还是想说“好了，别哭了”。

随她所愿。

她的头发戳得他很痒，他的身上沾满了她的鼻涕，但他看上去很幸福。

非常幸福。

他微笑了一下。因为这是他人生第一次在对的时间出现在对的地方。

他用下巴在她的头上点了点，说道：

“好了，我的宝贝……别担心，我们一定可以做到的……我们也许不一定比别人做得好，但也不会比他们差……我和你说，我们一定可以做到的……一定可以做到的……我们没有什么可损失的，因为我们一无所有……好了……来吧。”

尾　声

“我简直不敢相信……我简直不敢相信……”他抱怨道，却难掩兴奋之情，“这个傻瓜只提到了费里！服务这也好，那也好……当然！这对他又不是什么难事！高贵的举止已经流淌在他的血液里！他还提到迎宾服务、室内装饰以及福克的画作……那我做的菜呢？所有人都对我做的菜毫无兴趣，是这样吗？”

苏西一把抢过他手中的报纸，读道：

“年轻主厨弗兰克·拉斯德菲尔开的小饭馆让我们怦然心动、大开眼界。他用自己精湛的技艺，创造了一种新的菜式风格：更具活力、更加清淡却可以让人享受味蕾绽放的快感……总之，在这家饭馆里吃饭，你每天都能感受到周日家庭聚餐的幸福感，唯一不同的是，这里没有老姑妈的唠叨和周一即将到来的忧伤……看看这段写的是什么？是股票行情还是介绍你做的烤鸡？”

“不好意思，这里已经停止营业了。”他对着拉开门帘的顾客喊道，“好吧，其实还没有，来吧，进来吧……店里还有位子，能容下所有人……文森特，快来管教一下你的狗，不然的话，我就把它扔进冰柜里！”

“罗什舒瓦尔，蹲下！”费里贝尔向它命令道。

“它叫巴尔巴斯……不叫罗什舒瓦尔……”

“我更喜欢罗什舒瓦尔这个名字……不是吗，罗什舒瓦尔？来吧，到你的费里老叔叔这儿来，我赏你块大骨头吃……”

看到这番情景，苏西咯咯笑了起来。

她还是像以前一样，总是笑个不停。

“啊，您来了！真好，您终于愿意摘去太阳镜了！”

她扭捏作态了一番。

如果他并未征服那位年轻的福克，那么征服眼前这位年老的福克，他显然更得心应手。如今，在他面前，凯瑟琳·福克总是如同循规蹈矩的学生，用潮润的双眼顺从地看着他，就像那些患抑郁症的人看到“百忧解”[①]时的模样。

“妈妈，我给你介绍一下我的朋友：艾格尼丝……这是她丈夫皮特……他们可爱的儿子瓦伦丁……”

比起“我的妹妹”，她更愿意将艾格尼丝称为“我的朋友”。

没有必要为了一件所有人都毫不在意的事情掀起一场风波……再说，她们现在真的成为朋友了……

“啊！我们的玛玛多终于来了！”弗兰克惊喜地喊叫道，“你带了上次我请你帮忙带的东西了吗，玛玛多？”

“带了。你可要省着点用，这可不是普通的辣酱，不，绝对不是……”

“太好了，谢谢。来，到厨房里来帮我吧……”

“我马上来……茜茜，小心那条狗！”

“没事，没事，它很友好……”

“你管好自己，别来管我……你的餐具在哪里？天哪，这里的空间也太狭小了！”

“当然了！因为你一个人就占据了整个空间！”

“好吧……这个是我上次在你们家看到的那个老太太吗？”她说着，指了指镜框。

“别动，这可是保佑我的神物……”

当玛蒂尔德·凯斯莱尔“挑逗”着文森特和他的伙伴时，皮埃尔悄悄拿了一张餐厅里的菜单。卡米耶则入神地读着《美食周报》，那是一本1767年出版的旧刊。她从中汲取了很多灵感，为今后描绘那些疯狂的菜品打下了基础……简直太棒了。呃……文中……文中作品的原稿在哪里？

弗兰克忙得团团转，他从黎明破晓时分就开始在厨房里忙活……难得所有

① “百忧解”（Prozac），一种治疗抑郁症的药物。——译注

人都聚在了一起……

“好了，好了，吃饭了，汤一会儿就会冷掉。大家趁热赶紧吃！”

他说着，把一大锅汤放在了饭桌上，随即又回到厨房去拿了一把汤勺。

费里为大家的杯子里斟上了酒。他的动作还是和往常一样完美。

如果没有他，这家饭馆不会在这么短的时间就能取得如此大的成功。他的身上有一种让别人感到自在的美好天赋，他总能找到一句贴切的赞扬、一个有趣的话题、一个幽默的玩笑、一句法式的恭维……历数街区里的那些与众不同的人……和他所有的远房表亲……

当轮到他服务的时候，费里贝尔总是准备充分、口齿清晰，并很容易就能找到贴切的话语。

在其文章中，那位杂志记者很自然地把费里贝尔称作这家别致饭馆的“灵魂人物”……

“好了，好了……”弗兰克不耐烦地吼叫道，“快把你们的盘子给我……”

这时，一直躲藏在盘子后面和小瓦伦丁玩耍了近一小时的卡米耶，说道：

“哦，弗兰克……我想要个一样的……”

他为玛蒂尔德舀了碗汤以后，叹了口气……低声咒骂道：“在这里我什么活儿都要干……”随后放下勺子，解开围裙，把它放在自己的椅背上，抱起孩子，把他放回到他妈妈的怀里，然后一把抱起他的爱人，把她扛在自己的肩上，就像在扛一只装有土豆的麻袋，或半爿牛一样。等他完成这个动作以后，弗兰克轻轻呻吟了一下……因为这个小姑娘确实长胖不少……接着，他打开饭店的门，穿过广场，走进对面的一家旅店里，向他的老朋友维沙扬——一个时常到他那里来用餐的门房——伸了伸手，接过钥匙。向他道谢以后，弗兰克微笑着走上了楼梯。

（完）